HEYNE <

Das Buch

Die beiden Cousinen Judith und Jacqueline, genannt »Jack«, sind überglücklich. Sie haben es dank weiblicher Raffinesse und Hartnäckigkeit tatsächlich geschafft, zusammen auf große Schiffsreise zu gehen: von London nach Connecticut. Dort sollen beide ihren ersten Debütantinnenball besuchen – zwecks Eheanbahnung. Doch im Moment denken beide nicht im Traum daran, sich jetzt schon nach einem Mann fürs Leben umzusehen – sie lieben das Abenteuer. Und davon erwartet sie auf der Reise mehr als genug: Denn mit an Bord ihres Schiffes ist der Tischler Nathan, der so attraktiv wie undurchsichtig ist. Unbemerkt von den anderen kommen er und Judith sich näher. Judith ist hingerissen – und ahnt nicht, dass Nathan ein dunkles Geheimnis verbirgt. Eines, das sie alle ins Verderben zu stürzen droht ...

»Genau die Geschichte, auf die die Malory-Fans schon ewig gewartet haben – Johanna Lindsey enttäuscht ihre Leser garantiert nicht!« *Romantic Times*

Die Autorin

Johanna Lindsey wächst auf Hawaii auf. Sie heiratet nach der Highschool und hat bereits zwei kleine Kinder zu versorgen, als sie sich zum Schreiben gedrängt fühlt.1976 veröffentlicht sie ihren ersten Roman. Heute ist sie eine der erfolgreichsten Autorinnen historischer Liebesromane. Weltweit hat sie über 60 Millionen Exemplare ihrer Bücher verkauft, die nicht selten die ersten Plätze der Bestsellerliste der *New York Times* erreichen. Johanna Lindsey schreibt und lebt mit ihrer Familie in Maine.

Lieferbare Titel

978-3-453-49109-0 – Ungezähmte Sehnsucht
978-3-453-40886-9 – Im Taumel der Herzen
978-3-453-40986-6 – Gefechte der Liebe
978-3-453-41046-6 – Wenn die Liebe dich findet
978-3-453-41782-3 – Zügellose Leidenschaft

JOHANNA LINDSEY

Stürme der Sehnsucht

Roman

Aus dem Amerikanischen
von Eva Malsch

WILHELM HEYNE VERLAG
MÜNCHEN

Das Original STORMY PERSUASION
erschien bei Gallery Books, a division of
Simon & Schuster, New York

FSC
www.fsc.org
MIX
Papier aus verantwortungsvollen Quellen
FSC® C014496

Verlagsgruppe Random House FSC® N001967
Das für dieses Buch verwendete FSC®-zertifizierte Papier
Holmen Book Cream liefert Holmen Paper, Hallstavik, Schweden.

Printed in Germany
Umschlaggestaltung: Nele Schütz Design, München,
unter Verwendung eines Motivs von © Franco Accornero
Satz: IBV Satz- und Datentechnik GmbH, Berlin
Druck und Bindung: GGP Media GmbH, Pößneck
ISBN: 978-3-453-41886-8

www.heyne.de

Kapitel 1

Judith Malory kniete neben ihrer Cousine Jacqueline vor dem Fenster des Schlafzimmers, das sie miteinander teilten. Fasziniert blickten sie zu der Ruine hinter dem Herrschaftshaus des Duke of Wrighton und den gepflegten Gärten hinüber. Obwohl ein paar Monate jünger als Judith, war »Jack« – so hatte ihr Vater sie genannt, nur um seine amerikanischen Schwäger zu ärgern – stets die Anführerin oder vielmehr Anstifterin gewesen. Sie behauptete von sich, sie würde in die Fußstapfen ihres Vaters James Malory treten, der ein wilder Draufgänger gewesen war, ein Pirat, ein erstklassiger Faustkämpfer … Damit fand die Liste noch längst kein Ende. Judith hatte einmal gefragt, warum Jack nicht ihrer Mutter nacheifere.

Prompt hatte die Cousine erwidert: »Weil das langweilig wäre.«

Da strebte Judith ganz andere Ziele an. Sie wollte eine Ehefrau und Mutter werden, in dieser Reihenfolge. Und die Erfüllung dieser Wünsche lag keineswegs in ferner Zukunft. Dieses Jahr wurden beide Mädchen achtzehn Jahre alt. Judith hatte ihren Geburtstag vor einer Woche gefeiert, und Jack musste sich noch ein paar Monate gedulden. Im Sommer würden die Cousinen ihre erste Saison erleben. Aber das Debüt würde nicht in London, sondern in Amerika stattfinden, und Judith fürchtete, sie würde dieses Ereignis ohne ihre beste Freundin nicht ertragen. Jetzt blieben ihr nur mehr wenige Wochen, um dieses Problem zu lösen.

Seit die Töchter der beiden jüngeren Malory-Brüder James und Anthony denken konnten, waren sie unzertrennlich. Und jedes Mal, wenn sie ihre Mütter zum Ahnensitz des Duke in Hampshire begleiteten, um ihren Vetter Brandon und ihre Cousine Cheryl zu besuchen, verbrachten sie viele Stunden vor dem Schlafzimmerfenster. Inständig hofften sie das unheimliche Licht in der Ruine wiederzusehen. So aufregend war die Nacht gewesen, in der sie es zum ersten Mal entdeckt hatten.

Danach war es nur mehr zweimal aufgeflammt. Aber als sie Laternen ergriffen, den ausgedehnten Rasen überquert und das alte, verfallene Gemäuer auf dem benachbarten Grundstück erreicht hatten, war das Licht verschwunden.

Natürlich hatten sie ihrem Vetter Brandon davon erzählen müssen. Wenn er auch ein Jahr jünger war – sie wohnten in seinem Haus. Denn er hatte den Landsitz und den Titel des Duke of Wrighton durch seine Mutter Kelsey geerbt, die Ehefrau Dereks, eines Vetters von Judith und Jack. Nach Brandons Geburt hatten seine Eltern beschlossen, auf den Landsitz zu übersiedeln, damit er im Bewusstsein seines Status und seiner Verantwortung aufwachsen konnte. Glücklicherweise war er trotz seines erlauchten Titels weder arrogant noch verwöhnt.

Weil er das Licht nie gesehen hatte, kümmerte er sich nicht darum, und er wollte auch nicht an einer dieser Nachtwachen teilnehmen. Im Moment saß er mit Judiths jüngerer Schwester Jaime am anderen Ende des Raums und brachte ihr bei, Whist zu spielen. Und da er eben erst siebzehn geworden war und nicht mehr wie ein Junge, sondern wie ein Mann aussah, interessierte er sich verständlicherweise mehr für Mädchen als für Geister.

»Bin ich *jetzt* alt genug für das Geheimnis?« Brandons jüngere Schwester Cheryl stand in der Tür des Schlafzimmers.

»Kann ich's endlich hören?«

»O ja!« Jaime Malory sprang von dem kleinen Spieltisch auf und rannte zu ihr, packte sie an der Hand und zerrte sie zum Fenster. »Als du's mir erzählt hast, war ich so alt, wie sie jetzt ist, Judith!«

Es war Jacqueline, die geringschätzig antwortete: »Erst letztes Jahr, Mäuschen. Und was für dich *nicht* gilt – Cheryl wohnt hier. Sag's ihr, Brand, sie ist deine Schwester. Aber vorher muss sie versprechen, niemals auf eigene Faust Nachforschungen anzustellen.«

»Nachforschungen?«, wiederholte Cheryl. »Wie kann ich denn was versprechen, wenn ich gar nicht weiß, *was* ich verspreche?«

»Mit Logik hat es nichts zu tun, Mäuschen«, erklärte Judith. »Versprich es erst mal. Das musste Jaime auch, und sie wohnt nicht einmal hier. Aber *du* wohnst hier. Ohne das Versprechen müssten wir uns ständig Sorgen um dich machen. Das willst du doch nicht, oder?«

Bevor Cheryl den Kopf schüttelte, dachte sie kurz nach. »Also gut, ich versprech's.«

Judith stieß Jacqueline an, die es übernahm, das jüngere Mädchen einzuweihen. »In deiner Nachbarschaft haust ein Geist.«

»*Was?*« Cheryl kicherte, bis ihr Judiths und Jacquelines todernste Mienen auffielen. Sie riss die Augen auf. »Tatsächlich? Habt ihr ihn gesehen?«

»Vor etwa fünf Jahren«, sagte Judith.

»Judy hat sogar mit ihm gesprochen«, betonte Jacqueline.

»Aber Jack hat das Licht zuerst bemerkt. Von diesem Fenster aus. Deshalb mussten wir hingehen und nachschauen. Schon immer dachten wir, in dieser Ruine würde es spuken. Und wir hatten recht!«

Cheryl trat zögernd neben die beiden Mädchen ans Fenster

und musterte den alten Schandfleck, über den sich ihre Eltern immer wieder beklagten. Als sie kein Licht sah, atmete sie erleichtert auf. So tapfer wie ihre Cousinen war sie nicht. Und im Mondschein sah sie viel zu deutlich die Umrisse des großen alten Herrschaftshauses, das schon lange, bevor irgendeiner von ihnen geboren worden war, zu zerfallen begonnen hatte. Wie ein unheimlicher düsterer Koloss stand es da.

Schaudernd lief sie zu ihrem Bruder zurück, um Schutz zu suchen. »Seid ihr wirklich da hineingegangen?«

»Ja, natürlich«, bestätigte Jack.

»Aber davor wurden wir alle gewarnt!«

»Nur weil es wegen der vielen zerbrochenen Bodenbretter und bröckelnden Mauern gefährlich ist. Ziemlich viele Dachziegel sind heruntergestürzt. Überall hängen Spinnweben. Beim ersten Mal haben Judy und ich endlos lange gebraucht, um das eklige Zeug aus unseren Haaren zu kämmen.«

Cheryl blinzelte. »Unglaublich! Warum habt ihr euch da hineingewagt? Noch dazu in der Nacht!«

»Wie sollten wir denn sonst rausfinden, was für ein Eindringling sich da unerlaubt herumtrieb? Damals wussten wir noch nicht, dass es ein Geist war.«

»Ihr hättet meinem Vater von dem Licht erzählen müssen.«

»Aber dann wär's kein Spaß gewesen«, wandte Jack ein.

»Spaß? Ihr solltet nicht vortäuschen, ihr wärt furchtbar mutig, nur weil's unsere Väter sind.« Als die beiden älteren Mädchen zu lachen anfingen, seufzte Cheryl. »Also habt ihr mich nur zum Narren gehalten? Das hätte ich mir denken können!«

Jacqueline drehte sich zu ihr um und grinste sie an. »Bildest du dir ein, wie hätten jahrelang ein Geheimnis gehütet, nur um dich zum Narren zu halten? Du wolltest es wissen, und jetzt haben wir's dir endlich gesagt. So aufregend war es!«

»Nur ein ganz kleines bisschen gruselig«, ergänzte Judith.

»Und tollkühn«, behauptete Cheryl.

Verächtlich winkte Jacqueline ab. »Würden wir uns von so was aufhalten lassen, hätten wir *gar* keinen Spaß. Und wir waren bewaffnet. Ich habe eine Schaufel aus dem Garten mitgenommen.«

»Und ich meine Schere«, fügte Judith hinzu.

Schon immer hatte Cheryl sich gewünscht, sie wäre so tapfer wie diese beiden. Nun war sie froh, dass sie so feige war. Sie hatten offenbar erwartet, sie würden einen Landstreicher aufscheuchen. Stattdessen waren sie einem Gespenst begegnet. Ein Wunder, dass sie in jener Nacht keine weißen Haare bekommen hatten ...

Aber Judys Haare schimmerten immer noch blond mit kupferrotem Glanz, ohne eine Spur von Grau. Und Jack war nach wie vor genauso goldblond wir ihr Vater.

»Als wir damals in die Ruine schlichen, konnten wir nicht herausfinden, woher das Licht kam«, erzählte Jacqueline. »Deshalb trennten wir uns.«

»Ich war's, die ihn entdeckte«, setzte Judy den Bericht fort. »Das Licht bemerkte ich erst, nachdem ich eine Tür geöffnet hatte. Und da schwebte er mitten im Zimmer. Meine Ankunft freute ihn nicht besonders. Natürlich erklärte ich ihm, er hätte da nichts zu suchen. Da erwiderte er, es sei sein Haus und ich ein Eindringling. Als ich sagte, Geister könnten keine Häuser besitzen, streckte er einen Arm aus, zeigte zur Tür und befahl mir zu verschwinden. Weil er mir so bedrohlich erschien und mich sogar anknurrte, wandte ich mich ab und wollte gehen.«

»In diesem Moment kam ich dazu«, fuhr Jack fort. »Leider sah ich nur seinen Rücken, während er wegschwebte. Ich bat ihn zu warten. Das wollte er nicht, und er schrie: ›Haut ab, alle beide!‹ So laut, dass es die Dachbalken erschütterte. Oder was davon noch übrig ist. Wir rannten hinaus, und auf halbem Weg hierher wurde uns klar, dass er uns nichts antun konnte. Und wir würden die Gelegenheit verpassen, ihm bei seiner

Mission zu helfen – was immer er vorhatte. Also kehrten wir um und durchsuchten jeden Raum im Erdgeschoss. Aber er war nicht mehr da.«

»Ihr wolltet ihm helfen?«, fragte Cheryl ungläubig.

»Nun ja, das war Judys Idee.«

Cheryl starrte die ältere der zwei Cousinen an. »Warum?«

Leicht verlegen zuckte Judith die Achseln. »Weil er so ein hübscher junger Mann war. Bei seinem Tod muss er etwa zwanzig Jahre alt gewesen sein. So betrübt wirkte er, als ich ihn aufspürte – bevor er mich entdeckte und seine Ruine so kampflustig verteidigte.«

»Und in jener Nacht verliebte sie sich in einen Geist«, verkündete Jack und kicherte.

Empört schnappte Judith nach Luft. »O nein!«

»Doch!«, wurde sie von ihrer besten Freundin gehänselt.

»Unsinn, ich will nur wissen, wieso er ein Geist geworden ist. Gewiss hat er ein tragisches oder schreckliches Schicksal erlitten, und deshalb ist sein Haar vor seinem Tod weiß geworden.«

»Weißes Haar?« Cheryls Augen verengten sich. »Dann muss er ziemlich alt sein.«

»Red kein so dummes Zeug, Püppchen!«, schimpfte Jacqueline. »Meine Schwägerin Danny hat weiße Haare, nicht wahr? Und als sie Jeremy kennenlernte, war sie so jung, wie wir's jetzt sind.«

»Stimmt«, gab Cheryl zu. Dann fragte sie Judith: »War der Geist wirklich so hübsch?«

»Sehr hübsch. Und groß, mit schönen dunkelgrünen Augen, die wie Smaragde glühten … Und untersteh dich, ihn ohne uns zu suchen!«, mahnte Judy, von plötzlicher Eifersucht erfasst.

»Nur keine Bange!«, fauchte Cheryl beleidigt. »Ich bin weder so wagemutig noch so neugierig wie ihr. Und ich habe nicht die geringste Lust, einem Geist zu begegnen, besten Dank!«

»Welch ein Glück für dich, denn er scheint magische Kräfte

zu besitzen. Oder hast du nicht gemerkt, dass die Löcher im Dach da drüben geflickt wurden?«

Cheryl hielt den Atem an. »Von einem Geist?«

»Von wem sonst?«

»Nein, das habe ich nicht gemerkt, weil mein Zimmer auf der anderen Seite des Hauses liegt.«

»Ich hab's mitgekriegt«, meldete Brandon sich zu Wort. »Allerdings sah ich keine Arbeiter, die das bewerkstelligt hätten. Jedenfalls wurde das Dach vor Kurzem repariert, ganz eindeutig.«

»Hoffentlich hast du deinen Vater nicht darauf hingewiesen, oder etwa doch?«, fragte Jacqueline.

»Nein, natürlich nicht. Sonst hätte ich das Geheimnis verraten. Und ich breche niemals ein Versprechen.«

Jack lächelte ihn strahlend an. »Das wusste ich. Auf dich können wir uns verlassen, Brand.«

»Außerdem ist Vater immer verschnupft, wenn jemand das alte Gemäuer erwähnt, und er ärgert sich, weil er es nicht loswird. Er wollte es kaufen und abreißen lassen. Aber das ging nicht. Den Besitzurkunden zufolge gehörte es zuletzt einer gewissen Mildred Winstock. Diese Frau hat es nur geerbt und nie darin gewohnt. Kein Wunder, wenn da ein Geist sein Unwesen treibt. Seit den Lebzeiten meines Ururgroßvaters stand das Haus praktisch leer, was seinen miserablen Zustand erklärt. Warum er es gebaut und wem er's geschenkt hat, weißt du ja, Jack.«

»Wem?«, fragte Cheryl.

»Das ist nichts für junge Ohren«, erwiderte Brandon.

»Seiner Geliebten?«, glaubte Cheryl zu erraten.

Erbost über ihre altkluge Cousine, verdrehte Judith die Augen und wechselte das Thema. »Erstaunlich, dass das Haus nicht vollends zusammengebrochen ist, nachdem es über fünf Generationen hinweg leer gestanden hat.«

»Nicht ganz leer«, entgegnete Brandon. »Vom herzoglichen Vermögen wurden ein paar Dienstboten bezahlt, die das Haus instand hielten. Aber weil Vater nicht herausfand, wem Miss Winstock es vererbt hatte, ließ er es nach ihrem Tod verfallen. Und jetzt müssen wir den grässlichen Anblick des alten Kastens ertragen.«

Immerhin hatte Derek Malory, der Vater des jungen Duke, einige Bäume und dichte Büsche entlang der Grenze zwischen den beiden Anwesen pflanzen lassen, damit der Schandfleck kein Auge beleidigte, wenn man in den herzoglichen Gärten lustwandelte. Aber die Bäume versperrten nicht die Sicht auf die Ruine, wenn man an den Fenstern in den oberen Etagen des Herrschaftshauses stand.

Judith erhob sich von den Knien. »Nun müssen Jack und ich schlafen gehen. Das solltet ihr auch tun. Morgen fahren wir nach London zurück.«

Sobald die Verwandten den Raum verlassen hatten, fragte Jacqueline: »Hast du erwartet, sie würden unsere Begeisterung teilen? Nur wir haben den Geist gesehen, sie nicht.«

Judith seufzte. »Oh, Cheryls mangelnde Abenteuerlust überrascht mich nicht. Hier wird sie von ihren Eltern Derek und Kelsey viel zu sehr behütet und verhätschelt, während wir beide in London aufgewachsen sind.«

»Und was hat dieser Seufzer zu bedeuten? Bist du enttäuscht, weil wir das Licht dort drüben bei diesem Besuch nicht gesehen haben? Wenn du willst, durchsuchen wir die Ruine heute Nacht noch einmal.«

»Nein, der Geist hat sich uns nur ein einziges Mal gezeigt. Sicher versteckt er sich jetzt, wenn wir in seine Domäne eindringen. Zu schade …« Judith seufzte wieder, und Jacqueline warf ein Kissen nach ihr.

»Hör auf, von einem Geist zu träumen! Hast du eigentlich gemerkt, dass er kein Heiratskandidat ist?«

Judith brach in Gelächter aus. »O ja, es fiel mir nicht schwer, das festzustellen.«

»Sehr gut. Es wäre nämlich schwierig, ihn zu küssen. Von anderen Intimitäten ganz zu schweigen.«

»Intimitäten?« Judith hob eine Braue. »Eigentlich dachte ich, letztes Jahr hättest du diese draufgängerischen Pläne von deiner Liste gestrichen.«

»Unsinn ... Ich will mir ein Beispiel an unserer Cousine Amy nehmen. Ein Nein werde ich nicht akzeptieren – sobald ich den Richtigen finde. Und wenn es so weit ist, dann gnade ihm Gott! Der Mann wird gar nicht wissen, wie ihm geschieht«, fügte Jacqueline hinzu und grinste durchtrieben.

»Finde ihn nicht zu früh! Und bloß nicht in Amerika!«

Wieder einmal dachten sie bedrückt an die bevorstehende Reise. Als Jacqueline zum ersten Mal mit ihren Eltern die Neue Welt besucht hatte, war Judith zwei Monate lang verzweifelt und untröstlich gewesen. Die Mädchen hatten geschworen, sie würden sich nie mehr für längere Zeit trennen, höchstens für die Dauer einer Kutschenfahrt. Deshalb wollte Judith ihre beste Freundin bei deren zweiter Reise nach Übersee begleiten.

Bei ihrem Schwur hatten sie allerdings noch nichts über das Versprechen gewusst, das James Malory nach Jacks Geburt den Anderson-Brüdern gegeben hatte. Ihre amerikanischen Onkel hatten entschieden, James' Tochter dürfe nur in England aufwachsen, wenn ihr Debüt in Amerika stattfinden würde. Denn sie hofften, sie würde einen Amerikaner heiraten. Zumindest sollte sie diese Möglichkeit erhalten.

Auf Jacks Frage, warum ihr Papa damit einverstanden gewesen sei, obwohl das seinem Charakter widerspreche, hatte er erwidert: »Sonst hätte ich die Andersons töten müssen und George ganz furchtbar geärgert.«

Gewiss, sie waren immerhin Georges Brüder, und James' Argument, er hätte sie töten müssen, war genau genommen kein

Scherz gewesen. George, eigentlich Georgina, war Jacquelines Mutter. Aber er bestand darauf, seine Frau *George* zu nennen, weil er wusste, das würde ihren Brüdern gründlich missfallen. Um bei der Wahrheit zu bleiben – auch ihre fünf älteren Brüder nannten sie manchmal so. Jedenfalls hatte James' Versprechen in all den Jahren seinen Waffenstillstand mit den fünf amerikanischen Schwägern bewirkt. Das war dringend nötig gewesen, weil sie James Malory zu hängen versucht hatten.

»Ich werde erst heiraten, wenn du auch dazu bereit bist«, versicherte Jacqueline ihrer Cousine. »Also beeil dich nicht. Wir müssen nicht wie so viele Mädchen schon in unserer ersten Saison heiraten, obwohl unsere Mütter das erwarten. Dieses Jahr wollen wir uns amüsieren, im nächsten feiern wir Hochzeit.«

»Mit diesem Plan wirst du nicht verhindern, dass du ohne mich abreisen musst«, klagte Judith.

»Nun, zum Glück haben wir noch zwei Wochen Zeit, um zu überlegen, wie wir's hinkriegen. Sobald wir wieder in London sind, reden wir mit unseren Eltern. *Deine* müssen wir überzeugen. Mein Vater würde dich nur zu gern mitnehmen, doch er musste sich auf die Seite Onkel Tonys stellen, als der Nein sagte. Brüder, du weißt ja … Und diese zwei halten immer besonders fest zusammen. Aber wenn ich ihnen erkläre, ohne dich würde ich nicht nach Amerika fahren, werden sie alle zur Vernunft kommen. Und *warum* ist dein Vater dagegen? Weil er sich kein bisschen auf dein Debüt freut. Je näher es heranrückt, desto unausstehlicher wird er.«

Judith kicherte. »O nein, Papa ist niemals unausstehlich. Nur ein bisschen wortkarg und reizbar in letzter Zeit, aber du hast recht. Am liebsten wär's ihm, wenn ich niemals heiraten würde.«

»Genau. Also sollte er die Chance nützen, das unvermeidliche Ereignis hinauszuzögern, und dich mit mir nach Amerika schicken.«

»Ist eine Heirat wirklich unausweichlich, obwohl man solche Väter hat wie wir beide?«

Jacqueline lachte. »Jetzt denkst du an unsere Cousine Regina. Nachdem ihre Mutter Melissa gestorben war, mussten deren vier ältere Malory-Brüder sie großziehen. Keinen Mann fanden sie gut genug für ihre Nichte. Deshalb musste sie mehrere Saisons erdulden. Arme Reggie! Aber erinnere dich – damals hatten die Malorys noch keine Ehefrauen, die ein Machtwort sprachen, so wie jetzt. Glaubst du, *unsere* Mütter würden sich nicht genauso für uns einsetzen, wenn wir unsere Herzen verschenken? Moment mal, das ist es. Es war Tante Roslynn, die lauthals verkündet hat, du dürftest mich nicht nach Amerika begleiten. Und Onkel Tony stimmte ihr nur um des lieben Friedens willen zu, nicht wahr?«

Betrübt nickte Judith. »So sehr hat Mama sich auf mein Debüt gefreut, viel mehr als ich selber. Sie hofft sogar schon auf einen bestimmten Mann, der nach ihrer Meinung perfekt zu mir passen würde.«

»Wer ist es?«

»Lord Cullen, der Sohn einer ihrer schottischen Freundinnen.«

»Kennst du ihn?«

»Seit unserer Kindheit habe ich ihn nicht mehr gesehen. Aber Mama hat ihn öfter getroffen und mir erzählt, er sei steinreich, sehr attraktiv und in jeder Hinsicht eine großartige Partie.«

»Ich nehme an, er lebt in Schottland?«

»Ja, natürlich.«

»Dann kommt er keinesfalls infrage. Was sagt deine Mutter zu einem Schwiegersohn, der dich uns wegnehmen würde?«

Judith lachte. »Wahrscheinlich würde sie ein Haus in London kaufen, in dem ich mit ihrem kostbaren Lord Cullen wohnen müsste.«

Entschieden schüttelte Jack den Kopf. »Solche Risiken dürfen wir nicht eingehen, schon gar nicht, wenn es um einen dieser sturen Schotten geht. Warte mal – ist er der eigentliche Grund, warum sie so heftig gegen deine Reise nach Amerika protestiert?«

»Jedenfalls fürchtet sie, ein anderes Mädchen könnte Seine Lordschaft einfangen, wenn ich zu Beginn der Saison nicht hier bin. Ja, es würde mich nicht überraschen, wenn sie mich vor allem deshalb davon abhalten will, mein Londoner Debüt hinauszuzögern.«

Jacqueline verdrehte die Augen. »Das darfst du nicht so ernst nehmen. Wir haben das Problem noch nicht richtig durchdacht. Und sobald wir das getan haben, sind wir unschlagbar. Sei versichert, du wirst mit mir nach Amerika segeln. Daran habe ich nie gezweifelt.«

Kapitel 2

Die Augen weit geöffnet, lag Judith im Bett. Jacqueline war sofort eingeschlafen. Aber Judith war hellwach, denn sie hatte überlegt, dass sie beim nächsten Besuch bei ihren Verwandten in Hampshire vielleicht schon verheiratet sein würde. Nicht mit Ian Cullen, aber mit einem Mann, dem sie einfach nicht würde widerstehen können. Obwohl sie sich ebenso wenig wie Jack in absehbarer Zeit verlieben wollte, keinesfalls schon in diesem Jahr, hatte sie beobachtet, was ihren älteren Malory-Cousinen passiert war. Irgendwie gelang es der Liebe, die vernünftigsten, bestens durchdachten Pläne zu vereiteln. Und sobald sie verheiratet war, würde sie ihren Geist wahrscheinlich vergessen.

Was für ein trauriger Gedanke ... So verrückt es auch sein mochte – sie *wollte* jene aufregende Begegnung nicht vergessen. Genauso wenig wünschte sie, der Geist würde auf Nimmerwiedersehen aus ihrem Leben verschwinden. Deshalb hatte sie überlegt, er könnte noch einmal erscheinen, wenn sie sein Haus allein betreten würde. Und *diese* Idee raubte ihr den Schlaf.

Schließlich gab sie der Versuchung nach, hüllte sich in einen Umhang mit einer Kapuze und zog Pantoffeln an. Dann huschte sie ins Erdgeschoss hinab, holte eine Laterne und rannte über den Rasen hinter dem Haus. Aber als sie die dunkle Ruine erreichte und wie schon so oft die Tür öffnen wollte, war sie verschlossen. Sie klemmte nicht, jemand hatte sie eindeutig versperrt. War es Derek gewesen? Warum, wenn in so vielen Fenstern die Glasscheiben fehlten und man mühelos hindurchsteigen konnte?

Judith stellte die Laterne auf ein Fensterbrett und kletterte ins Haus.

Von außen hatte sie kein Licht gesehen. Aber sie ging, ihre Lampe in der Hand, geradewegs in den Raum, wo sie den Geist gesehen hatte. Unter ihren Füßen knarrten Bodenbretter. Das würde er hören, wenn er hier war, und sicher verschwinden.

»Verstecken Sie sich nicht vor mir!«, rief sie. »Ich weiß, dass Sie da sind! Zeigen Sie sich!«

Natürlich tat er das nicht, und sie ärgerte sich, weil sie geglaubt hatte, ein Geist würde einen solchen Befehl befolgen. Letztes Mal hatte sie ihn überrascht. Nun hatte sie dummerweise die Chance verspielt, ihn erneut zu überrumpeln. Trotzdem beschloss sie jenen Raum zu erforschen, bevor sie ihren Plan aufgeben und ins Bett zurückkehren würde.

Sie öffnete die Tür, die diesmal nicht quietschte. War sie geölt worden? Judith hob ihre Laterne und schaute sich in dem Zimmer um. Es sah anders aus. Völlig anders.

Nirgendwo hingen Spinnweben, das alte Sofa war nicht mehr staubig. In einer Ecke lagen eine zerknüllte Decke und ein Kissen auf einem Feldbett. Wohnte jemand anderer als der Geist in dem alten Haus? Ein Eindringling? In diesem Raum waren sogar die Fenster mit Decken verhüllt. Von draußen würde man den Laternenschein nicht bemerken. Hatten Judy und Jack das Geisterlicht deshalb nicht mehr gesehen? Vermutlich war er wütend, weil sich irgendein Landstreicher hier einquartiert hatte, den er nicht verscheuchen konnte.

Jetzt war der Vagabund allerdings nicht da. Aber vielleicht der Geist? Sie wollte ihrem unsichtbaren Freund gerade erklären, sie würde das Problem des Einbrechers lösen, als eine

Hand auf ihren Mund gepresst wurde und ein Arm von hinten ihre Taille umschlang. Erschrocken ließ sie ihre Laterne fallen, die über den Boden rollte, ohne zu zerbrechen. Aber sie erlosch. O nein! In schwarzer Finsternis, einem zweifellos realen Mann ausgeliefert …

Vor lauter Entsetzen glaubte Judith die Besinnung zu verlieren. Doch da flüsterte er in ihr Ohr: »Sie haben sich einen lausigen Treffpunkt mit ihrem Liebhaber ausgesucht, Mädchen. Ist er auch im Haus? Haben Sie vorhin mit ihm geredet? Nicken Sie einfach nur, oder schütteln Sie den Kopf.«

Sie tat beides.

Offenbar irritiert, stöhnte er. »Wenn ich Ihre Lippen loslasse, damit Sie sprechen können, will ich kein Geschrei hören. Sobald Sie zu kreischen anfangen, werde ich Sie knebeln und fesseln und im Keller verrotten lassen. Haben Sie das verstanden?«

Ein Knebel und Fesseln beunruhigten sie nicht so sehr wie die Frage, was er sonst noch mit ihr machen könnte. Am nächsten Morgen würde Jack erraten, wohin ihre Cousine verschwunden war, und sie hier finden. Also nickte Judith. Er entfernte seine Hand von ihrem Mund. Aber sein Arm presste sie eisern an seinen Körper, sodass sie nicht weglaufen konnte. Eventuell wäre ein Schrei die Rettung …

»Wie lange wird es dauern, bis Ihr Liebhaber aufkreuzt?«

»Ich wollte niemanden treffen …«, begann sie unbedacht, statt zu erwidern: *Jeden Moment.* Dann würde der Landstreicher fliehen – oder?

»Warum sind Sie dann hier? Und wie konnten Sie eindringen? Diese verdammte Haustür habe ich versperrt.«

»Das haben *Sie* getan? Ist das nicht sinnlos, wenn so viele Fenster offen stehen?«

»Keineswegs, weil eine verschlossene Tür eine unmissverständliche Information darstellt. Hier ist niemand willkommen.«

Judith seufzte verächtlich. »Das sind Sie auch nicht. Wissen Sie nicht, dass es in diesem Haus spukt?«

»Tatsächlich? Ich wollte nur kurz reinschauen. Seit ich da bin, sind keine Geister erschienen.«

»Nur kurz?«, spottete sie. »Obwohl Sie ein Lager in der Ecke aufgeschlagen haben? Sie lügen! Und vorhin waren Sie nicht da. Sind Sie aus einer Wand aufgetaucht? Gibt es ein Geheimzimmer, das mit diesem verbunden ist?«

Sein Gelächter klang gezwungen, und sie glaubte, sie hätte richtig geraten. Warum waren Jack und sie selbst nicht schon früher darauf gekommen? Auch im Herrschaftssitz des Duke existierten verborgene Kammern und Geheimgänge.

Nun legte er sein Kinn auf ihre Schulter. »Was für eine rege Fantasie Sie haben, Schätzchen ... Bevor sie mit Ihnen durchgeht – würden Sie meine Frage beantworten? Wieso treiben Sie sich mitten in der Nacht hier herum, wenn Sie keinen Liebhaber treffen möchten?«

»Ich wollte den Geist besuchen, der hier haust.«

»Schon wieder dieser Unsinn!«, höhnte er. »Da spukt niemand. So was gibt es nicht.«

Wie *wundervoll* wäre es, wenn ihr Geist plötzlich erscheinen und ihm den Irrtum beweisen würde ... Das müsste den Landstreicher ablenken, sie könnte flüchten und Derek holen, der ihn verjagen würde. Aber dann sagte sie sich, selbst wenn das Gespenst herbeischweben würde – in diesem stockdunklen Raum wäre es unsichtbar. Bitter enttäuscht, weil der Vagabund ihr die letzte Chance verdarb, den Geist wiederzusehen, wollte sie nur noch ins Bett zurückkehren. Sie versuchte sich zu befreien, und der Schurke umfing sie noch fester.

»Lassen Sie das! Wenn Sie sich so aufreizend hin und her winden, muss ich vermuten, Sie möchten eine ganz besondere Aufmerksamkeit erregen. Habe ich recht, Schätzchen? Diesen Wunsch erfülle ich Ihnen nur zu gern.«

Judith hielt den Atem an und stand reglos da.

»Wie schade!« In seiner Stimme schwang echtes Bedauern mit. »Sie riechen gut, Sie fühlen sich angenehm an. Und ich hatte gehofft, ich würde herausfinden, ob Sie auch so köstlich schmecken.«

Verstört zuckte sie zusammen. »Ich bin hässlich wie die Sünde. Voller Furunkel und Warzen.«

Er lachte leise. »Warum glaube ich das nicht?«

»Zünden Sie die Laterne an, dann werden Sie es sehen.«

»Nein, die Dunkelheit gefällt mir besser. Mit Ihren Furunkeln und Warzen nehme ich's auf, um unseren Appetit zu stillen, und ich werde dieses Spielchen gewinnen.«

Trotz dieser Warnung – und es war eine Warnung – war Judith nicht darauf gefasst, wie schnell sie herumgedreht und geküsst wurde, ehe sie es verhindern konnte. Sie würgte nicht, sein Atem roch nach Cognac, und für einen ersten Kuss war es gar nicht so übel, hätte sie diese Erfahrung näher ergründen wollen.

Natürlich wollte sie das nicht. Ihre Hand schwang wild und ziellos durch die Finsternis. Nur durch einen glücklichen Zufall landete sie klatschend auf der Wange des Angreifers, der sie sofort losließ.

»Was?«, rief er und lachte. »Nur einen ganz kurzen Kuss habe ich gestohlen. Deshalb müssen Sie nicht gewalttätig werden.«

»Jetzt gehe ich. Und Sie sollten auch verschwinden, falls Sie zur Vernunft gekommen sind.«

Ein Seufzer. »Ja, das habe ich mir schon gedacht. Aber zuerst werde ich Sie unbeschadet hinausbringen. Ich will's nicht auf mein Gewissen laden, wenn Sie durch die Bodenbretter hinabstürzen und sich den Hals brechen.« Ehe sie protestieren konnte, hob er sie hoch.

»Nein, warten Sie …«, japste sie. »Dieses Haus kenne ich besser als Sie!«

»Ganz bestimmt nicht«, murmelte er und trug sie aus dem Zimmer, durch die Eingangshalle, zum nächstbesten Fenster. Davor blieb er stehen und schob sie hinaus. »Erzählen Sie niemandem, dass Sie mich hier gesehen haben. Morgen früh bin ich nicht mehr da.«

»Ich konnte Sie nicht sehen. Dafür haben Sie gesorgt.«

Und sie sah ihn noch immer nicht. Schwaches Mondlicht fiel auf die Veranda. Aber nachdem er Judith losgelassen hatte, wandte er sich sofort vom Fenster ab und verschwand im Dunkel der Halle. Sie wartete keine Antwort ab, falls er ihr überhaupt zugehört hatte, rannte zum Herrschaftshaus zurück und in ihr Zimmer hinauf.

Sollte sie Jacqueline wecken und ihr von dem Abenteuer erzählen? Nein, das hatte Zeit bis morgen.

Wieso allerdings ein armer Landstreicher sündteuren französischen Cognac trank, verwirrte sie immer noch. Den konnten sich nur reiche Leute leisten. Deshalb war er die bevorzugte Fracht aller Schmuggler …

Kapitel 3

Boyd Anderson durchquerte das Speisezimmer, um seiner Schwester Georgina Gesellschaft zu leisten. »Warum schaust du *mich* so an, als hätte *ich* Schwierigkeiten?« Seine Stimme klang scherzhaft, sein Grinsen wirkte gewinnend.

Sobald er Georginas gerunzelte Stirn sah, nahm sein Gesicht ernste Züge an. Er besaß die gleichen dunklen Augen wie seine Schwester, sein braunes Haar war etwas heller als ihres, das ihr offen auf die Schultern fiel, wie so oft, wenn sie Familienmitglieder erwartete. Aber sie trug ein korrektes, hübsches korallenrotes Tageskleid.

Boyd, der jüngste ihrer fünf Brüder, war der Einzige, der in London lebte. Dazu hatte er sich vernünftigerweise entschlossen. Denn er war bereits der dritte Anderson, der in den Malory-Clan eingeheiratet hatte. Seine Frau Katey war Anthony Malorys illegitime Tochter, von deren Existenz der Vater erst durch Boyds amouröses Interesse erfahren hatte. Nach der Feststellung ihrer Herkunft hätten die Malorys – und es gab viele – den jungen Mann mit Waffengewalt daran gehindert, mit ihr nach Amerika zu segeln, obwohl sie dort aufgewachsen war.

Georgina versuchte Boyd beruhigend anzulächeln, was ihr misslang. »Setz dich«, bat sie und zeigte auf den Stuhl, der ihrem gegenüberstand. »Ich habe die Köchin ersucht, sie möge deine Leibspeise zubereiten. Und es war wirklich nicht einfach, Venusmuscheln zu bekommen.«

»Eine Erpressung?«, fragte Boyd und nahm Platz. »Nein, darauf musst du nicht antworten. Wahrscheinlich geht es um Jacquelines Reise. Stimmt was nicht? Ist irgendwas mit den Jungs passiert?«

»Nein, die bleiben sehr gern im Internat. Für das Debüt ihrer Schwester interessieren sie sich nicht.«

»Eigentlich dachte ich, du wärst mit der ersten Saison deiner Tochter in Amerika einverstanden?«

»Das bin ich ja auch. Ich weiß, ihr wollt nur das Beste für Jack, deine Brüder und du. Und diese monumentale Reise garantiert den Frieden in meiner Familie – obwohl sie uns aufgezwungen wurde.«

Boyd zuckte zusammen. »Musst du es so ausdrücken?«

»Ja, das muss ich, weil es die Wahrheit ist.«

Seufzend gab er zu: »Ja, wir haben ziemlich energisch auf Jacquelines Debüt in Amerika bestanden …«

»*Sehr* energisch.«

»Und – ja, heutzutage halten wir alle uns öfter in England als in Connecticut auf. Früher blieben wir viel öfter drüben. Aber es gibt noch einen anderen, wichtigeren Grund für ihr Debüt in Amerika.« Nach einem Blick zur Tür fuhr er mit gesenkter Stimme fort. »Dein Mann ist hoffentlich nicht zu Hause? Es wäre mir unangenehm, wenn er plötzlich hereinplatzen und hören würde, was wir besprechen.«

»Keine Bange, er ist zum Hafen gefahren, um sich zu vergewissern, dass alle Reisevorbereitungen rechtzeitig getroffen werden. Aber ich würde mich nicht wundern, wenn er Tony zuerst zum Boxring im Knighton's Hall schleppt.«

»Verdammt, ich wünschte, sie würden mich informieren, wenn sie so was planen. Diese Kämpfe beobachte ich nur zu gern.«

»Heute würdest du's wohl kaum genießen. James ist furchtbar schlecht gelaunt. Also könnte es brutal werden.«

»Umso besser! Nein, Moment mal – warum ist er schlecht gelaunt? Weil *du* dich über jemanden ärgerst?«

»Verärgert bin ich nicht, nur besorgt. Es ist Jack, die einen Wutanfall bekommen hat.«

»Wegen der Reise?«

»Damit hängt es zusammen.«

»Aber ich nahm an, deine Tochter will nach Amerika segeln.«

»O ja, das will sie. Aber sie glaubte, Judith würde sie begleiten. Das klappt nicht. Und jetzt weigert sich Jack, ohne ihre Cousine abzureisen.«

Boyd lachte. »Warum überrascht mich das nicht? Schon immer waren die beiden unzertrennlich. Das weiß jeder. Warum kann Judy nicht mitfahren?«

»Weil es ihre Mutter verbietet. Seit Monaten bereitet Roslynn die Saison vor. Darauf freut sie sich noch viel mehr als unsere Töchter. Schon jetzt weiß sie, wer welche Partys und Bälle geben will, und hat bereits Zusagen gesammelt, damit Judith zu den exklusivsten Festen eingeladen wird. Außerdem kennt sie die begehrenswertesten Junggesellen auf dem Heiratsmarkt. Dazu gehört ein Schotte, mit dem sie Judy am liebsten verkuppeln würde, denn er ist der Sohn einer ihrer engsten Freundinnen. Nichts will sie dem Zufall überlassen, und sie fürchtet, Judy wird eine fabelhafte Chance verpassen, wenn sie mit uns nach Amerika segelt.«

Boyd verdrehte die Augen. »Aber die Mädchen werden zurückkommen, wenn die Saison in London noch in vollem Gange ist und höchstens eine oder zwei Wochen versäumen. Den restlichen Sommer werden sie hier verbringen. Deshalb reisen wir ja schon jetzt ab, im Frühling.«

»Für Judiths Mutter ist der Beginn der Saison am wichtigsten. Aus diesem Grund beharrt sie auf der Anwesenheit des Mädchens hier in London. Sie kann ziemlich halsstarrig sein.

Und ich verstehe ihre Beweggründe. Auf den ersten Bällen und Partys springen die Funken über, die jungen Leute fühlen sich zueinander hingezogen, die Gentlemen fangen an, die jungen Damen ihrer Wahl zu hofieren. Wenn man auch nur eine Woche zu spät erscheint, macht es einen gewaltigen Unterschied. Dann sind die besten Partien vermutlich schon vergeben. Natürlich geht es Roslynn vor allem um den Schotten, kein anderes Mädchen darf Lord Cullen einfangen. Deshalb muss Judy da sein, wo er auch ist, und zwar am ersten Tag der Saison.«

»Glaubst du wirklich, das würde für die zwei hübschesten Debütantinnen in diesem Jahr eine Rolle spielen?«

»Für Jack sicher nicht. Sie wird sich den Richtigen schnappen, sobald sie ihn entdeckt hat. Auf dieser Seite des Atlantiks oder auf der anderen, und zum Teufel mit allen Konsequenzen oder Hindernissen.«

»Um Himmels willen, Georgie, du sprichst von deiner Tochter, nicht von einem dieser wilden Malorys.«

Georgina zog bedeutsam die Brauen hoch. Das hatte sie sich kurz nach ihrer Hochzeit mit James Malory angewöhnt. »Verblüfft es dich, dass sie nach ihrem Vater gerät?«

»Offenbar zu sehr«, murmelte Boyd. Dann warf er seiner Schwester vor: »Das hättest du im Keim ersticken müssen.«

Sie kicherte. »Gegen einen so starken Einfluss kann man nichts machen. Aber darauf kommt es nicht an. Im Gegensatz zu Jack, die gelegentlich losstürmt, bevor sie nachdenkt, ist Judy zu gutmütig und rücksichtsvoll, um jemandem auf die Zehen zu treten. Deshalb ist es fraglich, ob sie sich durchsetzen wird, falls ihr ein junger Mann gefällt und wenn sie Rivalinnen ausstechen müsste. Roslynn kennt den Charakter ihrer Tochter. Deshalb besteht sie darauf, dass das Mädchen am ersten Ball der Saison teilnehmen wird. Ich fürchte, wenn wir sie nicht umstimmen können, bleiben wir alle hier. Denn Jack hat es entschieden abgelehnt, ohne ihre beste Freundin zu debütieren.«

»Verdammt, Georgie, in drei Tagen läuft unser Schiff aus. Für eine Änderung unserer Pläne ist es zu spät. Und Katey freut sich schon so auf die Reise.«

»Glaubst du, mir gefällt diese vertrackte Situation? Alle unsere Sachen sind gepackt, die *Maiden George* wurde von ihrem Dock im Süden nach London gebracht, eine vollzählige Besatzung angeheuert. Während wir uns hier unterhalten, müsste sie in der Themse ankern. Seit Monaten reden wir auf Roslynn ein und umschmeicheln sie. Und jetzt, so kurz vor der Abreise, sagt sie immer noch Nein.«

»O Gott, alle unsere Brüder sind schon auf dem Weg nach Bridgeport in Connecticut! Und Amy wird bald dort eintreffen, um die Vorbereitungen zu beaufsichtigen. Letzte Woche ist sie mit Warren losgesegelt. Wenn wir nicht wie erwartet ankommen, wird sie glauben, es wäre was Schreckliches passiert.«

»Selbst wenn es schiefgeht, wird James hinfahren und ihnen Bescheid geben«, erklärte Georgina. »Also müssen sie sich nicht sorgen. Tut mir leid, Boyd, ich weiß, unsere Brüder und du habt euch darauf gefreut. Trotzdem hoffe ich, ihr werdet James verzeihen, dass er sein Versprechen nicht hält. *Seine* Schuld ist es nicht.«

Boyd warf ihr einen durchdringenden Blick zu. »Seit wann führt James das Kommando? Ich werde Jacqueline eigenhändig an Bord tragen, wenn James und du unfähig seid, euch durchzusetzen.«

»Anscheinend verstehst du nicht, worum es geht. Für meine Tochter hätte die Reise keinen Sinn, wenn sie die ganze Zeit unglücklich wäre. Mit Roslynns Widerstand haben wir alle nicht gerechnet. Wir haben unser Bestes getan, um sie von ihrem Entschluss abzubringen. Aber sie beharrt auf ihrem Standpunkt. Wie du weißt, ist sie eine Schottin, und sie ist jedes Mal schrecklich zornig geworden, wenn wir versucht haben, sie umzustimmen.«

»Dann rechne nicht damit, das Jack jemals heiraten wird«, erwiderte Boyd kategorisch.

Georgina sprang auf. »*Was?* Das nimmst du zurück, Boyd Anderson!«

Auch er stand auf, die Stirn wütend gefurcht. » O nein! Ich habe schon öfter versucht, dir klarzumachen, wie wichtig Jacks Debüt in Amerika ist. Ich wollte dich vorhin noch einmal darauf hinweisen. Dort würde sie eine viel bessere Gelegenheit finden, einen Mann lieben zu lernen, der nichts über den Ruf deines Gemahls weiß. Hier wagen sich die jungen Männer gar nicht erst an sie heran, weil er ihnen Angst und Schrecken einjagt.«

Immer noch empört, sank Georgina auf ihren Stuhl zurück. »Darum sorgt Jack sich nicht. Und wir haben auch keine Bedenken, was das betrifft.«

»Mach dir nichts vor! Kein Mann, der James Malory kennt oder gewisse Gerüchte über ihn gehört hat, wird sich dem Risiko eines solchen Schwiegervaters ausliefern. Falls James nicht ohnehin jeden ermordet, der seine Tochter vor den Traualtar führen möchte ...«

Georgina schnappte nach Luft. »Jetzt – jetzt verstehe ich Jacks Entschluss!«, japste sie erbost. »Ich werde auch nicht abreisen! Wochenlang auf hoher See, zusammen mit einem sturen Kerl von deinem Kaliber – das halte ich sicher nicht aus!«

Jetzt verlor Boyd den letzten Rest seiner Geduld. »Niemals werde ich untätig zuschauen, wie meine Nichte eine fantastische Chance verpasst, nur weil *du* sie nicht zur Vernunft bringen kannst!«, schrie er und stürmte zur Tür hinaus.

»Wie kannst du es wagen!«, kreischte Georgina und schleuderte einen Teller nach ihm, der sein Ziel verfehlte und am Boden der Eingangshalle zerschellte.

Bevor er die Haustür erreichte, wurde sie geöffnet, und Jacqueline zog die Brauen hoch. »Zertrümmert sie schon wieder ihr Geschirr, weil du sie geärgert hast?«

Boyd ergriff ihren Arm und führte sie ins Freie hinaus. »Zum Glück konnte sie noch nie richtig zielen.« In strengem Ton fügte er hinzu: »Weißt du eigentlich, was du uns allen antust?«

Kein bisschen reumütig, grinste sie. »Das gehört zu meinem Plan.«

»Uns in den Wahnsinn zu treiben?«

»Nein, ihr sollt es nur hinkriegen, dass Judy uns begleiten darf.«

»Da habe ich eine bessere Idee. Komm, suchen wir einen gewissen Schotten und arrangieren wir einen kleinen Unfall, der ihn bis zum Ende der Saison unschädlich macht.«

»Wirklich?!«

»Nun, dazu hätte ich gute Lust. Aber vielleicht sollten wir erst mal versuchen, vernünftig mit ihm zu reden.«

»Vernünftig mit ihm reden? Mit einem Schotten?« Jack brach in schallendes Gelächter aus.

»Ts, ts, ts«, zischte Boyd. »Sag mir einfach nur, ob er in der Stadt ist. Wie soll ich in drei Tagen nach Schottland fahren, sein Reitpferd erschießen und rechtzeitig vor unserer Abreise zurückkommen?«

»Er ist tatsächlich hier, aus geschäftlichen Gründen. Vor etwa einer Woche kam er an, und seither möchte er Judy jeden Tag besuchen. Für mich ist's verdammt mühsam, jedes Mal den richtigen Zeitpunkt abzupassen und dafür zu sorgen, dass sie nicht daheim ist und ihn nicht empfangen kann. Wir hoffen, er wird den Wink verstehen und freiwillig verschwinden. Aber Tante Roslynn erriet, was wir im Schilde führen, nachdem Judy ihr erklärt hatte, sie will überhaupt nicht debütieren, wenn sie's nicht auf beiden Seiten des Meeres genießen kann.«

»War das erfolgreich?«

»Nein, noch nicht. Bisher bildet Tante Roslynn sich ein, ihre Tochter würde klein beigeben, sobald unser Schiff ohne sie ausgelaufen ist. Und sie hat betont, leider würde ich einen viel zu schlechten Einfluss auf Judy ausüben«, fügte Jack freudestrahlend hinzu, sichtlich stolz auf diese Einschätzung ihres Charakters.

»Also hat deine Cousine diesen Lord Cullen noch gar nicht kennengelernt? Dann kann sie nicht wissen, ob sie ihn mögen oder ablehnen würde.«

»Seit er ein Junge war, traf sie ihn nicht mehr. Er hat sie in den letzten Jahren allerdings ein paarmal gesehen, und er scheint ganz verrückt nach ihr zu sein. Aber sie hat es nicht besonders eilig, herauszufinden, was für ein Mann aus ihm geworden ist. Während wir hier herumstehen, soll sie ihm im Hyde Park begegnen. Tante Roslynn will sie hinbringen. Um das zu verhindern, wird Judy eine plötzliche Unpässlichkeit vorschützen.«

»Großartig, dann gehen wir in den Park und sprechen mit ihm. Nutzen wir seinen Liebeswahn für einen guten Zweck. Erklären wir ihm, er würde Judy einen Gefallen tun, wenn er behauptet, er habe einen Unfall erlitten, der ihn einige Wochen lang von der Londoner Saison fernhalten würde. Wenn er das Roslynn mitteilt, hat sie keinen Grund mehr, Judy die Reise mit uns zu verbieten. Und ich muss keine Knochenbrüche auf mein Gewissen laden.«

Jacqueline grinste begeistert. »Weißt du, dass du wie mein Vater redest, Onkel Boyd?«

»Halt bloß den Mund, Jack.«

Kapitel 4

Hast du dir schon was ausgedacht, Tony? In zwei Tagen segeln wir los. Und jetzt wollen weder Jack noch George mitfahren, was wir der Sturheit deiner Frau verdanken.« James versetzte seinem Bruder einen harten Kinnhaken, der Anthony um einen Schritt zurückwarf.

In der Nachbarschaft hatte sich schnell herumgesprochen, die Malory-Brüder seien auf dem Weg in Richtung Knighton's Hall gesichtet worden. Die Plätze rings um den Boxring waren bereits voll besetzt, als wäre der Kampf offiziell angekündigt worden. Am Eingang drängte sich eine Menschenmenge, die Einlass begehrte. Die Hände erhoben, gab Knighton den Versuch auf, die Leute zurückzuhalten.

Anthony, der jüngste Malory-Bruder, kam schon seit vielen Jahren ins Knighton's Hall, um zu trainieren. Aber seine Kämpfe reizten ihn nicht mehr besonders, weil er nie verlor – es sei denn, sein Bruder James trat mit ihm in den Ring. Dann wusste niemand, welcher Malory siegen würde, und die Wetteinsätze erreichten schwindelerregende Höhen, so wie an diesem Tag.

Die schwarzen Brauen zusammengezogen, starrte Anthony seinen Bruder an. »Nein, ich habe mir *nichts* ausgedacht, und du solltest aufhören, deinen Zorn an *mir* auszulassen.«

»An wem denn sonst?«, fragte James trocken und unterstrich seinen Hohn mit einer knallharten Rechten. »Wie geht's jetzt weiter?«

»Zur Hölle mit dir, James, meine verdammte Schuld ist es nicht.«

»Doch, natürlich, mein lieber Junge, weil du der Einzige bist, der deine Frau umstimmen kann. Oder hast du deine spezielle Wirkung auf Roslynn eingebüßt? Großer Gott, das ist tatsächlich passiert, nicht wahr?«

Für diese Beleidigung rächte Anthony sich mit einem kraftvollen Faustschlag in die Magengrube seines Bruders, gefolgt von einem gezielten Aufwärtshaken. Keine dieser Attacken beeindruckte James Malory.

Schon oft war er von Männern, die ihn zu besiegen versucht hatten, mit einer Ziegelmauer verglichen worden. Sein nächster Angriff warf Anthony zu Boden und bewog ihn, diese Runde verloren zu geben. Zum Geier, wenn er wütend war, fiel seinem Bruder der Sieg viel zu leicht.

Aber es blieb Anthony erspart, seine Niederlage einzugestehen, weil sein Kutscher über die Wand des Rings kletterte und winkte, um seine Aufmerksamkeit zu erregen. Auch James entdeckte den Mann und trat zurück.

Anthony stand auf und holte den Brief, den sein Kutscher durch die Luft schwenkte. Während er in die Mitte des Rings zurückkehrte, las er die Nachricht und prustete los, bevor er James mitteilte: »Judy empfiehlt mir, mein Gesicht vor Blutergüssen zu retten, sofort nach Hause zu kommen und meine Sachen zu packen. Offenbar hat Ros endlich nachgegeben.«

Erfreut über die gute Neuigkeit, lachte James. Deshalb vernachlässigte er seine Deckung, was Anthony sofort mit einem gezielten Fausthieb nutzte.

James landete auf seinem Hintern, aber der unerwartete Glücksfall hatte seine Wut restlos verscheucht. Und so hob er nur eine goldblonde Braue und erkundigte sich: »Wieso habe ich das verdient?«

»Weil ich jetzt zweifellos die Rolle des Sündenbocks spielen muss«, murrte Anthony und streckte eine Hand aus, um seinem Bruder auf die Beine zu helfen. »Wer Ros überredet hat, sich anders zu besinnen, oder wie sie das geschafft haben, weiß ich nicht. Nur eins steht fest – jetzt muss ich unzählige Wutausbrüche ertragen.«

»Dann ist es am besten, du segelst mit uns. Deine Frau bleibt natürlich daheim. Bis zu unserer Rückkehr wird sie genug Zeit finden, um sich zu beruhigen.«

Wie beide Brüder wussten, würde Roslynn keinesfalls an Bord gehen, weil sie zur Seekrankheit neigte, ebenso wie Jaime, ihre jüngere Tochter. Selbst wenn Roslynn bereit wäre, die Qualen Judy zuliebe hinzunehmen, würde sie das dem sechzehnjährigen Mädchen nicht mehr zumuten. Genauso wenig würde sie Jaime für zwei Monate allein zu Hause lassen. So lange würde die Reise dauern.

James merkte, dass es ihm nicht gelungen war, die Sorge seines Bruders zu lindern. »Komm schon, alter Junge, erzähl mir nicht, Londons einst ruhmreichster Frauenheld könnte den Zorn seiner Gemahlin nicht in heiße Leidenschaft verwandeln«, witzelte er und beugte sich vor, um Anthonys ausgestreckte Hand zu ergreifen, die abrupt zurückgezogen wurde.

»Wenn es auch gegen meinen Ehrenkodex verstößt, einen Mann zusammenzuschlagen, der am Boden sitzt – bei dir könnte ich eine Ausnahme machen.«

Lachend stand James auf. »Diesen Gefallen solltest du mir nicht erweisen. Judy darf nicht glauben, ihre Nachricht hätte dich zu spät erreicht.«

*

In der Mitte des Atlantiks kam die *Nereus* mit Kurs auf Bridgeport, Connecticut, schnell voran. Während die Familienreederei der Andersons, Skylark Shipping, eine große Flotte betrieb, besaß jedes der Geschwister auch eigene Schiffe.

Die *Nereus* wurde von ihrem Eigentümer Warren kommandiert, dem zweitältesten Anderson-Bruder und Amy Malorys liebevollem Ehemann. Die Hälfte des Jahres verbrachten die beiden stets auf dem Meer, zusammen mit ihren Kindern Eric und den Zwillingen Glorianna und Stuart. Auch deren Lehrer befanden sich an Bord. In der zweiten Jahreshälfte wohnte die Familie in ihrem Londoner Haus, weil die Kinder ihre zahlreichen Verwandten besser kennenlernen sollten.

Trotz des frischen Winds stand Amy auf dem Deck und genoss die Frühlingssonne. Da sie als einzige Frau in der Anderson-Familie eine erfolgreiche Londoner Saison absolviert hatte, war sie von den Anderson-Brüdern gebeten worden, die gesellschaftlichen Ereignisse für Jacquelines zweiwöchigen Aufenthalt in Bridgeport zu organisieren.

Auch Drew Andersons Ehefrau Gabby hatte ein Debüt in London erlebt. Aber es war verkürzt worden, weil Drew ein skandalöses Desaster verursacht hatte. Deshalb konnte sie keine speziellen Anweisungen für Debüt-Partys erteilen, und Amy verließ sich auf ihre eigenen Erfahrungen. Außerdem hatte sie sich mit ihrer Cousine Regina beraten, der Malory-Expertin für gesellschaftliche Veranstaltungen.

Wegen der bevorstehenden Feste musste Amy mit ihrer Familie nach Hause zurückkehren, Menüs planen und Einladungen verschicken. Bei den Einladungen würde Warren ihr helfen, denn er wusste, wer an den Bällen und Partys teilnehmen sollte. Obwohl Amy ihn im Lauf der Jahre mehrmals nach Bridgeport begleitet und viele Freunde und Bekannte der Andersons getroffen hatte, erinnerte sie sich nicht an sämtliche Personen. Vor der Ankunft Jacquelines und ihrer Eltern musste alles perfekt geplant werden.

Auf die nächsten Wochen freuten ihre Kinder sich mehr als

sie selber, weil sie jedes Fest besuchen würden. In England müssten sie ihren achtzehnten Geburtstag abwarten, bevor sie sich gemeinsam mit den Erwachsenen amüsieren durften. Solche Regeln kannte man in Amerika nicht. Amy war viel zu nervös, um sich zu freuen. So viel gab es zu tun, so viele Listen mussten erstellt werden.

In Gedanken versunken, hätte sie fast nicht bemerkt, wie ein beunruhigendes Gefühl sie erfasste. Und als sie es wahrnahm, krümmte sie sich auch schon zusammen, wie von einem Faustschlag in den Bauch getroffen.

Erschrocken eilte Warren zu ihr. »Was sind das für Schmerzen, Liebling?«

»Keine Schmerzen.«

»Sondern …?«

»Etwas – Schlimmes – wird passieren.«

Warren schaute nach oben und suchte den Himmel nach Vorboten eines Sturms ab, der die Fahrt erheblich verzögern oder das Schiff demolieren würde. Doch er entdeckte keine einzige dunkle Wolke. »Wann?«

»Das weiß ich nicht.«

»*Was?*«

»Ich weiß es nicht.«

Er seufzte. »Wenn du diese Gefühle hast, wünschte ich wirklich, du würdest sie etwas genauer erläutern.«

»Das sagst du immer. Und es hilft mir kein bisschen, weil ich's nicht kann. Wir müssen umkehren, Warren.«

»Hm …« Er half ihr, sich aufzurichten, und nahm sie in die Arme. »Versuch mal, ein paar klare Gedanken zu fassen. Die halbe Familie würden wir verpassen, die bereits in diese Richtung segelt. Sogar James, Georgie und Jack werden längst abgereist sein, bevor wir wieder in England landen.«

»Wenn wir doch schneller vorankämen!«, klagte sie an seiner breiten Brust, und er lachte leise.

»Das ist unmöglich, aber wir haben keine Kanonen mehr an Bord …«

»Stattdessen eine Riesenfracht, die unsere Fahrt verlangsamt.«

»Natürlich, das gehört zu meinem Geschäft. Trotz der Ladung sind wir ziemlich schnell unterwegs. In etwa einer Woche werden wir in Bridgeport eintreffen.«

»Falls der Wind sich nicht ändert«, murmelte Amy.

»Gewiss. Aber ganz egal, was dein Gefühl ankündigt – du kannst es beeinflussen und verhindern, dass es dich allzu sehr peinigt. Tu's! Sofort! Sag irgendwas, das dich aufheitert, meine Süße. Am besten denkst du dir eine Wette aus. Du gewinnst immer, das weißt du.«

Sie sah zu ihm auf. Mit einem liebevollen Lächeln bedankte sich für diesen Vorschlag. »Also gut, ich wette, es wird kein Problem auftauchen, das die Familie nicht lösen kann.«

»Willst du es wirklich so vage ausdrücken?«

»Das ist nicht vage, es gilt für alle in meiner Familie, in deiner Familie, für sämtliche Ehefrauen, Ehemänner und Kinder.«

Kapitel 5

Die Zelle im Laderaum, eine von vielen, war die einzige, die derzeit benutzt wurde. Wenn sie auch nicht zu einem Gefängnis gehörte, fühlte sie sich für jeden, der hier festsaß, so an. Unterirdisch, keine Fenster, nur eine einzige Laterne im ganzen Komplex, die Tag und Nacht brannte. Für die Wärter, nicht für die Häftlinge. Am Ende des letzten Jahrhunderts war die Zollstation gebaut worden, als die Regierung begonnen hatte, etwas aggressiver in den südlichen Gewässern zu patrouillieren, insbesondere entlang der Cornwall-Küste. Rings um den Stützpunkt – zunächst nur ein Dock und Kasernen auf halbem Weg zwischen Dorset und Devon – war im Lauf der Jahre eine Gemeinde entstanden: Läden, Stallungen, Tavernen. Doch das hauptsächliche Interesse galt immer noch der Verhaftung von Schmugglern, die man äußerst streng bestrafte. Entweder wurden sie in die australischen Kolonien geschickt oder gehängt. Gelegentlich fanden Gerichtsverhandlungen oder eher Scheinprozesse statt.

Nicht zum ersten Mal wünschte Nathan Tremayne, er wäre im achtzehnten Jahrhundert geboren worden, bevor sich die Zollbeamten organisiert hatten. Damals war es ein Leichtes gewesen, geschmuggelte Frachten direkt an den Docks der Dörfer mit der Hilfe der Einheimischen auszuladen. Sogar die Amtsträger ignorierten die illegalen Aktivitäten, solange sie eine Kiste Cognac oder Tee bekamen. Auf diese einfache Weise wurden die exorbitanten Zölle umgangen. Und die ausgedehnte Felsenküste von Cornwall eignete sich geradezu ideal für den Verkauf von Rum, Cognac, Tee und sogar Tabak an normalerweise gesetzestreue Bürger, die vernünftige Preise zu schätzen wussten. Da so wenige Zollbeamte Wache gehalten hatten, waren die Schmuggler nur geringe Risiken eingegangen. Jetzt sah es anders aus.

Die paar Schmuggler, die ihr Geschäft immer noch ausübten, mussten ihre Frachten mühsam verstecken. Sogar die Tunnels, die sie in die Klippen gehauen hatten, wurden allmählich von den Zöllnern entdeckt und bewacht. Deshalb lagerten die Schmuggler ihre Ware möglichst weit von den Fahndungsgebieten der Zollbeamten entfernt, im Landesinneren, wo sie auf interessierte Abnehmer wartete. Trotzdem mussten die Frachten erst einmal für den Weitertransport an der Küste ausgeladen – oder wieder an Bord eines Schiffs gebracht werden, wenn ein Schmuggler fürchtete, eine Person, die sich in alles einmischen musste, könnte sein Versteck entdeckt und die Behörden informiert haben. Deshalb war Nathan in der letzten Woche erwischt worden. Die Mitglieder seiner Besatzung hatten sich wie Ratten in einer Kloake verflüchtigt, er selber und sein Schiff nicht.

Offenkundig war er in eine Falle geraten, denn die Zöllner hatten ihm aufgelauert. Das könnte er allerdings nur beweisen, wenn er der Haft entrinnen würde. Aber darauf durfte er nicht hoffen, denn seine Hände und Füße waren an massive Eisennägel in der Zellenwand gekettet. Vier Mitgefangene befanden sich in einer ähnlichen Lage. Die kannte er nicht, und er wollte nicht mit ihnen reden. Ein alter Mann war nicht gefesselt und mit der Aufgabe betraut worden, Blechschüsseln mit Haferschleim an die anderen zu verteilen. Das tat er, falls er nicht schlief. Oder falls er nicht wütend wurde, wenn man ihn weckte. Wegen des cholerischen Temperaments dieses alten Knackers hatte Nathan schon mehrere Mahlzeiten versäumt.

Als zwei Wärter zu ihm kamen, schlief er. Sie machten ihn von der Wand los und zogen ihn unsanft aus der Zelle. Kurz davor war ein Mitgefangener hinausgeschleift worden. Schreiend hatte er seine Unschuld beteuert und war nicht zurückgekehrt. Nathan schwieg. Aber in seiner Brust schwelte heißer Zorn. Er hätte seinen Lebensunterhalt weiterhin auf andere Art sichern und legale Ziele ansteuern können. Vielleicht hätte er das geschafft, wäre Jory, sein Vater, nicht gestorben. Doch dann hatte eins zum anderen geführt, eine Folge unausweichlicher Ereignisse.

Und nun würde man ihn hängen oder zu lebenslanger Haft verurteilen. Die beiden Wärter, die ihn mit sich zerrten, erlaubten ihm nicht, aus eigener Kraft zu gehen. Seine Schritte waren ihnen zu langsam, weil die hinderliche Kette immer noch an seinen Fußknöcheln hing. Die sollte offenbar nicht entfernt werden.

Als sie aus der unterirdischen Region auftauchten, konnte er nicht einmal eine seiner mit Ketten verbundenen Hände heben und seine Augen gegen das blendende Tageslicht abschirmen.

Sie brachten ihn in ein großes Büro und stießen ihn auf einen Stuhl vor einem Schreibtisch. Mit edlen, teuren Möbeln ausgestattet, glich der Raum eher einem Wohnzimmer und deutete den gehobenen Rang des Mannes an, der hinter dem Tisch saß. Wie Nathan ihn einschätzte, musste er etwa fünf Jahre älter als er selbst sein, also um die dreißig. Er trug eine makellose Uniform mit funkelnden Knöpfen, hatte scharfe blaue Augen und sah wie ein Aristokrat aus. Für zweitgeborene Söhne war es allgemein üblich, der Regierung in dieser oder jener Funktion zu dienen.

Mit einer knappen Geste entließ er die Wärter. Dann stellte

er sich vor. »Ich bin Arnold Burdis. Genau genommen Commander Burdis.«

Nathan war überrascht, weil er mit dem Offizier allein blieb. Glaubte man, nachdem man ihn eine Woche lang in einer düsteren Zelle angekettet und nur mit Haferschleim ernährt hatte, wäre er geschwächt worden? Mochte das Büro auch inmitten eines Stützpunkts liegen, der von Zollbeamten wimmelte, würde es ihm nicht schwerfallen, diesen Mann zu überwältigen.

Die alte Duellpistole auf dem Schreibtisch hatte er sofort entdeckt. Dort lag sie aus einem offensichtlichen Grund. Einige Sekunden lang schaute er sie an und wog seine Chancen ab, sie zu ergreifen, bevor der Commander seine Hand danach ausstreckte. Da diese Waffe wahrscheinlich nur eine einzige Kugel enthielt, war die Angelegenheit schnell entschieden. Nathan würde zwei brauchen, um zu entkommen – eine für Burdis, die andere für die Kette zwischen seinen Füßen. *Es sei denn, ich nehme ihn als Geisel …*

»Hätten Sie Lust auf einen Cognac?« Der Offizier schenkte sich einen ein. Auf dem Tisch standen tatsächlich zwei Gläser.

»Aus einer meiner eigenen Flaschen?«, fragte Nathan.

Burdis' Mundwinkel zuckten kaum merklich. »Trotz Ihrer bedenklichen Notlage haben Sie Ihren Humor nicht verloren. Sonderbar.«

Auch das zweite Glas wurde gefüllt, und der Commander schob es über die Tischplatte hinüber. Als Nathan es an die Lippen führte, betonte die klirrende Kette das Ausmaß der »bedenklichen Notlage«. Aber er hielt Sarkasmus nicht für Humor. Und er nahm nur einen einzigen Schluck, um seinen trockenen Mund zu befeuchten. Falls der Mann ihn betrunken machen wollte, weil er hoffte, der Alkohol würde ihm die Zunge lösen, erwartete ihn eine Enttäuschung.

»Sie sind ein ganz spezieller Fang, Tremayne. Doch es war nur eine Frage der Zeit. Sie wurden nachlässig – oder zu kühn?«

»Oder verzweifelt?«

»Waren Sie das wirklich? Darf ich mich zu rühmen wagen, ich hätte das raffiniert ausgenutzt?«

»Schreiben Sie's lieber Ihrer Hartnäckigkeit zu. Ich ziehe es vor, einer Frau die Schuld zu geben.«

Erstaunlicherweise lachte Burdis. »Tun wir das nicht alle hin und wieder? Nein, mein Informant trug keine Röcke.«

»Verraten Sie mir seinen Namen?«, stieß Nathan blitzschnell hervor. Dann hielt er den Atem an.

Doch der Commander machte keineswegs nur Konversation, und er ließ sich auch nicht so leicht verwirren, um reflexartig eine abrupte Fangfrage zu beantworten. Er war aus einem ganz bestimmten Grund freundlich. Was er bezweckte, konnte Nathan sich nicht vorstellen. Aber er hatte allmählich das Gefühl, dass mit ihm gespielt wurde. Das perverse Vergnügen eines einflussreichen Mannes? Verdammt, das war unerträglich …

»Werde ich vor Gericht gestellt?«, fragte er.

Burdis ließ seinen Cognac im Schwenker kreisen und roch daran, bevor er neugierig aufblickte. »Haben Sie eine Verteidigungsstrategie?«

»Da würde mir was einfallen.«

»Ts, ts … Für Ihre Situation verhalten Sie sich viel zu lässig. Bewundernswert, nehme ich an, aber unnötig. Ihr Leben liegt in meinen Händen. Ist Ihnen das bewusst? Man sollte meinen, Sie müssten Ihren Sarkasmus zügeln. Zumindest, bis Sie erfahren haben, warum Sie hierhergebracht wurden.«

Wegen eines Köders? Nathans Gedanken überschlugen sich, Beinahe klang das so, als sollte er an diesem Tag nicht gehängt werden. Dann erwachte sein Argwohn. Wenn das kein Verhör und der Commander nicht sein Richter war – wozu zum Teufel sollte dieses Gespräch führen? Er war auf frischer Tat ertappt worden, und es gab nichts, womit er sich verteidigen konnte.

Das wussten sie beide. Er lehnte sich auf dem harten Stuhl zurück. »Sprechen Sie weiter.«

»In meinem Beruf bin ich erfolgreich, weil ich Wert darauf lege, alles über die Leute herauszufinden, die ich jage. Und Sie sind irgendwie abnorm.«

»Nichts an mir ist ungewöhnlich, Commander.«

»Ganz im Gegenteil. Soviel ich weiß, waren Sie früher mit anderen Tätigkeiten beschäftigt. Mit legalen. Sogar mit einigen ganz unterschiedlichen. Und sie haben in jeder einzelnen hervorragende Leistungen vollbracht, was mich angesichts Ihrer Jugend überrascht. Konnten Sie sich nicht entschließen, womit Sie Ihr Leben verbringen wollen?«

Nathan zuckte die Achseln. »Nach dem Tod meines Vaters erbte ich sein Schiff und seine Besatzung. Das nahm mir die Entscheidung ab.«

»Also glauben Sie, der Schmuggel liegt Ihnen im Blut?«, fragte Burdis lächelnd. »Da bin ich anderer Meinung. Ich weiß bereits eine ganze Menge über Sie, Tremayne. Das hatte ich zunächst nicht erwartet. Ein Privileg meines Rangs, das mir Zugang zu alten Akten verschafft.«

»Dann wissen Sie wahrscheinlich mehr als ich selber.«

»Mag sein, aber ich bezweifle es. Auf der gesellschaftlichen Leiter sind Sie ziemlich weit nach unten gestiegen, nicht wahr? Haben alle Frauen Ihrer Familie unter ihrem Stand geheiratet? Oder nur Ihre Mutter?«

Alle Ketten klirrten, als Nathan aufsprang und sich über den Schreibtisch beugte. »Wollen Sie sterben, Commander?«, fauchte er.

Sofort griff Burdis nach seiner Pistole, spannte den Hahn und zielte auf Nathans Brust. »Setzen Sie sich, bevor ich die Wachen rufe.«

»Glauben Sie wirklich, eine einzige Kugel würde mich daran hindern, Ihnen den Hals zu brechen?«

Burdis lachte nervös. »O ja, ich habe es verstanden, Sie sind ein kraftstrotzendes Ungeheuer. Aber in Ihren Adern fließt das Blut eines Earl, also war das eine logische Frage.«

»Das alles geht Sie verdammt noch mal nichts an.«

»Natürlich haben Sie recht, und ich wollte Sie keinesfalls beleidigen. Es hat mich nur fasziniert, von welchen Ahnen Sie abstammen, obwohl die einer fernen Vergangenheit angehören. Trotzdem ... Ist Ihnen überhaupt klar, dass Sie auf einem Stuhl wie meinem sitzen könnten statt auf der falschen Seite des Schreibtisches? Als ich das erkannte, war ich ziemlich verwundert. Warum haben Sie denn niemals genutzt, wer Sie sind?«

»Weil ich das nicht bin. Und Sie stellen einem Mann, den Sie bereits festgenommen haben, zu viele Fragen.«

»Diese maßlose Neugier ist mein Fluch, das gebe ich zu. Jetzt *setzen* Sie sich, bevor ich mich anders besinne und Sie in Ihre Zelle zurückschicke.«

Schon wieder der Köder? Eine Anspielung auf das Ende der Haft, das vielleicht doch nicht zum Galgen führen würde? Nathan leerte den Cognacschwenker, bevor er auf seinen Stuhl zurücksank. Zumindest ein Glas würde er vertragen, ohne den Verstand zu verlieren. *Vermaledeites hohes Tier ...* Noch immer glaubte er, der Commander würde mit ihm spielen, und jetzt erriet er auch, warum. Wahrscheinlich hatte er vornehmere Ahnen als Burdis. Aus welchem anderen Grund sollte der Mann so triumphierend dreinschauen und sich am Unglück seines Gefangenen weiden?

»Würden Sie mir mitteilen, wer Ihr Informant war?«, wiederholte Nathan seine Frage.

»Nur ein Lakai. Können Sie sich nicht denken, für *wen* mein Informant arbeitet? Wie ich aus verlässlicher Quelle weiß, haben Sie nach diesem Mann gesucht, Tremayne. Vermutlich nahm er an, Sie wären ihm zu dicht auf den Fersen.«

Nathan versteifte sich. »Hammett Grigg?«

»Genau. Das dachte ich mir – dieser Hinweis würde Ihnen genügen, um darauf zu kommen. Der Mann, den Sie verdächtigen, er hätte Ihren Vater getötet.«

»Um einen Verdacht geht es nicht, denn es gab einen Zeugen.«

»Nach allem, was ich hörte, wurde ein alter Groll zwischen den beiden Männern erledigt.«

»Da mein Vater unbewaffnet war, wurde er *ermordet.*«

»Ist es das, was Sie mit Grigg vorhatten?«

»Gewiss, ich wollte ihn töten. Aber in einem fairen Kampf – mit meinen bloßen Händen.«

Burdis wagte es tatsächlich zu lachen. »Schauen Sie sich doch an, Tremayne! Glauben Sie allen Ernstes, das wäre ein fairer Kampf? Ich habe nichts gegen Rachegelüste einzuwenden. Manchmal empfinde ich sie selber. Aber ich werde Mr Grigg schnappen und hängen sehen, ehe Sie ihn zwischen die Finger kriegen können. Der ist die nächste Beute, die ich jagen will.«

»Und wenn Sie ihn erwischen, bin ich tot?«

Bevor Burdis antwortete, füllte er Nathans Glas nach. »Offenbar missverstehen Sie, warum ich Sie zu mir bringen ließ. Ich möchte Ihnen die Möglichkeit geben, mir eines Tages zu danken.«

»Wofür?«

Der Commander öffnete eine Schublade, nahm ein Pergament heraus und entfaltete es auf dem Schreibtisch. »Das ist eine bereits unterzeichnete Begnadigung, Ihre Chance, ohne die Last der Vergangenheit neu anzufangen. Selbstverständlich ist eine Bedingung damit verknüpft.«

»Was?« Nathans Augen verengten sich. »Soll das ein Witz sein?«

»Keineswegs. Dieses Dokument wird in meiner Hand bleiben, bis Sie die Bedingung erfüllt haben.«

»Soll ich Grigg für Sie einfangen, aber nicht töten?«

»Vergessen Sie Grigg! Wie ich schon sagte, er wird hängen. Seien Sie versichert, dafür werde ich sorgen.« Zum ersten Mal wirkte Burdis' Miene frostig, und seine Stimme klang genauso.

Nun verlor Nathan die Geduld mit diesen vagen Prophezeiungen. »Warum ärgern Sie sich?«

»Weil mein Beamter, der Ihr Schiff bewacht hatte, getötet wurde und im Wasser trieb. An der Stelle, wo Ihre *Pearl* hätte ankern sollen.«

»Also haben *Sie* mein Schiff verloren!?«

»Nicht *verloren!*«, stieß Burdis hervor. »Es wurde gekapert. Und – nicht von Hammett Grigg. Einen der Diebe haben wir geschnappt. Während sie davonsegelten, nickte er ein, fiel ins Wasser und wurde herausgefischt. Natürlich folgten wir den Schurken, und es wäre uns sicher gelungen, sie einzuholen, wenn wir ihren Kurs gekannt hätten. Die ganze Küste haben wir abgesucht. Und unterdessen konnten sie – und das ist unvorstellbar – aufs offene Meer hinausfahren.«

»Was für Leute sind das?«

»Keine Engländer. Aber sie entwenden seit etwa zehn Jahren englische Schiffe. Nur sporadisch. Niemals aus denselben Häfen, sodass niemand die Raubzüge miteinander in Verbindung bringt. Am Anfang kaperten sie nur Schiffe vor der Küste und versenkten sie. Und dann wollten sie sich nicht mehr mit ihrer Rache begnügen und beschlossen, davon zu profitieren.«

»Rache?«

»Es sind Amerikaner. Wegen des letzten Krieges, den wir gegen sie geführt haben, zürnen sie uns. Damals waren sie noch Kinder, wurden zu Waisen, und so kamen sie erst ein Jahrzehnt später dazu, uns alles heimzuzahlen.« Der Commander schob ein gefaltetes Papier über den Schreibtisch zu Nathan hinüber. »Darauf stehen die Informationen, die ich über den Anführer erhalten habe. Meine Vorgesetzten kümmern sich einen Dreck darum, was für eine Verbrecherbande unsere Häfen unsicher macht, die wollen nur Sie und Ihresgleichen baumeln sehen. Aber ich lasse mir nicht gern auf die Zehen treten. Und genau das taten diese Gauner, als sie *meine* Beute direkt aus *meinem* Dock stahlen.«

Burdis' Beute? Nathan hob die Brauen. »Erzählen Sie mir jetzt nicht, ich soll mein Schiff zu Ihnen zurückbringen.«

»Nein, wenn Sie die *Pearl* erobern, gehört sie wieder Ihnen, Tremayne. Leider dürfte es Ihnen verdammt schwerfallen. Die amerikanischen Bastarde bemalen die erbeuteten Schiffe mit neuer Farbe und neuen Namen, um sie dann bei Versteigerungen an ahnungslose Landsleute zu verhökern. Die halten die Verbrecher für legitime Schiffsbauer. Mit diesem Trick sind die Diebe jahrelang davongekommen. Nun müssen Sie ihnen das Handwerk legen. Natürlich werden Sie die Yankees nicht so leicht überreden können, Ihnen einen Gefallen zu tun. Aber irgendwie müssen Sie die Behörden da drüben zu einer Zusammenarbeit bewegen, damit die Bande endlich auffliegt und unschädlich gemacht wird. Diese Bedingung stelle ich Ihnen. Ich verlange einen Brief von einem amerikanischen Beamten, in dem mir versichert wird, die Diebe seien verhaftet worden und nicht mehr imstande, weiteres Unheil anzurichten.«

»Ist das alles?«, erkundigte Nathan sich trocken.

Warnend runzelte der Commander die Stirn. »Bilden Sie sich bloß nicht ein, Sie könnten flüchten, nachdem ich Sie freigelassen habe. Das tue ich nur, damit Sie diesen Auftrag erledigen. Wie bereits erwähnt – ich fand mehr über Sie heraus, als ich erwartet hatte. Zum Beispiel sind Sie der Vormund von zwei Personen, die mit Ihnen verwandt sind. Und es wäre mir äußerst zuwider, wenn Ihre Nichten für die Verbrechen ihres Onkels büßen würden. Stimmen Sie meiner Bedingung zu?«

»Für meine Freiheit? Müssen Sie wirklich danach fragen?«

Kapitel 6

Die meisten Malorys, die in England lebten, hatten sich am Grosvenor Square versammelt, im Haus Edward Malorys und seiner Frau Charlotte. Dort fand eine Abschiedsparty für Jack und Judy statt. Am nächsten Tag würden sie nach Amerika aufbrechen. Die Besatzung war bereits an Bord der *Maiden George* gegangen, das Gepäck verladen worden. Schon bei Dämmerung des nächsten Morgens sollten die Mädchen mit den fünf Familienmitgliedern, die sie begleiten würden, in einem Ruderboot zum Schiff hinausfahren – zu früh für eine Verabschiedung am Hafen. Deshalb hatte man sich für eine Party am Vorabend entschieden.

Inmitten des großen Wohnzimmers schaute Judith sich nach Brandon um, weil sie ihn fragen wollte, was mit dem Landstreicher geschehen war. Sie hatte ihm erzählt, sie würde den Mann für einen Schmuggler halten. Aber anscheinend hatten die Verwandten in Hampshire nicht geplant, wegen der Party nach London zu reisen. Das überraschte Judith nicht, denn sie hatte Hampshire zusammen mit Jacqueline erst kürzlich besucht. Beim Abschied hatte Dereks Familie ihnen bereits alles Gute für die Reise gewünscht. »Ich wette, deine Mum wird sich anders besinnen, Judy«, hatte Derek betont, »und so wünsche ich auch dir eine ganz wundervolle Seefahrt.«

»Wenn es bloß *Amy* wäre, die das sagt!«, hatte Judith geseufzt. Und das war kein Witz gewesen.

Derek hatte gelacht. »Ja, das würde deine Reise nach Amerika garantieren, nicht wahr?«

Allerdings, weil Amy niemals eine Wette verlor. Bevor Amy mit Warren losgesegelt war, hätte Judith sie um so eine Wette bitten müssen. Aber vielleicht hatte Amy tatsächlich darauf gewettet, und Judy durfte ihre Cousine nur deshalb nach Übersee begleiten.

Nun kam Jacqueline zu ihr und beschwerte sich: »*Der* sollte nicht hier sein, weil er kein enger Freund der Familie ist. Außer Tante Roslynn kennt ihn niemand.«

Judith folgte Jacks Blick und sah ihre Mutter eifrig auf Lord Cullen einreden. »Jetzt kennen wir ihn alle, und Mama kümmert sich mit gutem Grund um ihn. Immerhin ist es sehr nett und galant von ihm, heute Abend die Party zu besuchen und mir eine gute Reise zu wünschen. Obwohl er nach seiner Verletzung sicher Schmerzen hat!«

»Natürlich ist er hier, weil dir sein Herz gehört. Und deine Mutter will ihn für dich einfangen. Sag bloß nicht, damit wärst du einverstanden! Weißt du noch, was wir uns gelobt haben? In dieser Saison werden wir *nicht* heiraten.«

Judith lächelte. »Also, eins muss ich zugeben …«, hänselte sie ihre beste Freundin. »Nachdem ich ihn jahrelang nicht gesehen habe, ist er richtig hübsch geworden. Findest du nicht auch?«

»Wenn man für dunkelrotes Haar und blaue Augen schwärmt … Wenn du willst, flirte mit ihm. Aber verlieb dich noch nicht.«

»Keine Bange. Ich habe es nicht eilig, seinetwegen nach England zurückzukehren. Wo wir doch noch nicht einmal abgereist sind!«

*

In einer Ecke des Raums gesellte Boyd sich zu James und Anthony, die den Schotten ebenfalls beobachteten.

»Was Ros im Schilde führt, hätte sie mir verraten müssen«, murmelte Anthony. »Zweifellos möchte sie ihn mit Judy verkuppeln. Weil ich seiner Verletzung den ersehnten Frieden in meiner Familie verdanke, dürfte ich mich nicht beklagen – wenn es nicht so verdammt offensichtlich wäre, dass er meine Kleine kein bisschen interessiert.«

»Das habe ich auch schon bemerkt«, stimmte James zu.

»Aber er ist ganz verrückt nach Judith». warf Boyd ein.

»Und woher willst du das wissen, Yankee?«, fragte Anthony.

»Weil Jack und ich einen letzten Ausweg suchten. Wir lauerten ihm auf und baten ihn, er möge eine Verletzung vortäuschen, die ihn daran hindern würde, an den Festen der Saison teilzunehmen. Damit könnte er Judy helfen, denn sie würde so gern nach Amerika reisen und die Erlaubnis ihrer Mutter brauchen.«

»Für ein Täuschungsmanöver ist diese Schiene viel zu eng um sein Bein gewickelt«, wandte James ein.

»Da täuscht er nichts vor«, erklärte Boyd grinsend. »Der Mann ist so ungeschickt wie ein Ochse. Vor lauter Aufregung über die Rolle, die er bei unserer raffinierten Intrige spielen durfte, fiel er tatsächlich vom Pferd und brach sich sein Bein.«

James verdrehte die Augen, und Anthony nickte. »Ah, ich verstehe. Nun muss ich ein ernstes Wort mit Roslynn reden. Wie kam sie bloß auf die Idee, unsere Tochter mit so einem Stümper zu verkuppeln?«

»Jedenfalls war das ein brillanter Plan mit dem Beinbruch«, betonte James, »das musst du zugeben, Tony. So was hätte *dir* einfallen sollen.«

»Diesen Schotten kannte ich ja gar nicht. Wie konnte ich mir da irgendwas überlegen?«

»Bevor ihr zwei nächstes Mal über mich herfallt – denkt

dran, dass ihr mir was schuldig seid«, mahnte Boyd. Dann eilte er davon.

»Hat er dich gerade herausgefordert?« Anthony lachte ungläubig. »Noch dazu mit einem süffisanten Grinsen?«

James zuckte die Achseln. »Inzwischen müsste er wissen, wie miserabel mein Gedächtnis ist, wenn es mir in den Kram passt. Außerdem ich bin furchtbar vergesslich, wann immer ich einem Anderson verpflichtet bin – seine Ehefrau natürlich ausgenommen.«

*

Allzu lange blieb Lord Cullen nicht auf der Party. Er hätte gar nicht erscheinen dürfen, denn sein Arzt hatte ihm befohlen, sein verletztes Bein drei Monate lang nicht zu belasten. Nachdem Judith ihm für seinen Besuch gedankt und gute Besserung gewünscht hatte, zog Jacqueline sie zu ihren beiden Müttern.

»Bist du auch schon so aufgeregt?«, fragte Jack. »Was wir alles erleben werden! Vor lauter Freude werde ich noch platzen!«

»Nicht vor Freude, eher vor einem unbändigen Triumphgefühl, und das ist ein Unterschied.«

»Pah, was immer es ist, deine Mama soll es auch mitkriegen. Obwohl sie nur klein beigegeben hat, weil der Schotte am Anfang der Saison auch nicht in London sein wird – sie ärgert sich immer noch über unsere ›gemeinsamen Wutausbrüche‹, wie sie es nennt. Und wenn sie böse ist, gönnt sie Onkel Tony heute Nacht kein nettes Abschiedsgeschenk, und er wird auf der ganzen Reise schlecht gelaunt sein.«

Wegen dieses Kommentars spürte Judith brennendes Blut in ihren Wangen, während ihre Cousine sie quer durch den Raum zu ihren beiden Müttern zerrte. Wenn sie auch an Jacquelines freizügige Kommentare gewöhnt war – nach ihrer Meinung sollte man gewisse Dinge nicht erwähnen, nicht einmal andeuten. Und was Jacks Eltern hinter der geschlossenen Schlafzimmertür taten, gehörte ganz sicher zu diesen Dingen.

Bei Roslynn angekommen, legten ihr beide Mädchen einen Arm um die Taille. Jetzt war Judith so groß wie ihre Mutter, eins dreiundsechzig. Sie hatte das gleiche blonde Haar mit kupferroten Glanzlichtern, aber die exotischen kobaltblauen Augen ihres Vaters, eine wundervolle Kombination. Zumindest wurde ihr das von ihrer Familie immer wieder versichert. Was die einzelnen Züge betraf, ähnelte sie ihrer Mama, mit einem herzförmigen Gesicht, schön modellierten Wangenknochen, einer schmalen, geraden kleinen Nase und vollen Lippen.

Hingegen glich Jacqueline ihrer Mutter Georgina kein bisschen. Deren zierliche Gestalt hatte sie nicht geerbt und war mit eins achtundsechzig viel größer. Wie ihr Vater, James Malory, war sie blond, mit grünen Augen, und sie besaß ihre eigenen, einzigartigen Gesichtszüge – eine Stupsnase, ein markantes Kinn und für eine Frau einen viel zu sinnlichen Mund. Den verzog sie jetzt zu einem Lächeln, das alle Herzen schmelzen sollte.

Nur wenige Leute waren dagegen immun, und Roslynn gehörte nicht dazu. Trotzdem warnte sie ihre Nichte: »Bemüh dich nicht! Mit Schmeicheleien wirst du meine Stimmung nicht bessern.«

»Bist du sicher, Tante Ros?« fragte Jacqueline. »Bisher habe ich deinen schottischen Akzent, der deine schlechte Laune beweisen würde, nicht gehört. Aber Judy glaubt mir nicht, dass alles in Ordnung ist. Deshalb solltest du sie beruhigen, bevor wir lossegeln.« In ernsterem Ton fuhr sie fort: »Lass deinen Zorn nicht an ihr aus, nur weil dein Selbstbewusstsein ein bisschen angeknackst ist …«

»Jacqueline Malory!«, zischte Georgina und schnappte nach Luft. »Kein Wort mehr!«

Jack warf ihrer Mutter einen eindringlichen Blick zu, der

keine Entschuldigung enthielt. Schon immer hatte sie sich mit Feuereifer für die Familie eingesetzt, ganz besonders für Judy.

Deshalb liebte ihre Tante sie umso mehr.

»Schon gut, George«, meinte Roslynn, bevor sie sich zu Jacqueline wandte. »Du hast mir deinen Standpunkt klargemacht, Herzblättchen, und ich werde meinen Liebling natürlich nicht ohne die allerbesten Wünsche wegfahren lassen.« Dann neigte sie sich zu Judith. »Amüsier dich, genieß jede einzelne Minute dieser Reise. Aber …« Mit strenger Miene musterte sie ihre Tochter: »Wage es bloß nicht, dein Herz zu verschenken! Wenn du zurückkommst, wirst du dich *hier* verlieben! Und das ist das Letzte, was ich zu diesem Thema sage.« Mit einem Lächeln milderte sie ihre Warnung.

Jack beugte sich an ihrer Tante vorbei und fragte Judith: »Hast du's ihr nicht gesagt?«

»Was?«, wollte Roslynn wissen.

Jacqueline kicherte. »In diesem Jahr wollen wir nicht heiraten. Vielleicht nächstes oder übernächstes Jahr, da haben wir's nicht eilig.«

»Das stimmt, Mama«, bestätigte Judy. »Weil es viel mehr Spaß macht, die Kandidaten erst mal zu taxieren.«

Während die Mädchen im Wohnzimmer umherwanderten, meinte Roslynn zu Georgina: »Zweifellos hat sie die Worte deiner Tochter nachgeplappert.«

»Ganz meine Meinung.«

»So naiv können die beiden nicht sein. Wenn's passiert, dann passiert's, und es lässt sich verdammt noch mal nicht verhindern.«

»Das weiß ich. Trotzdem wünschte ich, Jack hätte ihrem Vater verraten, was sie plant. James reißt sich zusammen, aber seit Beginn dieses Jahres kommt er mir vor wie ein Pulverfass. Allein schon der Gedanke, Jack könnte bald heiraten, macht ihn fast wahnsinnig. Wenn sie sich verliebt, wird er durchdrehen.«

»Glaubst du, Tony sieht's anders, was unsere Tochter betrifft?«, fragte Roslynn. »Früher war er nur zwei- oder dreimal pro Woche im Knighton's Hall. Und seit einigen Monaten ist er täglich dort. Er möchte die Zeit aufhalten. Natürlich kann er es nicht, und das zerrt an seinen Nerven. Ehrlich gesagt, deshalb wollte ich, dass Judith ihr Debüt hier in London beginnt, und ich hatte gehofft, der junge Cullen würde sie erobern, bevor die Saison richtig losgeht. Je früher das Mädchen heiratet, desto eher wird meine Familie zur Normalität zurückkehren. Bis Jaime achtzehn wird …«

Georgina lachte. »Das hättest du *wirklich* früher zugeben sollen, meine Liebe.«

»Wahrscheinlich«, seufzte Roslynn. »Niemals hätten unsere Ehemänner Töchter bekommen dürfen. Viele Söhne, das wäre großartig. Aber Mädchen machen nur Ärger! Nun sorge ich mich ernsthaft um ihre Verehrer. Unsere Männer sind einfach nicht dafür geschaffen, vernünftig zurückzutreten und der Natur ihren Lauf zu lassen.«

Kapitel 7

Judith versuchte ein Lächeln zu unterdrücken, als sie sich mit Jacqueline von den Müttern entfernte. Allmählich wurde sie von Jacks überschwänglicher Vorfreude auf die Reise angesteckt. Und ihre Cousine war so stolz, weil sie erreicht hatte, dass sie zu zweit übers Meer fahren durften. Am liebsten hätte sie lauthals gejubelt.

Um sie an der Prahlerei zu hindern, die Judy schon oft genug gehört hatte (*Ich hab's dir ja gesagt …*) und über die sie sich ärgerte, legte sie einen Finger auf Jacks Mund, der sich gerade zu öffnen begann. »Sag es nicht, erspar's mir. Ja, wie üblich hattest du recht. Meine Mama ist mir nicht böse, obwohl sie ganz andere Pläne hatte, und ich kann die Reise unbeschwert genießen.«

»*Das* wollte ich gar nicht erwähnen«, erwiderte Jacqueline und drehte Judith in die Richtung der Doppeltür. »Wer ist das, und warum kommt er mir irgendwie bekannt vor?«

Judith musterte den Mann, einen elegant, wenn auch nicht im englischen Stil gekleideten Fremden. Statt eines Mantels trug er einen Umhang, mit schwarzem Hermelin besetzt, und darunter einen Gehrock mit einer Schoß, die etwas zu weit geschnitten war, um modisch zu wirken. War das ein Schwert, das unter dem Cape hervorragte?

Offenbar ein Ausländer. Doch sie musste ihrer Freundin recht geben. Auch ihr kam er seltsamerweise bekannt vor.

Und sie waren nicht die Einzigen, die diesen Eindruck gewannen.

Onkel Edward ergriff die Initiative, trat einen Schritt vor und rief in seinem typischen jovialen Ton: »Noch ein lange vermisster Verwandter? Nur herein!«

Nun wandten sich alle Anwesenden zur Tür des Wohnzimmers, um festzustellen, mit wem er sprach. Der Mann auf der Schwelle schien verlegen zu sein, weil er im Mittelpunkt allgemeiner Aufmerksamkeit stand, und vielleicht überwältigte ihn die Ansammlung so vieler Leute.

Einerseits bezweifelte Judith, dass dieser hochgewachsene, attraktive junge Mann mit ihr verwandt war, andererseits – warum hätte Onkel Edward scherzen sollen? Scherzte er jemals, wenn es um eine familiäre Angelegenheit ging?

Außerdem widersprach der Fremde der Folgerung ihres Onkels nicht und fragte stattdessen sichtlich verblüfft: »Woher wussten Sie das?«

Cousine Regina und Jacks Bruder Jeremy traten grinsend vor, Anthony ebenfalls, aber ohne zu lächeln. Und alle glichen dem Neuankömmling, mit ihren exotischen, schräg stehenden kobaltblauen Augen und den rabenschwarzen Haaren.

»Noch ein Malory«, konstatierte James das Offenkundige amüsiert.

Der junge Besucher schaute ihn an, anscheinend kein bisschen eingeschüchtert wie die meisten Männer, wenn sie James begegneten. »Nein, Sir, ich bin kein Malory, sondern Graf Andrássy Benedek aus Ungarn.«

»Tatsächlich? Trotzdem ein Blutsverwandter. Verraten Sie uns, von welchem Stephanoff Sie abstammen.«

»Von Maria – vermutlich.«

»Ah, von der Großmutter unserer Großmutter Anastasia?«, fragte Anthony. »Aber Sie sind sich nicht ganz sicher?«

»Diese Information entnahm ich dem Tagebuch meines

Urgroßvaters, seinen Erinnerungen an eine ferne Vergangenheit.«

»*Noch* ein Tagebuch?« Anthony lachte und fügte hinzu, als Andrássy Benedek verwundert die Brauen hob: »Vor etwa zehn Jahren haben wir auch eines gefunden, die Aufzeichnungen meiner Großmutter Anastasia Stephanoff. Davor kursierte nur ein Gerücht über das Zigeunerblut in den Adern unserer Familie.«

Andrássy nickte »Von dieser Stephanoff-Vorfahrin hatte ich nie gehört, und ich glaube, mein Vater, der bereits gestorben ist, wusste auch nichts von ihr. Manchmal ziehen Zigeunergruppen durch Ungarn, wo sie niemals für längere Zeit bleiben. Mir selber sind keine begegnet. Deshalb kannte ich weder Gerüchte noch hatte irgendwelche Anhaltspunkte, bis das Tagebuch auftauchte. Ironischerweise hätte ich nie davon erfahren oder die Aufzeichnungen gelesen, wäre das alte Buch nicht meiner Stiefschwester aufgefallen, als sie sich bei einem ihrer Wutausbrüche in der Dachkammer versteckte. Aber mit solchen unerfreulichen Einzelheiten will ich Sie nicht behelligen.«

»Vielleicht ein anderes Mal.« Edward ging zu Andrássy und führte ihn ins Zimmer. »Was ist mit dem Tagebuch Ihrer Ahnfrau geschehen? Besitzen Sie es noch?«

»Leider ist es in dem Feuer verbrannt, das mein Haus und alle Erbstücke meiner Familie zerstört hat.«

»Wie schrecklich«, murmelten mehrere Zuhörer.

»Sind Sie jetzt völlig mittellos?«, erkundigte sich Edward.

»Nein, keineswegs«, versicherte Andrássy. »Mein Vater hat allen Banken misstraut. Aber diese Abneigung teile ich nicht. Außerdem verfüge ich über das Erbe meiner Mutter. Darf ich unter vier Augen mit Ihnen sprechen, Sir?«

»Nicht nötig, mein Junge«, entgegnete Edward. »In diesem Raum halten sich nur Verwandte auf.«

Das verschlug dem jungen Mann zunächst die Sprache.

Doch die vier ältesten Malory-Brüder waren tatsächlich anwesend: Jason, der dritte Marquess of Haverston und der Älteste; Edward, der Zweitältestete; James und Anthony; zudem die Ehefrauen und die meisten Kinder, deren Ehepartner und -partnerinnen sowie ein paar größere Enkelkinder.

Über zwanzig Malorys hatten sich zu Jacks und Judys Abschiedsparty eingefunden, was den jungen Grafen zu verblüffen schien. »Oh, ich hatte keine Ahnung«, gestand er. Langsam schweifte sein Blick über die große Schar hinweg, er schien tief bewegt, seine blauen Augen bekamen einen feuchten Glanz. »Ich hatte gehofft, einen oder zwei von Marias Nachkommen aufzuspüren. Niemals so viele … Und mein Besuch scheint Sie nicht einmal zu überraschen.«

»Weil Sie nicht das erste Familienmitglied sind, das als Erwachsener zu uns kommt«, erklärte Edward lächelnd. »Allerdings dürften Sie ein ziemlich entfernter Verwandter sein, mit dem wir nicht rechnen konnten. Natürlich möchten wir alle hören, was Sie in diesem Tagebuch über unsere Ururgroßmutter Maria Stephanoff gelesen haben.«

Edward reichte Andrássy einen Drink. Aber der junge Ungar hielt das Glas nur in der Hand, ohne einen Schluck zu nehmen.

»Das Tagebuch gehörte meinem Urgroßvater Karl Benedek, Marias Sohn«, begann der junge Ungar seinen Bericht. »Verständlicherweise wollte Karls Vater nicht über seine Indiskretion mit einer Zigeunerin reden, und er schwieg bis zu der Nacht, in der er seinen Tod erwartete. Maria war in einem der Wohnwagen ihrer Stammesangehörigen durch seine Ländereien gefahren, und er erlaubte ihnen, auf seinem Gebiet zu übernachten. Da kam sie zu ihm und bot sich für Geld an. Das lehnte er ab, obwohl sie jung und hübsch war, und er stimmte erst zu, als sie ihm versprach, er würde einen Sohn mit ihr zeugen. Er hatte keine Kinder, nachdem vier Ehefrauen versucht hatten, ihm einen Erben zu schenken. Deshalb war er so verzweifelt, dass er Maria in jener Nacht glaubte. Am nächsten Morgen geriet er in Wut, weil er dachte, er wäre getäuscht worden.«

»Aber Maria hat nicht gelogen?«, fragte Edward.

»Nein, sie sagte die reine Wahrheit. Irgendwie *wusste* sie es, und sie schwor, sie würde den Jungen zu ihm bringen, sobald sie ihn geboren habe. Damit überzeugte sie meinen Ururgroßvater noch immer nicht. Trotzdem verhinderte er ihre Abreise und hielt sie gefangen, bis sie genau neun Monate später einen Jungen zur Welt brachte. Da ließ er sie frei, beanspruchte aber seinen Sohn für sich, den er Karl nannte. Maria erklärte, wenn der Junge sie jemals brauchen sollte, würde er sie finden – gleichgültig, in welchem Teil der Welt sie sein mochte. Wie sonderbar, so etwas zu behaupten ... Mein Ururgroßvater sah sie nie wieder. Seinem Sohn, dem einzigen Erben, erzählte er erst in jener Nacht von ihr, als er mit seinem Tod rechnete.«

»Ist er damals gestorben?«, fragte James interessiert.

»Nein, erst zehn Jahre später. Nie wieder sprach er mit seinem Sohn über jene seltsamen Ereignisse. Nach seinem Tod ging Karl auf die Suche nach Maria, seiner Mutter, und fand sie in England, wo sie immer noch mit ihren wandernden Stammesangehörigen unterwegs war. Soeben hatte Anastasia, ihre Enkelin, einen englischen Marquess geheiratet.«

»Moment mal ...« Jason runzelte die Stirn. »Das kann nicht alles sein, was Karl über Anastasias Ehemann in sein Tagebuch geschrieben hat. Erwähnte er nur einen englischen Marquess?«

»Nein, in dem Buch las ich den Namen Christopher, Marquess of Haverston. Also fuhr ich zuerst nach Haverston, wo man mir mitteilte, der dritte Marquess würde sich derzeit in London aufhalten. Man gab mir diese Adresse. Beinahe wäre ich heute Abend nicht zu Ihnen gekommen, denn ich bin eigentlich nur auf der Durchreise in England, auf dem Weg nach Amerika, wo ich den richtigen Vater meiner Stiefschwester Catherine suchen möchte. Ich hatte geplant, für ihre Zukunft zu sorgen und sie dann aus meinem Leben zu verbannen, bevor ich hier irgendwelche Nachfahren von Maria aufzuspüren versuche. Doch ich konnte der Chance nicht widerstehen, wenigstens einem Verwandten zu begegnen, bevor ich England verlasse.«

»Allmählich hege ich den Verdacht, dass wir Ihre Stiefschwester nicht kennenlernen wollen«, bemerkte James.

»Nein.« Andrássy seufzte. »Das wünschen Sie gewiss nicht.«

»Nur keine Bange, mein lieber Junge«, sagte Edward. »Mein Bruder James kann sämtliche Schwierigkeiten, die in der Familie auftauchen, erstaunlich gut meistern. Deshalb überlassen wir alle Probleme ihm, triviale oder ernsthafte.«

Nach der Miene des jungen Grafen zu schließen, fühlte er sich gekränkt. »Ich bin nicht hier, weil ich um Hilfe bitten möchte. Mit meiner Verantwortung werde ich sehr gut allein fertig, und Catherine …«

»Ja, ja, sie ist *Ihr* Klotz am Bein, das haben wir verstanden.« Beruhigend legte Edward einen Arm um Andrássys Schultern. »Aber haben Sie meinen Bruder klagen gehört, weil er Ihnen beistehen soll?«

James zog eine goldblonde Braue hoch. »Warte mal …«, begann er, doch er wurde ignoriert.

»Wie es ein glücklicher Zufall will – unserer oder Ihrer, Graf Benedek, wer weiß –, wird unser Schiff morgen früh mit Kurs auf Amerika auslaufen«, erklärte Anthony. »Natürlich sind Sie uns an Bord willkommen. Über Ihre Stiefschwester müssen Sie kein Wort mehr verlieren, wenn Sie es nicht möchten. Betrachten Sie die gemeinsame Reise einfach als eine Gelegenheit, bei der wir uns besser kennenlernen können. Irgendwie habe ich das Gefühl, eine wohlmeinende Schicksalsgöttin hat uns heute Abend zusammengeführt.«

Andrássy stimmte ihm nicht zu, doch er lehnte das Angebot auch nicht ab. Bevor er seine Entscheidung traf, wollten andere Familienmitglieder mit ihm sprechen. James und Anthony traten beiseite und beobachteten, wie eifrig ihre Verwandten auf ihn einredeten, Jacqueline und Judy in vorderster Front.

»Sicher werden sie ihm ein Ohr abschwatzen«, bemerkte Anthony.

»Vor allem Jack«, meinte James. »Darauf versteht sie sich. Und wenn sie glaubt, er müsste uns begleiten, ist die Sache so gut wie geregelt.«

»Also zweifelst du nicht an seiner Verwandtschaft mit uns?«, fragte Anthony nachdenklich. »Du hast deine muskulösen Arme eigentlich nicht ausgebreitet, um ihn an deine Brust zu drücken.«

»Nun ja, ein paar Nachforschungen bezüglich seiner Herkunft können nicht schaden«, erwiderte James. »Ich werde Jeremy bitten, während unserer Abwesenheit Erkundigungen über diesen Ungarn einzuholen. Aber da wir uns auf das Terrain der Andersons begeben werden, wäre es günstig, wenn uns ein zusätzlicher Malory beisteht – obwohl er ein ziemlich weit entfernter Verwandter ist.« Nach einer kurzen Pause fügte er hinzu: »Andererseits bin ich mir nicht sicher, ob es eine gute Idee ist, den Jungen auf unser Schiff zu verfrachten. Sobald er uns näher kennt, will er vielleicht in die andere Richtung laufen.«

»Sicher meinst du hauptsächlich: wenn er *dich* näher kennt …«

»Wie auch immer, so was ist schon öfter passiert. Und auf einem Schiff kann man nirgendwohin flüchten.«

Anthony lachte leise. »Sollen wir Knighton heute Nacht wecken? Damit wir alle unsere Aggressionen abreagieren, bevor wir lossegeln? Die Wirkung könnte etwa eine Woche lang anhalten.«

»Nicht nötig, ich werde im Frachtraum der *Maiden George* einen Boxring für uns einbauen lassen. Wenn ich Reisepläne schmiede, möchte ich immer für alle Eventualitäten gewappnet sein.«

Kapitel 8

Willst du das wirklich tun, Cap'n?«, fragte Corky Menadue zögernd, als er neben Nathan am Londoner Kai stand.

»Mein Schiff zurückholen?« Nathan grinste. »Und ob ich das will, verdammt noch mal!«

»Nein, ich meine, willst du für deine Passage zu den Kolonien arbeiten?«

»Ich glaube, die nennt man jetzt Staaten.«

»Aber es ist ja keineswegs so, dass du diese Überfahrt nicht bezahlen könntest«, wandte Corky nicht zum ersten Mal ein.

Nathan schaute auf seinen Obermaat hinab. Mit der *Pearl* hatte er auch Corky geerbt, und er kannte den älteren Mann, der schon Jory Tremaynes Obermaat gewesen war, fast sein Leben lang. Nathan war auf dem Schiff seines Vaters aufgewachsen – bis Jory ihn verjagt und in hilflosen Zorn versetzt hatte. Nichts, was der Sohn sagte oder tat, konnte den Vater umstimmen. »Ich schicke dich weg, um dich zu schützen«, hatte Jory behauptet und auf seinem Standpunkt beharrt.

Als hätte Nathan sich nicht selber schützen können … Und jetzt verfolgte ihn ein schmerzlicher Gedanke. Wäre er an Bord geblieben, könnte sein Vater noch leben. Dann wäre Jory in jener Nacht vielleicht nicht erschossen worden.

Vergessen Sie Grigg! Wie ich schon sagte, er wird hängen. Seien Sie versichert, dafür werde ich sorgen. Ganz bestimmt nicht, wenn Nathan den Mann fand, ehe es Commander Burdis gelingen würde. Aber vorher musste er seine *Pearl* aufspüren.

»Die anderen Schiffe laufen erst später aus«, erinnerte er seinen alten Freund. »Und die segeln nicht nach Connecticut, das ich ansteuern muss. *Das da* nimmt Kurs auf einen Ort, etwa fünfzig Meilen westlich von meinem Ziel. Was für ein verdammtes Glück! Und das Glück sollte ausnahmsweise auch mal *mir* gewogen sein. Außerdem läuft mir die Zeit davon. Selbst wenn ich Geld für eine Passage auf einem anderen Schiff verschwenden würde, was ich nicht vorhabe – bei meiner Ankunft in Connecticut wäre die *Pearl* längst verkauft worden.«

»Viel größere Sorgen mache ich mir um dein Temperament. Der letzte Captain, von dem du Befehle entgegengenommen hast, war dein Vater. Vor fünf Jahren!« Obwohl Nathan lachte, fuhr Corky unbeirrt fort: »Und dieser Captain ist sicher ein schwerreiches hohes Tier, weil er uns eine so enorme Heuer zahlt. Was du von solchen Leuten hältst, weiß ich.«

»Du musst nicht mitkommen«, erklärte Nathan seinem alten Freund.

Seufzend schüttelte Cordy seinen dichten Lockenkopf. »Was soll ich denn sonst machen, bis du zurückkommst?«

Nachdem Nathan von Burdis freigelassen worden war, hatte er Corky und die meisten Mitglieder seiner Besatzung in ihrer Stammkneipe in Southampton gefunden. Dorthin war Nathan von Cornwall übersiedelt. Sein Anblick hatte die Männer zuerst erschreckt. Dann jubelten sie erleichtert, weil er ein freier Mann war. Da er von den Zöllnern verhaftet worden war, hatten sie erwartet, ihn nie wiederzusehen. Er grollte ihnen nicht, weil sie von seinem Schiff geflohen waren und die Konfiskation der Fracht nicht verhindert hatten. Darüber freute er sich sogar. Hätte man sie geschnappt, wären sie wohl kaum, so wie er selber, begnadigt worden. An seine wiedergewonnene Freiheit konnte er noch nimmer nicht so richtig glauben.

Für einen ranghohen Offizier war Burdis gar nicht übel.

Er hatte ihm ein heißes Bad und eine üppige Mahlzeit verschafft, außerdem die Rückgabe seines gesamten persönlichen Eigentums, sogar der Pistole veranlasst. Dann war Nathan in seinen Heimathafen Southampton gebracht worden.

Nachdem er seinen Männern die Ereignisse geschildert und seine Pläne erklärt hatte, wollten sie noch in derselben Nacht ein Schiff für ihn kapern. Beinahe geriet er in Versuchung. Doch er erinnerte sich an die Bedingungen des Commanders. Und so lehnte er den Vorschlag seiner Besatzung ab und fügte hinzu, die Fahrt nach Amerika müsse auf legitime Weise verlaufen.

»Wenn Sie sich ein anderes Schiff als Ihre *Pearl* aneignen, ist unsere Vereinbarung hinfällig«, hatte Burdis betont. »Von jetzt an dürfen Sie keine Gesetze mehr brechen, Captain Tremayne.«

Zu viele gottverdammte Bedingungen. Aber Nathan wollte sich danach richten, weil sie ihm helfen würden, sein Schiff zurückzugewinnen.

Bei seinem Entschluss, in die Fußstapfen seines Vaters zu treten, hatte er gewusst, es würde nicht einfach sein. Trotzdem hatte er es genossen, die Herausforderungen des Schmuggels zu meistern und den Zollbeamten eine lange Nase zu drehen, wenn sie ihm vergeblich gefolgt waren. Sobald er den Kanal erreichte, kamen sie niemals nahe genug an ihn heran, um ihn zu erwischen. Aber er musste ständig neue Verstecke für seine Frachten finden, und das stellte seine Geduld auf eine harte Probe.

Vor ein paar Monaten hatte er endlich geglaubt, das Problem wäre gelöst. In Hampshire, ein kurzes Stück Weges landeinwärts, hatte er ein verfallenes, leer stehendes Haus gefunden – ein ideales Versteck, insbesondere, weil der Duke of Wrighton der nächste Nachbar war. Kein Zollbeamter würde es wagen, dort herumzuschnüffeln. Aber Nathan hatte nicht mit den neugierigen Dienstboten des Duke gerechnet. Wäre das verflixte Mädchen nicht in das Haus geschlichen, um Geister zu jagen – oder einen Liebhaber zu treffen, was ihm wahrscheinlicher vorkam –, hätte er seine Fracht nicht verfrüht woandershin gebracht. Nur deshalb war er verhaftet worden.

Er hatte seinen Leuten in Southampton eine Nachricht geschickt und sie beauftragt, das Schiff zur üblichen Bucht zu bringen und die Fracht an Bord zu laden. Da musste einer der Männer jemanden von Griggs Besatzung über diesen Plan informiert haben. Oder einer von Griggs Mannschaft hatte die *Pearl*-Truppe belauscht. Nicht zum ersten Mal wären die beiden Besatzungen in dieselbe Taverne geraten. Diese Version bevorzugte Nathan, statt zu vermuten, es gäbe einen Verräter in seinen Reihen. Aber letzten Endes trug das neugierige Dienstmädchen die Schuld an seinem Pech.

Und so war es kein Scherz gewesen, als er Burdis erzählt hatte, eine Frau sei für seine Festnahme verantwortlich. Er hätte sich viel mehr bemühen müssen, ihr Stillschweigen zu sichern. Normalerweise genügte ein Kuss. Nicht in *diesem* Fall. Er hatte eigentlich erwartet, ihr Wohlwollen zu gewinnen, damit sie seine Anwesenheit in dem verfallenen Haus niemandem verraten würde. Vielleicht hätte er ihre Laterne anzünden und ihr sein Lächeln zeigen sollen, das auf die meisten Frauen eine geradezu wundersame Wirkung ausübte. Der Kuss hatte jedenfalls nicht zum gewünschten Resultat geführt und die junge Frau stattdessen sogar beleidigt. Um ihre Entrüstung zu spüren, hatte er sie nicht sehen müssen.

»Für ein Bier und ein bisschen Spaß mit Weibern haben wir noch Zeit, Cap'n«, meinte Corky.

»Habe ich dir nicht gesagt, du sollst mich nicht mehr so nennen? Auf dieser Fahrt bin ich nicht dein Captain.«

Aber Nathan fand es tatsächlich furchtbar langweilig, einfach nur dazustehen und zu warten, während die Gepäckwagen heranrollten. Er ließ seinen Blick über den Kai schweifen. Vor zehn Minuten hatte sich das letzte Gefährt entfernt, und nun tauchte keines mehr auf, das die *Maiden George* ansteuerte. Vermutlich würden noch welche erscheinen, und er wollte es nicht riskieren, gefeuert zu werden und die Reise nach Amerika zu verzögern, weil er nicht hier war und das Gepäck auslud.

Jeder einzelne Tag spielte eine Rolle, da die *Pearl* bereits Kurs auf Connecticut nahm, wo sie frisch gestrichen, umgetauft und verkauft werden sollte. Und es war schon ärgerlich genug, dass das Schiff, auf dem er in Southampton angeheuert hatte, einen Umweg über London machte, wo Passagiere an Bord gehen würden.

»Komm schon«, drängte Corky. »Man hat uns gesagt, wir sollen hier warten. Aber niemand hat uns verboten, die Wartezeit dort drüben in der Taverne zu verbringen. Wenn du willst, schauen wir bei unserem Ale durch die Tür, damit wir den nächsten Wagen nicht übersehen. Und das Ruderboot ist noch nicht mal vom Schiff zurückgekommen, um noch eine Ladung zu holen. Vor uns liegt eine verdammt lange Reise, und heute Nacht interessiert mich nur mehr ein nettes Mädchen, das mir den Abschied versüßt.«

»Erst vor drei Tagen hattest du eins in Southampton«, seufzte Nathan. »Oder warst du zu besoffen, um dich dran zu erinnern?«

»O ja.« Corky grinste. »Was immer damals passiert sein mag – das ist unsere letzte Nacht an Land. Und drei Wochen auf hoher See können verdammt lange dauern.«

»Wahrscheinlich werden's nur zwei Wochen. Und du musst mich nicht begleiten. Du kannst nach Southampton zurückfahren und dort auf meine Heimkehr warten.«

»Soll ich dich ohne deinen Obermaat zurücksegeln lassen?

Leider haben wir viel zu spät von diesem Schiff erfahren und konnten die anderen Jungs nicht hierherholen.«

»Dass der Captain von der *Maiden George* eine Besatzung anheuern wollte, hörte ich nur, weil ich Alf und Peggy besuchte und ihnen mitteilte, ich würde für ein paar Monate verreisen.«

Der alte Alf, Peggys Ehemann, war Hausmeister in einem Cottage weiter oben an der Küste, ein paar Meilen von Southampton entfernt. Da Nathan jemanden gesucht hatte, der seine Nichten während seiner Seefahrten betreuen würde, war ihm das Paar empfohlen worden. Dieses Arrangement entwickelte sich zu einem unerwarteten Glücksfall. Denn zu dem Cottage gehörte ein privates Dock, und Alf erlaubte ihm, es als Liegeplatz für die *Pearl* zu benutzen.

So großzügig erwies sich Alf, nachdem Peggy sich bereit erklärt hatte, für die Mädchen zu sorgen. Für den Liegeplatz verlangte er nicht einmal eine Gebühr, stellte nur die Bedingung, an dem Dock dürfe keine Fracht ausgeladen werden, weil er über Nathans Schmuggelgeschäfte Bescheid wusste.

Alf hatte sich stets geweigert, auch nur ein Wort über das erstaunlich große Schiff an seinem Dock zu verlieren, und sich auch nie erkundigt, warum es völlig leer gewesen war. Natürlich hatte Nathan keine klärenden Gespräche gesucht, froh und erleichtert, nachdem das alte Ehepaar so freundlich war und ihm einen großen Gefallen erwies.

»Wenigstens bin *ich* an deiner Seite«, bemerkte Corky.

»Nur weil sie noch einen Schiffszimmerer brauchen. Und weil ich dich vorschlug, während ich mit den Leuten wegen meiner Einstellung verhandelte. Alf hat gezögert, diesen freien Platz an Bord zu erwähnen, denn er weiß, dass ich nicht mehr als Schiffszimmermann tätig bin. Dann hat seine Frau Peggy davon gesprochen. Jedes Mal, wenn ich die Mädchen besuche, drängt sie mich, ich soll endlich wieder eine Arbeit annehmen, die mich nicht hinter Gitter bringen wird. Offenbar sorgt sie sich um mich.«

»Kein Wunder. Sie mag deine Nichten und fürchtet, sie könnten eines Tages ohne Vormund dastehen. Und sie hat recht. Überleg doch – dieses Mal hätte sich Peggys Angst fast bewahrheitet. Bist du sicher, dass du dein Schiff überhaupt noch zurückhaben willst?«

»Nörgelst du jetzt auch noch an mir herum?«, schimpfte Nathan.

»Findest du nicht auch, ein paar Krüge Ale da drüben in der Taverne wären eine gute Idee?«, konterte Corky.

Kapitel 9

Lachend gab Nathan nach und folgte seinem Freund an den Docks vorbei. Die Taverne, die Corkys Interesse erregt hatte, lag zwischen einer Lagerhalle und einer Verkaufsstelle für Schiffspassagen.

In London kannte Nathan sich nicht aus. Nie zuvor war er hier gewesen, und er hatte nichts Gutes über die Hauptstadt gehört. Aber Tavernen waren Tavernen, und diese sah nicht anders aus als die Kneipen daheim in Southampton. Obwohl er selbst keine Lust verspürte, die letzte Nacht an Land mit einer Frau zu verbringen, weil ihm zu viele Gedanken durch den Sinn gingen – gegen einige Krüge Ale gab es nichts einzuwenden.

Die Verantwortung, die er nun trug, hatte er sich nicht gewünscht. Letztes Jahr war sie ihm noch nicht übergeben worden, und damals hätte er selber ein kurzes Liebesabenteuer vorgeschlagen. Jetzt nicht mehr. Seit dem Tod seiner Schwester war er der einzige Verwandte, der für ihre beiden Kinder sorgen konnte. Nicht, dass er vorher keine anderen Ziele verfolgt hätte, doch die waren nicht allzu dringend gewesen.

Seine Nichten Clarissa und Abbie waren einfach zauberhaft. Niemals hätte er erwartet, wie schnell er sie ins Herz schließen würde. Bei jedem Besuch fiel ihm der Abschied schwerer. Die siebenjährige Clarissa, die Jüngere, war lebhafter. Jedes Mal, wenn sie ihn wiedersah, warf sie sich jubelnd in seine Arme.

Mit ihren neun Jahren war Abbie reservierter. Die arme Kleine versuchte immer noch der versnobten Familie ihres Vaters zu entsprechen und glaubte, sie müsste vornehme Zurückhaltung bekunden. Aber sie begann aufzutauen und freute sich, wenn er ins Cottage kam. Vor ein paar Tagen hatte er bei der Abschiedsumarmung sogar Tränen auf ihrer Wange gespürt. Großer Gott, so schmerzlich war es letztes Mal gewesen, die beiden zu verlassen. Natürlich verdienten sie es nicht, in Armut zu leben, nur weil ihre Eltern gestorben waren. Deshalb musste er ihnen ein gesichertes Heim bieten, den gewohnten komfortablen Lebensstil.

Da seine Schwester Angie eine gute Partie gemacht hatte, waren ihre Kinder während der ersten Jahre ganz anders aufgewachsen als er selbst. In einem schönen Haus in Surrey hatten ihre Töchter den Luxus einer Gouvernante, mehrerer Hauslehrer und einer aufwendigen Garderobe genossen. Bedauerlicherweise verdankte sie diese Annehmlichkeiten der arroganten Familie ihres Gemahls, die sich wegen eines niedrigen Adelsrangs für grandios hielt. Nathan mochte seinen Schwager nicht, weil sich bald nach der Hochzeit herausgestellt hatte, dass er Angie nur wegen ihrer Abstammung von einem Earl geheiratet hatte. Um seine Schwester und seine Nichten zu besuchen, war Nathan gezwungen gewesen, heimlich ins Haus zu schleichen. Denn sein Schwager hatte von den Schmuggelgeschäften Jorys erfahren und vermutet, dessen Sohn würde derselben illegalen Tätigkeit nachgehen.

Nun hatten seine Nichten alles verloren, nach dem Unfalltod des Vaters von ihren Großeltern verstoßen. Zusammen mit Angie war er gestorben, weil er seinen Wagen im Vollrausch zu schnell gefahren hatte. Seither hasste Nathan die Aristokratie mehr denn je. Unfassbar – diese herzlosen Snobs kehrten ihren eigenen Enkelinnen den Rücken, weil sie ihre Schwiegertochter niemals anerkannt hatten. Jetzt besaßen die Mädchen nur mehr ihre eleganten Kleider, die ihnen nicht mehr passten. Und sie hatten einen Onkel, der ein unrealistisches Ziel zu erreichen hoffte.

Er bestellte einen Krug Ale und dann noch einen, von heißem Zorn erfüllt, der ihn immer überkam, wenn er zu lange über seine Situation nachdachte. Vielleicht sollte er sich in seiner letzten Nacht an Land mit einer ermunternden Schlägerei abreagieren.

Den Krug in der Hand, schaute er sich im Schankraum um, auf der Suche nach einem geeigneten Gegner. Aber die Taverne war überfüllt. Zweifellos würde ein einziger Fausthieb zu einer Massenrauferei führen. Nicht zum ersten Mal würde er eine Nacht hinter Gittern verbringen, weil er so etwas heraufbeschwor. Und diesmal durfte er sich das nicht leisten, wenn er die *Pearl* zurückgewinnen wollte.

Er machte einen Schritt auf die Tür zu, hielt aber inne, als fünf neue Gäste eintraten, und wandte sich ab. Einen hatte er sofort erkannt. Was zum Teufel …? Hammett Griggs Männer ausgerechnet in London? Das letzte Mal hatte er Hammetts Obermaat, Mr Olivey, vor fünf Jahren in Southampton gesehen. Grigg und einige Mitglieder seiner Besatzung waren an Nathan herangetreten, um nach Jorys Versteck zu fragen. Immer noch wütend auf seinen Vater, der ihn von der *Pearl* verscheucht hatte, erwiderte er, davon wisse er nichts und es sei ihm auch gleichgültig. Danach beobachteten sie ihn eine Zeit lang und hofften, er würde sie zu Jory führen. Doch er sah seinen Vater nie wieder. Schließlich hatten Hammett und seine Leute ihren Feind aus eigener Kraft aufgespürt …

Waren die Schmuggler aus Cornwall tatsächlich so verrückt, unverzollte Waren in der größten Stadt des Landes auszuladen? Nein, Olivey konnte die Londoner Docks nicht benutzen. Also musste er sich aus einem anderen Grund hier aufhalten. Vielleicht suchte er neue Käufer. Und wenn seine Leute sich hier im Hafen aufhielten, war womöglich auch Grigg in der Nähe. Hatte Nathan wirklich so viel Glück? Würde er den Gauner finden, bevor Commander Burdis ihn festnahm?

Nun, er *wollte* mit jemandem kämpfen. Und wenn er Grigg traf, könnte sich eine wunderbare Gelegenheit ergeben. Allerdings zog er diese Prügelei unter freiem Himmel vor. Sollte er warten, bis die Neuankömmlinge die Taverne verlassen würden, und ihnen folgen? Hatte er genug Zeit dafür?

Ohne sich umzudrehen, spähte er über seine Schulter. Die fünf Männer standen noch immer bei der Tür und sahen sich um. Weil alle Tische besetzt waren, würden sie die Bar ansteuern, vor der Nathan stand, und dann wären Handgreiflichkeiten unvermeidlich …

Sobald sein Entschluss feststand, ging er zur Tür und drängte sich an den neuen Gästen vorbei. Das fiel ihm leicht, weil er größer und kräftiger war als alle anderen. Wie erwartet folgten sie ihm nach draußen. Fünf gegen einen – das würde sie zu einer gewissen Dreistigkeit verleiten. Besonders gut kannten sie ihn nicht. Dabei wollte er es erst mal belassen. Freche Kerle neigten zu einem losen Mundwerk.

»Möchten Sie verschwinden, ohne uns Ihren Respekt zu erweisen, mein Junge?« Mr Olivey hielt ihn am Arm fest. »Dachten Sie, wir hätten Sie nicht erkannt?«

»Was treiben Sie überhaupt hier?«, fragte ein anderer. »Warum sind Sie nicht …? Wie ich gehört habe, wurden Sie eingelocht.«

»Und *ich* habe gehört, daran seien Grigg und seine Spießgesellen beteiligt gewesen«, erwiderte Nathan. »Wo steckt er denn? Ich würde mich gern bei ihm bedanken.«

»Geben Sie uns bloß nicht die Schuld dran, dass Sie unvorsichtig waren!«

»Ich wette, er will in London den Zimmermannshammer schwingen«, meinte ein Dritter. »Was bleibt ihm denn sonst noch übrig, nachdem der Zoll sein Schiff geschnappt hat?«

Als Nathan ihn an der Kehle packte und an die Tavernenmauer drückte, verstummte das Gelächter der anderen abrupt. »Meine Geschäfte in London gehen euch nichts an. Aber ich interessier mich für eure. Also? Wo ist euer Anführer?«

»In Ihrer Lage sollten Sie solche Fragen nicht stellen«, sagte Olivey hinter ihm. »Oder glauben Sie wirklich, Sie können es mit uns allen aufnehmen?«

»Finden wir's raus.« Nathan ließ den Mann los, fuhr herum und sprang zur Seite, sodass die ganze Gruppe vor ihm stand.

Fünf gegen einen – das mochten lausige Chancen sein. Aber Leidenschaft und Zielstrebigkeit gaben ihm Kraft, während die Gegner sich vermutlich nur auf seine Kosten amüsieren wollten. Auf den ersten Angriff musste er nicht lange warten. Er wehrte die Faust des Mannes ab und streckte ihn nieder. Mit blitzschnellen Schlägen ließ er einen zweiten zurücktaumeln.

In Nathans Adern pulsierte hitziges Blut. Obwohl sich seine Widersacher in der Überzahl befanden, zweifelte er nicht an seinem Sieg. Bald würde er die gewünschte Antwort erhalten. Nur einer musste bei Bewusstsein bleiben und imstande sein zu reden.

Er schlug den dritten Matrosen nieder. Aber der rappelte sich zu schnell wieder auf und wischte das Blut von seinen Lippen.

»Steigen Sie doch in den Boxring, mein Junge. Da könnten Sie ein Vermögen verdienen. Als Zimmerer vergeuden Sie Ihr Talent.« Oliveys Kommentar lenkte Nathan um ein paar Sekunden zu lange ab. Verdammt … Kraftvoll wurden ihm beide Arme auf den Rücken gedreht, und der Obermaat stand lachend vor ihm. »Sie hätten weglaufen sollen, solange Sie die Gelegenheit hatten. Und zwar für immer. Mit Ihrer Familie war Hammett fertig – bis ihm zu Ohren kam, Sie würden ihn suchen. Jetzt sehen Sie, wohin Sie das gebracht hat!«

»Fahren Sie zur Hölle!«, stieß Nathan hervor.

Plötzlich waren seine Arme frei, und er hörte das unverkennbare hohle Geräusch zweier Köpfe, die gegeneinandergeschmettert wurden. Er musste sich nicht umdrehen, um zu erraten, dass zwei von Griggs Männern schwer verletzt waren. Oder jemand hatte ihnen sogar den Garaus gemacht. Dann wurde er zur Seite gezerrt, ein muskulöser Arm umschlang seine Schultern. Den versuchte er abzuschütteln. Doch der Griff verstärkte sich.

Immer noch wütend, wollte er zu einem Schlag ausholen und sich losreißen, wer immer ihn festhalten mochte – bis er einen Blick auf ihn warf.

Ungewöhnlich hochgewachsen und schwarzhaarig, breitschultrig wie er selbst. In einem Mantel aus kostbarem Tuch wirkte er wie ein Mitglied der Oberschicht. Aber würde sich ein Gentleman in eine Straßenkeilerei einmischen? Nein, der würde nach der Wache rufen, oder? Und da war noch jemand, ein blonder, ebenfalls vornehm gekleideter Kraftprotz, der gnadenlos auf Hammetts Leute einhämmerte. Zwei wahnwitzige Lebemänner, die sich mit aller Macht Ärger einhandeln wollten? Den konnten sie mit *ihm* kriegen, denn er würde hierbleiben, selbst wenn die *Maiden George* ohne ihn auslaufen sollte. In diesem Moment hatte er nur einen einzigen Gedanken – wenigsten einer von Hammetts Matrosen musste am Leben bleiben, durfte nicht die Besinnung verlieren, sodass Nathan ihn befragen konnte.

In möglichst ruhigem Ton wandte er sich an den Schwarzhaarigen. »Lassen Sie mich los, ich will ihm helfen.« *Oder vielmehr ihn zurückhalten.*

»Seien Sie still, Bürschchen, das Gesicht meines Bruders zeigt keinen wilden Zorn, sondern ein Grinsen.« Dann seufzte der Mann, als Olivey und seine vier Begleiter reglos am Boden lagen, und beklagte sich: »Also wirklich, alter Junge, du hättest es ein bisschen in die Länge ziehen können.«

Der blonde Schläger musterte ihn gelangweilt, bevor er seine durchdringenden grünen Augen auf Nathan richtete. »Suchen Sie Arbeit? Ich brauche einen Sparringspartner.«

Mühsam unterdrückte Nathan ein Wutgeheul. Nun hatte er die Chance auf die gewünschte Antwort verloren. Hätte er den blonden Rüpel bloß daran gehindert, alle Grigg-Männer niederzustrecken … Aber es war unfassbar schnell gegangen. Und die zwei Brüder glaubten sogar, sie hätten ihm geholfen.

»Nein, danke, ich habe schon eine Stellung«, würgte er hervor.

Der Schwarzhaarige ließ ihn los. »Keine überschwängliche Dankbarkeit? Müssen wir Ihnen Manieren beibringen, Bürschchen?« Lässig fügte er hinzu: »Hinter dir, James.«

Was nun passierte, ließ Nathan kaum Zeit für irgendwelche Überlegungen. Immerhin registrierte er, dass er nicht mehr festgehalten wurde und sein Schicksal allmählich wieder in den Griff bekam. Er sah einen Matrosen, der sich schwankend erhob, und schrie: »Warten Sie!«

Aber der Blonde namens James wandte sich zu dem Seemann, und der Schwarzhaarige legte seinen eisenharten Arm wieder um Nathans Schultern.

Das war zu viel. Nathan schwang seine Faust und überrumpelte ihn, traf ihn am Kinn und warf ihn zu Boden.

Ob ihm das auch mit dem blonden Bruder gelingen würde? Daran zweifelte er. James starrte ihn an, zog eine Braue hoch, und Nathan versteifte sich. Vielleicht konnte er das Weite suchen, so wie der Matrose. Aber von diesem Muskelprotz wollte er nicht verfolgt werden. Vorsichtig wich er ein paar Schritte zurück, zeigte auf den Flüchtling und erklärte hastig: »Ich brauche eine Antwort auf eine Frage, und das verhindern Sie und Ihr Freund.«

»Dann laufen Sie los, holen Sie sich Ihre Antwort. Jetzt wird ein gewisser Kampfgeist in meinem Bruder erwachen. Keine Bange, er …«

Nathan hörte nicht mehr zu und nickte, umrundete die Kutsche des sonderbaren Paars, die vor der Taverne stand, und rannte dem Seemann nach. Hinter sich glaubte er Gelächter zu hören. Wahrscheinlich steht jemand in der Tür des Schankraums, vermutete er und drehte sich nicht um. Der Matrose bog in eine breite, dunkle Straße, auf der mehrere Seeleute, teilweise betrunken, zu ihren Schiffen zurückkehrten.

Während Nathan dahinstürmte, musterte er jeden einzelnen, und es dauerte eine Weile, bis er Hammetts Spießgesellen erkannte, der gerade wieder hinter einer Ecke verschwand.

Fluchend erreichte Nathan eine schmale Gasse voller zerbrochener Kisten und anderem Abfall. Weiter vorn, zur Linken, erklang das Gekläff eines Hundes, den er entdeckte. Den Matrosen sah er nirgendwo. Würde er alle Gebäude absuchen müssen, die er durch Hintertüren betreten konnte? Plötzlich flammte Licht hinter einem Fenster auf, das zu einem der oberen Stockwerke gehörte, und er versuchte die Tür zu öffnen. Sie war versperrt.

Doch die Hintertür des benachbarten Hauses ließ sich aufstoßen. Er schlich hinein und betrat einen dunklen Korridor. Trotz der Finsternis sah er den Schatten einer zusammengekauerten Gestalt an der Wand. Blitzschnell sprang er vor, packte den Matrosen und zerrte ihn ins Freie, bevor die Person, die das Lampenlicht angezündet hatte, herunterkommen würde, um festzustellen, warum der Hund bellte.

Er zog den Seemann um eine andere Ecke und drückte ihn gegen eine Hausmauer. »Diesen blonden Schläger habe ich abgelenkt, damit Sie fliehen konnten. Jetzt werde ich Sie selber erledigen, wenn Sie nicht sofort …«

»Moment mal!«, flehte der Matrose. »Verschonen Sie mich, ich sage alles, was ich weiß!«

»Wo ist Grigg?«

»Noch nicht in London. Morgen wird er herkommen, wegen einer Lieferung.«

»So? Für wen?«

»Für jemanden an der Westseite, der eine vornehme Taverne betreibt. Den versorgt der Cap'n seit etwa einem Jahr mit Cognac.«

»Der Name dieses Mannes? Wie heißt die Taverne?«

Nathan umklammerte den Hemdkragen des Mannes etwas fester.

»Keine Ahnung. Nur eins weiß ich, es geht um eine sehr große Fracht. Deshalb fährt der Captain selber in die Stadt. Hier gibt's ein paar Lokale, da ist man ganz verrückt nach dem Luxuszeug, das er beschaffen kann. Dort werden die feinen Bonzen bewirtet, und er verkauft seine Waren zu Preisen, die sie nur zu gern zahlen.«

»Ich brauche Namen.«

»Die kenne ich nicht, das schwöre ich. Mr Olivey weiß Bescheid. Fragen Sie ihn …«

»Heute Nacht wird er mir keine einzige Antwort geben«, unterbrach Nathan den Matrosen. »Und Sie verraten mir auch nichts Nützliches. Das sollten Sie ändern.«

»Also gut, es *war* der Captain, der Sie reingelegt hat. Er ließ Ihre Besatzung in Southampton beobachten. So berechenbar dürften Sie nicht sein, junger Mann. Immer denselben Hafen anzulaufen, ziemlich leichtsinnig …«

Vorerst ignorierte Nathan die Schadenfreude, die in diesen Worten mitschwang. »Auf diese Weise ist Grigg mir ausgewichen?«

»Aye, er legt nie am selben Dock an. Aber weil Sie's tun, war's einfach, Ihrer Mannschaft in Southampton nachzuspionieren. Er war da, als Sie Ihren Leuten die Nachricht schickten, Sie müssten Ihre Fracht ausladen und zu einem sichereren Ort segeln. Und er hörte sogar, wann und wo Sie Ihr Schiff erreichen würden.«

»Wieso wurde der Hinterhalt so schnell organisiert?«

»Weil Captain Grigg an jenem Abend in der Stadt war. Er wurde über Ihre geänderten Pläne informiert und schickte seinen Spion in den Hafen zum Zollschiff. Den Rest der Geschichte kennen Sie.«

»Was mich interessiert – wo finde ich Ihren Anführer? Wenn er keinen Stützpunkt hat, warum erzählen Sie mir nicht, wo er seine Frachten lagert?«

»Weil er's nicht tut. Wissen Sie wirklich nicht, wie viele Leute für ihn arbeiten? Die halbe Mannschaft steuert die Lastkarren zu seinem jeweiligen Landeplatz, wartet auf die Ankunft seines Schiffs und bringt die Waren direkt zu den Käufern. Das Zeug verstecken wir nicht mehr so wie früher. Dadurch haben die Zollpatrouillen auf dem Wasser keine Chance, uns zu schnappen. Alles arrangiert der Captain schon vorher. So macht er's schon seit Jahren. Mehr kann ich Ihnen nicht sagen.«

»Doch«, widersprach Nathan in sanfterem Ton. »Warum wurde mein Vater getötet?«

»Nun, Ihre Schwester …«, begann sein Gefangener. »Das wissen Sie nicht?«

Um seinem Befehl Nachdruck zu verleihen, hob Nathan ihn ein wenig hoch, sodass der Mann den Boden unter den Füßen verlor. »Spucken Sie's aus.«

»Nichts weiß ich! Gar nichts!« Das Kinn des Matrosen verkrampfte sich, er zitterte wie Espenlaub. »Damals habe ich noch nicht für ihn gearbeitet.«

Nathan zerrte ihn von der Mauer weg und schwang seine freie Faust hoch. »Wo finde ich die vornehme Taverne? Das ist Ihre letzte Chance, was Brauchbares zu verraten.«

Angstvoll riss der Mann die Augen auf. »Dahinter gibt's eine Gasse, das ist alles, was ich jemals zu sehen bekomme. Der Cap'n meint, je weniger wir wissen, desto besser. Nur Mr Olivey erfährt, wann und wo was passieren wird. Aber ich habe gehört, die Ware soll an Bobby geliefert werden.«

»So heißt der Besitzer des Lokals?«

»Keine Ahnung, danach hab ich nicht gefragt.«

Nathan schmetterte seine Faust ins Gesicht des Matrosen. »Zu wenige Informationen, zu spät«, murmelte er.

Doch der Mann hörte nichts mehr. Nathan ließ ihn liegen und eilte zu der Taverne zurück, wo Corky ihn erwartete. Um etwas mehr herauszufinden, wollte er Mr Olivey wachrütteln.

Aber sobald er sich seinem Ziel näherte, verlangsamte er seine Schritte. Inzwischen hatte die Hafenwache Griggs niedergestreckte Besatzungsmitglieder entdeckt. Alle vier waren immer noch besinnungslos. Während sie auf einen Karren gehievt wurden, der sie zum Gefängnis bringen sollte, rührten sie sich nicht, was Nathan keineswegs erstaunte. Denn der Mann, der sie erledigt hatte, war ein äußerst effektiver Schläger.

Nathan seufzte enttäuscht. Immerhin nahm er an, er könnte dem Matrosen glauben, den er verhört hatte. Jetzt wusste er viel mehr als vorher. Und wenn seine neue Glückssträhne nicht abriss, würde er nach England zurückreisen, ehe Commander Burdis an Grigg herankam.

Inmitten einer kleinen Schar, die sich vor der Taverne versammelt hatte, stand Corky. Statt die Ereignisse zu verfolgen, schaute er sich nervös nach seinem Captain um.

Nathan winkte ihm zu, bis er seine Aufmerksamkeit erregte.

Sofort rannte Corky zu ihm. »Wir sollten schleunigst zu unserem Posten zurückkehren. Vorhin kamen die zwei Besitzer des Schiffs vorbei, denn sie wollten sehen, wie das Gepäck verladen wird. Da wurden sie in einen Faustkampf verwickelt. Jemand hat einen der beiden bewusstlos geschlagen. Erst vor Kurzem kam er zu sich und war furchtbar wütend.«

»Wie – bedauerlich«, meinte Nathan voller Unbehagen. »Sind sie an Bord gegangen?«

»Nein, das haben sie heute Nacht wohl nicht vor. Wo warst du denn?«

Nathan beließ es bei einer Kurzfassung seiner Erlebnisse. »Soeben habe ich mit einem von Griggs Männern gesprochen, die sind in der Stadt. Er selber wird erst morgen erwartet.«

»Betreibt er seine Geschäfte von London aus? Wie abgefeimt er ist, weiß ich. Für verrückt habe ich ihn nicht gehalten.«

»Hier beliefert er nur mehrere Käufer. Auf einen habe ich einen Hinweis bekommen. Das ist die erste Information über Griggs Aufenthaltsort, seit er Jory getötet hat. Wenn wir wieder in London sind, weiß ich, wo ich ihn finde.«

»Oder du gibst deinem Freund Burdis einen Tipp.«

»Nein, verdammt! Der ist nicht mein Freund. Nur ein Zollbeamter, der mich benutzt, um befördert zu werden. Wir zwei verfolgen nur ähnliche Ziele. Vorübergehend.«

»Ts, ts … Gewisse Kontakte sind hilfreich – besonders mit Adelskreisen. Du wirst deinen Interessen wohl kaum dienen, wenn du alle hohen Tiere hasst, nur weil deine Schwester eklige Schwiegereltern hatte.«

»Ich hasse nicht alle. Nur die paar, die ich kenne. Inzwischen ist es spät geworden. Wir segeln morgen los. Nun brauchen wir ein bisschen Schlaf. Falls noch weitere Gepäckkarren ankommen, sollen die Leute uns wecken.«

»Ganz meine Meinung. Abgesehen von *diesem* Wagen. Um den müssen wir uns vielleicht kümmern.« Corky zeigte auf ein

Fahrzeug, das gerade heranrollte. Kein Lastkarren, sondern eine stattliche Kutsche.

Der Kutscher zügelte das Gespann und rief: »Gehören Sie zur *Maiden George?* Wenn ja – für die habe ich Passagiere.«

Kapitel 10

Letzte Nacht war Nathan ziemlich erstaunt über das Paar gewesen, das er zusammen mit Corky zur *Maiden George* gerudert hatte. Unter der ungeheuren Last zahlreicher schwerer Gepäckstücke wäre das Boot fast gesunken. Der Mann hatte sich als Graf Andrássy Benedek vorgestellt und hinzugefügt, er sei ein Verwandter des Captains, der Name der Frau war nicht erwähnt worden.

Beide sprachen Englisch, der Mann mit ausländischem Akzent. Und sie schienen sich nicht zu mögen. Während der Überfahrt tuschelten sie, und Nathan gewann den Eindruck, dass sie stritten und nicht belauscht werden wollten. Zornesröte färbte das hübsche Gesicht der Frau.

Deshalb erregte der Bursche Nathans Mitleid. Zweifellos ein Pantoffelheld, kaum älter als er selber, also etwa fünfundzwanzig. Viel zu jung, um eine zänkische Ehefrau zu ertragen, mochte sie auch noch so hübsch sein. Falls sie überhaupt verheiratet waren.

In der Morgendämmerung stand Nathan an der Reling. Zu seiner Verblüffung gesellte Benedek sich zu ihm. War er der Xanthippe entronnen? Dazu hätte Nathan einen verständnisvollen Kommentar abgeben und Mitgefühl bekunden können, von Mann zu Mann. Doch er wollte während dieser Reise keine Aufmerksamkeit auf sich lenken. Und außerdem war der Passagier ein Aristokrat.

Normalerweise hielt Nathan nichts von Klassenunterschieden. Diese Gesinnung hing vermutlich mit dem Earl in seinem Stammbaum zusammen. Davon hatte er niemandem erzählt. Er würde es auch niemals tun, und es ärgerte ihn maßlos, dass Burdis diese Tatsache herausgefunden hatte. Wahrscheinlich würde er jeden niederschlagen, der sich erdreistete, ihn einen Aristokraten zu nennen. Er behandelte alle Menschen wie Gleichberechtigte. Das zog er vor, mochte es den Betreffenden gefallen oder nicht. Doch darüber dachten die meisten Mitglieder der vermeintlichen besseren Gesellschaft ganz anders.

Seine Zurückhaltung erwies sich als vernünftiger Entschluss, denn der Graf blieb nicht lange allein. Schon wenige Minuten später erschien seine Gefährtin und zischte: »Du kannst mich nicht ignorieren, Andrássy!«

»Kann ich das nicht?«, fauchte Benedek zurück.«Kein Wort mehr darüber, Catherine! Keinesfalls werde ich sie um einen weiteren Gefallen bitten, nachdem ich sie eben erst kennengelernt habe.«

»Aber einer von diesen Verwandten könnte Bescheid wissen und mir sagen, ob mein Vater wirklich noch lebt – oder vielleicht sogar, wo ich ihn finden würde. Danach müsstest du sie wenigstens fragen.«

»Damit sie mich für verrückt halten? Diese angebliche magische Fähigkeit der Zigeuner ist nur abergläubischer Unsinn und Betrügerei. Davon profitieren die Zigeuner – von den Hoffnungen und Träumen leichtgläubiger Leute. Nur zu gern erzählen sie dir, was du hören willst, und lassen sich dafür bezahlen. Nichts davon ist wahr. Und ich werde diesen Zweig meiner Familie nicht beleidigen, indem ich deine Hirngespinste erwähne. Großer Gott, merkst du denn nicht, was für dummes Zeug du redest?«

»Natürlich stimmt das alles. Und ich glaube daran, nachdem

ich manchmal beobachten konnte, wie du dieses besondere Zigeunertalent bewiesen hast. Bestreite es, so oft du willst – du weißt ganz genau, dass es reine Wahrheit ist.«

»Was ich besitze, ist der Instinkt eines Fährtenlesers oder einfach nur Glück. Nichts daran darfst du mystisch nennen, Catherine. Und diesen Instinkt werde ich nutzen, um deinen Vater aufzuspüren – damit ich dich für immer loswerde!«

»Wie kannst du es wagen! Ohne mich wüsstest du gar nichts über diese Verwandten, weil ich das Tagebuch gefunden habe. Also bist du mir was schuldig!«

»Gar nichts schulde ich dir! Trotzdem will ich die Pflicht erfüllen, die mir von meinem Vater aufgebürdet wurde, als er deine Mutter geheiratet hat!«

»Großartig, mein Lieber! Du verstehst es wirklich meisterhaft zu improvisieren …«

Mehr hörte Nathan nicht, denn das Paar wanderte über das Schiffsdeck davon. Nun nahm die schrille Stimme der Frau einen sanften, schmeichelnden Ton an, als wollte sie Benedek tatsächlich loben.

Froh, wieder allein an der Reling zu stehen, hob Nathan das Fernglas, das er sich von Artie, dem brummigen alten Obermaat, geliehen hatte, und musterte den Kai etwas genauer. Nun wurde ein Großboot eingesetzt. Das sollte die zahlreichen Passagiere zu den Schiffen befördern, die weiter draußen im Hafen ankerten. Darauf wartete eine beträchtliche Schar elegant gekleideter Leute. Aber sie interessierten ihn nicht.

Er richtete das Fernglas den Kai entlang, zu einem Ende, dann zum anderen, so weit er sehen konnte. Immer wieder hielt er inne, um einzelne Gesichter zu studieren und sich zu vergewissern, dass er niemanden erkannte. So früh am Morgen rechnete er nicht mit der Ankunft von Griggs Männern. Aber vielleicht würde der Feind selber auftauchen und nach seinen Leuten Ausschau halten. Und falls Nathan ihn entdeckte – würde er es riskieren, die *Pearl* zu verlieren, wenn er ihn jetzt und hier zwischen die Finger kriegen konnte?

Vor fünf Jahren hatte Jory seinen Sohn von Bord gejagt, um ihn zu schützen. Obwohl Nathan deshalb ziemlich verbittert gewesen war – er liebte ihn immer noch. Und er empfand nach wie vor schmerzlichen Zorn, aus einem anderen Grund: weil er sich nicht mit seinen Vater versöhnt hatte. Dafür war es jetzt zu spät.

Und Jory hatte ihn ebenfalls gemieden. Niemals war es zu einem Kontakt gekommen, der Grigg zu Nathan hätte führen können. Denn der Mann hätte den Jungen benutzt, um dessen Vater zu schaden. Bald würde Nathan die alte Rechnung begleichen und den Mord an Jory rächen. Selbst wenn die *Maiden George* bald auslaufen würde, dieser Entschluss stand fest.

Während er den Kai mit dem Fernglas absuchte, entdeckte er zu seiner Verwirrung jemanden, der ihn seinerseits mit einem Feldstecher beobachtete – einen gut gekleideten Mann, den er nicht kannte. Offensichtlich ein Gentleman. Nun tippte er an seinen Hut und nickte, als wollte er Nathan bedeuten, er hätte ihn beim Spionieren an Bord der *Maiden George* ertappt. Dann lächelte er sogar, steckte sein Fernglas ein und stieg in ein Ruderboot, das ihn zu einem anderen Schiff brachte.

Im Fluss ankerten viele Schiffe, die noch nicht an den Docks anlegen konnten. Auch im Southampton-Hafen herrschte zumeist ein dichtes Gedränge, aber kein so gewaltiges wie in London. Hier dauerte es manchmal Wochen, bis ein Schiff einen Liegeplatz ergatterte. Zumindest hatte Nathan das gehört.

»Sehen Sie was Besonderes, Mr Tremayne?«

Er wandte sich zu dem Matrosen, der an seiner Seite erschien. Vor einer Weile hatte der Mann sich als Walter vorgestellt. Nathan kannte ihn flüchtig von Southampton her, wo die gesamte Besatzung der *Maiden George* angeheuert worden war. »Nein, mir fiel nur jemand auf, der sich etwas zu sehr für dieses Schiff interessiert und uns sogar durch ein Fernglas inspiziert hat.«

»Na und?« Walter zuckte die Achseln. »Sicher hat er nur jemanden gesucht.«

»Kann sein.«

Nathan betrachtete die Strecke zwischen dem Kai und der *Maiden George*, das Großboot, das sich wieder auf halbem Rückweg zum Schiff befand. Nur wenige Leute saßen darin, vier Männer und fünf Frauen, die Ruderer nicht mitgezählt. Vielleicht gehörten Zofen und Kammerdiener dazu. Die meisten Personen, die Nathan auf dem Dock beobachtet hatte, mussten ihre Verwandten oder Freunde verabschiedet haben, denn sie kehrten jetzt zu den Kutschen zurück.

»All zu viele Passagiere sind wohl nicht an Bord«, meinte er.

»Nun ja, das Schiff ist im Privatbesitz«, erklärte Walter, »und sehr komfortabel ausgestattet. Der Captain hat es eigens für seine Familie bauen lassen. Die Kabinen auf der *Maiden George* gleichen den Suiten in vornehmen Hotels.«

Wie luxuriös die Kabinen eingerichtet waren, wusste Nathan. Was er niemandem verriet – letztes Jahr hatte er der Versuchung nicht widerstehen können und sie alle erforscht, während die *Pearl* daneben angedockt gewesen war.

»Sind Sie schon früher mit der *Maiden George* gesegelt?«, fragte er Walter.

»Ein paarmal im letzten Jahrzehnt. Darüber bin ich froh. Eigentlich habe ich die Seefahrt aufgegeben. Aber eine Reise mit der *Maiden George* lasse ich mir wegen der großzügigen Heuer nicht entgehen. Und es ist nie langweilig. Wundern Sie sich nicht über die fabelhafte Bezahlung?«

Nathan zögerte. »Nun – ich segle zum ersten Mal über den Atlantik, deshalb habe ich keine Vergleichsmöglichkeiten.«

»Hier verdienen Sie das Dreifache von der üblichen Heuer,

Kumpel«, betonte Walter grinsend. »Schade, dass die *Maiden George* so selten ausläuft! Sonst wäre ich inzwischen ein reicher Mann.«

»Wenn der Eigentümer sie kaum benutzt – warum behält er sie?«

»Weil er sich's leisten kann.«

»Nur zum Spaß? Das ist nicht normal, oder?«

»Hier ist gar nichts normal, der Captain auch nicht. Da kommt er. Viscount Ryding, einer der vielen Adelstitel in seiner Familie.«

Nathan folgte Walters Blick zum Großboot, das sich der *Maiden George* näherte. Inzwischen hatte sich der Himmel erhellt, und er sah die Passagiere etwas deutlicher. Zuerst starrte er den Mann im Bug an. Blond, breitschultrig. Der Schläger, der ihn aus einer Laune heraus vor Griggs Seemännern gerettet hatte. Hinter ihm saß sein schwarzhaariger Bruder.

Nun kehrte Nathans Unbehagen zurück und wuchs. Da der Besitzer des Schiffs und sein Gefährte letzte Nacht nicht an Bord gegangen waren, hatte er gehofft, sie würden auf diese Reise verzichten. Aber seine Glückssträhne schien schon wieder abzureißen, und jetzt musste er sich schleunigst aus dem Staub machen. Zumindest, bis die *Maiden George* das offene Meer erreichte, wo die Brüder ihn wohl kaum über die Reling schleudern würden. Sicher war es am besten, wenn er sich oben in der Takelage versteckte. Und vielleicht würde er dort bleiben, während sie den Fluss hinabsegelten.

Wem von den beiden das Schiff gehörte, spielte keine Rolle. Beide waren hohe Tiere, und einen hatte er niedergeschlagen. Selbst wenn sie ihm verzeihen mochten – er hasste es, auf einer so langen Überfahrt für einen Lord zu arbeiten. Bedauerlicherweise unterschied sich die Denkungsart des Adels eklatant von der gewöhnlicher Leute. Wie die Nacht vom Tag. Diese Aristokraten fühlten sich schon wegen einer Bagatelle beleidigt, die normalerweise höchstens erhobene Brauen bewirken würde. Und man *merkte* nicht einmal, dass man sie gekränkt hatte, bis es zu spät war.

Im Osten stieg die Sonne über den Dächern der Häuser empor und sandte einen goldenen Strahl auf das Wasser. Kupferfarbenes Haar leuchtete wie eine Flamme auf und zog sofort Nathans Blick auf sich.

Eigentlich müsste die junge Frau einen Hut tragen, um so wundervolles, auffälliges Haar zu verbergen. Das tat sie nicht. Und sie war alt genug – achtzehn oder neunzehn? –, sodass sie es modisch hochstecken sollte. Stattdessen hatte sie es einfach nur im Nacken zusammengebunden. Weil es so lang war, warf es der Wind über ihre Schultern. Ihre Kleidung wies eindeutig auf eine junge Lady hin: ein blauer Samtmantel, eng tailliert, ein weißes Pelzcape, das nur bis zu den Ellbogen reichte. Doch es war das schöne herzförmige Gesicht, das eine vage Erinnerung weckte. Vergeblich suchte Nathan sich zu entsinnen, wo ihm das Mädchen schon einmal begegnet war.

»Dieses hübsche rothaarige Ding kommt mir irgendwie bekannt vor.«

Dass er seine Gedanken ausgesprochen hatte, wurde ihm erst bewusst, als Walter ihn ermahnte: »So würde ich die junge Dame nicht nennen. Es sei denn, Sie wollen im Schiffsknast oder an einem schlimmeren Ort landen. Der Cap'n ist ein gerechter Mann. Aber er kann sehr empfindlich sein, wenn es um seine Familie geht. Und dieses Mädchen ist wahrscheinlich mit ihm verwandt. Seit ich zu seiner Besatzung gehöre, hat er noch nie Passagiere an Bord gebracht, die nicht zu seinem engeren Kreis gehörten.«

Ein ganzes Schiff voller Aristokraten? *Verdammt noch mal …* Aber Nathan versicherte dem Matrosen: »Ich wollte nicht respektlos erscheinen.«

»Oh, das war nur eine freundschaftliche Warnung, Kumpel.

Nehmen Sie sich vor dieser Familie in Acht, die passen alle sehr, *sehr* gut aufeinander auf.«

»Das wusste ich nicht. Ich hatte noch nie von den Malorys gehört, bevor ich den Vertrag unterschrieb und den Namen des Captains erfuhr.«

»Wirklich nicht? Und ich dachte, jeder würde die Malorys kennen.«

»Sind sie so berühmt? Oder berüchtigt?«

»Beides.« Lachend ging Walter davon.

Nathan rannte zur Takelage und kletterte nach oben, fest entschlossen, seine nächste Begegnung mit den Malorys möglichst lange hinauszuzögern.

Kapitel 11

Hoffentlich sind Sie nicht so starrsinnig wie Ihre Cousine, Miss«, bemerkte Nettie MacDonald, als sie Judiths Kabine betrat, weil sie der jungen Dame bei der Vorbereitung für das Dinner helfen wollte.

Roslynn hatte darauf bestanden, ihre eigene Zofe an Bord zu schicken, die beide Mädchen betreuen sollte. Darüber freute sich Judith, denn Nettie gehörte seit Jahren gleichsam zur Familie. Sie war die einzige Zofe an Bord. Da es auf der *Maiden George* nur eine beschränkte Anzahl von Kabinen gab, hatten Georgina und Judys ältere Schwester Katey beschlossen, bei der Ankunft in Bridgeport Zofen einzustellen. Bis dahin konnten ihnen, falls nötig, die Ehemänner beim Ankleiden helfen.

»Gewiss, Jack ist immer eigenwillig«, antwortete Judith lächelnd. »Worauf beharrt sie denn heute Abend?«

»Nun, sie hat mir verboten, ihr Haar anzurühren. Und sie wollte auch kein Kleid tragen, bevor ich ein Machtwort sprach. Ich sagte, ich würde ihre geliebten Breeches kein einziges Mal waschen, wenn sie sich nicht wenigstens fürs Dinner anständig anzieht.«

Auch für Judith hatte Jacqueline Breeches anfertigen lassen. Nicht, dass Judy hineinzuschlüpfen plante. Höchstens in Notfällen. Lieber ließ sie ihre Röcke vom Wind um die Beine flattern, ehe sie sich in dieser Seemannskleidung verlegen fühlen würde. Für den Abend hatte sie ihr Haar bereits geflochten, weil sie Jacks Meinung teilte, an Bord des Schiffs würden die frischen Brisen ihre üblichen Hochsteckfrisuren sofort in nichts auflösen.

Trotzdem setzte sie sich an den kleinen Toilettentisch, um Nettie zu beglücken. Da lächelte die alte Zofe zufrieden, entwirrte die Zöpfe und arrangierte Judiths rotblondes Haar in einem fashionableren Stil.

Obwohl die Kabine verhältnismäßig geräumig war, wirkte sie eher beengt mit einem breiten Bett, einem Schrank, einem bequemen Polstersessel und dem Toilettentisch. Außerdem gab es einen kleinen runden Esstisch für zwei Personen. An einer Wand stapelten sich mehrere Truhen, das Reisegepäck. Aber Judith wollte nicht allzu viel Zeit in ihrer Kabine verbringen. Dieser Tag bildete eine Ausnahme. Da die meisten Verwandten ihre Sachen auspackten und sich von der Party am letzten Abend oder der Abfahrt am frühen Morgen erholten, hatte auch sie sich ausgeruht und ein Buch gelesen. Zwischendurch hatte sie sich »Seebeine wachsen lassen«, wie Jack die Gewöhnung an das schwankende Schiff nannte.

Die schaukelnden Planken störten sie nicht im Geringsten, sie genoss es sogar, wieder ein Schiff unter den Füßen zu spüren. Wahrscheinlich, weil sie noch lieber zur See fuhr als Jacqueline. Zu schade, dass Judiths Mutter und ihre Schwester nichts davon hielten. Sonst hätte sie ihren Onkel im Lauf der Jahre viel öfter an Bord begleiten können.

Nun freute sie sich auf das Dinner mit der Familie in Onkel James' wesentlich größerer Kabine. Dort würde sie auch den neuen Cousin wiedersehen, denn sie nahm an, Andrássy und seine Stiefschwester wären eingeladen worden. Mit Netties Hilfe sah sie aus, als würde sie daheim zu einem formellen Dinner gehen. Ihr Kleid – weiße Gaze über blauer Seide, mit Fliederblüten bestickt – war nicht neu. Weil ihre Mutter vermutet hatte, Judy würde die neue Garderobe für die Saison erst in einem Monat brauchen, waren die neuen Sachen noch nicht fertiggestellt worden. Trotzdem hatte Judith alles mitgenommen und doppelt so viele Truhen wie Jack auf die *Maiden George* schaffen lassen: Kleider, die sie an Bord und an den ersten Tagen in Bridgeport tragen würde, dazu eine komplette halb fertige Garderobe, die von Schneiderinnen vollendet werden musste.

»So, jetzt sehen Sie so hübsch aus wie immer, Miss«, meinte Nettie, nachdem sie Judiths Haar kunstvoll hochgesteckt hatte. »Morgen hole ich einen Matrosen hierher, der Ihre Schmuckschatulle hervorkramen soll. Keine Ahnung, warum sie mit den unfertigen Kleidern eingepackt wurde!«

»Weil ich sie nicht brauche, bevor wir in Amerika ankommen. Keinesfalls für die Dinners im Familienkreis. Deshalb muss sie nicht ausgepackt werden.«

Ehe Nettie widersprechen konnte, eilte Judith aus der Kabine und schloss die Tür. Verwirrt zuckte sie zusammen, als eine scharfe Frauenstimme hinter ihr erklang. »Gehen Sie mir aus dem Weg!«

Judy versteifte sich, fuhr herum und starrte in scharf blickende graue Augen. Da stand eine Frau, das braune Haar in einem strammen Knoten gebändigt, das Gesicht vor Zorn verzerrt, sodass sich nicht erkennen ließ, ob sie hübsch oder hässlich war. Geriet sie nur in Wut, weil ihr kurzfristig der Weg versperrt wurde?

Wer mochte sie sein? Dann glaubte Judith, es zu erraten. *Andrássys Stiefschwester Catherine?* Sie öffnete den Mund, um sich vorzustellen.

Aber Catherine war zu ungeduldig und ließ sie nicht zu Wort kommen. »Fast hätten Sie mich umgestoßen! Und jetzt stehen Sie reglos da und gaffen! Habe ich Sie nicht ersucht, mir auszuweichen?«

Sie wollte Judy beiseiteschieben. Doch da schwang eine

Kabinentür hinter ihnen auf, und Jacqueline zischte in den schmalen Korridor: »Kein Gekreische an Bord! Lernen Sie die gottverdammten Regeln, die man hier befolgen muss! Oder Sie werden ins Meer geworfen!« Erbost warf sie die Tür wieder zu.

Typisch für Jacqueline, eine etwas eigenartige Wortwahl, wenn sie sich ärgerte … Die Wangen der Frau färbten sich feuerrot, und Judith musste die Flucht ergreifen, bevor sie in Gelächter ausbrach. Damit hätte sie die Situation noch verschlimmert. Armer Andrássy! Also war seine Bemerkung am vergangenen Abend kein Scherz gewesen – die Familie würde nicht wünschen, seine Stiefschwester kennenzulernen.

Jetzt wusste Judy, warum. Sie drängte sich an Catherine vorbei und rannte zum Deck hinauf, bevor sie zu kichern anfing. Allzu lange musste sie nicht warten, nur ein paar Minuten, bis Jacqueline sich zu ihr gesellte.

»Ich nehme an, das war die Stiefschwester?«, fragte Jack, während sie die Kajüttreppe heraufstieg.

»Da diese Frau ein rotes Samtkleid trägt, gehört sie wohl kaum zum Kombüsenpersonal.«

Jack schnaufte verächtlich. »Falls sie auf dem Weg zu ihrer Kabine war, bleibt sie hoffentlich für immer drin. Jedes Wort habe ich gehört. So eine Unverschämtheit …«

»… hat für gewöhnlich einen Grund«, unterbrach Judith ihre Cousine, hängte sich bei ihr ein, und sie gingen zum Achterdeck. »Dieses verkniffene Gesicht! Vielleicht liegt es an heftigen Schmerzen, nicht an einem grässlichen Temperament.«

Jacqueline seufzte. »Immer siehst du nur das Gute in den Menschen.«

»Und du bemühst dich, nur das Schlechte zu sehen«, neckte Judith ihre beste Freundin und lachte.

»O nein! Außerdem trifft ein erster Eindruck oft zu. Aber diesmal werd ich eine Zeit lang warten, bis ich mir ein Urteil bilde. Nur weil du es willst.«

Kurz danach gelangten sie zur Kapitänskabine auf dem Achterdeck und stiegen die wenigen Stufen hinunter. Ohne anzuklopfen, traten sie ein. James saß neben Georgina auf dem Sofa, einen Arm um ihre Schultern, Anthony und Katey hatten bereits an der langen Dinnertafel Platz genommen.

Auf einer Seite des großen Raums lag der Essbereich, auf der anderen standen das Sofa und Polstersessel, zwei Spieltische und ein Schreibtisch aus Mahagoni voller Seekarten. Ein kunstvoll geschnitzter breiter Wandschirm verbarg das Bett in einer der hinteren Ecken. An der langen Fensterreihe waren die Vorhänge auseinandergezogen und gaben den Blick auf das mondhelle Meer frei. In dieser Kabine hielt Judith sich besonders gern auf.

Sie liebte es, vor den Fenstern zu stehen und hinauszuschauen. Tagsüber boten sie eine wunderbare Aussicht auf den Ozean ohne störenden Wind. Und nachts, wenn der Mond sich nicht hinter Wolken versteckte, war das Panorama geradezu atemberaubend.

Mit hastigen Küssen begrüßte sie ihren Vater und ihre Schwester Katey, dann eilte sie zu den Fenstern. Den Mond sah sie nicht, weil der Wind die *Maiden George* gerade in südwestliche Richtung trieb. Aber das Silberlicht spiegelte sich in den Wellen.

Jacqueline ging zu dem Sofa, auf dem ihre Eltern saßen.

Nachdem Georgina das hellgrüne Kleid ihrer Tochter begutachtet hatte, witzelte sie: »Erstaunlich, dass du keine Breeches trägst.«

»Das hat mir die Schottin nicht erlaubt«, murrte Jack. »In Zukunft würde ich am liebsten meine Tür versperren.«

»Nettie meint es nur gut. Warum versuchst du nicht, dich vernünftig mit ihr zu einigen?«

»Vernünftig, mit einer Schottin?«, fragte Jack und schaute Anthony an, der prompt zu lachen begann.

»Wäre Ros hier, würde sie dir die Ohren lang ziehen«, meinte er.

»Nur wenn sie mich erwischen könnte«, erwiderte sie lächelnd.

»Ach, ich wünschte wirklich, Roslynn und Jaime würden sich auf unserem Schiff wohler fühlen und hätten uns begleitet.« Anthony seufzte tief auf, war aber zu gut gelaunt, um Trübsal zu blasen. »Da der Yankee für ein paar Tage indisponiert ist, will ich das Beste aus dieser seltenen Chance machen. Wie oft habe ich denn meine beiden älteren Töchter ganz für mich allein?« Grinsend hob er seinen Cognacschwenker. »Ein Hoch auf die Seekrankheit!«

»Das ist nicht komisch, Papa«, mahnte Katey, um ihren Ehemann Boyd zu verteidigen.

»Nach meiner Meinung schon«, warf James ein.

Wenige Minuten später klopfte Andrássy an die halb geöffnete Tür, und James forderte ihn auf einzutreten. Der neue Cousin war in formelles Schwarz gekleidet. Unter einem kurzen Cape mit einer perlenbesetzten Schließe schimmerte ein schneeweißes Halstuch, und er trug immer noch sein Schwert. Auch seine Begrüßung, die der familiären Runde galt, wirkte etwas zu förmlich. Oder vielleicht war er einfach nur nervös.

Lächelnd führte Georgina ihn zu einem Sessel. »Wird Ihre Schwester uns beehren?«

»Nein, es wäre ihr peinlich, mit der Familie zu dinieren, denn sie gehört nicht dazu und möchte keineswegs zur Last fallen. Stattdessen will sie sich dankbar zeigen, weil Sie ihr so großzügig erlauben, auf diesem Schiff zu reisen, und für die Passage arbeiten. Eventuell in der Kombüse oder …«

»Das ist völlig regelwidrig und gewiss nicht nötig«, fiel Georgina ihm ins Wort.

»Genau genommen doch, Catherine kann ziemlich launisch sein …«

Judith und Jacqueline wechselten einen kurzen Blick und verdrehten die Augen.

»... und wenn sie etwas zu tun hat, ist sie ruhiger«, ergänzte Andrássy.

Ist das Catherines oder eher Andrássys Idee?, fragte sich Judy. Falls er das vorgeschlagen hatte, war der Zorn seiner Stiefschwester an diesem Abend verständlich. Wollte er sie zu einer Küchenmagd erniedrigen?

Auch Georgina musste auf diesen Gedanken gekommen sein, denn ihre Stimme nahm einen ärgerlichen Klang an. »Sie ist kein Dienstbote und wird nicht wie einer behandelt.«

»Genau das versuchte ich ihr zu erklären«, entgegnete Andrássy. »Ich sorge mich nur ... Wenn sie untätig herumsitzt ... Hätten wir bloß ein wenig Material mitgenommen, mit dem sie an Bord arbeiten könnte! Sie ist eine ausgezeichnete Schneiderin. Alle ihre Kleider näht sie selbst. Wenn eine der Damen etwas auszubessern hätte – das würde Catherine nur zu gern übernehmen.«

»Nun, ich könnte ein paar Säume aufreißen«, scherzte Georgina, und ringsum brach Gelächter aus.

Obwohl Judith eine Näherin brauchen würde, schüttelte sie den Kopf, um zu verhindern, dass Jack das erwähnte. Sie wollte Catherines Gesellschaft nicht ertragen, bevor sie eine Gelegenheit finden würde, einen besseren Eindruck von der jungen Frau zu gewinnen. Falls das überhaupt möglich war.

Dann wurde das Thema gewechselt, denn Artie und Henry kündigten das Dinner an. Beide versuchten gleichzeitig einzutreten und blieben in der Tür stecken. Was niemanden außer Andrássy überraschte. Mochten die zwei alten Seebären auch die besten Freunde sein – das blieb jedem Fremden verborgen, weil sie ständig stritten. Mitglieder von James' früherer Besatzung in seinen zehn Jahren auf hoher See, waren sie zusammen mit ihm in den Ruhestand getreten und seine Butler geworden. Während seiner privaten Schiffsreisen fungierten sie als seine Obermaate.

Während sich alle an den Esstisch setzten, wurden mehrere Platten hereingetragen. Andrássy beeilte sich, einen Stuhl für Jack zurechtzurücken, und nahm neben ihr Platz.

Ein bisschen zu schnell? Judy überlegte, ob sie ihre Cousine später damit necken sollte. Weil sie am Spätnachmittag die Kombüse besucht und von den Speisen für das Dinner gekostet hatte, war sie nicht hungrig. An ihrer Seite stocherte auch Katey lustlos auf ihrem Teller herum, aber aus einem anderen Grund.

»Sorgst du dich um Boyd?«, erriet Judith, und Katey nickte.

»Es tut mir in der Seele weh, wenn er sich so elend fühlt. Nach den jahrelangen Schiffsfahrten sollte man meinen, er hätte die Seekrankheit überwunden.«

»Wahrscheinlich lässt sie sich nicht kurieren.«

»Ja, das weiß ich«, seufzte Katey. »Früher bereitete sein Schiffsarzt einen effektvollen Schlaftrunk zu, der ihm half, diese Phase zu überstehen. Ich bot Boyd an, ebenfalls einen zu brauen. Das lehnt er ab, weil er tagsüber wach bleiben und mit mir reden will. Aber meistens ist er zu schwach, um auch nur ein Wort hervorzubringen. Also schlafe ich auch am helllichten Tag ein, so wie heute, und nachts werde ich kein Auge zutun. Und er findet nur in der Nacht erholsamen Schlaf.«

»Wenigstens dauert seine Seekrankheit nur drei bis vier Tage. Hast du keine Bücher mitgebracht, die du lesen kannst, wenn du ihm Gesellschaft leistest?«

»Nein, leider nicht.«

»Gerade habe ich einen wundervollen Roman zu Ende gelesen. Den hole ich dir, falls dir eine schlaflose Nacht droht.«

»Zuerst musst du essen«, entschied Katey.

Judy lächelte. »Das habe ich schon nachmittags getan.« Sie

erklärte ihrem Vater, sie würde gleich zurückkommen, und verließ die Kapitänskabine.

Auf Deck brannten nur wenige Laternen. Wegen des hellen Mondscheins wurde keine stärkere Beleuchtung gebraucht. Jetzt sah Judith den Mond am Osthimmel und blieb kurz stehen. Sie wünschte, es wäre ein Vollmond. Trotzdem fand sie die Szenerie traumhaft.

Sie holte den Roman, dann beschloss sie, eine Zeit lang an der Reling zu verweilen und den ungehinderten Anblick des Mondes zu genießen, bevor sie zu ihren Verwandten zurückkehren würde.

Als sie zur Treppe ging, ließ sie das Buch fallen und stieß mit einem Geist zusammen. Nicht mit irgendeinem, es war *der* Geist.

Kapitel 12

Fassungslos taumelte sie und konnte ihn im Laternenlicht nur anstarren. So wie bei der ersten Begegnung wehte weißes Haar um seine Schultern, seine Augen glühten in noch intensiverem Grün, als sie sich entsann. Und jetzt, wo sie direkt vor ihm stand, erschien er ihr viel größer. Mindestens eins fünfundachtzig. Viel zu nah war er an sie herangekommen. Nun merkte sie, dass er ihre Schultern gepackt hatte. Sonst wäre sie über die Stufen gestolpert. Aber inzwischen hatte sie ihr Gleichgewicht wiedergefunden, und er müsste sie loslassen.

Wenn jemand vorbeikam und die Situation beobachtete – zum Beispiel ihr Vater ... Bei diesem erschreckenden Gedanken trat Judith zur Seite, und der Geist ließ sie los. »Sie sind tot«, sagte sie, weil ihr nichts anderes einfiel.

»O nein. Warum behaupten Sie so was?«

»Erinnern Sie sich nicht?«

»Wenn ich gestorben wäre, würde ich mich sicher daran erinnern.«

»Vor ein paar Jahren trafen wir uns in dieser Ruine in Hampshire, hinter dem Landsitz des Duke of Wrighton. Dort hielt ich Sie für einen Geist. Was machen Sie hier an Bord?«

Bis er die Zusammenhänge verstand, dauerte es eine Weile. Dann lachte er. »Also deshalb kamen Sie mir bekannt vor – das Kind mit dem Sonnenuntergangshaar, das sich damals in dem alten Gemäuer herumtrieb.« Langsam musterte er sie von oben bis unten. In seinen Smaragdaugen begann es zu funkeln. »Jetzt sind Sie kein Kind mehr, nicht wahr?«

Judy spürte brennende Röte in ihren Wangen. Nein, sie war kein Kind mehr. Aber musste er einen Beweis für diese offenkundige Tatsache suchen? Sie hätte das Abendcape nicht in der Kabine zurücklassen sollen. Offenbar war ihr Geist ein ganz gewöhnlicher Matrose. Sie dürfte nicht so lange mit einem Mitglied der Besatzung reden. Aber – zum Teufel, der Mann faszinierte sie. Während er ein vermeintliches Gespenst gewesen war, hatte sie alles über ihn erfahren wollen.

Das wollte sie immer noch. Zu diesem Zweck streckte sie ihre Hand aus und zog sie hastig zurück, als er einfach nur darauf starrte. »Ich bin Judith Malory«, stellte sie sich vor, ein bisschen nervös, weil er nicht wusste, wie er sich bei einer förmlichen Begrüßung benehmen sollte. »Meine Verwandten und Freunde nennen mich ›Judy‹. Tun Sie's auch, es würde mich freuen.«

»Wir sind nicht befreundet.«

»Noch nicht. Aber wir könnten es werden. Verraten Sie mir Ihren Namen, das wäre ein Anfang.«

»Und wenn ich mich weigere?«

»Für einen Exgeist sind Sie ziemlich ruppig. Anscheinend haben Sie was gegen Freundschaften. Also gut, entschuldigen Sie mich.« Sie nickte ihm zu, ging zur Reling und betrachtete das schwankende Spiegelbild des Mondes auf den schwarzen Meereswellen.

So dramatisch, so schön. Doch sie konnte es nicht mehr richtig würdigen, weil sie so enttäuscht war. Viel zu sehr. Beinahe stiegen ihr Tränen in die Augen, und das war absurd … Oder musste sie Jack recht geben? Hatte sie sich wirklich in einen Geist verliebt …? Nein, das fand sie noch absurder. Sie war nur neugierig und interessiert gewesen – und erstaunt, weil

Gespenster tatsächlich zu existieren schienen. Etwas älter und vernünftiger, hatten Jacqueline und sie selber eingesehen, dass er unmöglich ein Geist sein konnte. Da war es immer noch amüsant und aufregend gewesen, ihn für einen zu halten. Und nun hatte er sich als richtiger Mann erwiesen. Aus Fleisch und Blut – und sehr attraktiv. Nicht so bleich wie damals. Nein, von der Sonne gebräunt. Weil er regelmäßig auf Schiffen arbeitete? Wer mochte er sein? Anscheinend ein Seemann. Aber was hatte er während jener Nacht, vor all den Jahren, in der alten Ruine gemacht? Der Geist hatte erklärt, das sei sein Haus. Wie konnte sich ein Matrose ein eigenes Haus leisten?

Jetzt war sie faszinierter denn je. Unbeantwortete Fragen schwirrten ihr durch den Kopf und machten sie ganz kribbelig. So schnell hätte sie es nicht aufgeben dürfen, ihre Neugier zu befriedigen. Jack wäre sicher hartnäckiger gewesen. *Soll ich Onkel James fragen …?*

»Nathan Tremayne«, erklang eine tiefe Stimme.

Lächelnd warf sie ihm einen kurzen Blick zu. So fabelhaft sah er aus, mit dem weißen Haar, das in der Brise flatterte … Einige Schritte von Judith entfernt, schaute auch er auf den Glanz des Mondes im Meer, und dadurch entstand der Eindruck, er hätte gar nicht mit ihr gesprochen. Aber mit wem sonst? Interessierte sie ihn genauso wie er sie?

»Guten Abend, Nathan. Oder bevorzugen Sie ›Nate‹?«

»Das spielt keine Rolle. Reden Sie immer so unbefangen mit fremden Männern?«

»Sind Sie ein Fremder?«

»Für Sie schon«, stellte er klar.

»O nein, wir beide sind alte Bekannte.«

Er lachte leise. »Nur weil ich Ihnen vor fünf Jahren gesagt habe, Sie sollen aus einem Haus verschwinden, sind wir noch lange keine Bekannten. Warum sind Sie in jener Nacht überhaupt hineingeschlichen?«

»Meine Cousine Jacqueline und ich hatten Licht in der Ruine gesehen. Natürlich wollten wir herausfinden, was da geschah. Seit sich irgendwer erinnern konnte, war das Gebäude verlassen gewesen. Also hätte niemand drin sein dürfen. Aber wir schauten aus dem Fenster unseres Zimmers im Haus des Duke, und da entdeckten wir den Lichtschimmer.«

»Und Sie dachten, Sie würden einen *Geist* erwischen?«

Judiths Wangen erhitzten sich wieder. Doch er würde es wohl kaum bemerken, denn er inspizierte immer noch die Meereswellen. »Als wir Sie in der Ruine trafen, lag diese Vermutung nahe.«

»Ganz im Gegenteil.«

Schwang in seiner Stimme eine gewisse Belustigung mit? Unfähig, der Versuchung zu widerstehen, spähte sie zu ihm hinüber.

Ja, er grinste tatsächlich und fügte hinzu: »Damals haben Sie Schlüsse gezogen, auf die eine erwachsene Person nie gekommen wäre.«

»Nun, ich war noch nicht erwachsen. Es ist einige Jahre her. Und Sie hielten Ihre Laterne so hoch, dass sie nur Ihren Oberkörper beleuchtete. Deshalb sah es so aus, als würden Sie schweben.«

Nathan lachte wieder. Und das klang sehr reizvoll, tief und sonor, fast wie eine Bassgeige. In seine breite Stirn fiel eine Locke, und wie Judy jetzt feststellte, war sein Haar gar nicht richtig weiß, sondern von blonden Strähnen durchzogen.

Schon gut«, sagte er, »Ihre Fantasie hat Ihnen wahrscheinlich einen Streich gespielt. Das verstehe ich.«

»Warum sind Sie damals in der Ruine gewesen? Und wieso haben Sie so traurig ausgesehen?«

»Traurig?«

»Waren Sie's nicht?«

»Nein, nicht traurig, Schätzchen.« Statt einer näheren Erklärung wandte er sich zu ihr und fragte: »Glauben Sie wirklich an Geister?«

Sie sah seine hochgezogenen Mundwinkel. Machte er sich über sie lustig? Offensichtlich! Und wie durchdringend diese grünen Augen sie musterten! Ziemlich kühn für einen einfachen Seemann, falls er einer war – sogar für *jeden* Mann, den sie eben erst kennengelernt hatte. Das erste Mal zählte nicht.

Um seine Hänselei zu entkräften, erwiderte sie möglichst beiläufig: »Schon vor einigen Jahren gestanden Jacqueline und ich uns ein, wir hätten uns in jener Nacht geirrt. Aber wir nannten Sie weiterhin unseren Geist, weil es uns amüsierte. Dieses spezielle Geheimnis teilten wir nur mit unseren jüngeren Verwandten. Wir fanden es viel lustiger, ihnen zu erzählen, wir wären einem Geist begegnet statt dem neuen Eigentümer des Hauses. Der konnten Sie nicht sein, oder? Was haben Sie dort gemacht?«

»Vielleicht gefallen mir Geheimnisse genauso gut wie Ihnen.«

Seine Antwort ärgerte sie, denn sie hatte gehofft, endlich ein Mysterium aufzuklären, das sie seit Jahren brennend interessierte. »Also wollen Sie es nicht verraten?«

»Bisher haben Sie nicht versucht, mich umzustimmen, Schätzchen. Mit einem netten Lächeln könnten Sie's schaffen.«

Judith stand reglos an der Reling. So still, dass sie ihre eigenen Herzschläge hörte. Unglaublich, was ihr soeben glasklar geworden war … Wer er war, *wusste* sie. Soeben hatte er sie zum zweiten Mal ›Schätzchen‹ genannt. Beim ersten Mal war sie zu verwirrt gewesen, um es zu registrieren. Aber nun erinnerte sie sich, wo sie das Kosewort schon einmal gehört hatte. Vor zwei Wochen, aus dem Mund eines Mannes, der ihr viel gefährlicher erschienen war als ein Landstreicher.

Sobald sie in jener Nacht überlegt hatte, ein Vagabund würde wohl kaum teuren Cognac trinken, war es unwiderlegbar gewesen: Er konnte unmöglich dem ersten Eindruck entsprechen, den sie gewonnen hatte. Nicht nur das … Er widersprach ihrer Behauptung, sie würde das Haus besser kennen als er. Also musste er sich schon lange darin aufgehalten oder es oft besucht haben. Er hatte ein Schloss an einer Tür angebracht, die ihm nicht gehörte. Und er war aus einem verborgenen Raum aufgetaucht, in dem er womöglich geschmuggelte oder gestohlene Sachen gelagert hatte. Dann seine Ermahnung, sie solle niemandem von ihrer Begegnung mit ihm erzählen … Das alles wies auf seine verbrecherischen Aktivitäten hin.

Natürlich hatte sie Jacqueline am nächsten Morgen von ihrem seltsamen Erlebnis erzählt. Jack hatte ihr vorgeschlagen, Cousin Brandon einzuweihen. Er sollte seinen Vater warnen, ohne zu erwähnen, Judith habe in der alten Ruine einen Kriminellen angetroffen. Vor ihrer Rückreise nach London hatte Brandon ihr mitgeteilt, er habe mit seinem Vater gesprochen, und der Schmuggler sei bereits auf frischer Tat ertappt worden. Was machte der Schurke jetzt hier, an Bord der *Maiden George?*

Da er eine Antwort zu erwarten schien, zischte sie: »Warum sitzen Sie nicht hinter Gittern, so wie Sie es verdienen?«

Kapitel 13

Nur sekundenlang erschrak Nathan über die Frage, die Miss Malory so erbost hervorstieß, dann hätte er fast gelacht, denn gewissermaßen traf sie den Nagel auf den Kopf. Ergab das einen Sinn? Nein, eher nicht …

Wie auch immer, sein Selbsterhaltungstrieb funktionierte sofort. »Ich glaube, Sie verwechseln mich mit jemandem. Aber das überrascht mich nicht. Erst hielten Sie mich für einen Geist, danach für einen Hausbesitzer, schließlich für einen Verbrecher. Ist es nicht viel offensichtlicher, dass ich ein einfacher Seemann bin, der hart genug für sein täglich Brot arbeitet?«

»Ich glaube Ihnen nicht.«

»Warum nicht?«

»Weil ich niemals ein Gesicht vergessen würde, das mich fünf Jahre lang verfolgt hat. Jetzt erkenne ich auch Ihre Stimme wieder.«

»Nach fünf Jahren? Das ist wohl kaum möglich.«

»Nein, nach zwei Wochen!«, fauchte sie wütend. »Da wollte ich in diesem verfallenen Haus noch einmal diesen sogenannten Geist aufspüren, und Sie haben mich grausam attackiert. Sie sind ein Verbrecher, Nathan Tremayne. Und ich werde nicht dulden, dass Sie an Bord bleiben und meine Familie gefährden.«

Sie war das also, dachte er. Kein Dienstmädchen des Duke,

wie er es damals vermutet hatte. Und vielleicht war sie auch keine richtige Lady, nur dem Namen nach. Welch ein faszinierender Gedanke – und sogar plausibel, da er sie zweimal in dunkler Nacht getroffen hatte. In der Ruine, jetzt hier an der Reling.

»Nach meiner Ansicht sind eher *Sie* kriminell. Sie brechen in Häuser ein, die Ihnen nicht gehören. Sogar mehrmals? Verraten Sie mir doch, Schätzchen – ist Ihre Familie über Ihre nächtlichen Stelldicheins informiert?«

Sie holte tief Luft. »Unterstehen Sie sich, falsche Schlüsse zu ziehen! Warum ich vor zwei Wochen in der Ruine war, habe ich erklärt und die reine Wahrheit gesagt. Das wissen Sie ganz genau.«

»Da ich nicht dort gewesen bin, wie kann ich es wissen? Moment mal, hatten Sie solche Sehnsucht nach mir? Wollten Sie mich mit aller Macht wiedersehen?« Nathan grinste. Plötzlich begann er sich zu amüsieren. »Nun ja, mich als Geist, trotzdem *mich*. Und Sie haben zugegeben, Sie hätten mich wenigstens einmal gesucht.«

Verächtlich seufzte sie. »Es wird Ihnen nicht gelingen, den Spieß umzudrehen und mit dem Finger auf mich zu zeigen. Aber es war ein raffinierter Versuch. Selbst wenn ich eine Einbrecherin war, lässt sich das nicht mit einem Schmuggler vergleichen. Oder mit einem Dieb? Was von beidem sind Sie?«

»Warum sollte ich das eine oder andere sein?«

»Weil die Fakten zueinanderpassen, und davon gibt es eine ziemlich lange Liste. In der Nacht vor zwei Wochen haben Sie sich als dreister Lügner erwiesen. Sie haben nicht nur kurz in das alte Haus reingeschaut, sondern sogar ein Feldbett aufgestellt.«

»Ein Gesetzloser, der ein Feldbett mit sich herumschleppt? Merken Sie nicht, wie unwahrscheinlich das klingt?«

»Und Sie haben ein Schloss an der Haustür angebracht.«

»Der Kerl, den Sie meinen, hat das sicher nur getan, um zu verhindern, dass er mitten in der Nacht von lästigen Geisterjägerinnen geweckt wird. Was ihm offenbar misslungen ist.«

»Finden Sie das lustig?«

Nathan lächelte. »Habe ich das gesagt?«

»Nicht nötig«, fuhr sie ihn an, »es steht Ihnen im Gesicht geschrieben!«

»Jetzt haben Sie mich durchschaut, Schätzchen. Nicht jeden Tag werde ich krimineller Umtriebe bezichtigt. Wie ich zugeben muss, sehe ich eine gewisse Komik darin.«

»In der Ruine haben Sie illegale Waren versteckt und meine Familie in Gefahr gebracht! Meine Verwandten hätten verdächtigt werden können. Niemand würde glauben, sie hätten nicht einmal geahnt, was direkt hinter ihrem Landsitz geschah. Zweifellos hätte der Skandal allen Malorys empfindlich geschadet!«

So leidenschaftlich verteidigte sie ihre Familie? Nun, wenigstens *das* verstand er sehr gut. Doch das änderte nichts an der Situation, die ihn zwang, die junge Dame von ihrem »Irrtum« zu überzeugen.

Und so lächelte er wieder. »Überlegen Sie doch mal, was für einen Unsinn Sie reden! Niemand, der bei klarem Verstand ist, würde einem Duke irgendwas vorwerfen. Schon gar nicht illegale Aktionen.«

»Dann geben Sie es zu? Sie kamen aus einem verborgenen Raum. Als Sie mich küssten, schmeckte ich Cognac. Sie waren *nicht* nur ein Landstreicher, so wie Sie es behauptet haben! Und ich bezweifle nicht, dass Sie die Ruine fünf Jahre lang benutzt haben, um Ihre geschmuggelte Beute zu verstecken. Habe ich recht?«

Nathan musste sich zusammenreißen, um nicht schallend zu lachen. Alles hatte sie herausgefunden, mit bewundernswerter Treffsicherheit. Was für ein kluges Mädchen … schön *und* intelligent. Wann war er dieser erstaunlichen Kombination zum letzten Mal begegnet? Eigentlich noch nie …

Doch sie konfrontierte ihn nur mit Anklagen, weil sie auf sein Geständnis hoffte. Da würde sie eine Enttäuschung erleben. Glücklicherweise konnte sie nichts beweisen. Trotzdem musste er sie von ihrem unheilvollen Spürsinn ablenken … Er senkte seine Stimme zu samtigem Timbre. »Glauben Sie mir, Schätzchen, hätte ich Sie geküsst, würde ich einen so erfreulichen Moment nicht so schnell vergessen. Und wenn ich Sie jetzt anschaue, wünschte ich, es wäre wirklich passiert …«

Sie starrte seine Lippen an. Also hatte er sie tatsächlich abgelenkt. Womit er allerdings nicht gerechnet hatte – auch er wurde von dem Problem abgelenkt. Das Verlangen, sie wieder zu küssen, drohte ihn zu überwältigen. Hier auf Deck, im Mondschein, reiner Wahnsinn …

»Gute Nacht, Schätzchen. Jetzt entschwinde ich besser wie ein Geist. Natürlich wäre es mir sehr unangenehm, wenn Ihre Verwandten von Ihrer Vorliebe für nächtliche Stelldicheins erfahren würden.«

Ohne eine Antwort abzuwarten, ging Nathan davon. Hoffentlich würden seine subtile Warnung und die Zweifel, die er in der jungen Dame zu wecken versucht hatte, ihren Mund vorläufig verschließen. Er wollte wieder auf den Großmast klettern. Aber es drängte ihn unwiderstehlich, über die Schulter zu spähen. Und so blieb er im Schatten der Segel stehen.

Auf halbem Weg zum Achterdeck drehte sie sich ebenfalls um. Hatte sie sich weitere Verleumdungen ausgedacht, die sie ihm an den Kopf werfen konnte? Dann seufzte er erleichtert. Denn sie suchte nur das Buch, das hinabgefallen war, und kehrte zurück, um es zu holen.

Wenig später verschwand sie aus seinem Blickfeld und betrat die Kapitänskabine. Aber ihr Bild haftete immer noch in seiner Fantasie.

Diese Frau war viel zu schön – und sie würde ihn womöglich in arge Schwierigkeiten bringen. Also musste er eine bessere Methode finden, um sie davon abzuhalten, irgendjemandem von ihrem Verdacht zu erzählen. Nun, das konnte bis zum nächsten Tag warten.

Kapitel 14

Am nächsten Morgen ging Nathan zu Corky, mit dem er das neueste Problem namens Judith Malory diskutieren wollte. Sein Freund war beauftragt worden, das Hauptdeck zu schrubben, eine so entwürdigende Arbeit, dass er sich unentwegt beschwerte. Diese temperamentvolle Schimpfkanonade konnte er nicht lange genug unterbrechen, um brauchbare Vorschläge zu machen.

Trotzdem leistete Nathan ihm Gesellschaft, während er die Relings nach gelockerten Nägeln absuchte. Daran würde er am Anfang einer Seereise wohl kaum denken, hätte er Judith am letzten Abend nicht an einer Reling lehnen gesehen.

»Pass auf, Cap'n«, mahnte Corky plötzlich hinter ihm. »Ich glaube, das Problem, das du erwähnt hast, kommt gerade auf dich zu.«

Nathan drehte sich um. Tatsächlich, Judith näherte sich, und Corky ging ihr hastig aus dem Weg. Im Tageslicht, hellen Sonnenschein auf dem wundervollen rotgoldenen Haar, sah sie noch schöner aus. Sie trug einen langen, offenen Samtumhang über einem eisblauen Kleid, mit gelber Spitze besetzt. In ihren kobaltblauen Augen funkelte unverkennbar Kampfgeist.

Am vergangenen Abend hatte sie ein paar Haarnadeln verloren. Die hatte Nathan auf dem Deck gefunden, nachdem sie in die Kapitänskabine zurückgekehrt war. Deshalb fand er es nicht erstaunlich, dass sie ihre Haare an diesem Morgen geflochten hatte. Haarnadeln, mit Diamanten verziert. Er hatte überlegt, ob er sie zur Erinnerung behalten sollte. Aber jetzt nahm er sie aus seiner Jackentasche und reichte sie ihr, in der Hoffnung, das würde einen Wortschwall abwehren. Was nicht geschah.

»Ihre Drohung gestern Abend hat mir gründlich missfallen, Mr Tremayne!«, begann sie.

Unbeeindruckt zuckte er die Achseln. »Wenn Sie mir sonderbare Anklagen ins Gesicht schleudern, kann ich viel realistischere gegen Sie erheben, Miss Malory. Offensichtlich neigen Sie zu nächtlichen Begegnungen mit fremden Männern.«

»Das lässt sich nicht mit der Gefahr vergleichen, in die Sie meine Familie bringen!«, stieß sie wütend hervor. »Ich verlange eine Erklärung!«

Ärgerlich knirschte er mit den Zähnen. Wie konnte er ihr seine ungewöhnliche Situation erklären, wenn er sie nicht kannte und keinen Grund sah, ihr die Wahrheit anzuvertrauen? Mochte sie auch bildschön sein – sie war eine Aristokratin. Und er musste befürchten, sie würde allen Leuten an Bord von ihrem Verdacht erzählen. Falls sie das plante, warum kam sie an diesem Morgen zu ihm, um ihre Beschuldigungen zu wiederholen? Soeben hatte er eine Möglichkeit gefunden, sich ihr Schweigen zu sichern, oder zumindest eine Erklärung, die sie vielleicht glauben, die sie veranlassen würde, über ihre vermaledeiten Schlussfolgerungen zu lachen. Oder eine Halbwahrheit würde eventuell genügen …

»Tremayne!«, hallte ein Ruf vom Achterdeck herüber.

»Verdammt«, murmelte Nathan. »Sicher ist's besser, wenn ich nicht mit Ihnen rede, während sich Ihre Verwandten auf dem ganzen Schiff herumtreiben – mein Captain inklusive.«

»Warum Sind Sie überhaupt an Bord? Weil Sie in England dem Galgen entronnen sind?«

»Nein«, entgegnete er erbost, »weil ich meinem Schiff folgen will, das mir gestohlen wurde.«

»Noch eine Lüge? Guter Gott, sagen Sie eigentlich jemals die Wahrheit?« Spöttisch fügte Judith hinzu: »Aber das war nur die Stimme meines Onkels. Und er meinte, Sie sollen zu ihm kommen. Keineswegs, Sie müssten sterben. Dazu wird er sie erst verurteilen, wenn ich ihm klarmache, wer Sie wirklich sind, Nathan Tremayne.«

Nun fehlte ihm die Zeit, um ihr das auszureden. Deshalb sagte er nur: »Geben Sie mir eine Gelegenheit, alles zu erklären, bevor Sie etwas tun, das wir beide bedauern würden. So, wie Sie sich's einbilden, ist es nicht.«

Damit ließ er sie stehen und hoffte, er hätte sie genug verunsichert, sodass sie ihren hübschen Mund halten würde.

Von wachsendem Zorn erfasst, ging er zu Mr Malory. In einem ungünstigeren Moment hätte der Captain ihn nicht zu sich beordern können. Während das Fallbeil in Gestalt seiner Nichte über Nathans Kopf hing … Andererseits hätte ihn ein längeres Gespräch mit Judith sicher nicht vor dieser Gefahr gerettet.

Zwei Wochen lang hatte sie Fakten zusammengezählt, die ihren Verdacht zu untermauern schienen. Wahrscheinlich würde Nathan genauso lange brauchen, um sie vom Gegenteil zu überzeugen. Und wenn ihm das nicht gelang? Wenn sie ihre Geschichte so oder so hinausposaunte? Natürlich konnte er ihr den Wind aus den Segeln nehmen und ihrem Onkel alles gestehen – hier und jetzt, von Captain zu Captain. Nein, zum Teufel, diese Möglichkeit käme nur in Betracht, wenn der Mann kein Lord wäre. Diese verdammten hohen Tiere verhielten sich meistens viel zu unberechenbar. Und über Judiths Onkel wusste er nur, dass dieser steinreiche Aristokrat Fäuste wie Schmiedehämmer besaß. Diesen unauslöschlichen Eindruck hatte Nathan vorletzte Nacht gewonnen.

Wenigstens glaubte er, der Captain würde keine Rache für die Ereignisse auf dem Dock suchen. Sonst hätte er ihm nicht erlaubt, Hammett Griggs Matrosen nachzulaufen. Aber Malory war der uneingeschränkte Herrscher auf diesem Schiff, sein Wort Gesetz, alle seine Befehle mussten befolgt werden, mochten sie gerecht sein oder nicht. Und Nathan hatte soeben seinen Unmut erregt. Wegen einer Frau. Deshalb war er so wütend. Auf sich selber.

Wie ein gottverdammter Narr hatte er sich am letzten Abend von ihrem hübschen Gesicht durcheinanderbringen lassen und mit ihr geredet, als würde das keine Konsequenzen verursachen. Und nach Judiths Beschuldigungen hatte er auch noch vergessen, was noch üblere Konsequenzen mit sich bringen würde. Hätte er bloß die Flucht ergriffen, bevor sie gemerkt hatte, wer er war …

Lächerlich. Das wäre der einfachste Aspekt der Reise gewesen. Der komplizierte Teil sollte erst nach der Ankunft in Connecticut beginnen, wo er – ein Engländer – die Gesetzeshüter der Yankees veranlassen musste, ihm zu helfen und ihre eigenen Verbrecher zu verhaften. Bestenfalls würden sie ihn auslachen, schlimmstenfalls einbuchten oder wegen seiner Tollkühnheit aus der Stadt jagen. Aber es würde noch einige Zeit dauern, bis er herausfinden konnte, wie bitter die beiden Länder, die einander schon öfter bekriegt hatten, immer noch verfeindet waren.

Er drehte sich nicht um, stellte nicht fest, ob die neueste Ursache seiner Sorgen davongegangen war. Vor seinem geistigen Auge sah er Judith immer noch, überaus exquisit, viel zu schön, mit strahlenden Augen, vollen, sinnlichen Lippen, einer wohlgeformten Gestalt. Wenn er ihr den bedrohlichen Verdacht nicht auszureden vermochte – sollte er sie verführen, um ihr Schweigen zu erzielen?

Sobald ihm dieser Gedanke in den Sinn kam, stand sein Entschluss fest. Ja, genauso würde er mit Judith Malory umgehen. Seit Jahren war ihm keine seiner Entscheidungen so goldrichtig erschienen. Gewiss, auf diesem Schiff wurde sie von zahlreichen aristokratischen Verwandten umringt. Und wenn schon? An seinen gefährlichen Lebensstil hatte er sich längst gewöhnt.

Auf dem Weg zum Achterdeck sah er James Malory mit dem Obermaat diskutieren. Artie wirkte zerknirscht. Vermutlich hatte er soeben eine Standpauke bekommen, und Nathan hörte, wie er sich verteidigte.

»Dass das erledigt werden sollte, bevor wir losgesegelt sind, wusste ich nicht, Sir.«

Nathan wollte nicht stören, und da der Captain ihm den Rücken zuwandte, wartete er. Malory trug ein flatterndes weißes Hemd, hellbraune Breeches und kniehohe Stiefel. Mit dem schulterlangen Haar sah er nicht mehr wie das hohe Tier aus, das er am Vorabend verkörpert hatte.

Als Nathan sich umsah, merkte er, dass er das einzige korrekt gekleidete Besatzungsmitglied war. Alle anderen arbeiteten bequemerweise in Hemdsärmeln. Doch das war ja auch kein Kriegsschiff, auf dem jeder Mann in zugeknöpften Uniformröcken agieren musste.

Gerade wollte Nathan seine Jacke ausziehen, da drehte der Captain sich um und entdeckte ihn. »Mit Ihnen hat mein Bruder ein Hühnchen zu rupfen«, begann er ohne Umschweife und entließ Artie mit einer knappen Geste.

Nathan schluckte. »Eigentlich hatte ich gehofft, Sie würden sich nicht an mich erinnern.«

»Solche Haare hätte ich vergessen sollen? Sehr unwahrscheinlich.«

Weil James Malory grinste und diese Erinnerung vielleicht sogar erfreulich fand, wagte Nathan vorsichtig zu fragen: »Grollen Sie mir nicht, nachdem ich Ihren Bruder niedergeschlagen habe?«

»Kein bisschen, das hat mich sogar köstlich amüsiert. Nur selten lässt Tony sich dermaßen überrumpeln. Und er wird's auf eine Revanche anlegen. In den nächsten Tagen sollten Sie ihm aus dem Weg gehen. Das trifft sich gut, weil ich ein ganz bestimmtes Projekt mit Ihnen plane. Man hat mir erklärt, Sie seien mein Zimmermann. Verfügen Sie über alle nötigen Erfahrungen?«

Nathan atmete erleichtert auf. Offenkundig sollte er weder wegen der Schlägerei auf dem Dock verhört noch gerügt werden, nachdem er mit der Nichte des Captains gesprochen hatte. »In diesem Beruf war ich drei Jahre beschäftigt, Sir«, erklärte er wahrheitsgemäß. »Zwei mit Bauarbeiten und Reparaturen, dann ein Jahr mit Einrichtungen. Vorher stellte ich Schornsteine her, und davor versuchte ich mich als Malarbeiter und Dachdecker.«

»Also ein Alleskönner – als Landratte? Und was machen Sie an Bord der *Maiden George?*«

»Vor einiger Zeit erbte ich das Schiff meines Vaters. Das wurde mir letzte Woche gestohlen. Schon seit einem guten Jahrzehnt wird England von dieser tückischen Diebesbande geplagt. Aber die Behörden konnten nie so richtig feststellen, wer die Leute sind oder was sie mit den gekaperten Schiffen machen.«

»Das ist keine Antwort auf meine Frage, lieber Junge, und es wirft eine andere auf. Ein Captain, zu einem Schiffszimmermann erniedrigt? Bedeutet das Meer Ihnen so viel, dass Sie jeden Posten übernehmen würden, nur um zu segeln?«

»Sir, Sie nehmen Kurs auf das Ziel, das ich ansteuern muss, um mein Schiff zurückzugewinnen.«

James lachte leise. »Ah, da haben wir den Hintergedanken. Sind die Diebe Yankees? Das finde ich unglaublich, und ich kann es kaum erwarten, meinem Schwager davon zu erzählen. Verraten Sie mir, wie Sie's herausgefunden haben?«

»Das war nicht ich, sondern ein gewisser Commander Burdis. Er schnappte einen der Diebe. Nachdem sie einen seiner Männer getötet hatten, will er eine Rechnung mit ihnen begleichen. Deshalb verriet er mir, wo ich die Schurken und mein Schiff finden würde, unter der Bedingung, ich müsste sie für ihn ans Messer liefern.«

»Dann arbeiten Sie genau genommen für die Regierung?«

»Inoffiziell.«

»Ja, natürlich dürfen wir den Yankees nicht auf die Zehen treten und keinen neuen Krieg heraufbeschwören«, meinte James trocken.

»So etwas Ähnliches wurde erwähnt.«

»Nun, Sie mögen ein Captain sein. Aber nicht auf dieser Fahrt.«

»Selbstverständlich werde ich meine Passage verdienen.«

»Das müssen Sie, Tremayne, und zwar sofort. Mein Obermaat dachte zwar daran, das erforderliche Material verladen zu lassen, vergaß aber, Ihnen mitzuteilen, dass ich einen Trainingsring in meinem Frachtraum brauche. Holen Sie Ihre Werkzeuge und treffen Sie sich mit Artie unter Deck. Er zeigt Ihnen, wo der Ring eingebaut werden soll.«

»Ein Trainingsring?«

James wollte sich abwenden, hielt aber inne und runzelte die Stirn. »Sagen Sie bloß nicht, Sie hätten keine Ahnung, was das ist!«

Sofort wappnete Nathan sich für mögliche Handgreiflichkeiten. Wenn der Mann die Stirn furchte, sah er richtig beunruhigend aus.

Aber wenn Nathan etwas bauen sollte, musste er sich vergewissern, was genau verlangt wurde. Die einzigen Ringe, die er kannte, waren für Boxer bestimmt. Das meinte der Captain ganz sicher nicht. Oder doch? »Für Faustkämpfe?«

Die Stirn glättete sich. »Sehr gut, also wissen Sie Bescheid.«

»In welchem Umfang stellen Sie sich den Ring vor, Sir?«

»Die Größe der Plane, die Sie unten finden werden, entspricht den Dimensionen der Plattform. Nur einen knappen halben Meter vom Schott entfernt, das müsste genügen. Und lassen Sie sich nicht zu viel Zeit mit dem Einbau, Tremayne! Schon jetzt würde ich meinen Boxring dringend brauchen.«

»Länger als einen Tag wird's nicht dauern, Captain Malory.«

»Ausgezeichnet. Wenn Sie gute Arbeit leisten, können Sie den Ring mit mir ausprobieren … Ja, ja, ich weiß, so was habe ich Ihnen schon mal vorgeschlagen. Das haben Sie abgelehnt. Aber jetzt müssen Sie vielleicht einige Enttäuschungen abreagieren. Wegen Ihres verlorenen Schiffs und so weiter. Ich finde, Sie sollten sich anders besinnen. Ein Boxkampf würde Ihnen guttun. Übrigens, haben Sie vorletzte Nacht eine Antwort von diesem Seemann bekommen?«

»Ja.«

»Vielleicht sollte ich mich für die Einmischung in diese kleine Auseinandersetzung vorgestern Abend am Kai entschuldigen. Es sah ja wirklich nicht so aus, als hätten Sie Hilfe benötigt. Aber ich bedaure es jedes Mal, wenn ich eine Gelegenheit zum Training verpasse, und die hat sich geradezu aufgedrängt. Jetzt verschwinden Sie, bauen Sie meinen Boxring.«

Malory war eigentlich gar kein so übler Kerl. Wenn man bedachte, dass er ein aristokratischer Captain war. Selbstverständlich hatte Nathan ihm nichts erzählt, was er besser verheimlicht hätte. Und er musste dem Mann recht geben, er konnte eine Ablenkung von seinem Groll tatsächlich brauchen. Nicht nur aus den Gründen, die er genannt hatte.

Andererseits – ein Faustkampf mit dem Captain auf hoher See würde Nathans Interessen wahrscheinlich schaden. Offenbar verlor der Mann nicht gern. Wenn er besiegt wurde? Und deshalb in heißen Zorn geriet?

Nein, sicher war es besser, Konfrontationen mit dem Kommandanten zu vermeiden. Allzu schwierig dürfte das nicht sein. An Bord der *Maiden George* mussten nur der Obermaat und der Oberbootsmann Befehle von James Malory entgegennehmen. Nathan nicht. Und dafür dankte er dem Himmel.

Kapitel 15

Sobald Nathan auf das Achterdeck gestiegen war, schlich Judith zu einer Stelle direkt unterhalb. Hier konnte sie alles belauschen, was da oben besprochen wurde, ohne sich blicken zu lassen. Was sie hörte, schürte ihren Zorn. Noch mehr Lügen. Sagte der Mann denn *nie* die Wahrheit?

Dazu würde sie ihn zwingen. Wegen seiner Bitte ging sie noch nicht zu ihrem Onkel. *Geben Sie mir eine Gelegenheit, alles zu erklären, bevor Sie etwas tun, das wir beide bedauern würden,* hatte Nathan sie ersucht. *So, wie Sie sich's einbilden, ist es nicht.* Zudem musste sie etwas anderes bedenken. Onkel James war das einzige Familienmitglied, das die Neuigkeit, an Bord seines Schiffs würde sich ein Schmuggler aufhalten, achselzuckend abtun würde.

Deshalb musste sie ihren Vater informieren, nicht seinen Bruder. Doch sie machte sich auch nicht auf die Suche nach Anthony. Stattdessen eilte sie zu Jacquelines Kabine hinab, um zu sehen, ob ihre Cousine schon erwacht war. Niemals würde Jack ihr verzeihen, wenn sie nicht als Erste erfuhr, der Exgeist wäre gefunden worden und welche Rolle er auf der *Maiden George* spielte. Aber Judith konnte sie vorerst nicht einweihen.

Am letzten Abend, nachdem sie Katey das Buch gebracht hatte, war Judy von ihrem Vater zu einer Partie Backgammon aufgefordert worden. Sie hatten sehr lange gespielt, und Jack war währenddessen ins Bett gegangen. Jetzt schlief sie immer noch tief und fest.

Und Judith erkannte, mit wem sie wirklich reden wollte. Zielstrebig steuerte sie den Ort an, wo sie Nathan Tremayne finden würde. Aber als sie sich dem Frachtraum näherte, hörte sie ihn mit Artie sprechen. Hastig kehrte sie auf das Deck zurück. Für eine Lady schickte es sich nicht, mit einem Besatzungsmitglied allein zu sein. Und sie wollte nicht, dass der Obermaat irgendjemandem erzählte, sie habe Nathan aufgesucht.

Kurz nachdem Artie auf Deck erschienen war, ging sie wieder nach unten und spähte in den Laderaum. Ja, jetzt war Nathan allein. Weil er eine Kiste auspackte, bemerkte er Judiths Ankunft nicht. Er hatte seine Jacke ausgezogen und sogar die obersten Knöpfe seines Hemds geöffnet. Kein Wunder, denn auf dem Frachtdeck war es viel wärmer als an der frischen Luft.

Judy konnte ihren Blick nicht von ihm losreißen. Wie aufregend er wirkte … Wäre Jacqueline hier, würde sie sagen, dass er wie ein Pirat aussah.

Nein, eher wie ein Schmuggler, dachte Judith. Bei dieser Erinnerung schaute sie sich um. Der große Laderaum war fast leer, denn die *Maiden George* beförderte keine Fracht, die verkauft werden sollte. An den Wänden standen verschieden große Kisten und Fässer mit Vorräten, in der Richtung des Hecks wurde diverses Schlachtvieh in Gehegen gehalten. Je nach Bedarf würde man die Tiere in die Kombüse bringen.

Für den Boxring, den Nathan bauen sollte, würde er genug Platz finden. Nun stand er neben dem gestapelten Material, das er gerade ausgepackt hatte.

»Wohl kaum die Beschäftigung, die Sie von einem Schiffszimmerer erwartet haben, nicht wahr?«, fragte Judith ironisch.

Der Klang ihrer Stimme ließ ihn zusammenzucken. Aber er

wandte sich nicht zu ihr. »Verschwinden Sie, Nervensäge«, befahl er in mürrischem Ton. »Wenn ich meine Arbeit beendet habe, werden wir unsere Debatte fortsetzen.«

Entschlossen ignorierte sie den wenig schmeichelhaften Namen, den er ihr gegeben hatte, und seinen Vorschlag. »Wir müssen einiges besprechen. Und je eher Sie Ihren Auftrag erfüllen, desto schneller werden wir gewisse Dinge klären. Ich kann Ihnen helfen.«

»Den Teufel können Sie.«

»Bevor Sie den Ring bauen, müssen Sie den Umfang der Plane abmessen. Ich helfe Ihnen, sie auszubreiten.«

Jetzt starrte er sie an. »Haben Sie gelauscht?«

Sie sah keinen Grund, das abzustreiten. »Nur weil ich sichergehen wollte, dass mein Onkel Sie nicht umbringen würde.«

»Ist das ein Scherz?« Nathans Augen verengten sich. »Oder trauen Sie ihm das ernsthaft zu?«

Judith hob die Schultern. »Je nachdem, wie man's betrachtet. Für mich ist er ein wunderbarer Mann, der liebevolle Vater meiner besten Freundin, der Bruder meines Papas, der ihm an nächsten steht. Wirklich, er ist einfach ein großer, knuddeliger Bär.«

»Und was halten die Leute von ihm, die nicht zur Familie gehören?«

»Ich glaube, manche fürchten ihn. Warum, verstehe ich nicht.«

»Oh, ich schon. Vorgestern Abend sah ich, wie er innerhalb weniger Minuten Hackfleisch aus vier Kerlen machte. Mit seinen Fäusten kann er ziemlich gut umgehen. Fast mörderisch …«

»Ja, das weiß jeder. Onkel James und mein Vater sind hervorragende Boxer. Schon seit Jahren. Diese Fähigkeit erwarben sie, während sie die berühmtesten Londoner Draufgänger und Schürzenjäger waren.«

»Wissen Sie eigentlich, wovon Sie reden? Faustkämpfe und Frauengeschichten haben überhaupt nichts miteinander zu tun.«

»Doch, natürlich, wenn man bedenkt, wie oft die zwei Malorys von wütenden Ehemännern zu Duellen gefordert wurden. Aber die beiden wollten sie nicht töten, nur weil die armen Kerle mit untreuen Gemahlinnen gestraft waren. Deshalb fochten sie die Kämpfe im Boxring aus, wo sie immer gewannen.«

Nathan trat einen Schritt näher zu Judith. »Nach meiner Meinung müsste man so weltliche Dinge von Ihren zarten Ohren fernhalten.«

Verstört wich sie zurück. Hing der sinnliche Glanz in seinen grünen Augen mit dem Gesprächsthema zusammen? Ihr Puls begann zu rasen. Um sich zu beruhigen, holte sie tief Luft, was bedauerlicherweise wie ein schwärmerischer Seufzer klang. »Das war allgemein bekannt«, platzte sie heraus. »Kein Familiengeheimnis.«

Er ging immer noch auf sie zu. »Gibt es Geheimnisse in Ihrer Familie?«

»Ein oder zwei Skelette in den meisten Schränken«, erwiderte sie und trat etwas weiter zurück. »Nicht so viele wie vermutlich in Ihren …«

Nur sekundenlang überlegte sie, ob sie ihre Stellung behaupten sollte. Wollte er sie nervös machen, weil sie hier unten allein mit ihm war? Vielleicht war es kein besonders kluger Entschluss gewesen, ihn im Laderaum aufzusuchen, da er seine eigenen Geheimnisse verbarg. Was niemand außer ihr wusste.

Also wich sie noch weiter zurück, bis ihr etwas in die Quere kam und gegen ihre Kniekehlen stieß. Abrupt setzte sie sich auf eine Kiste. Nathan trat einen Schritt zurück, als hätte er sein Ziel erreicht, und belehrte sie amüsiert: »Wenn Sie unbedingt hierbleiben wollen, sollten Sie mir nicht im Weg herumstehen.«

Hatte er das absichtlich getan? Entrüstet sah sie ihn davongehen und wollte ihn beschimpfen, weil er versucht hatte, ihr Angst einzujagen.

Da hielt er inne und fügte hinzu: »Es sei denn, Sie wünschen sich den Kuss, an den ich gerade dachte. Wären Sie dazu bereit?«

Hatte er nur beabsichtigt, sie zu küssen? Nun, das hätte er etwas deutlicher bekunden sollen! »Selbstverständlich *nicht*«, fauchte sie.

Er wandte sich wieder zu ihr. »Ärgern Sie sich nicht, Schätzchen, ich wollte Ihnen nur einen Unterschied klarmachen.«

»Welchen Unterschied?«

»Zwischen dem Kuss Ihres Schmugglers und meinem. Ich glaube, das wäre eine angenehmere Methode, Ihre Verwirrung zu beenden.«

»Nach meiner Meinung würde das gar nichts klären.«

Nathan lachte. »War der Mann *wirklich* gut?«

Spöttisch hob sie die Brauen. »Soll das heißen, Sie wären besser?«

Er zuckte die Achseln. »Bisher habe ich keine Klagen gehört. Ganz im Gegenteil. Denken Sie über mein Angebot nach – statt zu befürchten, ein Schmuggler könnte Ihnen den hübschen Hals brechen, weil er sein Geheimnis hüten muss. Dieser Gedanke ging Ihnen durch den Sinn, nicht wahr?«

»Ist das eine nicht allzu subtile Drohung?«

»Nein, niemals würde ich Sie bedrohen, eher bis zu meinem letzten Atemzug beschützen.«

Jetzt verwirrte er sie erst recht. »Warum?«

»Es gibt nur wenige Gründe, für die es sich zu sterben lohnt. Die Familie, das Vaterland – und die Liebe zu einer schönen Frau.«

Wieso sagte er das!? Um ihr zu bedeuten, romantische Gefühle könnten zwischen ihnen entstehen, wenn sie sein Geheimnis für sich behielt? Aber er wartete keine Antwort ab, begann seinen Auftrag zu erfüllen und ignorierte sie. Er nahm die Plane aus einer Kiste, warf sie in die Mitte des Frachtraums und rollte sie auseinander.

Während Judith ihn beobachtete, stellte sie fest, wie effizient er arbeitete. Keine einzige Pause legte er ein, die den Eindruck erweckt hätte, er wüsste nicht, was er tat. Also musste er das Handwerk eines Zimmermanns tatsächlich erlernt haben. Aber war er wirklich drei Jahre lang in diesem Beruf tätig gewesen, so wie er es Onkel James erzählt hatte? Wann konnte er Zeit dafür gefunden haben, trotz seiner Schmuggelei? Der hatte er vor fünf Jahren zweifellos gefrönt.

Nun ja, vielleicht nicht *immer*, gestand sie ihm zu. Aber jedenfalls vor zwei Wochen … Und er war der Besitzer eines Schiffs gewesen – wenn es stimmte, was er ihrem Onkel mitgeteilt hatte.

Wieder einmal vermochte sie ihren Blick nicht von Nathan abzuwenden, fasziniert von seinem Muskelspiel, als er die vier Ecken des Boxrings absteckte. Für einen einfachen Matrosen wirkte er viel zu kraftvoll. Doch sie konnte sich vorstellen, wie er sein eigenes Schiff kommandieren würde. Hatte er es selbst gebaut? War er deshalb ein Schiffszimmermann geworden? Und wer hatte ihm beigebracht, das Schiff zu segeln?

O Gott, so viele Fragen … Eine führte zur anderen. Aber Judith sprach keine einzige aus, denn ihr stockte der Atem, weil Nathan sein Hemd auszog. Achtlos warf er es beiseite und begann die erste Seite der Plattform festzuhämmern. Auf seiner Brust glänzte Schweiß. Auch Judith spüre, wie ihr immer wärmer wurde. Schließlich nahm sie ihren Umhang von den Schultern und legte ihn über die Kiste, auf der sie saß.

»Außerdem fallen mir viel nettere Dinge ein, die ich mit

Ihrem Hals machen könnte«, sagte Nathan plötzlich, als hätte keine Gesprächspause stattgefunden. Und dann: »Kein Erröten?«

Sie lenkte ihren Blick von seiner Brust auf sein Gesicht und merkte, dass er sie beobachtete. Offenbar war sie dabei ertappt worden, wie sie ihn angestarrt hatte. Und das trieb ihr prompt heißes Blut in die Wangen. Hatte er die ganze Zeit an ihren Hals gedacht?

»In meiner Familie gab es nicht nur zwei Schürzenjäger. Also macht mich fast nichts verlegen.«

»Anscheinend fällt es mir ziemlich leicht«, meinte er grinsend.

»Sie bemühen sich absichtlich, mich in Verlegenheit zu bringen. Hören Sie auf damit.«

»Nicht absichtlich. Oder glauben Sie, ich bin's gewöhnt, mit feinen Damen von Ihrer Sorte zu plaudern? Seien Sie versichert, die Frauen in meinem Bekanntenkreis erröten nicht.« Er schenkte ihr ein Lächeln, dann wurde er ernst. »Übrigens, wieso nahmen Sie an, Sie hätten meine Stimme schon vor gestern Abend gehört? Abgesehen von der vermeintlichen Begegnung vor fünf Jahren? Wie sogar Sie eingestehen müssen, kann man sich nach dieser langen Zeit unmöglich an so was erinnern.«

»Eigentlich lag es weniger an Ihrer Stimme, sondern an etwas anderem. Sie nannten mich mehrmals ›Schätzchen‹. Genau wie der Schmuggler.«

»Bilden Sie sich ein, so ein Kosewort wäre nicht allgemein gebräuchlich? Halten Sie mich für den einzigen Mann, der es benutzt?«

»Wenn Sie kein Schmuggler sein wollen – was sind Sie dann?«

»Wie bereits festgestellt wurde, ein Schiffsbesitzer und Zimmermann. Lassen Sie's dabei bewenden.«

»Obwohl Sie behauptet haben, Sie seien nur an Bord, um für Ihr täglich Brot zu arbeiten?«, betonte Judy. »Eine einzige Lüge genügt mir, um an allem zu zweifeln, was Sie sagen.«

Lachend schüttelte er den Kopf. »Für eine so blutjunge Person sind Sie ziemlich misstrauisch. Und warum weiß eine vornehme Lady wie Sie so viel über Schmuggler?«

»Oh, Sie würden staunen, in was einige meiner Verwandten verwickelt waren.«

»Zum Beispiel?«

»*Ich* muss keine Geheimnisse enthüllen. Dazu wären *Sie* verpflichtet.«

»Nicht bei der Arbeit.«

»Können Sie diesen Boxring wirklich an einem Tag fertigstellen, wie Sie es meinem Onkel versprochen haben?«

Nathan nickte. »Das würde ich sogar schaffen, wenn ich das Holz zersägen müsste, was nicht nötig ist. Artie hat mir erklärt, das Material würde von einem Mann stammen, der sein Geld mit dem Bau von Boxringen verdient. Deshalb muss ich die Bretter nur zusammennageln. Fürchten Sie, Ihr Onkel könnte mir zürnen, wenn ich ihn enttäusche?«

»Nein. Sollten Sie seinen Unmut erregen, wird es nichts mit Ihrer handwerklichen Leistung zu tun haben.«

»Doch – falls Sie mich weiterhin von der Arbeit ablenken.«

Sie unterdrückte ein Lächeln. »Unsinn, ich saß ganz still da. *Sie* sind zum Thema meines Halses zurückgekehrt.«

Seufzend fing er wieder zu hämmern an. Ein paar Minuten später fragte er: »Wie oft haben Ihr Vater und Ihr Onkel ihre Boxduelle verloren?«

»Das sagte ich schon. Niemals.«

»Kein einziges Mal? Und was passiert, wenn man sie überrumpelt?«

»Wer würde das wagen?«

Diese Antwort schien ihm zu missfallen. Aber da er offenbar arbeiten und gleichzeitig reden konnte, beschloss Judith, eine neue Taktik anzuwenden.

»Wie ich zugeben muss, haben Sie sich eine gute Geschichte ausgedacht, statt meinem Onkel zu gestehen, Sie würden vor dem Gesetz fliehen.«

»Welche Geschichte?«

»Dass Sie Ihrem gestohlenen Schiff nachsegeln. Haben Sie es selber gebaut?«

»Nein. Vor zwei Jahren habe ich es von meinem Vater geerbt.«

»Also schmuggeln Sie erst seit zwei Jahren?«, fragte sie und hoffte, ihm ein Geständnis zu entlocken, während er seine Gedanken zumindest teilweise auf die Arbeit konzentrierte. Doch sie wurde enttäuscht.

»Wie ich bereits sagte, Sie irren sich«, entgegnete er und warf ihr einen kurzen Blick zu. »Aber da ich offensichtlich Ihre Neugier errege, schlage ich Ihnen ein Abkommen vor. Im Lauf dieser Reise beantworte ich Ihre Fragen, Sie beantworten meine, und wir vereinbaren, dass jeder die Geheimnisse des anderen für sich behält.«

»Ich habe keine Geheimnisse, die mich ins Gefängnis bringen würden«, konterte sie schnippisch.

»Oh, ich auch nicht.« Gleichmütig zuckte er die Achseln. »Wenn Ihnen so ein Abkommen missfällt, lassen wir's eben bleiben.«

»Moment mal, nicht so schnell! Das habe ich nicht gesagt, Ich möchte nur die Bedingungen klären. Bieten Sie mir an, Ihre Lebensgeschichte wahrheitsgemäß zu erzählen, wenn ich sie für mich behalte?«

»Dafür müssen Sie noch mehr tun. Dass wir uns schon früher begegnet sind, darf niemand erfahren, das wird *unser* Geheimnis sein.«

»Aber meine Cousine Jacqueline …«

»Niemand.«

Judith presste die Lippen zusammen. Würde sie Jack etwas verschweigen können? Da war sie sich nicht sicher. Und sie wusste auch nicht, ob sie es wollte. Immer hatten sie einander alles anvertraut. Irritiert erwiderte sie: »Da ziehe ich den Kürzeren. Ich werde mir überlegen, was Sie sonst noch für mich tun müssen, damit ich bei unserer Vereinbarung nicht benachteiligt werde.«

»Dann sind wir uns einig?«

»Ja.« Als Judith aufstand, um Nathans Hand zu schütteln, hörte sie ihren Namen, der oben auf Deck erklang. »Jetzt muss ich gehen, Jack ruft nach mir.«

»Es war eine Frauenstimme.«

»Nun habe ich keine Zeit, um das zu erklären.«

»Für was anderes schon.«

Sie eilte bereits zur Treppe, blieb nicht stehen, um herauszufinden, was er meinte. Und so sah sie nicht, dass er seinen Hammer beiseitelegte und ihr folgte. Plötzlich wurde sie gepackt, herumgedreht und an Nathans Körper gedrückt. Sein Arm umschlang ihre Taille, seine andere Hand umfasste ihren Nacken, bog ihren Kopf ein wenig nach hinten. Ganz sanft berührten seine Lippen ihren Mund.

In welch eine klassische romantische Pose hatte er sie gebracht … Schon wieder stahl er ihr einen Kuss. Aber diesmal wusste sie, wer es tat. Kein gesichtsloser Schurke, sondern ein unglaublich attraktiver. Während sie sich so verhielt, wie es die Schicklichkeit erforderte, und ihn wegzustoßen versuchte, gelang ihr nur eine halbherzige Geste. Ihre Hände glitten von seiner nackten Brust zu seinen Schultern hinauf. Und bevor sie sich erneut um eine gewisse Gegenwehr bemühte, erzeugte sein Mund, der ihren liebkoste, so exquisite prickelnde Gefühle, dass sie sich gar nicht mehr losreißen wollte.

Viel zu wundervoll erschien ihr Nathans sinnlicher Angriff. So verführerisch öffnete er ihren Mund, saugte an ihrer Unterlippe, knabberte an der Oberlippe, seine Zunge strich über alle beide und spielte mit ihrer. Immer fester presste er sie an sich, küsste sie immer leidenschaftlicher, bis ihr Puls raste und heiße Wellen ihr Blut erhitzten.

Von den erotischen Intimitäten überwältigt, war sie völlig verblüfft, als er sie abrupt losließ. Schwankend stand sie da, nicht mehr von seinen Armen gestützt, blinzelte und begegnete einem Blick, den sie nicht zu deuten vermochte.

»Hast du einen Unterschied festgestellt?«, fragte Nathan.

Deshalb hatte er sie geküsst?

»Das kannst du dir sicher denken. Weil du weißt, wie kurz der andere Kuss war und wie er geendet hat, nämlich so!«

Diesmal ohrfeigte sie ihn nicht ganz so kraftvoll wie damals in der dunklen Ruine, und wahrscheinlich war das der Grund, warum er lachte. »Ich nehme an, jetzt wirst du unser Abkommen für null und nichtig erklären?«

»Nein, wir erzählen einander die Wahrheit. Wie du mir, so ich dir. Aber mir wird eine *sehr* unangenehme Bedingung einfallen, die du außerdem erfüllen musst.«

»Wie sollte ich etwas unangenehm finden, das mit dir zu tun hat, Schätzchen?«

»Nicht einmal, wenn ich dich nach meiner Pfeife tanzen lasse und meinen Launen unterwerfe?«

Grinsend musterte er ihren Mund. »Das hört sich fast so an, als dürfte ich bald einen noch süßeren Nektar kosten.«

»Da wäre ich mir nicht so sicher«, murrte sie.

»Oh, daran zweifle ich nicht. Solange ich keinen Ärger mit dem Captain kriege, bin ich dein gehorsamer Untertan. Sollen wir unser Bündnis mit einem weiteren Kuss besiegeln?«

Statt zu antworten, stürmte sie die Treppe hinauf. Für diesen Tag hatte sie Nathan zur Genüge amüsiert. Bei der nächsten Begegnung würde *sie* die Oberhand gewinnen – und dann während der ganzen Reise behalten.

Kapitel 16

»So einsam und traurig sieht sie aus, Jack«, meinte Judith, als Catherine Benedek auf Deck erschien, das braune Haar zu einem strammen Knoten hochgesteckt, aus dem nicht einmal der Meereswind ein Strähnchen löste.

»Warum kümmerst du dich darum?«, fragte Jacqueline.

Sie saßen auf einem Treppenabsatz zwischen den Decks und aßen kleine Kuchen, an einer Stelle, wo sie die Matrosen nicht bei der Navigation störten und nicht gebeten werden mussten, aus dem Weg zu gehen. Noch immer konnte Judy sich nicht von der Lüge erholen, mit der sie Jacks Frage beantwortet hatte, wo sie gewesen sei. Feurige Röte war ihr ins Gesicht gestiegen. Aber die Cousine hatte sie bei der Hand genommen, zu den Stufen geführt und nichts bemerkt.

O Gott, Jack anzulügen … Bevor Judith nach oben gelaufen war, hatte sie sich in der Kombüse zwei kleine Kuchen geben lassen und dann einen in Jacquelines Hand gedrückt, um zu erklären, warum sie nicht auf Deck gewesen war. »Weil ich eine Stärkung für uns holen wollte.«

Doch der Betrug lastete bleischwer auf ihrer Seele. Wie sollte es ihr gelingen, ihrer liebsten Freundin ein Geheimnis zu verschweigen? Obwohl Jack sie besser kannte als sonst jemand?

Immerhin bildete die mysteriöse Catherine Benedek eine willkommene Ablenkung von betörenden Küssen und Exgeistern, zumindest kurzfristig. »Macht sie dich nicht neugierig?«

»Nachdem sie dich gestern Abend vor unseren Kabinen so unverschämt angeschnauzt hat? Nein.«

»Nun, mich interessiert sie sogar sehr. Wer fängt denn so grundlos zu kreischen an?«

»Die da drüben.«

Judith verdrehte die Augen. »Komm, unterhalten wir uns mit ihr.«

»Also gut. Aber wenn sie wieder schreit, werfe ich sie über Bord.«

Stattdessen schleuderte Jacqueline ihren halb verspeisten Kuchen über die Reling, stand auf und wischte sich die Hände an ihren Breeches ab. Seit diesem Morgen trug sie ihre Schiffskleidung: eine formlose Hose, ein weit geschnittenes Hemd und ein rosa Kopftuch, das ihr langes blondes Haar bändigte. Mit Schuhen oder Stiefeln gab sie sich nicht ab, weil sie es vorzog, die Decksplanken unter nackten Sohlen zu spüren. Für diese Reise hatte sie drei solche Arbeitsensembles schneidern lassen. Auch drei für Judith, obwohl die Cousine ihr versichert hatte, sie würde die Sachen nicht anziehen. Beide liebten die Seefahrt. Aber im Gegensatz zu Jack hatte Judy keine Lust, der Besatzung in der Takelage zu helfen.

»Du hast kaum was von deinem Kuchen gegessen.« Judith wischte ebenfalls Krümel von ihren Händen. »Fühlst du dich nicht gut?«

»Wahrscheinlich hätte ich die frische Milch nicht trinken sollen, die Nettie mir letzte Nacht brachte. Danach schlief ich viel zu tief und fest, und mir ist immer noch ein bisschen flau zumute.«

»Mir hat sie auch ein Glas gebracht. Aber ich musste nicht so lange schlafen. Bist du krank? Hast du Fieber?«

Jacqueline schlug die Hand ihrer Freundin weg, die ihr über die Stirn strich. »Hör mit dem Getue auf, du Glucke, mir geht's gut.«

»Ts, ts – Tante George würde dich sofort ins Bett zurückschicken. Ich wollte nur feststellen, ob du Fieber hast.«

»Nein, ich habe keins. Reden wir jetzt mit dem Drachen? Damit wir's hinter uns kriegen?«

Inzwischen hatten sie die elegant gekleidete Frau fast erreicht, und Judith wisperte: »Sei nett zu ihr.« Dann sprach sie Andrássys Stiefschwester an, um Jacqueline und sich selbst vorzustellen.

Mit einem liebenswürdigen Lächeln zeigte die junge Frau, wie hübsch sie war. »Ich bin Catherine Benedek, und es freut mich, dass wir uns heute unter besseren Umständen treffen.«

»Also sind Sie nicht immer so ekelhaft?«, fragte Jacqueline unverblümt.

Sichtlich verlegen seufzte Catherine. »Nur wenn ich höllische Kopfschmerzen habe, so wie gestern Abend. Vermutlich wegen meines Schlafmangels. Ich rannte zu meiner Kabine, um die Qualen mit Laudanum zu lindern. Bitte, verzeihen Sie mir, dass ich so unhöflich war.«

»Sie haben einen amerikanischen Akzent«, konstatierte Jacqueline. »Waren Sie noch nicht lange in Europa?«

»Doch ...« Catherines hellgraue Augen verdunkelten sich. »Aber meine Mutter war Amerikanerin, und so ...«

»War?«, wurde sie von Jack unterbrochen.

»Ja, sie starb neulich in dem Feuer, bei dem auch Andrássys Vater ums Leben kam.«

»Wie furchtbar!« Nun verstand Judith, warum Catherine unglücklich war. »Ihr Verlust tut mir so leid.«

»Danke, Sie sind sehr freundlich. Offenbar spreche ich mit dem Akzent meiner Mutter.« Zu Jack gewandt, fügte sie hinzu: »Erstaunlich, dass Sie ihn erkennen ...«

»Jacquelines Mutter ist ebenfalls Amerikanerin«, erklärte Judy, »und ihre fünf Onkel stammen auch aus Amerika. »Deshalb segeln wir hinüber. Um den amerikanischen Zweig unserer Familie zufriedenzustellen, werden wir in Connecticut debütieren. Danach müssen wir den anderen Familienteil mit einem zweiten Debüt in England erfreuen. Erst in letzter Minute hat meine Mutter mir erlaubt, meine Cousine nach Bridgeport zu begleiten. Auf dieses Debüt bin ich nicht richtig vorbereitet, meine ganze Garderobe muss vollendet werden. Hauptsächlich geht es nur um die Säume.«

Nun erhellte sich Catherines Miene. »Hat Andrássy erwähnt, wie gern ich nähe? Wenn ich Ihnen helfen könnte, würde ich mich freuen.«

»Es wäre eine Zumutung …«

»Ganz im Gegenteil, Sie würden mir einen Gefallen erweisen und mich von der Langeweile erlösen. Versprechen Sie mir, wenigstens darüber nachzudenken.«

»Oh, natürlich«, versicherte Judith.

Catherines Lächeln kehrte zurück. Diesmal strahlte sie sogar. »Wie nett von Ihnen, Ihren Verwandten zuliebe eine so weite Reise zu unternehmen! Auch ich habe eine Familie in Amerika. Andrássy glaubt allerdings, nach all den Jahren würde mein Vater nicht mehr leben.«

»Und Sie sind anderer Meinung?«

»O ja. Nachdem sein Schiff vor der Küste Floridas gesunken war, wurde er für tot erklärt. Aber einige Leute hatten den Schiffbruch überstanden und kehrten nach Savannah zurück, wo wir damals lebten. Auch mein Vater könnte gerettet worden sein. Vielleicht war er verletzt und wartete irgendwo anders seine Genesung ab, das würde erklären, warum er nicht nach Hause kam. Falls er später heimkehrte und meine Mutter und mich nicht antraf, hatte er keine Ahnung, wo er uns suchen sollte.«

»Also nehmen Sie an, die Eheschließung Ihrer Mutter mit Andrássys Vater wäre illegal gewesen?«, fragte Jacqueline.

Bedrückt nickte Catherine. »Gott sei ihrer Seele gnädig, aber es war dumm und schändlich von ihr, so schnell wieder zu heiraten. Deshalb hasste ich sie jahrelang.«

»Ihre eigene Mutter? Wirklich?«

Judy mischte sich rasch ein, bevor Jack die Frau womöglich in neue Wut bringen würde. »Manchmal hält man Zorn für Hass, Catherine. Aber Ihr Groll auf Ihre Mutter ist verständlich, weil sie die Hoffnung auf die Heimkehr Ihres Vater schon nach so kurzer Zeit aufgab, während Sie dachten, er würde noch leben.«

»Danke, Sie sind sehr einfühlsam … Kaum vier Wochen waren verstrichen, bevor meine Mutter unsere Sachen packte und mit mir nach Europa reiste. Sie erklärte, wir würden nur eine alte Freundin in Österreich besuchen. Aber drei Monate nach unserer Ankunft lernte sie Graf Benedek kennen, der sich aus geschäftlichen Gründen in Wien aufhielt, und heiratete ihn. Nach drei Monaten! Und ich wurde gezwungen, auf seinem archaischen Landgut zu leben, wo man kaum Englisch spricht.«

»Tut mir leid«, beteuerte Judith. »*Uns* tut es leid.«

Aber Jack teilte dieses Mitgefühl nicht. »Für mich klingt das wundervoll und aufregend. Ein neues Leben in einem Land, wo es ganz anders zugeht als in Ihrer Heimat! Sind Sie denn kein bisschen abenteuerlustig?«

»Abenteuerlustig?«, wiederholte Catherine. »Scherzen Sie?«

»Ja, vermutlich«, gestand Jacqueline trocken.

Diesen Tonfall schien Catherine nicht zu bemerken, und sie wechselte das Thema. »Sie beide sehen nicht so aus, als würden Sie, so wie Andrássy, von Zigeunern abstammen.«

»Haben Sie erwartet, in uns Merkmale zu erkennen, die von einer fernen Vergangenheit herrühren?«, fragte Jacqueline. »Von den Stephanoff-Vorfahren?«

»Immerhin haben Sie so ähnlich exotische Augen wie mein Stiefbruder.«

»Nur wenige unserer Verwandten haben schwarze Haare und diese schräg stehenden Augen«, sagte Judith.

»Und die Gaben?«

Judith runzelte die Stirn. »Was genau wollen Sie damit ...«

Lachend fiel Jack ihr ins Wort. »Ich glaube, sie meint die Wahrsagerei und andere Talente, für die das Zigeunervolk berühmt ist.«

»Ja, in der Tat!« Plötzlich schien ein brennendes Interesse in Catherine zu erwachen. »Besitzen Sie solche speziellen Fähigkeiten? Oder irgendjemand in Ihrer Familie?«

»Nein«, erwiderte Jacqueline entschieden.

Die Frau sah so bitter enttäuscht aus, dass Judy neues Mitleid empfand. »Zweifellos werden die Malorys vom Glück begünstigt. Aber niemand würde das auf ein Erbgut von Zigeunern zurückführen.«

»Vielleicht hängt es doch damit zusammen«, warf Catherine eifrig ein. »Könnten Sie mir dieses Glück näher erklären?«

Jacqueline starrte sie irritiert an, und Judith fuhr fort: »Nun, zum Beispiel hat unser Onkel Edward ungewöhnliche Erfolge mit Investments. Nur ein paar Leute glauben, er hätte einfach nur Glück. Die meisten bewundern seine enormen Fachkenntnisse, die alle finanziellen Aspekte betreffen. Und unsere Cousine Regina ist eine anerkannte Kupplerin. Ausnahmslos sind die Männer und Frauen, die sie zusammengebracht hat, in liebevollen Ehen vereint. Mein Vater und Jacks Bruder Jeremy, die wie Zigeuner aussehen, fanden immer sehr viel Anklang bei den Frauen. Jetzt sind sie glücklich verheiratet. Auch das wird wohl kaum als besondere Gabe betrachtet. Und ...«

»... und das war's«, unterbrach Jacqueline die Litanei ihrer Freundin. »Verraten Sie uns, was Sie zu hören erwartet haben, Catherine? Und warum?«

»Ist das nicht offensichtlich? Weil ich gehofft hatte, irgendwer würde mir helfen, meinen Vater zu finden. Ich möchte meine Suche in Savannah beginnen. Aber da meine Mutter und ich seine einzige Verbindung zu dieser Stadt darstellten, ist er wahrscheinlich nicht dort geblieben. Seine Handelsrouten verliefen zwischen Savannah und der Karibik, wo er gewohnt hatte, bevor er meiner Mutter begegnet war. Nun fürchte ich, wir müssen jeden karibischen Hafen ansteuern, um ihn *vielleicht* aufzuspüren. Deshalb hätte ich mir gewünscht, jemand würde mir wenigstens versichern, dass er *überhaupt* irgendwo lebt.«

Jacqueline hob die Brauen, und Judith bemerkte Catherines wachsende Verzweiflung.

Deshalb riet sie ihr, um sie zu ermuntern: »Vertrauen Sie Ihrem Instinkt, suchen Sie Ihren Vater in Savannah. Immerhin liegt es nahe, dort anzufangen, und Sie werden zumindest neue Informationen über ihn erhalten. Wenn Sie uns jetzt entschuldigen – wir müssen unsere Sachen auspacken.«

»Mussten wir uns ihre Lebensgeschichte anhören?«, murmelte Jack, während sie Judy davonzerrte.

»Wir waren einfach nur höflich. Warum hast du mich unterbrochen?«

»Weil du ihr von Amy erzählt hättest, und das geht sie verdammt noch mal nichts an.«

»Reg dich nicht grundlos auf! Wir haben über das Glück geredet, und Amy *ist* nun einmal phänomenal. Das musst du zugeben.«

»Ja, genau darum geht es. Glaub bloß nicht, du könntest Catherine trauen. Übrigens traue ich Andrássy auch nicht.«

»Wieso nicht?«

»Findest du's nicht etwas merkwürdig, dass er ausgerechnet am Abend vor unserer Abreise aufgetaucht und dann mit uns auf diesem Schiff gelandet ist? Nur weil seine Augen unseren gleichen, heißt es noch lange nicht, er müsste mit uns verwandt sein.«

Lachend schüttelte Judy den Kopf. »Er weiß alles über die Stephanoffs. Hast du's vergessen?«

»Das steht in einem Tagebuch, das er irgendwo gefunden haben könnte. Dann beschloss er, die Informationen für einen verbrecherischen Zweck zu nutzen.«

»Diesen Unsinn glaubst du nicht wirklich.«

»Also gut, vielleicht plant er kein Verbrechen. Aber möglicherweise nichts Astreines. Pass auf, was du zu diesen Geschwistern sagst. Wir sollten keine Familiengeheimnisse ausplaudern, nur weil Andrássy den *Eindruck* erweckt, er wäre ehrenwert.«

O Gott, *musste* Jacqueline Geheimnisse erwähnen, während Judith gerade selber ein so ungeheuerliches hütete?

Kapitel 17

»Wo ist Jacqueline?«, fragte Andrássy, als Judith an diesem Abend allein zum Dinner in der Kapitänskabine erschien.

»Sie wird gleich kommen«, erwiderte Judy. »Heute ist sie ein bisschen aus dem Gleichgewicht geraten. Am Morgen hat sie verschlafen. Und ihr Mittagsschlaf hat auch sehr lange gedauert.«

Erschrocken runzelte Georgina die Stirn. »Ist sie denn krank?«

»Sie hat kein Fieber. Da habe ich mich vergewissert.«

»Vermutlich liegt es an den Aufregungen der letzten Tage«, meinte James. Um seine Frau zu beruhigen, fügte er hinzu: »An deiner Stelle würde ich mir keine Sorgen machen.«

»Was immer du vorhast, Tante George, schick sie nicht ins Bett zurück!«, warnte Judith lächelnd. »Sie ist ohnehin schon wütend auf sich, weil sie heute so viel Zeit verschlafen hat.«

Nach dieser Bemerkung wirkte nur Andrássy immer noch beunruhigt. Nicht zum ersten Mal überlegte Judy, ob der neue Cousin vielleicht ein bisschen verliebt in ihre beste Freundin war. Doch Jacqueline betrat wenige Minuten später die Kabine, hellwach und mit strahlenden Augen. Offensichtlich kerngesund, begrüßte sie die Familie temperamentvoll wie eh und je. Kurz danach setzten sie sich an den Tisch, denn Artie und Henry servierten das Essen.

Unglücklicherweise war Andrássy gegenüber von den Mädchen platziert worden, zwischen James und Anthony, was nichts Gutes für ihn bedeutete. Judith erinnerte sich, was Jacqueline ihr nach dem Lunch anvertraut hatte, und fürchtete, der junge Ungar könnte ins Verhör genommen werden. Triumphierend hatte Jack verkündet, sie sei nicht die Einzige, die Bedenken gegen ihn hege.

Und es war natürlich ihr Vater, der ihren Verdacht teilte, Andrássy wäre nicht der Mann, als der er sich ausgab. Aber wann nahm James Malory irgendwas für bare Münze? Das musste eine Gewohnheit sein, die er sich in seiner wilden Jugend angeeignet hatte. Zehn Jahre lang hatte er sich auf hoher See ausgetobt, allem und jedem gründlich misstraut, bevor er später zu einem milderen Urteil über seine Mitmenschen gelangt war – vielleicht.

Georgina leitete die Inquisition, sicher unbeabsichtigt, mit der Frage ein: »Will Ihre Schwester auch heute nicht mit uns dinieren, Andrássy?«

»Darüber habe ich nicht mit ihr gesprochen.«

»Warum nicht?« Sie musterte den leeren Platz an der Tafel. Noch eine unschuldige Frage. Im Gegensatz zu ihrem Ehemann war sie unglaublich vertrauensselig. Offenbar hatte James ihr seine Vorbehalte noch nicht verraten, sondern nur seinem Bruder.

»Wie ich bereits erwähnt habe, ist Catherine ziemlich launisch und nicht immer eine angenehme Gesellschaft«, antwortete Andrássy.

Und die will er seiner neuen Familie nicht zumuten? Judith fühlte sich zu einer Erklärung bemüßigt. »Diese schlechte Laune bekam ich gestern zu spüren. Aber jeder, der unter starken Kopfschmerzen leidet, ist reizbar und unfreundlich. Da schließe ich mich nicht aus. Heute ging es ihr besser. Jack und ich haben uns sehr nett mit ihr unterhalten.«

»*Nett* würde ich das nicht nennen«, widersprach Jacqueline.

»Zumindest war es nicht unangenehm«, beharrte Judy.

»Wie man's nimmt«, murmelte Jack, nur für die Ohren ihrer Freundin bestimmt.

James warf seiner Tochter einen beschwichtigenden Blick zu, bevor er sich an Andrássy wandte. »Also bezeichnen Sie Ihre Schwester als aufbrausend? So sind viele Frauen, das gilt auch für meine Jack.«

Lachend nickte Jacqueline. Ohne jeden Zweifel hielt sie den Kommentar ihres Vaters für ein Kompliment.

Aber Andrássy entgegnete: »So habe ich das noch nie betrachtet, ich fand immer nur, Catherine wäre ihren Launen ausgeliefert. Ein neues Zuhause, ein neuer Vater, während sie immer noch glaubte, ihr leiblicher Vater würde noch leben – sie musste eine schwierige Zeit verkraften, nachdem sie mit ihrer Mutter zu uns gezogen war.«

»Was ist ihrem Vater zugestoßen?«, fragte Katey.

Judith hörte nur mehr mit halbem Ohr zu, weil nun besprochen wurde, was Jack und sie selbst bereits erfahren hatten. Doch sie hoffte, Jacqueline würde Catherines Bericht für glaubhafter halten, da er sich im Großen und Ganzen mit Andrássys Schilderung deckte. Wer sollte so etwas erfinden?

Und dann dachte sie an Nathan. Sicher konnte er solche Geschichten erfinden. Dafür schien er ein besonderes Talent zu besitzen – sich heldenhaft zu präsentieren, während er in Wirklichkeit kriminell war.

Hatte er seine Arbeit im Frachtraum beendet? Wohl kaum, weil er wahrscheinlich gar kein Zimmermann war. Einen Hammer konnte jeder schwingen. Aber war Nathan imstande, einen brauchbaren Boxring zu bauen? O Gott, hoffentlich würden sich ihr Vater und ihr Onkel nicht verletzen, wenn der Ring während eines Faustkampfs auseinanderbrach.

Und warum informierte sie ihren Vater nicht über den Schmuggler, damit Nathan die restliche Reise im Arrest verbringen würde? Niemals hätte sie sich auf das Abkommen mit diesem Schurken einlassen dürfen. *Wie du mir, so ich dir …* Das gab ihm nur noch mehr Zeit, in der er neue raffinierte Lügen ersinnen konnte. Andererseits – würde sie sich deshalb so unbehaglich fühlen, weil sie Jack ein Geheimnis verschweigen musste? Und warum zum Henker überlegte sie sich einen geeigneten Vorwand, um die Dinnertafel zu verlassen und im Laderaum nach ihm zu sehen?

Sie schaute über den Tisch hinweg zu Andrássy hinüber, der gerade erzählte: »Aus diesem Grund brannte Catherine in ihrer Kindheit immer wieder durch. Sie versuchte irgendwie nach Amerika zu gelangen, wo sie aufgewachsen war. Dort wollte sie ihren Vater suchen.«

»Warum verheiraten Sie Ihre Schwester nicht einfach, statt sie um die halbe Welt reisen und nach jemandem suchen zu lassen, der längst tot sein könnte?«, schlug Anthony vor.

»Das würde ich tun, wenn ich glaubte, dann wäre sie glücklich. Aber solange das Thema ihres vermissten Vaters nicht geklärt ist, will ich sie nicht zu einer Ehe zwingen. Das würde sie in tiefste Verzweiflung stürzen.«

»Sorgen Sie sich so sehr um das Glück Ihrer Schwester?«, fragte James.

»Natürlich«, betonte Andrássy und wirkte leicht gekränkt, weil ihm eine solche Frage gestellt wurde. »Ihre Wutanfälle in der Kindheit waren verständlich. Und ihr hitziges Temperament stört mich nicht. Wie Sie bereits sagten, gibt es viele aufbrausende Frauen. Es ist nur peinlich, wenn Catherine in der Öffentlichkeit die Beherrschung verliert. Deshalb wollte ich Sie alle warnen, damit Sie keinen Anstoß an den Launen meiner Schwester nehmen, falls Sie einmal eine unangenehme

Szene miterleben. Wegen der Feuersbrunst hat sie nichts – und niemanden außer mir, der sich um sie kümmert. Sie ist mein Problem, nicht Ihres.«

»Werden Sie das Haus wieder aufbauen?«, erkundigte sich Georgina.

»Vielleicht, eines Tages. Aber ich möchte nach Wien zurückkehren, wo ich zur Schule ging, und mein Studium der Malerei fortsetzen.«

»Also sind Sie ein Kunstmaler?«

»Nun, ich dilettiere, und ich hoffe, meine Fähigkeiten zu verbessern. Doch ich kann mich erst um meine Interessen kümmern, wenn die Zukunft meiner Schwester gesichert ist.«

»Eine solche Bürde gefährdet die künstlerische Inspiration«, bemerkte James nachdenklich. »Was ich nicht begreife – warum übernehmen Sie eine so schwere Verantwortung, obwohl zwischen Ihrer Stiefschwester und Ihnen keine Blutsbande bestehen? Seien Sie nicht beleidigt, mein lieber Junge, aber das alles erweckt den Eindruck, Catherine würde einen gewissen Zwang auf Sie ausüben. Und so muss ich Sie fragen – hat sie irgendetwas gegen Sie in der Hand, womit sie Sie unter Druck setzen kann?«

»James!«, protestierte Georgina.

Aber Andrássy lächelte. »Schon gut, es freut mich, dass Sie so offen mit mir sprechen, Sir. Bedenken Sie, ich bin der Letzte der Benedek-Linie, jedoch nicht der Letzte von Marias Nachfahren. Davon wüsste ich nichts, hätte Catherine das Tagebuch meines Urgroßvaters nicht gefunden. Als sie mich um Hilfe bei der Suche nach ihrem Vater bat, konnte ich das nicht reinen Gewissens ablehnen. Denn ich befand mich auf einer ähnlichen Suche. Nach meinen Verwandten.« Mit leuchtenden Augen musterte er seine Tischgefährten. »Sie alle, die Malorys, bieten mir viel mehr, als ich erwarten durfte. Ohne Vorbehalt haben Sie mich willkommen geheißen.«

Bei diesen Worten schaute nur Jacqueline etwas schuldbewusst drein.

»Und mein Vater nahm Catherine in unserer Familie auf«, fuhr Andrássy fort. »Das bereute er niemals, trotz des Ärgers, den sie uns bereitete, weil ihre Mutter ihn sehr glücklich machte.«

»So einfach ist es?«, fragte James. »Eine Pflicht, eine Verantwortung, eine Schuld, die Sie empfinden?«

»Genauso würdest du auch handeln, James«, wandte Georgina ein. »Oh, Moment mal, du hast es schon getan. Oder hast du Gabrielle Brooks nicht aus ähnlichen Gründen geholfen?«

Grinsend nickte er. »Schuldig im Sinne der Anklage.«

»Ganz zu schweigen von der Strafe, die du damals im Piratengefängnis abgesessen hast.«

»*Ja,* ich nehme es zur Kenntnis, George.«

Niemand erklärte Andrássy, worum es ging. Für die Andersons war es ein heikles Thema, denn diese reichen Schiffsbauer und Besitzer einer großen Handelsflotte mussten nicht nur einen Piraten in ihrer Familie erdulden: einen, der sich längst aus dieser Branche zurückgezogen hatte (Georginas Ehemann James), und einen, der sich zum Schatzsucher entwickelt hatte (Drews Schwiegervater, Nathan Brooks). Beide hatten in ihrer Jugend die Meere ziemlich unsicher gemacht.

Entschlossen lenkte Judith das Gespräch auf Andrássys Bemühungen um seine Stiefschwester zurück und lächelte ihn an. »Was Sie tun, finde ich bewundernswert. Sie geben Catherine neue Hoffnung, nicht wahr?«

»Ja. Leider muss sie noch lernen, sich in Geduld zu üben.«

Jacqueline öffnete den Mund, und Judy stieß sie unter dem Tisch an. Was ihre Cousine sagen wollte, wusste sie. Dass sie die Ungeduld der Frau schon kannten und dass sie sich einbildete, ein Malory mit Zigeunertalenten würde ihr eher helfen als Andrássy. So etwas würde niemals geschehen und musste nicht erörtert werden.

»Sicher wird es eine Weile dauern, Andrássy«, meinte Judith, »aber ich glaube, Catherines Verhalten wird sich bessern. Vielleicht sollten Sie Ihre Reise in Bridgeport unterbrechen und Ihrer Schwester ein bisschen Spaß gönnen«, fügte sie hinzu und stand auf, um die Gelegenheit zu nutzen und zu verschwinden, während alle anderen noch aßen. »Jetzt muss ich mich entschuldigen. Ich konnte mich heute nicht so lange ausruhen wie Jack, und ich bin sehr müde.«

»Ja, natürlich, geh nur, Püppchen«, sagte Anthony.

Bevor Judy die Kapitänskabine verließ, beugte sie sich hinab und flüsterte in Jacquelines Ohr: »Vorhin habe ich dich gerade noch rechtzeitig davor bewahrt, ins Fettnäpfchen zu treten. Halt bloß den Mund, wenn ich weg bin!«

Statt zu antworten, seufzte Jack tief auf.

Kapitel 18

Im Frachtraum brannten nur mehr zwei Laternen, beide neben dem Boxring. Judith sah sich vergeblich nach Nathan um. Noch war der Ring nicht fertiggestellt, nur die Plattform, auf der die festgenagelte Plane lag. An den Ecken standen zwei der vier Pfosten. Jetzt fehlten noch die zwei anderen, und dazwischen mussten die Seile gespannt werden.

Wie Judith vermutete, wollte Nathan die restliche Arbeit am nächsten Morgen erledigen, bevor James herunterkommen und den vollendeten Ring inspizieren würde.

Sie war enttäuscht, weil Nathan den Laderaum bereits verlassen hatte, denn diese erhoffte Begegnung wäre ihre letzte Chance gewesen, allein mit ihm zu reden. Nun, vielleicht würde sie ihn im Lauf der Reise um irgendwelche navigatorischen Erläuterungen bitten. Oder sollte sie ihm in die Takelage hinauffolgen? Dort oben könnten sie sich unterhalten, ohne belauscht zu werden.

Doch dann müsste sie die wenig schmeichelhafte Schiffskleidung tragen, die Jacqueline für sie hatte schneidern lassen. Außerdem würde Jack einwenden, *sie* könne ihr alles beibringen, was mit dem Segeln zusammenhing.

Oder sollte Judy ihr Interesse an Nathan gestehen? Damit würde sie das Geheimnis nicht verraten, oder? Natürlich nicht. Sobald ihre Freundin den Mann zu Gesicht bekommen würde, wäre es offensichtlich, warum Judith seine Gesellschaft suchte.

Nun müsste sie ins Bett gehen … Aber sie beschloss, vorher den halb fertigen Ring zu kontrollieren. Sie wollte auf die Plattform steigen und die Stabilität der Bretter prüfen. Aber sie lagen zu hoch oben, und so presste sie nur ihre Hände darauf.

»Konntest du deine Neugier nicht bezähmen?«

Verwirrt schnappte sie nach Luft und fuhr herum. Nathan saß am Boden zwischen zwei Kisten. Über der einen lag immer noch ihr Umhang. An das Schott gelehnt, hielt er in einer Hand einen Teller, in der anderen eine Gabel.

Judith ging zögernd zu ihm. Wenigstens hatte er sein Hemd wieder angezogen, trotzdem beschleunigte sich ihr Herzschlag. »Ich dachte, du wärst schon weg …«

»Nur lange genug, um mein Abendessen zu holen. Verdammt delikat für ein Schiff. So eine köstliche Mahlzeit wurde uns auf der kurzen Fahrt von Hampshire nach London nicht vergönnt.«

»Da war wahrscheinlich noch kein richtiger Koch an Bord. Nun haben wir einen, der gar kein Seemann ist. Mein Onkel und meine Tante segeln immer mit ihren eigenen Dienstboten, und die meisten sind erst in London dazugekommen.«

»Also der ganze Luxus eines Herrschaftshauses auf der *Maiden George*, eh? Von jetzt an werde ich nie mehr mit meinem eigenen Schiffskoch glücklich sein.«

Sein mürrischer Ton entlockte ihr ein Lächeln. »Hast du denn einen? Ich dachte, die Schmuggler segeln nur auf dem Kanal hin und her. Deshalb sind sie kaum lange genug auf See, sodass sie keinen Koch an Bord brauchen.«

»Davon weiß ich nichts. Wie auch immer, ich gebe dir recht, da du offenkundig mehr vom Schmuggel verstehst als ich. Nimm Platz und schau mir beim Essen zu, während du mir alles über mein Leben erzählst.«

Welch ein unverschämter Sarkasmus … Aber seine Stimme klang freundlich, und seine Mundwinkel zuckten. Musste er ein Grinsen unterdrücken? Hänselte er sie wieder einmal?

»Eigentlich wollte ich nur meinen Umhang holen«, erklärte sie, aber sie setzte sich neben das elegante Cape auf die Kiste.

»Den wollte ich dir bringen.«

Judith hob eine Braue. »Was? Ohne zu verraten, dass ich hier unten war?«

»Glaubst du, ich hätte dich nicht irgendwo allein treffen können?«

»Nein, das glaube ich nicht. Tagsüber bin ich fast immer mit Jack zusammen, und die Abende verbringen wir mit der Familie.«

Nathan lächelte. »Im Lagerraum für den Schiffszimmermann habe ich ein Bett. Auf die Gefahr hin, in ein Hornissennest zu stechen, will ich erwähnen, dass es nur ein Feldbett ist.« Er wartete. Aber Judith ging nicht auf das Thema des Klappbetts ein, das in der alten Ruine gestanden hatte, und so fuhr er fort: »Dieses Lager habe ich für mich beansprucht, um mir eine gewisse Privatsphäre zu sichern. Wenn du mich im nächtlichen Dunkel besuchen möchtest, bist du willkommen, jederzeit …«

»Hör auf! Vielleicht findest du das alles sehr amüsant. Doch du solltest bedenken, dass immer noch eine Schlinge über deinem Kopf hängt.«

»Wirst du gegen unsere Abmachung verstoßen? Tatsächlich? Ich dachte, ihr Aristokraten würdet großen Wert auf eure Ehre legen.«

»Das war ein idiotisches Abkommen …«

»Trotzdem wurde es verabredet – und besiegelt. Ah, da ist das Erröten, an das ich mich so gut erinnere.«

»Du bist unerträglich!«

»Nein, ich habe nur einiges in petto, dich eingeschlossen. Und wenn dein Wort so unbeständig ist wie eine momentane Laune, kann ich mich darauf nicht verlassen, nicht wahr?«

»Keine Bange, ich halte mein Versprechen, allerdings nur für die Dauer dieser Reise, so wie es verabredet wurde.«

»Auf diese Bedingung haben wir uns nicht geeinigt.«

»Das war eine selbstverständliche Voraussetzung«, betonte Judith. In diesem Punkt würde sie nicht klein beigeben. »Aber sorg dich nicht, wenn wir an Land gehen, wirst du genug Zeit finden, um zu verschwinden.«

»Glaubst du, das würdest du dann noch wünschen?«

Mit dieser Frage wies Nathan auf die Möglichkeit einer intimeren Bekanntschaft hin. Und seine Stimme war sogar zu einem tieferen, anzüglichen Timbre herabgesunken! Darüber ärgerte sich Judy, denn es warf einige Fragen auf, die sie sich selber stellen müsste, nicht ihm. *Viel* zu sehr fühlte sie sich zu diesem Mann hingezogen – und außerstande, dagegen anzukämpfen.

Diese Gefühle hinderten sie daran, so zu handeln, wie sie es sofort hätte tun sollen. Sobald sie herausgefunden hatte, wer er war, hätte sie ihren Vater und ihren Onkel informieren müssen. Stattdessen hatten ihre unpassenden Gefühle sie zu dem infernalischen Abkommen verleitet.

Nun würde sie wenigstens diese letzte Frage energisch verneinen. »Wir beide werden nicht …«

Nathans kurzes Gelächter unterbrach sie. »Ich habe nur gemeint, bei unserer Ankunft wirst du von meiner Unschuld überzeugt sein und mich nicht mehr irrigerweise für einen Verbrecher halten.«

Nutzte sie ihren Verdacht, um sich gegen seine Anziehungskraft zu wappnen? Nein, er verstand es einfach nur meisterhaft, immer wieder Zweifel in ihr zu wecken.

Schnippisch erinnerte sie ihn: »In unserer Abmachung geht es um die Wahrheit. Weißt du überhaupt, wie man sie ausspricht?«

»Oh, natürlich, Schätzchen? Und weißt *du*, wie man sie erkennt, wenn man sie hört?« Eine Antwort wartete er nicht ab – nicht, dass ihr eine eingefallen wäre, nachdem er seine ausweichende Taktik so großartig perfektioniert hatte. Nun kehrte er zu einem Thema zurück, das am Morgen nicht verfolgt worden war. »Da wir einander die Wahrheit erzählen wollen – fangen wir mit der Frage an, wie eine Frau zu einem Spitznamen wie Jack kommt.«

»Das ist kein Spitzname. So wurde Jacqueline nach ihrer Geburt von ihrem Vater genannt.«

»Wirklich?«

»Bei seinem Entschluss spielte die Anwesenheit aller ihrer Onkel mütterlicherseits, die er nicht ausstehen kann, eine bedeutsame Rolle. Und er ließ sich nicht davon abbringen.«

»Ist er so starrsinnig?«

Judith lächelte. »Je nachdem, mit wem er konfrontiert wird. In diesem Fall setzte er seinen Willen unbeirrbar durch. George, Jacks Mutter, erreichte immerhin …«

»Guter Gott, noch eine Frau mit einem Männernamen?«

»Nein, in Wirklichkeit heißt sie Georgina. Ihr Ehemann James nannte sie von Anfang an ›George‹. Daran wird sich nichts ändern. Aber sie bestand darauf, dass in der Geburtsurkunde ihrer Tochter der Name Jacqueline stehen müsste. Im Familienkreis ist es trotzdem bei ›Jack‹ geblieben.«

»Erklärt das auch den seltsamen Namen dieses Schiffs? *Maiden George?*«

»Ja. James' erstes Schiff hieß *Maiden Anne*. Das verkaufte er, als er die Seefahrt aufgab. Dann ließ er dieses hier bauen, weil Jacks Mutter mit der Familie nach Connecticut reisen und ihrem Kind zeigen wollte, wo es zur Welt gekommen war. Eigentlich eine überflüssige Geldverschwendung, denn George und ihre Brüder besitzen Skylark Shipping, eine große amerikanische Handelsflotte. Aber wie ich bereits erwähnt habe –

mein Onkel mag seine fünf amerikanischen Schwäger nicht besonders. Deshalb weigert er sich, eines ihrer Schiffe zu benutzen. Nur im äußersten Notfall wäre er dazu bereit. Nun bin ich an der Reihe und werde dir eine Frage stellen.«

Abrupt stand Nathan auf, als ein plötzlicher Lärm in den Schlachtviehgehegen am Ende des Frachtraums losbrach. Auch Judith schaute in diese Richtung. Wahrscheinlich rannte nur eine Ratte an den Tieren vorbei. Oder eine Katze versuchte sich heranzupirschen, um ein Huhn zu erbeuten. Etwas Schlimmeres war sicher nicht geschehen.

Trotzdem stellte Nathan seinen Teller auf eine andere Kiste und eilte nach achtern, um die Ursache der Störung zu erforschen.

Wie du mir, so ich dir – von dieser Bedingung, unter der das Abkommen geschlossen worden war, schien er nicht viel zu halten. Ärgerlich beschloss Judy, ihn unmissverständlich darauf hinzuweisen, wenn er zurückkam.

Aber er kam nicht zurück.

Kapitel 19

Nathan erwartete nicht, irgendetwas Bedrohliches im Hintergrund des Laderaums zu entdecken. Doch er wollte den Vorteil, den er im Wortgefecht mit Judith erzielt hatte, nicht aufs Spiel setzen. Und die Gefahr bestand, wenn sie ihn zu früh befragen würde. Er fand es besser, sie möglichst lange von der Wahrheit abzulenken. Oder zumindest, bis er ihre Reaktion darauf besser einschätzen konnte.

Sollte er an ihr Mitleid appellieren – falls sie so etwas empfand – und ihr einen Teil der Tatsachen verraten? Oder alles gestehen, zum Beispiel, dass er das alte Haus in Hampshire besaß und mit einer Begnadigung rechnete? Das hatte er noch nicht entschieden. Unglücklicherweise befürchtete er, auch das würde sie ihm nicht glauben.

Aber wenn er ihr zu viel erzählte und sie von seiner Unschuld überzeugte, wäre die Abmachung beendet, und er würde ihre Gesellschaft verlieren. Auf die wollte er nicht verzichten. Er genoss es, Judith zu hänseln, er mochte es, wenn sie erbost die Lippen kräuselte, wenn ihre Augen voller Zorn oder Belustigung funkelten. Und am besten gefiel es ihm, wie sie sich in seinen Armen anfühlte. Zum Geier, es gab nichts an ihr, was ihm missfiel. Abgesehen von ihrer beharrlichen Behauptung, er sei ein Schmuggler. *Warum* war sie da so sicher? Was konnte ihm entgangen sein?

Verstört zuckte er zusammen, als er an einer Kiste vorbeikam, hinter der sich eine geduckte Gestalt versteckte. Verdammt, warum hatte er an Judith gedacht statt an den Grund, der ihn zu den Gehegen geführt hatte? Und es war kein halb verhungertes kleines Tier, das emporschnellte, ihn packte und mit ihm zu Boden stürzte, sondern ein Mann, fast so groß wie er selbst.

Kurz vor der Attacke hatte er einen jungen Burschen mit dunklen Augen und blonden, im Nacken zusammengebundenen Haaren gesehen – barfuß, aber nicht ärmlich gekleidet. Über einem Hemd aus feinem Leinen trug er eine kostbare goldene Halskette. Kein Besatzungsmitglied, das würde Nathan erkennen. Und er bezweifelte, dass einer der Dienstboten, die Judith erwähnt hatte, über ihn herfallen würde.

Ineinander verkeilt, rutschten sie über den Boden. Der Krach des harten Aufpralls hatte die Tiere erschreckt, die Hühner gackerten, ein Ferkel quiekte. Nur sekundenlang war Nathan verwirrt, ehe sein Instinkt einsetzte. Er schwang sich mit seinem Gegner herum und landete einen kraftvollen Faustschlag auf dessen Schläfe. Dann wurde er zurückgestoßen, der Mann kam auf die Beine. Aber er lief nicht davon, zog einen Dolch aus seinem hinteren Hosenbund und stach zu, als Nathan aufsprang.

Von heißer Wut erfasst, spürte Nathan die Klingenspitze auf der Haut seiner Brust, doch er schaute nicht nach unten, um eine eventuelle Wunde zu inspizieren. Noch nie war er in eine Messerstecherei verwickelt worden, und er besaß keine Waffe. Mit einem Hammer oder einer Feile hätte er improvisieren können. Leider stand sein Werkzeugkasten zu weit entfernt, und wenn er hinrannte, würde ihn der Dolch vermutlich im Rücken treffen. Und so hob er seinen Arm, um den nächsten Angriff abzuwehren. Das würde nicht besonders effektiv sein. Deshalb versuchte er aus der Reichweite seines Widersachers zu gelangen. Auch das würde ihm auf die Dauer nicht viel nützen.

In aller Eile erwog er seine Möglichkeiten. Allzu viele gab es nicht. Wenn er den Dolch aus der Hand des Mannes schlug, konnte er einen fairen Kampf erzwingen, den er sicher gewinnen würde. Oder wäre es besser, wenn er Judith zurief, sie solle Hilfe holen? Falls sie noch nicht aus dem Frachtraum gerannt war? Nein, das gefiel ihm kein bisschen, und er würde sterben, bevor die Verstärkung unter Deck eintraf.

Und dann glitt eine dritte Möglichkeit über die Bodenplanken heran und blieb in der Nähe seiner Füße liegen. Sein Hammer. Den sah auch sein blonder Gegner. Rasch trat er vor und streckte den Dolch aus, um Nathan von der neuen Waffe fernzuhalten.

Für weitere Überlegungen fehlte ihm die Zeit. Wie auch immer, Nathan würde keinesfalls die Chance verpassen, die er Judith verdankte. Blitzschnell kehrte er dem Mann den Rücken und sank hinab. Beide Hände auf den Boden gestützt, trat er nach hinten. Seinen Feind traf er nicht, verblüffte ihn aber, und das verschaffte ihm die Zeit, die er brauchte, um den Hammer zu ergreifen und aufzustehen.

Mit der ersten Attacke traf er die Schulter seines Gegners. Nun hatte Nathan die Oberhand gewonnen, und das wussten sie beide. Mehrmals schwang er den Hammer, Funken flogen, wenn die Hammerspitze auf die Klinge prallte. Doch der Mann hielt den Dolch fest, obwohl er immer weiter nach hinten gedrängt wurde. Bald würde er ein Tiergehege erreichen, was er vielleicht nicht merkte.

Da Nathan im Vorteil war und den Blonden nicht töten wollte, riet er ihm: »Geben Sie's auf. Das wäre besser als ein zertrümmerter Schädel.«

»Fahren Sie zur Hölle!«, stieß der Mann hervor. Die Verzweiflung in seinem Blick warnte Nathan.

Offenbar plante der Feind etwas Unerwartetes, und genau das geschah. Er wirbelte den Dolch in seiner Hand herum, sodass er ihn an der Spitze zu fassen bekam, schwenkte den Arm hoch und wollte ihn durch die Luft schleudern. Den Tod vor Augen, musste Nathan innerhalb einer Sekunde reagieren. Und so entschied er sich für die schnellste Möglichkeit, der Flugbahn der Schneide auszuweichen oder sie aufzuhalten, und stürzte sich auf den Mann.

Krachend fielen beide gegen den Zaun des Geheges, der unter ihrem Gewicht zusammenbrach. Inmitten flatternder, in panischer Angst lärmender Hühner landeten sie am Boden. Nathan presste seine breite Brust auf den Waffenarm seines Angreifers. Nun konnte der Mann den Dolch nicht mehr bewegen – falls er ihn immer noch umklammerte.

Dann ließ Nathan den Hammer los und rammte seine Faust ins Gesicht des Blonden – einmal, zweimal, dreimal. Schon der zweite Hieb hätte genügt, um ihm die Besinnung zu rauben.

Nach einem tiefen Atemzug setzte Nathan sich auf und schob den Dolch, der in der Reichweite seines Gegners lag, aus dem Gehege. Erst jetzt schaute er zu seiner Brust hinab, um festzustellen, ob er verletzt war. Die Messerspitze hatte sein Hemd aufgeschlitzt und die Haut zerkratzt. Aber es war keine ernsthafte Wunde, und er hatte nur ein paar Blutstropfen verloren.

»Alles in Ordnung?«

War sie wirklich noch da? Er hob den Kopf, las unverhohlene Sorge in Judiths Augen und versicherte: »Ja, mir ist nichts passiert.«

»Warum hat er dich attackiert?«

»Verdammt will ich sein, wenn ich das wüsste.« Er stand auf und zerrte den Bewusstlosen aus dem Gehege.

»Offensichtlich gehört er nicht zur Besatzung.«

Die Stirn gerunzelt, musterte Judith den Mann. »Auch nicht zum Personal meines Onkels. Ich kenne alle seine Dienstboten.«

»Dann muss er ein blinder Passagier sein.«

»Wenn blinde Passagiere entdeckt werden, versuchen sie niemanden zu töten.«

Damit hatte Judith recht. Wegen eines so geringfügigen Vergehens wurden die Schuldigen eine Zeit lang eingesperrt oder zur Arbeit gezwungen, bis das Schiff sein Ziel erreichte. Die meisten Captains ließen sie einfach laufen. Deshalb ergab die mörderische Aggressivität des blonden Mannes keinen Sinn. Seit der Abreise aus London hatte er sich nicht im Frachtraum aufgehalten. Das stand definitiv fest. Die Tiere hätten ihn früher verraten. Und die Matrosen, die mehrmals am Tag herabkamen, um etwas im Lager zu suchen, hätten ihn gefunden. Also musste er sich woanders versteckt haben und an diesem Abend heruntergeschlichen sein, während Nathan seine Mahlzeit geholt hatte.

Er hob eine Kiste hoch und stellte sie vor die Lücke im Zaun, damit nicht alle Hühner davonrannten, ehe er den Schaden reparieren konnte.

Während Judith ihn beobachtete, rang sie plötzlich nach Luft. »Oh, du bist verletzt!«

»Nein, nicht der Rede wert.«

»Lass mich sehen!«

Sie eilte zu ihm, und er verdrehte die Augen. Aber sie zog unbeirrt das zerfetzte Hemd noch weiter auseinander und starrte die kleine Wunde an. Nach Nathans Meinung sorgte sie sich etwas zu sehr um jemanden, den sie hinter Gitter bringen wollte. War sie so gutmütig, dass sie *jedem* helfen würde, der sich in einer Notlage befand?

Schließlich schaute sie zu ihm auf. »Nur ein harmloser Kratzer.«

»Das weiß ich«, erwiderte er lächelnd. »Als ich angegriffen wurde, hättest du in die andere Richtung laufen sollen. Aber du bist glücklicherweise hiergeblieben. Der Hammer hat den

Kampf zu meinen Gunsten entschieden. Sehr klug von dir, auf diese Idee zu kommen …«

Judith errötete. »Weil der Kerl so unfair seinen Dolch schwang, war ich richtig wütend. Zuerst wollte ich eine Planke auf seinen Kopf schmettern. Aber ich dachte, ich würde nicht kräftig genug zuschlagen können.«

Mit dieser Erklärung beschwor sie ein Fantasiebild herauf, über das er lachen musste. Wenn er mit ihr zusammen war, lachte er erstaunlich oft – noch ein Grund, warum er ihre Gesellschaft so erfreulich fand. »Nie hätte ich erwartet, ich würde mich einmal über deinen Zorn freuen und dafür dankbar sein. Und nun muss ich dir von ganzem Herzen danken, Schätzchen.«

»Gern geschehen.«

Er bückte sich und hievte den ohnmächtigen Mann auf seine Schulter.

»Wohin bringst du ihn, Nathan?«

»Über diesen Zwischenfall muss dein Onkel informiert werden. Also nimm deinen Umhang und verschwinde, ehe hier ein Riesenwirbel anfängt. Womöglich lässt der Captain das ganze Schiff nach weiteren blinden Passagieren durchsuchen. Und du willst sicher nicht unter Deck ertappt werden.«

»Da hast du recht. Ich gehe jetzt lieber. Du musst mich nicht begleiten.«

Vor den Stufen wartete er, bis Judith den Treppenabsatz unbeschadet erreichte. Dann trug er den Bewusstlosen hinauf. Falls mehrere blinde Passagiere an Bord waren, würde es erklären, warum der blonde Mann ihn attackiert hatte, statt sich zu ergeben. Hatte er Nathan von der Suche nach Komplizen ablenken wollen?

Auf dem Hauptdeck ließ er seine schwere Last fallen. Der Mann rührte sich noch immer nicht. Aber Nathan konnte ihn nicht einfach liegen lassen, und so rief er nach einem der zwei Obermaate.

Um diese späte Stunde hielten sich nur wenige Seeleute an Deck auf, aber alle näherten sich neugierig, und einer brachte eine Laterne mit.

»Haben Sie einen Londoner Dienstboten vom Cap'n vermöbelt?«, fragte ein Matrose. »Da wird Mr Malory sich gar nicht freuen.«

»Holen Sie ihn, dann werden wir's erfahren«, entgegnete Nathan.

Nun erschien Artie und musterte den Ohnmächtigen. »Das ist keiner von uns. Wo haben Sie ihn gefunden, Mr Tremayne?«

Nathan schilderte die Ereignisse, dann wiederholte er seinen Bericht, als der Captain hinzukam. Falls Malory sich ärgerte, weil jemand ohne Erlaubnis die *Maiden George* betreten hatte, verhehlte er seine Emotionen sehr gut und verzog keine Miene.

»Zur Besatzung gehört er nicht, Cap'n«, betonte Artie. »Und nach allem, was Mr Tremayne erzählt hat, ist er auch kein gewöhnlicher blinder Passagier – so, wie er gekleidet ist.«

»Nein, wohl kaum.« James starrte auf den Bewusstlosen hinab, stieß ihn mit einer Stiefelspitze an und wartete ab, ob der Mann zu sich kommen würde. Das geschah nicht. »Mussten Sie so hart zuschlagen, Mr Tremayne?«

»Vorher ließ ich meinen Hammer fallen«, war alles, was Nathan zu seiner Verteidigung vorbrachte.

Nur eine Sekunde lang zuckten die Mundwinkel des Captains, zu kurz, um Belustigung zu bekunden. »Unsere Schlussfolgerung, er wäre nicht an Bord gekommen, um nach Amerika zu gelangen, wirft die Frage auf – was macht er auf meinem Schiff? Und warum hat noch niemand einen Eimer Wasser geholt, damit wir ihn zur Besinnung bringen und verhören können?«

Während ein Matrose davonrannte, um Wasser zu holen, stürmte Andrássy vom Achterdeck herab, zückte sein Schwert und schrie: »Wie konnte es dieser Schurke wagen, meine Familie zu bedrohen? Ich werde ihn töten!«

Hochrot vor Zorn, schien der ungarische Graf genau das zu planen. Nathan trat ihm hastig in den Weg, und James stieß Andrássy ärgerlich zurück. »Was soll der Unsinn? Ich brauche Antworten, kein Blut.«

»Aber – sind die Frauen nicht in Gefahr?« Andrássy senkte seine Waffe.

»Verdammt!«, fluchte James. Halten Sie sich da raus …«

»Cap'n!«

Nathan fuhr herum und stellte fest, dass der blinde Passagier aufgesprungen sein musste. Offenbar hatte er den Matrosen an seiner Seite niedergeschlagen und zu dem Warnruf veranlasst.

Dann war er zur Reling gerannt, um sich darüber zu schwingen. Nathan sah nur mehr seine Beine. Ungläubig lief er zu der Stelle, wo der Mann verschwunden war. »Was zum Teufel … Bildet er sich ein, er kann nach England zurückschwimmen?«

Auch die anderen eilten zur Reling.

»Sollen wir ihn rausfischen?«, fragte ein Matrose.

»Wie denn?«, schnaubte sein Kamerad, der die Laterne mitgebracht hatte, und hielt sie über das dunkle Meer. »Siehst du ihn da unten? Ich nicht.«

Auch Nathan konnte den Flüchtling nirgendwo entdecken. Im Gegensatz zum klaren Himmel der letzten Nacht wurde der Mond von dichten Wolken verhüllt. Mehrere Matrosen holten Laternen. Doch das Licht reichte nicht weit genug, um den blinden Passagier zu erfassen.

Nathan hörte plätschernde Geräusche, die ihm verrieten, dass der Mann vom Schiff wegschwamm. Und dann vernahm er noch etwas …

»Ruder«, wandte er sich an James. »Mindestens ein Ruderboot ist in unserer Nähe. Also muss auch ein Schiff irgendwo da draußen sein.«

»Artie!«, rief James und begann seine Befehle zu erteilen. »Alle Mann auf Deck sollen sich bewaffnen, falls uns ein Überraschungsangriff bevorsteht. Ihr beide …« Er zeigte auf zwei Matrosen. »Lasst ein kleineres Boot ins Wasser und folgt ihnen. Wenn wir nicht attackiert werden, will ich den vermaledeiten blinden Passagier zurückhaben. Henry, schicken Sie den Mann mit der besten Nachtsichtigkeit in die Takelage hinauf, ich muss wissen, was da passiert.«

Nathan rannte zur anderen Seite der *Maiden George*. Auch dort sah er nichts in den schwarzen Wellen. Wie er bei einem Rundgang um das ganze Schiff feststellte, erklang das Plätschern der Ruder nur an der Seite, wo der Mann über die Reling gesprungen war. Allmählich wurde das Geräusch etwas leiser, und schließlich hörte er es nur mehr vom Heck aus.

Auf dem Weg zu James, dem er seine Beobachtung mitteilen wollte, erkannte er die durchdringende Stimme Walters, des Matrosen mit der besten Nachtsichtigkeit. Allzu weit hatte der Seemann nicht in die Takelage hinaufklettern müssen. »Achtern, Cap'n!«

Sofort eilte James zum Heck, dicht gefolgt von den meisten Besatzungsmitgliedern. Artie reichte ihm ein Fernglas, das der Captain aber nicht benutzte. Stattdessen spähte er fluchend zur dunklen Wolkendecke hinauf.

»Nur ein Ruderboot!«, schrie Walter. »In schneller Fahrt zu einem großen Schiff! Noch ist unser Boot nicht nah genug herangekommen. Sieht nicht so aus, als könnten unsere Jungs den Kerl erwischen!«

In diesem Moment verdünnten sich die Wolken, der Mond warf ein schwaches Licht auf das Wasser. Hastig hob James das Fernrohr und blickte hindurch. »Ein Dreimaster, mit vollen

Segeln … Jetzt gehen sie mit dem Bug durch den Wind, um uns ihre Kanone zu präsentieren.«

»Werden sie auf uns feuern?«, fragte ein Matrose.

»Nein, dazu sind sie zu weit entfernt. Wahrscheinlich ist es nur ein Manöver, das uns daran hindern soll, ihren Kumpan einzufangen und zu vernehmen. Artie, beordern Sie unser Boot zurück! Ich will das Leben unserer Leute keinesfalls riskieren – schon gar nicht, wenn sie ohnehin keine Chance haben, den Flüchtling einzuholen.« Nun verbarg sich der Mond erneut hinter der Wolkenschicht, und James stieß noch einen Fluch hervor. »Verdammt, ich verabscheue mysteriöse Ereignisse … Wer kann so etwas verstehen?«

Obwohl er die Frage an keinen bestimmten Mann richtete, begannen die Besatzungsmitglieder zu spekulieren.

»Keine Piraten. Sonst würden sie auf uns schießen.«

»Nur ein einziges Ruderboot. Also war kein Überraschungsangriff geplant.«

»Nachdem das Boot auf halbem Weg zur *Maiden George* war, als der Mann ins Wasser sprang, muss der Treffpunkt verabredet worden sein«, meinte Nathan.

»Da stimme ich Ihnen zu«, sagte James. »Solche Zufälle gibt es nicht. Aber wir sind erst seit drei Tagen auf See. Was wollte er in so kurzer Zeit erreichen?«

»Sabotage«, warf Artie ein.

»Sollen wir versenkt werden?« James schüttelte den Kopf. »Zu drastisch. Außerdem würde er das Leben unschuldiger Menschen opfern.«

»Vielleicht ist das diesen Gaunern egal«, erwiderte Artie. »Ich lasse das Schiff durchsuchen. Von oben bis unten.«

»Wenn er wegen irgendwelcher Rachegelüste auf dem Schiff war, hatte er vermutlich vor, heute Nacht jemanden zu ermorden«, überlegte ein Matrose. »Danach wäre er über Bord gesprungen.«

»Und Mr Tremayne hat ihn vorher geschnappt?«

Nachdenklich runzelte James die Stirn. »Mag sein … Allerdings neigen meine Gegner zur Ungeduld. Falls der Mann meinen Tod anstrebte, hätte er inzwischen versucht, mich umzubringen. Wir sollten die Besatzung befragen und herausfinden, ob jemand einen gnadenlosen Feind hat.«

Nathan hatte einen. Aber um ihn töten zu lassen, hätte Grigg keinem seiner Komplizen eine Selbstmordmission zugemutet. Nicht einmal, wenn er von Nathans Anwesenheit auf der *Maiden George* erfahren hätte.

Deshalb erwähnte er seinen Widersacher nicht und entschied sich stattdessen für eine weniger verbrecherische Möglichkeit. »Vielleicht wollte der blinde Passagier nur etwas suchen, das versehentlich an Bord gelangt war. Er dachte, er würde es bald finden, und das könnte ihm geglückt sein. Dann wartete er, bis ich den Laderaum verlassen würde, wo er sich verkrochen hatte. Und da spürte ich ihn auf.«

»Besonders plausibel klingt das nicht«, widersprach James. »Und es würde nicht erklären, warum er Sie angriff, statt auf seine Situation hinzuweisen. Er hätte behaupten können, er sei ein Besatzungsmitglied oder ein Dienstbote. Niemand außer meinen beiden Obermaaten kennt alle Leute auf meinem Schiff.«

Aus diesem Grund kann der Mann überall herumgegangen sein, ohne jemandem aufzufallen, dachte Nathan. Er kann mit den anderen gegessen und sich sogar an der Arbeit in der Takelage beteiligt haben … Doch er fand weitere Spekulationen sinnlos – eine Ansicht, die alle Matrosen zu teilen schienen.

»Machen wir kehrt, Cap'n?«, erkundigte sich einer der Seemänner. »Schauen wir uns das Schiff genauer an?«

»Nein, weil meine Familie an Bord ist, werden wir unseren Kurs beibehalten. Aber falls das Schiff uns folgt, muss es ständig beobachtet werden. Sobald es näher an uns herankommt, will ich es sofort erfahren. Heute Nacht sollen bewaffnete Männer schichtweise auf der *Maiden George* patrouillieren. Sorgen Sie dafür, Artie.«

»Langsam fange ich auch an, Mysterien zu hassen«, seufzte Nathan.

Der Captain nickte und wandte sich wieder zu seinem Obermaat. »Offenbar wird es eine Weile dauern, bis wir das Rätsel lösen können. Trommeln Sie die restliche Besatzung zusammen, alle Lagerbestände müssen gründlich inspiziert werden. Möglicherweise lässt sich dabei feststellen, ob irgendetwas nicht in Ordnung ist. Und untersucht alle Ecken und Winkel, falls sich irgendwo weitere blinde Passagiere verstecken. Wenn Sie Ihre Nachforschungen beendet haben, geben Sie mir Bescheid, Artie. Jetzt kehre ich in meine Kabine zurück. Mr Tremayne – ist mein Boxring fertig geworden?«

»In einer Stunde werde ich die Arbeit beenden, Captain«, antwortete Nathan.

»Das kann bis morgen warten. Für heute haben Sie genug getan.«

»Danke …« Nach kurzem Zögern fügte Nathan hinzu: »Mylord, vorhin sagten Sie, es würde eine Weile dauern, bis wir das Rätsel lösen können. Also erwarten Sie, diese Leute werden uns folgen, falls sie nicht bekommen haben, was sie wollen?«

»Oh, da bin ich mir ganz sicher.«

Kapitel 20

Judith konnte kaum fassen, was sie schon wieder tat. So verstohlen umherzuschleichen – das passte gar nicht zu ihrem Wesen. Für ein Gespräch mit Nathan müsste sie eine andere Möglichkeit finden, die kein Aufsehen erregen würde. Aber ihr fiel keine ein.

Und so eilte sie unter Deck. Die Zeit drängte, der Vormittag war schon weit vorgeschritten. So lange hatte sie nicht schlafen wollen. Bald würde Jack nach ihr suchen, wenn sie nicht ebenfalls wieder verschlief. Das war immerhin zu erwarten, denn am letzten Abend war die Cousine zu ihr in die Kabine gekommen, um ihr zu erzählen, was sie von ihrem Vater über den merkwürdigen blinden Passagier erfahren hatte. Natürlich hatte Judith nicht zugeben dürfen, dass sie die Hälfte von alldem bereits wusste. O Gott, diese verflixten Geheimnisse …

Als sie den Frachtraum erreichte, räumte Nathan seine Werkzeuge weg. Der Boxring war fertig. Auch den Zaun des Hühnergeheges hatte er schon repariert.

Wäre sie nur ein paar Minuten später heruntergekommen, hätte sie Nathan verpasst. Das bestätigte er. »Gerade wollte ich gehen. Mit deinem Besuch habe ich nicht gerechnet … Was zum Teufel hast du denn an?«

»Einige Sachen, in die ich ganz schnell schlüpfen konnte, ohne die Hilfe meiner Zofe. Sie ließ mich verschlafen, und ich wollte nicht auf ihre Rückkehr warten. Viel Zeit habe ich nicht mehr.«

Weil er ihre Breeches etwas zu lange musterte, errötete sie. Die Hosenbeine hatte sie in Stiefel gestopft, die bis zu den halben Waden reichten. Jack bevorzugte komfortable, also locker geschnittene Kleidung. Deshalb hatte Judith das lange weiße Hemd nicht in den Hosenbund gesteckt. Stattdessen ließ sie es herabhängen, sodass es ihr Hinterteil bedeckte. Aber sie hatte einen Gürtel darum geschlungen. Zweifellos sah sie lächerlich aus.

»Darfst du in diesem Aufzug herumlaufen?«, fragte Nathan.

»An Bord des Schiffs, ja. Das letzte Mal trug ich eine Hose, während ich vor mehreren Jahren eine Seereise unternahm. Damit war meine Mutter einverstanden. Sie meinte, das sei besser als Röcke, die im Wind flattern.«

»Für ein Kind – vielleicht. Jetzt bist du eine erwachsene Frau mit Kurven …«

»Hör auf, mich anzustarren!«, fauchte sie.

Lachend schüttelte er den Kopf. »Da gibt es gewisse Dinge, gegen die ein Mann machtlos ist, Schätzchen.«

Ihre Augen verengten sich. »Verschwendest du absichtlich das bisschen Zeit, das mir noch bleibt, bevor Jack sich über meine Abwesenheit wundert?«

Nun erwiderte er ihren Blick. »Offenbar fällt es dir schwer, mich nach deiner Pfeife tanzen zu lassen, wenn du dauernd deine Cousine berücksichtigen musst.«

Das hatte sie inzwischen auch gemerkt, und es ärgerte sie, dass er sich darüber amüsierte. »Falls du woanders gebraucht wirst, solltest du …«

Ehe sie den Satz beenden konnte, umfasste er ihre Taille und setzte sie auf eine Kiste. Die war etwas zu hoch, und Judiths Füße baumelten einige Zentimeter über dem Boden. Dann nahm Nathan auch noch neben ihr Platz! Für zwei Personen war die Kiste nicht breit genug. Zumindest nicht, ohne dass sich ihre Schenkel berührt hätten.

Würde sie einen Rock und Unterröcke tragen, wäre ihr das entgangen. Aber durch die dünnen schwarzen Breeches spürte sie Nathans Bein etwas zu intensiv, die Wärme, die es verströmte. Da sie keine Jacke trug, fühlte sie auch die Kraft seines Oberarms, der sich an ihren drückte. Verdammt, die Situation war viel zu intim und erinnerte sie, wie ihr am Vortag zumute gewesen war, an seine nackte Brust gepresst, als er sie geküsst hatte …

Der Gedanke an jenes angenehme Prickeln verwirrte sie zusehends, und sie beschloss von der Kiste hinabzuspringen. Dann merkte sie, dass sie ihn wenigstens nicht anschauen musste, wenn sie neben ihm saß, und nicht in den Bann seines attraktiven Gesichts und seiner sinnlichen Augen geraten würde.

Andererseits – hatte er diese körperliche Nähe gewählt, weil er sie wieder küssen wollte? Sie unterdrückte ein Stöhnen. *Niemals* würde sie ihm die gewünschten Antworten entlocken, wenn ihr seine Anziehungskraft immer wieder in die Quere kam.

»Wo bist du aufgewachsen?«, platzte sie heraus. Eine einfache Frage, der er nicht ausweichen konnte.

Trotzdem tat er es. »Spielt das eine Rolle?«

Judith lenkte ihren Blick auf den Boxring, der von Laternen an zwei Pfosten hell erleuchtet wurde. »Willst du dich wirklich auf *diese* Weise an unser Abkommen halten?«

»Wenn ich dir verrate, wo ich aufgewachsen bin, wirst du es in die falsche Kehle kriegen.«

»Ach, du meine Güte, in Cornwall?«, erriet sie. »Ja, natürlich, die einzige Gegend in England, die für ihre Schmuggelei berüchtigt ist. Warum musste ich dich überhaupt danach fragen?«

»Davor habe ich dich gewarnt – du würdest es falsch verstehen. Aber in Cornwall findet man alles, was auch andere Countys zu bieten haben, ehrbare reiche Leute und Aristokraten inklusive. Deshalb solltest du nicht jeden verdächtigen, der von dort herkommt.«

»Dieses Argument nehme ich zur Kenntnis.«

»Tatsächlich?« Judiths Reaktion schien ihn zu verblüffen. »Kannst du wirklich irgendwas vernünftig einschätzen?«

»Nun, ich halte sehr viel von der Logik. Und das war eine logische Feststellung über eine Region.«

Nathan seufzte. »Mittlerweile habe ich dir schon mehrere logische Hinweise gegeben …«

»Nein, das hast du nicht – zumindest nicht in Dingen, die dich persönlich betreffen. Hast du das Zimmerhandwerk gelernt, bevor du zur See gefahren bist?«

»Jetzt bin ich dran.«

»Was? Also gut, stell mir eine Frage. Im Gegensatz zu *dir* habe ich nichts zu verbergen.«

»Oh, ich bin sehr gern dein Geheimnis.«

Warum trieb ihr das schon wieder heißes Blut in die Wangen? Nur weil seine Stimme sinnlich klang, bedeutete es keineswegs, er hätte es geplant. Oder vielleicht doch. Der Mann könnte absichtlich versuchen, sie aus der Fassung zu bringen. Oder verspürte er ebenso wie sie eine gewisse Anziehungskraft? Dieser Gedanke machte sie fast schwindlig. *Wenn er ein Verbrecher ist …* Genau das war er, darauf musste sie sich konzentrieren.

»War das eine Frage?«, erkundigte sie sich.

Nathan lachte leise. »Wie groß ist deine Familie?«

»Meinst du meine unmittelbaren Angehörigen?«

»Erzähl mir von ihnen.«

»Nun, meine Eltern sind gesund und munter. Meine Schwester Jaime ist zwei Jahre jünger als ich und neigt zur Seekrankheit. Deshalb musste sie mit meiner Mutter daheimbleiben. Meine Halbschwester Katey ist viel älter und mit ihrem Ehemann Boyd an Bord.«

»Genau genommen interessiere ich mich für deine *ganze* Familie.«

Das hatte sie vermutet. »Glaub bloß nicht, ich hätte alle Verwandten jemals gezählt. Mein Vater ist der jüngste von vier Brüdern, alle sind verheiratet und haben Kinder, manche sogar schon Enkel. Grob geschätzt, müsste es über dreißig Familienmitglieder geben.«

An ihrer Seite ertönte ein Laut, der so klang, als müsste Nathan seinen Lachreiz unterdrücken. Natürlich schaute sie ihn *nicht* an, um sich zu vergewissern. Wenn sie seinem Blick auswich, half es ihr – einigermaßen. Wenigstens hatte sie zu überlegen aufgehört, ob er sie küssen würde … O Gott, jetzt konnte sie an nichts anderes denken. So aufregend war es gewesen, irgendwie überwältigend. Und die Gefühle, die der Kuss geweckt hatte, waren ihr zu wundervoll erschienen, um keine Wiederholung zu wünschen …

»Fast mein Leben lang«, erklärte er.

»Was?«

»Deine Frage vorhin.«

»Aber – was hast du gerade gesagt?«

»Wohin sind deine Gedanken gewandert?«

Wie belustigt sein Tonfall sich anhörte … Wusste er, woran sie gedacht hatte? Prompt errötete sie wieder. »Würdest du bitte noch einmal von vorn anfangen?«

»Sehr gern, wenn du mich so nett darum ersuchst. Zuerst bin ich mit meinem Vater zur See gefahren, fast mein Leben lang.«

»Abgesehen von deiner Tätigkeit als Zimmermann, die drei Jahre dauerte. Das hast du meinem Onkel erzählt. Wo und warum wurdest du in diesem Handwerk ausgebildet, obwohl du bereits einen Arbeitsplatz auf dem Schiff deines Vaters hattest?«

»Nicht schwindeln, Schätzchen, das waren drei Fragen hintereinander.«

Ärgerlich zischte sie: »Dazu würdest du mich nicht verleiten, wenn ich richtige Antworten von dir bekäme! Statt immer nur unvollständige Informationen, die zu einem Dutzend weiterer Fragen führen!«

Er lachte wieder. »Also neigst du zur Logik und zu Übertreibungen. Ach ja, deinen Starrsinn dürfen wir nicht vergessen. Ich sollte eine Liste aufstellen.«

»Und du neigst zu ausweichenden Angaben. Bildest du dir ein, das wäre nicht offenkundig?«

»Um die Wahrheit zu gestehen – es fällt mir schwer, meine Finger von dir zu lassen.«

Judith schnappte nach Luft. Gegen ihren Willen wandte sie sich zu ihm. Wie ihr seine Miene verriet, wollte er sie nicht von dem Verhör ablenken. Ausnahmsweise sagte er die Wahrheit. In seinem Blick las sie unverhohlene Sehnsucht, sinnliches Verlangen, das ein Feuer in ihr zu entfachen drohte …

»Nur damit du's weißt«, fügte er hinzu. Dann schaute er weg. »Wo bist du aufgewachsen?«

Um auf die Erde zurückzukehren, brauchte sie ein paar Sekunden. Eigentlich viel länger … Als hätte er sie *berührt*, erhärteten sich ihre Brustwarzen und kribbelten, ihr Puls raste. Wie gern würde sie sich einreden, sie hätte einen Kuss abgewehrt … Doch da würde sie sich selbst belügen. Und warum hatte er sie nicht geküsst?!

Heiliger Himmel, der Mann war viel zu gefährlich, eine Bedrohung ihrer Sinne … Um sich in Sicherheit zu bringen, sprang sie von der Kiste hinab. Mehrere Schritte entfernt, blieb sie stehen. In Zukunft musste sie sich etwas besser gegen Nathans Strategien wappnen.

»In London.« Mehr sagte sie nicht. Sie beobachtete ihn und sah, wie er die Lippen zusammenpresste. Offensichtlich gefielen ihm knappe Antworten genauso wenig wie ihr. »Ärgerlich, nicht wahr? So spärliche Informationen …«

»Das werde ich überleben.«

Judith quittierte Nathans aalglatte Bemerkung mit verächtlich gerunzelter Stirn. »Da ich normalerweise viel mitteilsamer bin, möchte ich noch was hinzufügen. Ich wurde in London geboren, großgezogen und unterrichtet. Nur ganz selten verließ ich die Stadt – wenn ich Verwandte in anderen Regionen von England besuchte, zum Beispiel in Hampshire, wo ich dich zum ersten Mal sah.«

»Und du bist mindestens zweimal nach Amerika gefahren.«

Sie lächelte. »Bevor ich näher darauf eingehe, verlange ich noch eine Antwort von dir. Warum hast du das Zimmerhandwerk gelernt, obwohl du auf dem Schiff deines Vaters beschäftigt warst?«

Nun brach Nathan in schallendes Gelächter aus. Sie fand es sehr reizvoll, dass sein Amüsement ihn völlig entwaffnete. Es zeigte sich in seinem ganzen Gesicht, in den funkelnden Augen, den zuckenden Lippen. Auf diese Weise bekundete er, allmählich würde er sich an Judith gewöhnen und nicht im Mindesten fürchten, sie könnte ihn ins Gefängnis bringen. Vertraute er auf seine Überzeugungskraft, die ihre Meinung über ihn ändern würde? Oder war er tatsächlich unschuldig? Darin lag das schwierige Problem. Hätte sie es schon gelöst, wäre sie nicht mehr hier bei ihm. Oder doch, allerdings aus anderen Gründen.

»Ich habe mit meinem Vater gestritten«, beantwortete er ihre letzte Frage. »Deshalb ging ich für immer aus Cornwall fort. Als ich zwanzig war, ließ ich mich in Southampton nieder. Dort wurde ich zum Zimmermann ausgebildet.«

Für diese Information belohnte sie ihn mit Enthüllungen aus

ihrer eigenen Vergangenheit. »Das erste Mal segelte ich nach Amerika, um Jack zu begleiten. Damals besuchte sie Bridgeport, die Heimatstadt ihrer Mutter, und da fahren wir jetzt auch hin. Dort soll unser Debüt stattfinden, bevor wir in London noch einmal debütieren werden. Sicher ist ein zweifaches Debüt ungewöhnlich, aber darauf haben unsere amerikanischen Onkel bestanden. Falls du nicht weißt, worauf es bei einem Debüt ankommt …«

»Doch, das weiß ich. Während des Debüts wollt ihr vornehmen Mädchen passende Ehemänner einfangen. Also wirst du dich auf dem Heiratsmarkt umschauen? Eigentlich dachte ich, das hättest du nicht nötig?«

War das ein Kompliment? Aber er hatte es in fragendem Ton ausgesprochen. »Natürlich ist es überflüssig. Ich habe die vielen Männer gar nicht gezählt, die meinen Vater baten, er möge ihnen erlauben, mir in diesem Sommer den Hof zu machen.«

»Dann sehnen ganze Heerscharen eifriger Verehrer deine Rückkehr nach England herbei?«

»Keineswegs. Wie es das Schicksal wollte, warf mein Vater all diese hoffungsvollen Gentlemen aus dem Haus. Diese Erinnerung an die Tatsache meines heiratsfähigen Alters gefiel ihm ganz und gar nicht.«

»Das finde ich großartig.«

»Wirklich?« Judith hob die Brauen. »Warum stellst du dich auf seine Seite?«

»Weil die Frauen nicht unbedingt heiraten müssen, sobald sie alt genug dafür sind.«

»Irgendwie hört sich das so an, als würdest du eine Frau kennen, die in diese Situation geraten ist.«

Er nickte. »Meine Schwester. Hätte sie bloß auf einen besseren Mann gewartet, statt den ersten Heiratsantrag anzunehmen, der ihr gemacht wurde … Das musste sie bitter bereuen.«

Judith erwartete, er würde weitersprechen. Stattdessen hörte sie Stimmen, die sich näherten, und hielt den Atem an. »Mein Vater – und mein Onkel …«

»Oh, zum Teufel!« Nathan sprang von der Kiste auf. »Versteck dich! Schnell!«

Kapitel 21

Erbost verfluchte Judith den Zufall, der ihren Vater und den Onkel ausgerechnet jetzt unter Deck führte. Ein äußerst ungünstiger Zeitpunkt ... Endlich hatte Nathan Fragen beantwortet, ohne selber welche zu stellen. Ohne diese unwillkommene Störung hätte sie vielleicht etwas Wichtiges erfahren. Aber er musste ihr nicht zweimal sagen, sie solle sich verstecken. Als sie zu einer Kiste rannte, umschlang Nathan ihre Taille und stieß sie dahinter zu Boden.

Wenigstens fand sie hinlänglich Platz, um sich bequem zu verkriechen. Die Vorräte wurden weit genug von der Wand des Schiffsrumpfs entfernt gelagert, da sie regelmäßig nach Lecks abgesucht werden musste. Auch das gehörte zu den Aufgaben Nathans, des Schiffszimmermanns – wenn er nicht von der Nichte des Captains verhört wurde.

Geduckt kauerte sie hinter der Kiste und konnte gerade noch ein paar Sekunden lang tief Luft holen, bevor ihr Vater den Frachtraum betrat. »... zu prompt geantwortet, ohne Atempause«, betonte er. »Darüber musste er gar nicht nachdenken.«

»Und was meinst du?«, fragte James.

»Nun, ich dachte, das würde dich überzeugen, dass der Bursche die Wahrheit sagt.«

»Ich habe ihn niemals einen Lügner genannt, Tony. Natürlich kann er der Mann sein, für den er sich ausgibt, und trotzdem irgendwas beabsichtigen, abgesehen vom Grund dieser Reise. Wenn er uns auch die Wahrheit erzählt – das muss keineswegs bedeuten, er würde keine wichtigen Einzelheiten verschweigen.«

Das klang beinahe so, als würden sie über Nathan reden.

Aber Judith wusste es besser.

Es ging um Andrássy, was Nathan wahrscheinlich nicht einmal ahnte. Und warum hatte er den Frachtraum noch nicht verlassen? Jetzt sah sie ihn zwischen den Kisten bei seinen Werkzeugen stehen, den Rücken zum Eingang gewandt, knapp zwei Schritte von ihr entfernt. Dadurch bot er ihr einen zusätzlichen Schutz vor den Blicken der Neuankömmlinge. In der aggressiven Pose seiner breiten Schultern erkannte sie seine innere Anspannung. Erwartete er eine Konfrontation mit den beiden Männern? Oder nahm er an, er würde sie vor einer misslichen Situation retten müssen? Sehr anständig von ihm, aber dazu würde sie es nicht kommen lassen.

Als hätte sie nicht schon genug Sorgen, wuchs ihre Angst, denn jetzt wurde ihr bewusst, warum ihr Vater und ihr Onkel heruntergekommen waren. Um den neuen Boxring auszuprobieren. Also wollten sie den Frachtraum nicht so bald verlassen, und sie würde noch eine ganze Weile hier festsitzen. Und sie würden die Stimme ihrer Cousine hören, wenn sie auf Deck vergeblich nach ihr Ausschau hielt und ihren Namen rief. Zweifellos würde ihr Vater sofort alle Seemänner auffordern, das ganze Schiff abzusuchen.

Zuletzt war James' Stimme etwas weiter entfernt erklungen. Anscheinend hatte er den Ring bereits betreten. Judith wagte es nicht, an der Kiste vorbeizuspähen und sich zu vergewissern. Wenn der Faustkampf begann, waren die beiden Männer vielleicht abgelenkt, und sie könnte verschwinden. Sie würde hinter den Kisten davonkriechen müssen. Doch das würde ihr in den bequemen Breeches nicht schwerfallen.

»Die Frau meines Neffen hat genau solche Haare wie Sie«, bemerkte Anthony in täuschend freundlichem Ton.

Erschrocken presste Judith eine Hand auf den Mund. Das hörte sich so an, als würde ihr Vater direkt vor der Kiste stehen, hinter der sie sich versteckte. Offenbar sprach er mit Nathan.

»Tun Sie mir den Gefallen und versichern Sie mir, Sie seien *nicht* mit Hilarys Familie verwandt.«

»Diesen Namen habe ich nie gehört …«, erwiderte Nathan zögernd.

»Sehr gut.«

Judith musste nichts sehen, um zu wissen, dass ihr Vater soeben in Nathans Magen geboxt hatte. Das Geräusch war unverkennbar. Aber *warum?* Und nicht nur einmal.

Bei jedem weiteren Schlag zuckte sie zusammen. Sie wusste, wie unbarmherzig ihr Vater sein konnte, wenn er seine Fäuste schwang. Versuchte Nathan gar nicht, sich zu verteidigen? Sie fürchtete sich davor, hinzuschauen. Aber sie *musste* sehen, was da passierte.

Dem nächsten Angriff wich Nathan aus und erreichte mit einem geschickten Manöver, dass Anthony ihr den Rücken kehrte. James beobachtete den Kampf vom Boxring aus, zu ihr gewandt. Glücklicherweise richtete er seinen Blick auf die beiden Männer. »Sie dürfen sich wehren, Mr Tremayne«, erklärte er trocken. »Sonst würden Sie meinen Bruder enttäuschen.«

Nathan parierte eine Attacke, die seinem Gesicht galt. Dann revanchierte er sich mit einem rechten Kinnhaken, der Anthonys Kopf nach hinten warf. Einerseits bedauerte Judith ihren Vater, andererseits überlegte sie, ob er sich insgeheim freute, weil er nicht so leicht gewinnen würde. Er liebte interessante Kämpfe, und es gab keinen Malory, der das nicht wusste. Aber falls er es erstaunlich fand, dass Nathan noch immer nicht flach auf dem Rücken lag, war ihm nichts dergleichen anzumerken. Rhythmisch schlug er zu und konzentrierte sich auf den Magen seines Gegners, während Nathan zwei weitere Treffer auf Anthonys Wange und dem Kinn landete.

Schließlich rief James: »Genug, Tony! Er soll seine Hände nicht an dir ruinieren. Die braucht er für seine Arbeit.«

»Verdammt, die kann jemand anderer erledigen!«, murrte Anthony.

»Nein, leider nicht«, konterte James, »weil wir nur einen Zimmermann an Bord haben.«

»Letzte Nacht hat er deinen blinden Passagier erwischt, nicht wahr?«

»Ja.«

Noch ein Fausthieb. »Also gut, ich bin mit Ihnen fertig. Und ich finde, jetzt sind wir quitt – Tremayne, nicht wahr? Es sei denn, Sie werden noch mal was tun, das mir missfällt.«

»Was Sie für quitt halten, stinkt zum Himmel – Mylord.«

Beinahe stöhnte Judith, als sie Nathans nicht allzu versöhnliche Antwort hörte. Aber ihr Vater schien sich zu amüsieren. »Ganz im Gegenteil, mein lieber Junge, Sie stehen immer noch auf beiden Beinen.«

»Falls du dich nach der Anstrengung ausruhen musst, Tony, können wir den Ring erst morgen erproben«, bot James seinem Bruder großzügig an.

»Halt bloß den Mund, Alter. Mit deinem Zimmermann habe ich mich nur aufgewärmt.« Entschlossen stieg Anthony in den Boxring.

Nathan hätte das Weite suchen sollen. Stattdessen nahm er auf der Kiste Platz, hinter der Judith sich immer noch verbarg.

Jetzt saß sie mit gekreuzten Beinen am Boden, den Rücken zur Kiste gewandt, und starrte die Wand an. Sie dachte, Nathan würde einfach nur Atem schöpfen und die Ereignisse im Ring verfolgen.

Zu ihrer Verblüffung hörte sie ihn ein paar Minuten später

murmeln: »Wie schafft er das in seinem Alter? Nach den Schlägen, die er gerade von mir eingefangen hat?«

Offenkundig staunte er über den harten Faustkampf zwischen ihrem Vater und ihrem Onkel. »Du darfst von Papas Alter nicht auf seine körperliche Leistungskraft schließen«, flüsterte sie. »Seit Jahren achtet er auf seine Kondition, und er verbessert sein Geschick, indem er regelmäßig gegen seinen Bruder boxt.«

Nathan seufzte leise. »Vorhin habe ich dir eine Gelegenheit zur Flucht gegeben. Warum bist du nicht verschwunden?«

Statt zu antworten, fragte sie: »Hat mein Vater dir wehgetan?«

»Was glaubst du denn?«

»Wie schlimm war es?«

»Ich werde es überleben.«

Besorgt runzelte Judith die Stirn. Dann registrierte sie seinen scherzhaften Unterton und wollte etwas anderes wissen. »Womit hast du seinen Zorn erregt?«

»Muss immer ich an allem schuld sein?«

»Ich kenne meinen Vater, und ich merke es immer, wenn er jemandem grollt. Warum?«

»Bevor wir losgesegelt sind, habe ich ihn am Londoner Kai niederschlagen.«

Mühsam rang sie nach Luft. »*Was?* Der Einzige, der ihn manchmal besiegt, ist mein Onkel James.«

»Nun, man könnte sagen, ich hätte ihn überrumpelt. Aber du hast ja gehört, was er betont hat. Wir sind quitt.«

Verlass dich nicht darauf, hätte sie beinahe erwidert. Aber sie musste verhindern, dass er wegen dieses Gesprächs über ihren Vater misstrauisch wurde und deshalb nicht mehr bereit wäre, ihr noch mehr über sich selbst zu erzählen. Diese Gefahr bestand ohnehin schon, und sie durfte keinesfalls Öl ins Feuer gießen.

»Geh jetzt, solange sie abgelenkt sind«, fügte er hinzu. »Und zieh den Kopf ein.«

»Du solltest dich auch aus dem Staub machen.«

»O nein. Viele Leute zahlen gutes Geld, um solche Kämpfe mitzuerleben. Außerdem – nimm's mir nicht übel, Schätzchen, ich möchte sehen, wie dein alter Papa am Boden landet.«

Damit brachte er sie ernsthaft in Wut. »Heute passiert das sicher *nicht*«, zischte sie. »Mein Onkel wird ihn gewinnen lassen.«

»Warum sollte er so was Verrücktes tun?«, fragte Nathan überrascht.

»Weil sich die beiden sehr nahestehen, obwohl das nicht immer so erscheinen mag. Und weil es die Wogen glätten und meinen Vater aufmuntern könnte. Vielleicht wird ihm seine gute Laune sogar helfen, dich während unsrer restlichen Reise zu vergessen. Aber erwarte bloß nicht, mein Vater würde dir diesen Gefallen nach unserer Ankunft in Bridgeport erweisen – wenn du nicht mehr für ihn arbeitest.«

Kapitel 22

Wahrscheinlich hätte ich das früher erwähnen sollen – jemand ist mir aufgefallen«, gestand Judith ihrer Cousine. Mit gekreuzten Beinen saßen sie mitten auf dem breiten Doppelbett in Jacquelines Kabine, Spielkarten in den Händen. Zwischen ihnen lagen noch mehr Karten. Jack war barfuß und trug ihre Schiffsmontur, die sie vermutlich bis zur Landung täglich anziehen würde. Aber Judy verzichtete lieber darauf, insbesondere seit Nathans Reaktion auf diese unpassende Kleidung. An diesem Morgen hatte sie sich für ein schlichtes blaues Tageskleid mit kurzen Ärmeln entschieden.

Sie spielten oft Whist miteinander, obwohl es ein Spiel für vier Personen war. Die Regeln umgingen sie einfach, indem jede ein zusätzliches Blatt bekam. Natürlich war es nicht so spannend, wenn man sich nicht um drei Gegner, sondern nur um einen kümmern musste. Aber sie vertrieben sich die Zeit damit, und Judy fand es unterhaltsamer als Schachpartien, die Jack immer gewann.

Nach dem Geständnis ihrer Cousine blickte Jacqueline nicht einmal auf. Das enttäuschte Judith, denn sie hatte einige Tage gebraucht, um den Mut dafür aufzubringen, und sie war immer noch nervös. Normalerweise würde sie vor freudiger Erregung fast platzen, wenn sie etwas so Wichtiges erzählte. Doch jetzt fürchtete sie, womöglich hätte sie versehentlich zu viel verraten.

»In London?«, fragte Jack und ergriff ihr zusätzliches Blatt, um eine Karte auszuspielen.

»Nein, an Bord«, entgegnete Judith.

Endlich genoss sie die ungeteilte Aufmerksamkeit ihrer Freundin, die lachend den Kopf schüttelte.

»Großer Gott, nicht Andrássy! Ja, ich weiß, er sieht sehr gut aus. Allerdings ist er unser Cousin.«

Diesen Irrtum fand Judy amüsant genug, um zu betonen: »Ein ziemlich entfernter Cousin. Also würde das nichts bedeuten. Was würdest du sagen, falls er ein Cousin fünften, sechsten oder zehnten Grades wäre, obwohl man für gewöhnlich nach dem zweiten Grad zu zählen aufhört? Aber – nein, es ist nicht Andrássy.«

»Wer dann? Außer den Matrosen ist sonst niemand an Bord. Oder – meinst du etwa …?« Jack stöhnte. »Nur gut, dass du es rechtzeitig erwähnt hast! Jetzt können wir diese alberne Schwärmerei gerade noch rechtzeitig im Keim ersticken. Niemals würden deine Eltern dir einen Ehemann ohne nennenswerte Aussichten erlauben.«

Judith verdrehte die Augen. »Hast du vergessen, was an meinem achtzehnten Geburtstag geschehen ist? Da wurde mir die Hälfte meines Erbes mütterlicherseits übereignet, mehr Geld, als eine Familie jemals brauchen würde. Deshalb sind die Aussichten sicher kein Thema.«

»Darauf kommt es nicht an, das weißt du ganz genau«, wandte Jack prompt ein.

»Was für ein Snob du bist!«

»Das bin ich nicht. Nur realistisch. Aber wenn du beabsichtigst, mit dem Mann durchzubrennen, statt deinen Eltern die Erlaubnis zu einer Mesalliance abzutrotzen, werde ich natürlich kein Wort mehr sagen.«

Unwillkürlich begann Judith zu lachen. Dieses Gespräch verlief ganz anders, als sie es erwartet hatte. Wenigstens ließ ihre innere Anspannung nach, was sie der übertriebenen Fürsorge ihrer Cousine verdankte.

»Jetzt eilen deine Gedanken viel zu weit in die Zukunft voraus, Jack, denn ich habe keineswegs verkündet, ich hätte meinen künftigen Gemahl gefunden. Dieser Mann fasziniert mich einfach nur, und ich will ihn näher kennenlernen. Vielleicht finde ich eine Gelegenheit, mal allein mit ihm zu sein. Dann könnten wir offen miteinander reden … Übrigens ist er kein gewöhnlicher Matrose, sondern ein Zimmermann.« *Und mein Geist,* wollte sie hinzufügen. Stattdessen wiederholte sie, was Nathan dem Vater ihrer Freundin über das gestohlene Schiff mitgeteilt hatte.

Als Jack lächelte, zeigten sich Grübchen in ihren Wangen. »Allein mit ihm, eh? Wird dich das nicht so nervös machen, dass du kein Wort hervorbringst? Von einem Gespräch ganz zu schweigen … Noch nie warst du mit einem Mann allein, der nicht mit uns verwandt ist.«

»Oh, ich glaube, das kriege ich hin. Außerdem sind wir auf einem Schiff. Also kann er mich nirgendwohin entführen. Und falls er mich bedroht, schreie ich. Irgendein Seemann oder ein Dienstbote deiner Eltern ist immer in der Nähe.«

»Da hast du recht. Und was du mir über den Mann erzählt hast, klingt interessant. Wie heißt er?«

»Nathan Tremayne.«

»Hm …« Jack hob eine goldblonde Braue, eine Gewohnheit, die sie von ihrem Papa übernommen hatte. »Was für ein schöner Name. »Judith *Tremayne* …«

»Ich *sagte* doch, ich würde nicht …«

»Ja, ja, und wir wollten frühestens in einem Jahr heiraten. Was nicht bedeutet, du würdest so lange brauchen, um deinen Zimmerer richtig kennenzulernen. Außerdem solltest du günstige Gelegenheiten nutzen, und du willst sicher verschiedene Möglichkeiten erforschen, bevor du dich für einen Ehemann entscheidest.« Dann sprang Jack vom Bett, verstreute die Spielkarten und zog ihre Cousine mit sich hoch.

»Wohin gehen wir?«, fragte Judy.

Jack warf ihr Schuhe zu und verzichtete auf ein Paar für sich selbst. »Jetzt will ich mir deinen jungen Mann anschauen. Komm, suchen wir ihn.«

Dagegen protestierte Judith nicht, weil sie Nathan seit zwei Tagen nicht mehr gesehen hatte. Wann immer sie an Deck gegangen war, hatte sie nach ihm Ausschau gehalten. Aber sie hatte sich vorgenommen, nicht mehr überall herumzuschleichen, um eine Begegnung zu erzwingen. Deshalb hatte sie ihn nicht gefunden. Wahrscheinlich hielt seine Arbeit ihn irgendwo fest, wohin ihre Wege normalerweise nicht führten.

Sie entdeckten ihn an der ersten Stelle, die Jacqueline ansteuerte, unter Deck, im Lager des Schiffszimmermanns. Wo sich das befand, wusste sie ganz genau, denn bei der letzten Reise hatte sie jeden Quadratzentimeter der *Maiden George* erkundet. Ebenso gründlich hatte sie sich über alle Aspekte der Navigation informiert. Damals hatte sie ihren Plan, sich eines Tages der Piraterie zu widmen, natürlich noch nicht aufgegeben und sogar versucht, Judith ihre Erkenntnisse beizubringen.

Aber Judy, die dieses Interesse nicht teilte, hatte nur mit halbem Ohr zugehört.

Der Raum war kleiner als die Kabinen der beiden Cousinen, aber groß genug für gewisse Arbeiten eines Zimmermanns. Hier wurde nur Material verwahrt, das wenig Platz benötigte, der Großteil lagerte im Frachtraum.

Außer einer langen Werkbank und Gerätschaften enthielt dieses kleine Lager nur das Feldbett, das Nathan erwähnt hatte, mit zerknülltem Bettzeug bedeckt. Er stand vor der Werkbank und zerzupfte ein altes Tau, um Kalfaterwerg zum Dichten von Plankenfugen zu gewinnen und Lecks zu vermeiden. Wie Judith sich vage erinnerte, hatte Jacqueline einmal von dieser Prozedur gesprochen. Sein weißes Hemd, halb aufgeknöpft und voller Schweißflecken, steckte im Hosenbund. Die Ärmel hatte er hochgekrempelt.

Trotz der geöffneten Tür war es ziemlich heiß und Nathans Haar nicht lang genug, um im Nacken zusammengebunden zu werden. Deshalb hatte er ein Tuch über seine Stirn geschlungen, damit keine Schweißtropfen in seine Augen rannen. Darunter hingen ein paar kürzere Locken herab, die ihm eine etwas schurkische Aura verliehen und viel zu maskulin wirkten.

Nachdem Jacqueline ihre Cousine in den Raum gezerrt hatte, wisperte sie verblüfft: »Du hast mir zu erzählen vergessen, wie verdammt attraktiv er aussieht. So hübsch, dass es in den Augen wehtut.«

Sofort spürte Judith brennende Röte in ihren Wangen. Aber Nathan hatte das Geflüster anscheinend nicht gehört.

Als er seine Besucherinnen musterte, konstatierte er nur: »Ah, Sie müssen Jack sein.«

»Hat Judy mich erwähnt? Ja, natürlich. Hat sie Ihnen auch erklärt, weder sie noch ich würden in diesem Jahr heiraten? Wir unternehmen nur einen Schaufensterbummel, aber wir kaufen nichts. Denken Sie daran, Nate.«

Da erklang sein tiefes, sonores Gelächter, das Judith zwei Tage lang vermisst hatte. »Für Ihr zartes Alter äußern Sie sich etwas zu unverblümt. Hat Ihnen das noch niemand gesagt?«

»Falls es jemand getan hätte, würde es keine Rolle spielen«, entgegnete Jack. »Die Malorys halten sich nicht an goldene Regeln, wir stellen unsere eigenen auf.«

Nun wandte er sich an Judith. »Stimmt das?«

Seufzend verdrehte sie die Augen. »Auf einige Familienmitglieder trifft es zu.«

Jacqueline zeigte auf das Tau in seiner Hand. »Das könnten Sie auch draußen auf Deck machen, wo es kühler ist. Warum tun Sie's nicht?«

»Vielleicht wollte ich euch beiden aus dem Weg gehen«, erwiderte Nathan grinsend.

»Wieso? Ich beiße nicht. Zumindest nicht grundlos.«

»Er hat nur gescherzt, Jack«, betonte Judith. »Mittlerweile kann ich das beurteilen.«

»Tatsächlich?« Jacqueline schaute zwischen ihrer Cousine und Nathan hin und her. »Wann habt ihr zwei euch so gut kennengelernt?«

»So gut kennen wir uns gar nicht.« Diesmal errötete Judith nur ganz leicht. »Hin und wieder haben wir kurz miteinander gesprochen.«

Jack nickte. »Jetzt will ich Andrássy suchen, Judy, und herausfinden, ob er das Schwert, das er dauernd trägt, zu benutzen weiß. Lass mich nicht zu lange auf Deck warten.« Dann lächelte sie Nathan sogar an. »War mir ein Vergnügen, Sie kennenzulernen, Nate.« Dann verdarb sie die freundlichen Worte mit der Ermahnung: »Passen Sie bloß auf, dass hier drin nichts Ungehöriges geschieht! Sonst muss ich Ihnen alle Knochen brechen – falls Judys Vater mir nicht zuvorkommt.«

Blitzschnell verschwand sie, und Judith spähte zur Tür, um sich zu vergewissern, dass ihre Cousine wirklich zum Deck hinaufgelaufen war.

»Das war ein bisschen zu direkt«, meinte Nathan, und Judith drehte sich wieder zu ihm um.

»Ja, Jack ist nun mal Jack. Ständig will sie mich beschützen, auch die anderen Verwandten. Ein Malory-Merkmal, das wir alle geerbt haben. Und jetzt ärgert sie sich über mich, weil ich ihr nicht früher von dir erzählt habe.«

»Eigentlich solltest du *niemandem* von mir erzählen.«

»Nein, du hast mir die Bedingung gestellt, niemand dürfe erfahren, dass wir uns schon früher begegnet sind. Daran habe ich mich gehalten und Jack nur verraten, was du ihrem Vater mitgeteilt hast. Aber diese Heimlichtuerei … Dauernd musste ich hinter ihrem Rücken zu dir schleichen und sie belügen, das konnten meine Nerven nicht länger verkraften. Und wie du siehst, ist es nicht mehr nötig.«

»Vermutlich muss ich dir zustimmen. Wie hast du's geschafft?«

»Indem ich ihr eingeredet habe, ich wäre an dir interessiert.«

Nathan grinste. »Oh, das muss dir furchtbar schwergefallen sein.«

»Allerdings!«, stieß sie hervor.

Da warf er plötzlich das alte Tau auf die Werkbank und griff nach Judith. Ehe sie sich wehren konnte, hob er sie hoch und drückte sie auf die Bank. Brachte er sie absichtlich wieder aus der Fassung? Hatte er sich erinnert, wie mühelos ihm das glückte? Auf diese Weise kam sie ihm ganz nah, befand sich direkt vor ihm, und er trat auch nicht beiseite, um das zu korrigieren.

»*Warum* setzt du mich immer wieder irgendwohin?«, fragte sie verstört.

»Weil du federleicht bist.« Dann neigte er sich zu ihr, bevor er hinzufügte: »Und – vielleicht, weil ich dich gern anfasse.«

Errötend sprang sie von der Bank und spürte sofort seine Hände, die ihre Taille erneut umschlossen. Er setzte Judy wieder hin, und diesmal ließ er sie nicht mehr los. Prompt wurde sie von jenen angenehmen, prickelnden Gefühlen erfüllt, die ausschließlich mit ihm zusammenhingen. Sie konnte kaum atmen, nicht denken, wartete …

»Also gefällt dir meine Berührung?«, murmelte er.

»Nein – ich …«

»Dann wirst du diesmal bei mir bleiben?«

Erbost presste sie die Lippen zusammen. Was für eine niederträchtige Arroganz! Jetzt ließ er sie los, zu spät. Sie war nahe daran, den Raum zu verlassen, doch sie glaubte, genau das würde Nathan mit seiner betörenden Taktik bezwecken.

Hatte er gehofft, sie würde keine Fragen mehr stellen, weil sie zwei Tage lang nicht zu ihm gekommen war? Wollte er sie mit seinen verführerischen Methoden auch weiterhin fernhalten? Da irrte er sich. Sie war zu klug, um auf diese Strategie hereinzufallen – und zu hartnäckig, um ihre Suche nach der Wahrheit aufzugeben.

In wachsendem Zorn saß sie auf der Werkbank. Keineswegs, weil Nathan sie nicht wie erwartet küsste, sondern weil er offenbar gegen die Abmachung zu verstoßen suchte.

Während sie ihm zwei Tage lang nicht begegnet war, hatte sie genug Zeit gefunden, um über ihn nachzudenken, und erkannt, dass ihre bisherigen Fragen nicht mit der Schmuggelei zusammenhingen. Sie hatte nur ihre Neugier auf sein Privatleben befriedigen wollen. Und so war ihr nichts gelungen. Nur dass sie sich im Frachtraum hatte verstecken müssen. Noch dazu vor ihrem Vater.

»Ich habe dich vermisst, Judith.«

Verwirrt blinzelte sie. Viel zu schnell verflog ihr Zorn, und sie erkannte, welches Ziel er schon wieder erreichte – mit Worten, die sie aus dem Konzept brachten.

Und er war noch nicht fertig. »Manchmal hatte ich das Gefühl, dein Duft wäre irgendwie zu mir geweht. Immer wieder schaute ich über meine Schulter und hoffte dich zu sehen. Ich öffnete sogar ein paar Türen, weil ich den Eindruck gewann, ich hätte deine Nähe geschnuppert. Sicher nur Wunschdenken ...«

Misstrauisch runzelte sie die Stirn. »So was glaube ich dir nicht. Sicher weißt du's.«

Nathan nickte grinsend. »Das weiß ich«, bestätigte er, ging zum Feldbett und setzte sich darauf.

Dass er nicht neben ihr Platz nahm, überraschte sie. Aber wahrscheinlich hätte die Werkbank sein Gewicht, zusätzlich zu ihrem geringfügigen, nicht verkraftet. Als er auf das Bett sank, sah sie ihn zusammenzucken. Hatte er immer noch Schmerzen, vom Kampf mit ihrem Vater verursacht?

»Was immer ich sage, du findest es verdächtig«, fuhr er fort. »Weil du mich nicht gut genug kennst, um zu beurteilen, wann ich dir die reine Wahrheit erzähle. Vielleicht lässt sich das ändern, wenn du hierherkommst und dich auf meinen Schoß setzt.«

Verächtlich bezwang sie ein Seufzen. *Das* klang keineswegs so, als hätte er Schmerzen. Oder er wusste ganz einfach, sie würde seinen Vorschlag nicht befolgen. Der war geradezu ungeheuerlich und verdiente nicht einmal eine Antwort.

Stattdessen fragte sie: »Waren die Nachwirkungen deines Kampfs mit meinem Vater sehr schlimm?«

»Grauenhaft.«

»Leidest du immer noch darunter?«

»Ich fürchte, seine Faust hat meinen Magen zerrissen. Seither kann ich keine Mahlzeit bei mir behalten.«

Nur kurzfristig stockte ihr der Atem, bis sie die Hänselei durchschaute. »Unsinn! Würde das stimmen, wärst du schon tot.« Dann lächelte sie spöttisch. »Vielleicht bist du seekrank. *Das* wäre wirklich komisch, nicht wahr?«

»Nein, nur absurd.«

»Aber du warst noch nie lange genug auf See, um diese Möglichkeit auszuschließen, oder?«

»Vorhin habe ich nur übertrieben, um dir klarzumachen, was ich von deinem Vater halte.«

»Oh.« Ein Kompliment, das Anthony Malorys kämpferischen Fähigkeiten galt, oder eine Beleidigung? Es war ungewöhnlich, jemanden zu treffen, der ihrem Papa zürnte. Instinktiv wollte sie ihn verteidigen. Aber sie hielt den Mund, denn sie erinnerte sich nur zu gut an den brutalen Kampf. Sicher musste man Nathan einen gewissen Groll zugestehen – zumindest, bis er sich vollends erholt hatte. Obwohl der

Anschein entstanden war, er hätte die Feindseligkeiten verschuldet. Natürlich wusste Judith nicht genau, was am Londoner Kai geschehen war. Noch nicht.

»Jetzt muss ich meinen Hals ständig in die falsche Richtung recken«, klagte Nathan. »Komm her, setz dich zu mir.« Einladend klopfte er neben sich auf die Matratze.

»Auf ein Bett? Zu dir? Das wäre höchst unschicklich, und ich werde es sicher nicht tun.«

»Wer würde es denn erfahren? Mach vorher die Tür zu.«

Ihre Augen verengten sich. »Versuch nicht immer wieder, mich zu verführen! Hör endlich auf damit!«

Abrupt sprang er vom Bett auf und stürmte zu ihr. »Aber es hat gewirkt, nicht wahr? Gib's doch zu, Schätzchen, du begehrst mich genauso, wie ich dich begehre.«

Großer Gott, hat er recht? Ist es das, was diese seltsamen Gefühle bedeuten? Kein Wunder, dass sie so verwirrt und erregt war, wann immer sie in seine Nähe geriet … Nie zuvor hatte sie sinnliches Verlangen empfunden.

Nathan schob sich zwischen ihre Beine, obwohl ihre Röcke nicht weit genug waren, um es zu gestatten. Wie er es trotzdem geschafft hatte, wusste sie erst, als sie seine Hand an der Außenseite eines Schenkels spürte – auf ihrer nackten Haut. Langsam glitten seine Finger nach oben, mitsamt den Röcken.

Rein intuitiv hielt Judith seine Hand fest. Mit Erfolg. Aber er entfernte seine Hand nicht. Und sie ihre auch nicht, wie sie sich später entsinnen würde. Zu tief war sie im Bann einer drängenden Erwartung gefangen. Dagegen versuchte sie sich zu wehren in der Angst, ertappt zu werden. Wenn jemand an der sperrangelweit geöffneten Tür vorbeiging … Doch dieser Gedanke bewog sie nicht, Nathan einfach wegzustoßen.

Seine Wange streifte ihre, sein Atem erwärmte ihren Hals. »Da ist es wieder, dieses Aroma«, flüsterte er an ihrer Haut, und seine Lippen zogen eine heiße, kribbelnde Spur zu ihrer Schulter. »Der Duft nach Ambrosia.«

»Jasmin«, verbesserte sie ihn atemlos. »Und Vanille. Mit einem Hauch von Kardamom …«

»Dann bist einfach nur du diese Ambrosia.«

Abrupt richtete er sich auf und blickte ihr tief in die Augen. Sehr lange. Und so intensiv … Als wollte er in ihre Seele schauen. Dann küsste er sie so leidenschaftlich, dass ihr die Luft wegblieb.

»Für diesen Moment unerlaubter Galanterie werde ich mich selber hassen.« Seine Stimme vibrierte an ihrem Mund. »Aber wenn du nicht sofort flüchtest, werde ich dich zu diesem Bett da drüben tragen. Und das ist ein Versprechen, Schätzchen, nicht nur eine Warnung.«

Da kehrte Judiths klarer Verstand qualvoll zurück, brennende Scham trieb ihr das Blut in die Wangen.

Weil Nathan nicht zurückwich, konnte sie nicht von der Werkbank steigen, ohne an ihm hinabzugleiten. Bevor sie durch die Tür rannte, hörte sie ihn stöhnen.

Am Ende des Korridors, bei den Stufen, blieb sie stehen. Zitternd lehnte sie sich an die Wand und schloss die Augen. Noch immer glühte ihr Gesicht. Was war soeben geschehen?! Natürlich wusste sie es. Wieder einmal hatte sie keine einzige wichtige Frage gestellt. Weil Nathan eine perfekte Methode gefunden hatte, sie daran zu hindern. Mit lasterhaften Attacken auf ihre Sinnlichkeit …

Und was hätte er getan, wäre sie nicht davongelaufen? Hätte er wirklich mit ihr *geschlafen?*

Heiliger Himmel, jetzt befand sie sich nicht einmal in seiner Nähe, und trotzdem genügte allein schon dieser Gedanke, und ihre Knie wurden weich.

Kapitel 23

Nathan floh aus dem Zimmermannslager, bevor er es womöglich demolieren würde. Was in drei Teufels Namen war los mit ihm? Wie konnte er Judith einfach gehen lassen? Sie wäre bereit für ihn gewesen. Das hatte er in ihren Augen gelesen. Und *danach* waren alle Frauen sanft und willfährig, voller Vertrauen. Genau das brauchte er. Stattdessen hatte er sie weggeschickt, und das bewies ihm unwiderlegbar, in was für einen Narren sie ihn verwandelte.

Von jetzt an musste er vernünftiger sein und sich von ihr fernhalten. Bisher war ihm das halbwegs gelungen. Sie brachte ihn in Schwierigkeiten, was er nur zu gut wusste. Schon bevor ihr Vater ihn davon überzeugt hatte, war es offensichtlich gewesen. Trotzdem konnte er sie nicht aus seinen Gedanken verbannen. Ja, er begehrte sie, das stand einwandfrei fest.

Aber er musste auf sie verzichten. In Zukunft durfte er nicht mehr mit ihr allein sein. Wie sich vorhin herausgestellt hatte, konnte er seine Finger nicht von ihr lassen, sobald sie von niemandem beobachtet wurden. Und wenn sie aufhören sollte, ihn in Versuchung zu führen, gab es nur eine einzige Möglichkeit – er musste ihr die Wahrheit gestehen, die sie hören wollte. Dann würde sie nicht mehr mit ihren vermaledeiten Fragen zu ihm kommen.

Deshalb ging er zum Deck hinauf, wo er sie anzutreffen erwartete. Da war sie, sah kühl und gefasst aus. Weil er sich ganz anders fühlte, beschloss er ihr vorerst auszuweichen, schlenderte zum Heck und zog das Fernglas aus seiner Jackentasche, das Artie für ihn aufgestöbert hatte. Auch der Obermaat stand an der Reling und spähte durch sein eigenes Fernrohr.

Am Vortag hatte Nathan den Captain ebenfalls mit einem Fernglas das Meer absuchen gesehen. James hatte das Schiff, das nach der nächtlichen Flucht des blinden Passagiers gesichtet worden war, nicht mehr erwähnt. Seither war es verschwunden.

Der Captain hatte Nathan mit einer Information von anderer Art überrascht. »Bei uns ist ein Yankee namens Boyd Anderson an Bord. Vielleicht wollen Sie mit ihm reden, Tremayne. Auf jeder Reise ist er ein paar Tage lang seekrank. Deshalb haben Sie ihn wahrscheinlich noch nicht getroffen. Aber er kann Sie nach unserer Landung zu den Beamten schicken, mit denen Sie Ihren Plan besprechen müssten. Dadurch würden Sie sich viel Zeit ersparen.«

»Das weiß ich zu schätzen, Sir, besten Dank.«

»Gern geschehen. Manchmal machen sich sogar die Yanks nützlich … O Gott, ich sollte den Mund halten.«

Nach dieser seltsamen Bemerkung war James davongegangen.

Nun senkte Artie das Fernglas und erblickte Nathan an seiner Seite. »Halten Sie auch nach diesen Leuten Ausschau, Kumpel?«

»Dazu zwingt mich meine Neugier.«

Artie nickte. »Bisher wurde nichts gesichtet. Entweder haben sie gekriegt, was sie wollen, oder sie geben's auf. Oder sie wissen, wohin die *Maiden George* segelt.« Dann knurrte er: »Wir hätten uns gleich von hinten an sie ranpirschen und ihr Schiff entern sollen. Am besten wär's gewesen, wir hätten sie in die Luft gesprengt.«

»Tatsächlich?«

Der Obermaat presste die Lippen zusammen und marschierte davon. Offenbar mochte er nicht näher erklären, was er meinte. Oder er bereute, dass er zu viel gesagt hatte. Nathan drehte sich um, wollte ihm folgen und das Thema etwas ausführlicher erörtern. Da entdeckte er Judith. Sie schaute nicht in seine Richtung und beobachtete einen Fechtkampf zwischen zwei Verwandten. Die Arme verschränkt, lehnte sie an der Reling. Der Wind ließ ihre rotgoldenen Locken um die Schultern flattern.

Von dem Kampf gefesselt, hatte sie Nathans Ankunft auf Deck vielleicht nicht bemerkt. Dabei hätte er es bewenden lassen können – würden seine Füße keinen eigenen Willen entwickeln.

Zwei Schritte von ihr entfernt, blieb er stehen und beobachtete einige Minuten lang den Kampf. Wie er sofort feststellte, wollte Jacqueline Malory sich nicht nur amüsieren.

Wie sie das dünne Rapier in ihrer Hand benutzen musste, wusste sie. Mit blitzschnellen Sätzen nach vorn und raffinierten Finten gab sie Andrássy kaum eine Chance zu Gegenangriffen, und so schien er sich mit seinem Schwert nur zu verteidigen.

Nathan trat näher zu Judith und fragte ungläubig: »Was für Hauslehrer hattet ihr Mädchen?«

»Normale.«

»Normale? Für wen? Für Piraten?«

Da begann sie zu lachen, und er starrte sie verblüfft an.

»Was ist daran so komisch?«

»Um das zu verstehen, müsstest du die Umstände kennen«, antwortete sie, immer noch belustigt. »Was wolltest du als Kind später einmal werden?«

»Ist das eine Fangfrage, auf die ich nicht hereinfallen dürfte?«

»Nein. Bei unseren Wunschspielen in der Kindheit erklärte

Jack immer, eines Tages würde sie gern ein Pirat sein. Natürlich ist sie diesen Zukunftsträumen inzwischen entwachsen.«

»Bist du sicher?«

»O ja.«

»Trotzdem scheint sie eine der Fähigkeiten, die ein Pirat braucht, meisterhaft zu beherrschen. Kannst du auch so gut fechten?«

»Großer Gott, nein! Weil wir nicht weit voneinander entfernt aufwuchsen, teilten wir uns einige Hauslehrer. Wir wechselten die Wochen und Unterrichtsfächer je nach Bedarf ab – eine Woche Literatur, Geografie und diverse Fremdsprachen in meinem Elternhaus, in der nächsten Woche Geschichte und Mathematik bei ihr, dann wieder bei mir, et cetera. Aber wir interessierten uns für unterschiedliche Gebiete. Jack für Fechten und Faustkampf. Und für Schusswaffen. Wie man damit umgeht, lernte sie von ihrem Vater. Das zeigte er ihr nur zu gern. Jetzt ist sie eine meisterhafte Schützin. Ich befasste mich lieber mit Handarbeiten, und ich lernte mehrere Musikinstrumente zu spielen. Und du?«

»Ich ging in unserer Kirchengemeinde zur Schule. Dort wurden mir alle Grundkenntnisse beigebracht. Dass deine Cousine im Faustkampf unterrichtet wurde, kann ich kaum glauben. Wie sollte sie solche Fähigkeiten jemals nutzen?«

Noch immer schaute sie Nathan nicht an. Aber er sah sie lächeln.

»Da würde ich dir zustimmen, hätte ich sie nicht bei zahlreichen Kämpfen mit ihrem älteren Bruder beobachtet. Mühelos weiß Jeremy sich durchzusetzen. Er ist eine jüngere Version seines Vaters. Trotzdem hat Jack ihn besiegt. Mit Schnelligkeit und einigen Tricks lässt sich die körperliche Überlegenheit eines Gegners ausgleichen.« Nun lachte Judith. »Allerdings ist es ihr nur ein einziges Mal geglückt, danach hat Jeremy ihre Tricks erfolgreich pariert.«

Wenn Jack auch um einige Zentimeter größer als Judith war – Nathan konnte sich noch immer nicht bildlich vorstellen, was er soeben gehört hatte. Deshalb überlegte er, ob Judy genauso gut zu lügen vermochte wie er oder nur übertrieben hatte. Beharrlich weigerte sie sich, seinen Blick zu erwidern. Traute sie sich selber nicht? Voller Genugtuung wollte er grinsen. Stattdessen unterdrückte er diesen Impuls. Nein, er *durfte* nicht mehr annehmen, sie würde ihn ebenso begehren wie er sie. Womöglich war das ein tückisches Manöver, mit dem sie ihn verleiten wollte, ihren Verdacht zu bestätigen. Und warum hatte er nicht früher daran gedacht?

Nun erschien eine hübsche ältere Frau auf dem Achterdeck, in einem eleganten Umhang aus grünem Samt mit einer Kapuze, die ihre Frisur zweifellos vor der frischen Brise schützen sollte.

»Deine Tante George?«, fragte er.

»Ja«, antwortete Judith.

Während die Lady den Fechtkampf verfolgte, bemerkte Nathan ihre seelenruhige Miene. »Offenbar regt sie sich nicht über die Possen ihrer Tochter auf.«

»Dachtest du wirklich, sie würde nicht ahnen, welche Lektionen Jack von ihrem Vater erhalten hat? Natürlich macht das meiner Tante nichts aus. Sie ist sogar stolz auf Jacks Leistungen – auf die Zielsicherheit ihrer Tochter, sobald sie eine Pistole ergreift, auf ihre Grazie beim Walzer … Da fällt mir ein, kannst du Walzer tanzen?«

Irritiert über diese Frage, wandte er sich wieder zu Judith. Sie sah ihn *noch immer nicht* an, und das begann ihn zu ärgern. »Warum sollte ich? Wenn man tanzt, müsste man sich vergnügen.«

»Also glaubst du nicht, ein Walzertanz wäre vergnüglich?«

»Selbstverständlich nicht! So was tut ihr feinen Leute nur, damit euer Blut ein bisschen in Wallung kommt, weil ihr ja sonst kaum einen Finger rührt. Der Walzer macht keinen Spaß, ich hab's gesehen.«

»Oh, du wirst staunen, wenn ich dir beigebracht habe, wie's geht. Bald wirst du es lernen, hier auf Deck.«

Entschieden schüttelte er den Kopf. »Nein, verdammt noch mal! Du kannst mich unmöglich zu einem Tanz auffordern.«

»Nicht direkt. Ich werde Jack einspannen – und ein paar Seemänner. Dadurch wird der Eindruck entstehen, meine Cousine und ich würden uns nur ein bisschen amüsieren, um die Langeweile auf dieser Reise zu vertreiben.«

»Mach, was du willst. Aber mit mir solltest du nicht rechnen. Zu so einem Unsinn kannst du mich nicht überreden.«

»Ganz im Gegenteil. Denn ich erinnere dich an dein Versprechen, du würdest nach meiner Pfeife tanzen. Und ich finde, du müsstest gewisse Manieren lernen – und zumindest wissen, wie man eine Lady behandelt. Erst mal fangen wir mit einem Walzer an.«

»Wozu? Wenn ich dieses Schiff verlasse, werde ich nie wieder die Gesellschaft von Ladys genießen. Also wären deine Lektionen sinnlos. Außerdem … Glaubst du, ich wüsste nicht, dass eine Lady niemals mit einem Mann allein sein darf, dass sie immer von einer Anstandsdame begleitet werden muss? Vermutlich brauchst *du* gewisse Lektionen, Schätzchen.«

»Nun, wir beide befinden uns in einer – ungewöhnlichen Situation. Oder ist es dir lieber, wenn ich dir meine Fragen vor einem neugierigen Publikum stelle?«

»Im Moment löst du dieses Problem ganz ausgezeichnet. Ich bin nicht unsichtbar, oder? Obwohl wir nicht allein sind, unterhalten wir uns. Bleiben wir bei dieser Methode, dann werde ich nicht mehr glauben, du suchst mich aus anderen Gründen auf und willst …«

»Hör auf!«, zischte sie. »Was du sagst, schickt sich nicht. Das weißt du.«

Nathan lachte. »Aber wenn ich darüber rede, müssen wir nicht allein sein. Oder soll ich verschwinden und warten, bis eine Anstandsperson eintrifft, bevor ich mich wieder in deine Nähe wage? So wie sich's schicken würde?«

Vielleicht war es ein Fehler, sie dermaßen in die Enge zu treiben. Wenn sie auch errötete, sie war unberechenbar und verstand sich auf die Kunst, den Spieß ihm gegenüber umzudrehen.

»Ich hatte keineswegs vorgeschlagen, ich würde dir *sofort* gute Manieren beibringen«, erwiderte sie kühl. »Jetzt sollst du nur verraten, warum du mir in jener Nacht, als ich dich für einen Geist gehalten habe, so traurig vorgekommen bist.«

»Kehren wir zu dieser alten Geschichte zurück?«

»Ja, und du wirst mir nicht mehr ausweichen.«

Kapitel 24

»Antworte!«, verlangte Judith, während Nathan schweigend neben ihr stand.

Schließlich bemerkte er: »Ich möchte wissen, worüber Artie und Henry gerade streiten.«

»Wechselst du das Thema?«, fragte sie ungläubig. »Tatsächlich?«

»Ja, tatsächlich.«

Verärgert folgte sie seinem Blick. »Nun bist du schon lange genug an Bord, um zu wissen, dass die beiden dauernd über irgendwas streiten. Es hat nichts zu bedeuten, und sie genießen es sogar. Was du vielleicht nicht weißt – sie sind nicht nur die Obermaate der *Maiden George*, sondern auch Butler in Onkel James' Londoner Haus. Diese Position teilen sie sich ebenfalls. Außerdem sind sie die besten Freunde, obwohl manchmal, so wie jetzt, ein anderer Eindruck entsteht. Früher segelten sie mit meinem Onkel. Und als er die Seefahrt aufgab …«

»Ist er regelmäßig übers Meer gefahren?«

Judith nickte. »In seiner Jugend, etwa zehn Jahre lang. Danach wurden Artie und Henry seine Butler.«

»*Zwei* Butler in einem Haushalt? Ist das normal?«

»Natürlich nicht. Aber mein Onkel James hält nichts von Traditionen. Als es um die Frage ging, wer bei dieser Reise sein Obermaat werden sollte, wollten sie zuerst darum losen und Strohhalme ziehen. Dann beschlossen sie sich auch diesen Posten zu teilen, nun ...«

»Der Captain war mal ein Pirat, nicht wahr?«, fiel Nathan ihr ins Wort.

Judith rang nach Atem. »Wie – wieso kommst du auf diesen lächerlichen Gedanken?«

»Weil ich Artie was andeuten hörte. Vermutlich haben sie in ihrer Blütezeit irgendwas in die Luft gejagt. Und du hast vorhin erwähnt, deine Cousine würde ihrem Vater nacheifern.«

»Nichts dergleichen habe ich gesagt! Leg mir keine Worte in den Mund!«

Wie hatte er die Wahrheit herausgefunden? Das konnte Judith kaum fassen. Seit Jahren wurde dieses Geheimnis im engsten Familienkreis gehütet und durfte keinesfalls in die Außenwelt dringen. James' Abenteuer als Captain Hawke, der »Gentleman-Pirat«, wie Cousine Regina gern auf seine einstige Tätigkeit hinwies, gehörten einer fernen Vergangenheit an. Bei seiner Rückkehr nach England hatte er sogar Captain Hawkes Tod vorgetäuscht, um mit seinen Brüdern Frieden zu schließen. Allerdings hatte seine Auseinandersetzung mit dem Piraten Lacross vor einiger Zeit ein paar alten Kumpeln verraten, dass er immer noch am Leben und bei bester Gesundheit war.

Nichts von alledem würde sie Nathan mitteilen. »Denkst du eher an die Piraterie als an eine militärische Laufbahn?«, höhnte sie. »Ja, natürlich, für einen Schmuggler liegt das nahe!«

»Nicht so laut.«

»Dann sag nichts, was mich in Wut bringt! Wenn du etwas über meinen Onkel erfahren willst, wende dich an ihn – falls du dreist genug bist. Aber zuerst wirst du meine Frage beantworten. Warum warst du in der Nacht unserer ersten Begegnung so traurig?«

Er seufzte. »Das war ich nicht. Nur enttäuscht. Und wie ich zugeben muss, auch ein bisschen zornig. Soeben war meine

Großmutter mütterlicherseits gestorben. Ich kannte sie kaum. Seit ich ein kleines Kind gewesen war, hatte ich sie nicht mehr gesehen. Sie lebte allein in London, ich bei meinen Eltern in Cornwall. Nach dem Tod meiner Mutter wollte sie nichts mehr mit uns zu tun haben, weil sie meinen Vater nicht mochte. Deshalb war ich völlig verblüfft, weil ihr Anwalt mich aufspürte und mir die Eigentumsurkunde für das Grundstück in Hampshire übergab.«

»Heißt das, es gehört wirklich dir?«

»Das habe ich dir in deiner Kindheit erklärt. Und ich hätte es wiederholt, wäre ich in jener Nacht zur Stelle gewesen, während du erneut in das alte Haus eingedrungen bist. Dazu warst du nicht befugt, und ich hätte dich hinausgeschickt.«

»*Jetzt* soll ich dir das alles glauben? Du hattest die Gelegenheit, auf deine Eigentumsrechte hinzuweisen, als ich dich hier an Bord befragte. Das hast du versäumt, weil es offenkundig nicht stimmt.«

»Dieses Haus ist eine verdammte Ruine.«

»Zu der ein großes Stück Land gehört. Dafür würde dir mein Vetter Derek ein Vermögen zahlen, und du müsstest nie mehr arbeiten.«

»Vielleicht will ich es nicht verkaufen.«

»Vielleicht, weil es dir gar nicht gehört!«

»Warum so erbost, Schätzchen?« Nathan hob die Brauen. »Weil du einen anderen Eindringling in dem alten Gemäuer ertappt hast? Oder weil du mich nicht antrafst, wie du es gehofft hattest? Ärgert es dich so sehr, dass ich nicht dein Geist bin?«

Beinahe hätte sie ihn angeschrien. Stattdessen holte sie tief Luft, um sich zu beruhigen. Warum sie so wütend war, wusste sie selber nicht genau. Nur weil er ihr nicht schon früher von seiner Verwandtschaft mit Mildred Winstock erzählt und seine aristokratische Herkunft bisher verschwiegen hatte?

Doch er wartete keine Antwort ab und fügte achselzuckend hinzu: »Auf den Besitz eines Hauses, das man achtlos verfallen lässt, muss man nicht stolz sein.«

»Bis zu jener Nacht vor so vielen Jahren wusstest du nicht, dass es eine Ruine ist?«, vermutete Judith.

Er lachte kurz auf, freudlos und bitter. »Nein, ich hatte keine Ahnung. Eigentlich wollte ich dort wohnen. Das war kurz nach dem Streit mit meinem Vater, den ich bereits erwähnt habe.«

»Und der dich aus Cornwall vertrieb. Worum es bei diesem Streit ging, hast du mir nicht erzählt.«

»Darüber möchte ich nicht sprechen. Vor dem Tod meines Vaters sah ich ihn nicht mehr, und das ist schmerzlich genug.«

Stimmte das, oder wollte er ihr wieder mit einer ausweichenden Erklärung entrinnen? Forschend musterte sie ihn und wurde von seinem attraktiven Aussehen abgelenkt. Jetzt trug er kein Kopftuch. Im hellen Sonnenlicht schimmerte sein Haar wieder fast weiß, und der Wind wehte es in alle Richtungen, auch in sein Gesicht, was er nicht zu bemerken schien.

Irgendetwas in seiner Miene wirkte zornig, aber mit Melancholie vermischt, was Judith zu einer Entschuldigung bewog. »Tut mir leid.«

»Mir auch. Damals war ich verbittert genug, um meinen Kontakt zu meinem Vater abzubrechen und allein zu leben. Weil ich dachte, meine Großmutter hätte mir die nötigen Mittel dazu vererbt. Welch eine Ironie …«

»Sicher wollte sie dich nicht absichtlich enttäuschen.«

»Nein, gewiss nicht. Ich nehme an, sie hatte das Haus nie betreten und wusste nicht, was für eine hässliche Ruine sie mir hinterlassen würde. Ursprünglich gehörte es der Großmutter meiner Großmutter. Wie meine Mum mir erzählte, kam ihre Mutter in London zur Welt und lebte immer nur dort. Vermutlich wollte Mum damit beschönigen, warum meine Grandma uns nie in Cornwall besuchte, statt den wirklichen Grund anzugeben – dass die alte Lady meinen Vater hasste.«

Zunächst war Judith geneigt, Nathans Erklärung zu glauben. Aber seine unerwartete Bereitschaft, über diese Dinge zu sprechen, warnte sie davor, neues Misstrauen erwachte. Womöglich erfand er das alles nur, um ihr Mitgefühl zu erregen. Beim ersten Treffen an Bord hatte er nicht erwähnt, das Haus sei sein Eigentum, ebenso wenig bei einem der späteren Gespräche. Dann fiel ihr ein, wie sie herausfinden konnte, ob er ihr die Wahrheit über die Ruine erzählt hatte. »Wie hieß deine Großmutter?«

»Das spielt keine Rolle.«

»Doch. Wer das Haus zuletzt besessen hat, weiß ich. Und wenn du es nicht weißt …«

Nathan warf ihr einen scharfen Blick zu. »Verfolgst du alle Leute, die du kennenlernst, mit diesem beharrlichen Argwohn?«

»Nur Schmuggler«, erwiderte sie ohne Zögern. »Und wie ich jetzt feststelle, kannst du mir keinen Namen nennen.«

Seufzend gab er sich geschlagen. »Mildred Winstock. Nun solltest *du* mir erzählen, warum du meine Großmutter kanntest.«

Der Beweis für seine Glaubwürdigkeit erleichterte Judith ungemein, und das überraschte sie. Jetzt ergaben die Begegnungen in Hampshire allmählich einen Sinn. Nathans Eigentumsrecht erklärte das Schloss an der Tür, seine Behauptung, er würde das Haus besser kennen als sie, und das Feldbett, das er darin aufgestellt hatte.

Nur einige Tatsachen fand sie immer noch seltsam – seine Aufforderung, niemandem zu verraten, sie habe ihn in der Ruine gesehen. Und seine Umarmung, der Kuss … So dürfte sich ein Hausbesitzer nicht benehmen. Außerdem hatte er sich geweigert, ihre erloschene Laterne wieder anzuzünden.

Weil es ihm unangenehm gewesen wäre, wenn sie ihn gesehen hätte … Einerseits wollte sie an seine Unschuld glauben, andererseits wiesen zu viele Anhaltspunkte auf seine illegalen Aktivitäten hin.

»Ich kannte deine Großmutter nicht«, antwortete sie. »Aber mein Vetter Derek ließ die Identität der Person feststellen, der das Haus zuletzt gehört hatte, damit er es kaufen konnte.«

»Warum interessierte er sich dafür?«, fragte Nathan.

Bevor sie die Wahrheit verriet, zauderte sie kurz. Doch er musste verstehen, was für ein Schandfleck die Ruine hinter dem grandiosen Landsitz eines Duke war, wie schmerzhaft sie die Augen aller Betrachter beleidigte. Und so entschloss sie sich zu einer etwas umwundenen Erläuterung. »Weil er das Haus ordnungsgemäß beerdigen wollte.«

»Es steht immer noch.«

»Kaum.«

»In welchem Zustand sich das alte Gemäuer befindet, weiß ich besser als sonst jemand. Trotzdem werde ich es deinem vornehmen Vetter nicht verkaufen, damit er es dem Erdboden gleichmachen kann. Immerhin ist es das Einzige, was mir von meiner Mutter geblieben ist.«

Judith bemühte sich um einen fröhlichen Tonfall. »Dann solltest du es instand setzen.«

»Genau das habe ich vor.«

»Oh, wirklich?«

»Warum überrascht dich das? Nur aus diesem Grund bin ich Zimmermann geworden.«

Sicher hätte Derek sämtliche Kosten für die Restaurierung bestritten, dachte Judith. Alles hätte er getan, um sich von dem Schandfleck hinter seinem stattlichen Landsitz zu befreien. »Schon vor fünf Jahren hättest du mit der Arbeit anfangen können. Wenn es um Geld für das nötige Material geht …«

»Das war früher ein Problem. Jetzt bin ich diese Sorge los.

Was ich brauche, habe ich in dem verborgenen Raum gelagert, damit es während meiner Abwesenheit nicht gestohlen wird. Aber ich hatte es nicht so eilig, die Ruine in Ordnung zu bringen. Inzwischen habe ich die Löcher im Dach geflickt, und ich muss es nur mehr decken. Dafür will ich keine billigen Schieferschindeln verwenden, die gehören nicht auf so ein Haus.«

»Also denkst du an Backsteine, weil sie zu den vorhandenen Schindeln passen würden?«

Nathan nickte. »Davon sind nicht mehr viele brauchbare übrig. Wie teuer sie sind, hatte ich nicht bedacht – und auch nicht mit dieser Reise gerechnet, die zu einer weiteren Verzögerung führt.«

»Ist in letzter Zeit etwas geschehen, das dich veranlasst, die Restaurierung zu beschleunigen?«

»Ich bin nicht mehr allein.«

Verstört riss Judith die Augen auf. »Hast du geheiratet?«

Mit seinem schallenden Gelächter lenkte er neugierige Blicke auf sich. Besonders interessiert starrten Georgina und ihre Tochter herüber. Jack gab Andrássy sogar seine erste Chance zu einer Offensive, und ihr Wutschrei hallte über das ganze Deck.

»Wäre ich bloß früher nach unten zurückgegangen«, meinte Nathan unbehaglich.

»Was ganz anderes hättest du tun sollen!«, kreischte Judith entrüstet. »Vor diesen dreisten Küssen hättest du mir von deiner Frau erzählen müssen! Ich *verabscheue* untreue Ehemänner!«

Erstaunt hob er eine Braue – nur für einen Augenblick. Ein paar Sekunden später sah er sich wieder auf dem Deck um und suchte die unheilvolle Aufmerksamkeit zu erforschen, die Judiths schrille Stimme bewirkt hatte. »Für eine vage Vermutung regst du dich viel zu sehr auf, Schätzchen«, mahnte er. »Eifersüchtig?«

»Kein bisschen!«

»Dann hör auf, mich anzuschreien, und schau weg … Verdammt!«, fluchte er plötzlich. »Treffen wir uns heute Nacht im Ausguck, dort werde ich deinen Irrtum aufklären. *Das* tue ich mir nicht an.«

Das bedeutete James' und Anthonys Ankunft auf dem Achterdeck. Soeben hatten sie sich links und rechts von Georgina postiert. Statt den Fechtkampf zu beobachten, musterten sie Judith und Nathan.

Kapitel 25

Hastig verschwand Nathan unter Deck. Diesem Beispiel durfte Judith nicht folgen, wenn sie das Feuer löschen wollte, ehe es aufzulodern begann. Falls jemand Nathan in der Luft zerreißen musste, weil er verheiratet war, würde sie das selber erledigen. Nicht ihr Vater. Und so setzte sie ein strahlendes Lächeln auf, winkte ihm, schlenderte zum Achterdeck und stieg hinauf. Dabei gelang es ihr geradezu großartig, ihren Zorn zu verbergen.

Ihrem Vater nicht. Die Stirn gefurcht, legte er einen Arm um ihre Schultern. »Was hattest du mit diesem Kerl zu schaffen?«

»Ich habe überlegt, ob ich ihn über Bord werfen soll.«

»Wenn er dich beleidigt hat, bringe ich ihn um.«

Judith verdrehte die Augen. »Das drohst du jedem Mann an, mit dem ich rede. Aber ich habe nur gescherzt. Auf dieser Reise musst du niemanden ermorden, Papa. Er war nur über Jacks phänomenale Fechtkünste erschrocken. Also erklärte ich ihm, warum und auf welche Weise sie sich diese Fähigkeit angeeignet hat.«

»Verdammt, das geht ihn nichts an!«

»Ich dachte, wir hätten vereinbart, du würdest nicht jeden Mann hassen, den ich kennenlerne. Das hat Mama mir sogar versichert.«

Damit spielte sie ihre Trumpfkarte aus, und das schien den

beabsichtigten Zweck zu erfüllen. Anthony entspannte sich und lachte sogar.

Aber dann mischte sich Georgina ein, die das Gespräch belauscht hatte. »Dieser junge Mann sieht fabelhaft aus, nicht wahr?«

»Und warum ist dir das aufgefallen, George?«, fragte James.

»Soll ich vorgeben, ich wäre blind?«, konterte sie lächelnd.

»Ja, er ist wirklich attraktiv«, bestätigte Judith, »aber es mangelt ihm leider an Manieren. Trotzdem finde ich ihn interessant.«

Anthony schaute seinen Bruder über Georginas Kopf hinweg an. »Zur Hölle mit dir, James! Hast du *allen* von seiner ungewöhnlichen Mission erzählt?«

»Nur dir, alter Junge«, beteuerte James, bevor er seine Frau einweihte.

Argwöhnisch wandte Anthony sich wieder zu seiner Tochter. »Und wie hast *du* davon erfahren?«

Judith hielt es für sinnlos, ihren Vater zu belügen und abzustreiten, dass sie Bescheid wusste. »Nicht nur wegen seines Plans, die Diebe seines Schiffs zu schnappen, ist er interessant. Ich habe mich heute nicht zum ersten Mal mit ihm unterhalten. Wie er mir erzählt hat, gehört ihm das alte Haus hinter dem Wrighton-Landsitz. Da wurde ich neugierig. Kennst du die Geschichte der Ruine?«

»Behauptet der Kerl tatsächlich, er sei der Besitzer? Das glaube ich nicht.«

»Ich schon«, warf Georgina ein. »Dieses Haus ließ der alte Duke für seine Geliebte bauen, nicht wahr? Er schenkte es ihr, um sie zu ködern – eh, zu bestechen?«

»Ja, ein Lockmittel«, stimmte Judith zu. »Sie war eine adelige Witwe, und der Duke wollte sie in seiner Nähe haben, nachdem er sie in London kennengelernt und sich in sie verliebt hatte. Das alles fand Derek heraus, als er das Anwesen zu kaufen versuchte. Mr Tremayne ist der Enkel dieser Frau.«

»Also von aristokratischer Herkunft?«

»Was keine Rolle spielt«, murmelte Anthony.

»Doch, natürlich«, widersprach Georgina und zwinkerte Judith zu. »Ein schneidiger Captain *und* der Eigentümer eines bedeutsamen Landguts … Vielleicht solltest du den Dingen ausnahmsweise ihren Lauf lassen, Tony.«

»James«, stieß Anthony hervor, »würdest du George freundlicherweise bitten, *den Mund zu halten?*«

Aber sein Bruder lachte nur, während Judiths Blick nach oben zum Ausguck schweifte. Hoch oben in der Takelage, über mehrere Strickleitern zu erreichen … Trotzdem würde sie in dieser Nacht *nicht* da hinaufsteigen. Und es war ihr völlig egal, ob sie Nathan Tremayne jemals wiedersehen würde. Doch das musste *sie* entscheiden, nicht ihr Vater.

Und so erklärte sie ihm, ehe er ihr befehlen konnte, dem jungen Mann aus dem Weg zu gehen: »Mir war einfach nur langweilig, Papa, und Mr Tremayne interessiert mich. So wie Jack bin ich nicht, die findet an Bord zahllose Möglichkeiten, um sich zu amüsieren – am Ruder zu stehen, in der Takelage herumzuklettern, zu fechten …«

»Habe ich dich ignoriert, Püppchen?«, erkundigte Anthony sich besorgt.

»Nein, natürlich nicht«, entgegnete sie lächelnd, »und du musst mir nicht die Zeit vertreiben. Nur selten hast du Katey für dich allein, so wie jetzt, solange Boyd indisponiert ist. Das verstehe ich.«

»Du kannst dich selbstverständlich zu uns gesellen, wann immer Jack nicht an deiner Seite ist.«

Kichernd wandte sie ein: »Und was glaubst du, wie oft das vorkommt?«

Statt zu antworten, seufzte er nur.

In diesem Moment lief Jack zu ihnen. Atemlos packte sie Judith am Arm, zerrte sie davon und rief über ihre Schulter: »Nun müssen wir uns fürs Dinner umziehen, höchste Zeit …«

Obwohl das nicht zutraf, protestierte niemand, weil es offensichtlich war, dass sie nach dem schweißtreibenden Fechtkampf dringend ein Bad brauchte.

Sobald die beiden Cousinen außer Hörweite waren, fragte Jack: »Habe ich dich gerettet? Sag Ja!«

»Wahrscheinlich. Zumindest kam Papa nicht mehr dazu, mir weitere Gespräche mit Nathan zu verbieten.«

»So sehr Onkel Tony sich auch drum bemüht – du darfst ihm nicht erlauben, deine Chancen zu verringern, Judy. Eines Tages werde ich in eine ähnliche Situation geraten, also müssen wir jetzt in deinem Fall zusammenhalten.«

»Das weiß ich.« Plötzlich und viel zu spät erkannte Judith, dass sie gegen ihre Abmachung mit Nathan verstoßen hatte. Um zu betonen, sie sei nicht auf romantische Weise an ihm interessiert, hatte sie ihrem Vater erzählt, Mr Tremayne würde die Ruine besitzen. Deshalb sei sie neugierig geworden. Doch das hatte Jack sicher nicht gehört. Sonst würde sie zwei und zwei zusammenzählen und erraten, wer der Exgeist war.

Also musste Judy sich nicht schuldig fühlen, denn sie hatte ihr Versprechen nicht gebrochen und niemandem mitgeteilt, sie habe Nathan damals in dem alten Haus gesehen. Aber wahrscheinlich sollte sie ihn warnen … Nein, den Teufel würde sie tun! Hatte er sie etwa über seine Ehe in Kenntnis gesetzt? Darüber ärgerte sie sich immer noch maßlos, und so jubelte Jacqueline zu einem ungünstigen Zeitpunkt: »Oh, ich freue mich ganz wahnsinnig für dich! Einfach unglaublich, wie fantastisch er aussieht, nicht wahr?«

»Ja.«

»Und so wagemutig! Sicher ist es sehr gefährlich, ein gekapertes Schiff zu verfolgen.«

»Ja.«

»Tu dir keinen Zwang an, ich würde auch noch mehr mehrsilbige Antworten verkraften.«

»Nach unserer Landung in Connecticut wird er die Behörden informieren und um Hilfe bitten. Also drohen ihm keine allzu schlimmen Gefahren.«

»Oder er wird nicht lebendig nach England zurückkehren.«

»Jack!«

»Sorgst du dich schon jetzt um ihn? Bist du nicht nur an ihm *interessiert?*«, neckte Jacqueline ihre Cousine.

»Weder – noch«, erwiderte Judith. »Jedenfalls muss er mir einiges erklären. Mein Gespräch mit ihm wurde unterbrochen, weil unsere Väter an Deck kamen. Nach dem Dinner werde ich Nathan noch einmal befragen.«

»Was soll er dir erklären?«

»Das erzähle ich dir nachher. Ich will nicht, dass du mit deinem Rapier auf ihn losgehst.«

Jacqueline zog die Brauen hoch. »Oh, das klingt so, als würdest du am liebsten selber über ihn herfallen. Hat er dich geärgert?«

»Ein bisschen. Nun ja – sogar sehr. Aber versuch nicht, mir die Hintergründe zu entlocken. Es könnte ein Missverständnis sein. Und du sollst keinen falschen Eindruck gewinnen, der auf einer Vermutung beruht.«

»Was hast du denn vermutet? Großer Gott, wenn du dich über Kleinigkeiten dermaßen aufregst, bist du verrückt nach ihm. Gib's doch zu!«

Das tat Judith nicht. Aber ihr Schweigen war gewissermaßen ein Geständnis, mit dem Jack sich lächelnd begnügte. Wenigstens bekam sie keinen Wutanfall, weil sie nicht *sofort* informiert worden war.

*

Und wenigstens wurde Nathan auch beim Dinner nicht erwähnt. Dafür sorgte Boyd. Endlich erschien er in der Kapitänskabine, gesund und munter, ein willkommenes Freiwild für James und Anthony. Er war nicht nur James' Schwager, sondern auch Anthonys Schwiegersohn, also von allen Anderson-Brüdern am engsten mit der Familie Malory verbunden. Was die beiden nicht daran hinderte, ihn während der ganzen Mahlzeit mehr oder weniger gnadenlos wegen seiner Seekrankheit zu hänseln.

»Falls du noch eine Woche lang in der Koje liegen musst, Yankee – sei versichert, wir kommen sehr gut ohne dich aus«, beteuerte James. »Wir werden deine Abwesenheit nicht einmal bemerken.«

Da Boyd zusammen mit seinen Brüdern eine Handelsflotte besaß, fand er seine Indisposition furchtbar peinlich. Trotzdem hatte er sich längst daran gewöhnt, dass die Malorys ihn als bevorzugte Zielscheibe ihres Spotts benutzten. Und so nahm er die Scherze mittlerweile gelassen hin. Schon seit einiger Zeit versuchte er dem Beispiel seines Bruders Warren zu folgen, der gleichermaßen verhöhnt wurde und entweder darüber lachte oder die albernen Witze einfach ignorierte.

Aber an diesem Abend fand James noch ein anderes Opfer. Nach seiner Meinung flirtete Andrássy viel zu offenkundig mit Jacqueline und machte ihr unentwegt Komplimente – für ihr Haar, ihr Kleid (diesmal hatte Nettie den Kampf gewonnen) und ihre Fechtkunst.

Damit amüsierte er Jack. Ihren Vater nicht. Die Damen glaubten, es wäre sehr tapfer von Andrássy gewesen, die Familie bei der Konfrontation mit dem blinden Passagier zu verteidigen, selbst wenn er die Situation falsch eingeschätzt hatte. Hingegen verübelte James dem jungen Ungarn, dass seine Einmischung dem Gefangenen die Gelegenheit verschafft hatte, über die Reling zu springen und zu flüchten.

Wie Judith wusste, war ihr Onkel dem neuen Verwandten von Anfang an eher skeptisch begegnet. Und nachdem Andrássy ihn, wenn auch unabsichtlich, daran gehindert hatte, dem blinden Passagier die gewünschten Erklärungen zu entlocken, würde er sich wahrscheinlich erfolglos um James' Wohlwollen bemühen.

Aber Judith verschwendete nicht allzu viel Zeit mit diesen Gedanken, denn das Rendezvous mit Nathan rückte immer näher. Jetzt überlegte sie nicht mehr, warum sie seinen Ehestand für ein schlimmeres Verbrechen halten würde als seine Schmuggelei. Bald würde sie zum Ausguck hinaufsteigen und erfahren, was hinter jenen Andeutungen steckte. Dazu hatte sie sich inzwischen trotz aller Bedenken entschlossen.

Kapitel 26

Für diese Exkursion zog Judith ihre Schiffskleidung an. Sie flocht sogar ihr langes Haar, das sie bei der Klettertour sicher behindern würde. Ihre Schuhe ließ sie in der Kabine zurück, denn sie nahm an, mit bloßen Füßen würde sie besseren Halt auf den Sprossen der Strickleiter finden.

Aber als sie vor der Strickleiter stand und ihre Hand darauf legte, wagte sie den ersten Schritt nicht. Sie musste nicht zum Ausguck hinaufschauen, um festzustellen, in welch schwindelerregende Höhe sie sich begeben würde. Waren die Antworten, die sie hören wollte, wirklich einen so gefahrvollen Aufstieg wert? Und die Leiter schwankte sogar viel zu heftig und entglitt Judiths lockerem Griff.

Deshalb besann sie sich anders, wich zurück und sah Nathan an ihrer Seite auf die Decksplanken springen. Das erklärte die Bewegung der Strickleiter.

»Eigentlich dachte ich, du würdest meinen Vorschlag, mich im Ausguck zu treffen, nicht ernst nehmen, Schätzchen.«

Erleichtert atmete sie auf. »Jetzt, wo du hier unten bist, sollten wir …«

»Nur keine Bange.« Nathan ergriff ihre Hände, legte sie auf eine Sprosse und trat so dicht hinter sie, dass ihr nichts anderes übrig bleiben würde, als hinaufzusteigen. »Heute Nacht musste ich die Wache übernehmen, und wenn ich hier bei dir bleibe, kann ich meine Pflicht nicht erfüllen.«

Judith spähte über ihre Schulter. »Warum bist du dann herabgekommen?«

»Hast du tatsächlich geglaubt, ich würde dich allein da hinaufklettern lassen?«

Genau das hatte sie erwartet und vermutet, er würde ihre Anwesenheit erst bemerken, wenn sie oben angelangt wäre. Aber er musste nach ihr Ausschau gehalten haben.

»Hätte ich die Chance verpassen sollen, deinen Helden zu spielen?«, fuhr er fort. »Und dich aufzufangen, wenn du herunterfallen würdest? In meine Arme?«

Dieser Galanterie verlieh er einen scherzhaften Unterton. Fühlte er sich verlegen, nachdem er ihr einen ritterlichen Wesenszug bewiesen hatte? Wie auch immer, sie begann nach oben zu steigen – kein bisschen nervös, weil sie seinen kraftvollen Körper hinter sich spürte. Und er berührte sie nicht mehr. Wahrscheinlich fürchtete er, das würde sie verwirren, und ihre Füße könnten von den Sprossen rutschen. Erst als sie den Ausguck erreichten, fühlte sie Nathans Hand auf ihrem Hinterteil, und er gab ihr einen sanften Schubs über den Rand hinweg.

Der Ausguck war wie eine große Wanne geformt. Auf anderen Schiffen bestanden die Ausgucke oder Krähennester nur aus eckigen oder runden Plattformen. Dieser wurde von stabilen Holzwänden umgeben.

»Für die heutige Nachtwache hatte ich mich bereits freiwillig gemeldet«, erklärte Nathan und folgte ihr in den Ausguck. »Sonst hätte ich dir die mühsame Kletterei nicht zugemutet.«

Judith stand auf und hielt den Atem an, während sie die Aussicht bewunderte. »Oh …«

Von hier oben betrachtet, wirkte der Vollmond viel größer und unglaublich schön. In den Wellen spiegelte sich silbriges Licht und erzeugte eine zauberhafte, sehr romantische Atmosphäre.

Hastig verdrängte Judith diesen Gedanken und wandte sich zu Nathan, der den Mond anstarrte.

»Großartig, nicht wahr? Deshalb übernahm ich die Wache, obwohl ich nicht an der Reihe war.«

»Und wenn Wolken den Himmel verdecken würden?«

Lächelnd schaute er sie an. »Dieses Risiko muss man eingehen, wenn man etwas so Wunderbares sehen möchte.«

In ihren Wangen spürte sie eine verwirrende Wärme, auch in ihrem Inneren. Natürlich durfte sie sich nicht von Schmeicheleien ablenken lassen – falls seine Worte ihr galten. »Ich glaube, du hast mir etwas zu sagen?«

»Dass ich unverheiratet bin? Nun, das bin ich tatsächlich. Und ich habe auch keine Heiratspläne. Warum du so etwas glaubst, verstehe ich nicht.«

»Wenn jemand sagt, er sei nicht *allein*, vermutet man im Allgemeinen, er hätte eine Familie und folglich eine Ehefrau.«

»Nicht immer. Und in meinem Fall stimmt es wirklich nicht. Letztes Jahr starben meine Schwester und ihr Mann bei einem Kutschenunfall. Sie hatten zwei kleine Töchter, um die sich seine Eltern nicht kümmern wollten. Jetzt bin ich der Vormund dieser Mädchen.«

Endlich keine ausweichende Antwort … Mit einer solchen Information hatte Judith nicht gerechnet – und auch nicht erwartet, wie erleichtert sie sich fühlen würde, weil er ledig war. So sehr, dass ihr fast schwindlig wurde … »Wie alt sind deine Nichten?«

»Clarissa ist sieben, Abbie neun. Jetzt sind sie meine einzigen Verwandten. So bald wie möglich will ich ihnen ein richtiges Zuhause bieten. Für die Zwischenzeit habe ich ein nettes älteres Ehepaar gefunden, das die beiden betreut. Vielleicht kennst du die Leute sogar.« Nathan erklärte, wo sie wohnten. »Welch eine Ironie, nicht wahr? Nun leben sie in einem Cottage, das deinem Onkel gehört.«

»Dieses kleine Anwesen hat Onkel James nur gekauft, weil er einen Anlegeplatz für sein Schiff brauchte, weit entfernt von den überfüllten Londoner Docks. Nein, dem Hausmeisterpaar bin ich nie begegnet. Wieso hast du deine Nichten nicht früher erwähnt?«

»Meine familiäre Verantwortung geht dich nichts an. Außerdem hast du mich nur in einer einzigen Farbe gesehen – rabenschwarz.«

»Bisher konnte ich keine graue Schattierung entdecken. Und ich finde es sogar unverantwortlich, dass du als Vormund deiner Nichten die Schmuggelei nicht aufgegeben hast.«

Judith nahm an, er würde gegen die Anklage protestieren. Stattdessen schaute er wieder zum Mond hinauf, und sie bereute ihr hartes Urteil. Das hatte sie übereilt gefällt, weil sie die näheren Umstände nicht kannte.

Vielleicht hatte Nathan mit gutem Grund seine Aktivitäten auch nach seiner Übernahme der Vormundschaft fortgesetzt. Ging es um andere Pflichten oder hohe Schulden? Konnte er sich einfach nicht leisten, auf seine illegitime Tätigkeit zu verzichten, bevor er genug Geld für die Restaurierung der Ruine und das nötige Baumaterial beisammen hatte? War er süchtig nach der Aufregung, der prickelnden Gefahr des Schmuggels und der Gewissheit, er würde im Gefängnis landen, wenn man ihn erwischte, oder ein noch schlimmeres Schicksal erleiden?

Was ihn auch zur Schmuggelei treiben mochte – jetzt durfte sie ihm nicht mehr grollen, nachdem er ihr immerhin versichert hatte, er sei unverheiratet. Falls das stimmte. O Gott, würde sie ihm jemals glauben, ohne sich zu fragen, ob er sie belog? Erwartete er, sie würde ihn für das Missverständnis um Verzeihung bitten? Dazu war sie nicht bereit.

»Ich werde mich nicht entschuldigen …«, begann sie.

»Natürlich, das tut ihr feinen Leute niemals.«

»Meinst du, das würde *dich* entschuldigen?«

Verwirrt starrte er sie an. »Was?«

»Wie sich herausgestellt hat, gehörst du einer Adelsfamilie an. Wenn du dir einbildest, das würde dich über das Gesetz stellen …«

Nathans Gelächter klang echt. »Offenbar stamme ich vom dritten Sohn eines dritten Sohnes ab. Und der hat vor so langer Zeit gelebt, dass sich niemand mehr an den Lord in unserer Familie erinnert. Nein, Schätzchen, ich bin kein Aristokrat. Nenn mich einen Schurken, wenn's dir gefällt, aber halte mich bloß nicht für *vornehm*.«

»Wenn es sich um deine Familie handelt, hast du keine Wahl.«

Verächtlich schüttelte er den Kopf. »Die spielt keine Rolle – solange ich die Namen meiner Vorfahren nicht kenne.«

»Irgendwo muss es Dokumente geben, die deine Herkunft bezeugen. Du hast einfach nicht nachgeschaut.«

»Vielleicht, weil ich's nicht wissen muss oder nicht wissen will.«

Erbost über sein Desinteresse, wies Judith auf etwas hin, das ihr offensichtlich erschien. »Wie feindlich du dem Adel gesinnt bist! Warum?«

»Das, Schätzchen, geht dich nichts an.«

»Hältst du dich auf *diese* Weise an unsere Vereinbarung?«

»Zu der gehören meine Ansichten und Gefühle nicht.«

»Nun, wenn du die Regeln etwas großzügiger auslegen willst, kann ich dir etwas verraten. Ich habe meiner Familie erzählt, du seist der Eigentümer des alten Hauses hinter dem Landsitz des Duke of Wrighton. Unsere Begegnung in der Ruine habe ich verschwiegen. Und Jack weiß noch nicht, dass sie dir gehört. Deshalb bringt sie dich nicht mit unserem Geist in Verbindung – oder mit dem Schmuggler, der mich attackiert hat.«

»Aber sie wird's tun, wenn sie erfährt, was du ausgeplaudert hast?«

Sie zuckte verlegen zusammen. »Ja, wahrscheinlich.«

»Besonders gut kannst du Geheimnisse wohl nicht hüten, oder?« Seine Frage klang nicht ärgerlich. Nur enttäuscht. Judith fühlte sich elend. Und sie fröstelte, von der Klettertour nicht mehr erwärmt. Um dem kühlen Nachtwind zu entrinnen, setzte sie sich in das Krähennest. Über dem Rand der Holzwand sah sie immer noch den Mond. Und davor Nathans Silhou-ette.

»Das habe ich nicht absichtlich ausgeplaudert«, versicherte sie. »Nun wissen mein Vater, mein Onkel und meine Tante, dass du der Besitzer der Ruine bist. Warum stört dich das?«

Hinter ihm schien der Mond strahlend hell, und so konnte sie seine Miene nicht erkennen, als er sich zu ihr wandte. »Deine Verwandten sollen mich nicht für ihresgleichen halten«, erwiderte er und setzte sich zu ihr. »Egal, ob ich's bin oder nicht. Mit Aristokraten freunde ich mich nicht an.«

»Das muss schwierig sein, wenn du mit mir zurechtkommen musst, nicht wahr?«

»O nein, Schätzchen, *du* bist eine ganz große Ausnahme.«

Besänftigt nickte sie und fühlte sich viel freudiger erregt, als es seine Worte rechtfertigten, sogar erwartungsvoll. Sie saßen dicht nebeneinander, doch sie berührten sich nicht. Trotzdem spürte sie die Wärme seines Körpers. Das nahm ihr den Atem, und es machte sie ein bisschen nervös, hier oben mit ihm allein zu sein, weil er so unberechenbar war.

Um sich selbst und *ihn* abzulenken, schlug sie vor: »Erzähl mir von deinen Nichten. Wie sind sie denn so?«

Ein schwaches Lächeln umspielte seine Lippen. »Nun, Clarissa ist sehr lebhaft und liebevoll. Mit ihrem hellblonden Haar ähnelt sie meiner Schwester und mir. Abbie ist dunkelblond. Etwas distanzierter, eine manierliche kleine Dame. Aber beide schwärmen für bunte Bänder und bitten mich immer wieder, welche mitzubringen. Dreh dich mal um.«

Warum sie seinen Wunsch erfüllte, wusste sie nicht genau – vielleicht, weil sie ihn so gern über seine Nichten reden hörte. Dann merkte sie, dass ihn ihr eigenes Haarband interessierte. Nachdem er es entfernt hatte, begann er ihren Zopf zu entwirren.

»Manchmal tragen die Mädchen ein Band auf dieser Seite des Kopfs.« Er neigte sich vor und hauchte einen Kuss auf Judiths rechte Schläfe. »Oder sie bevorzugen die andere Seite.« Auch ihre linke Schläfe wurde geküsst. »Oder sie schlingen sich Bänder um den Hals und geben vor, es wären Halsketten.«

Leise rang sie nach Luft, während seine Finger über ihren Nacken glitten, bevor sie seine Lippen auf der Seite ihres Halses spürte. Diesmal war es kein Hauch, und der Kuss weckte köstliche Gefühle. Die Augen geschlossen, neigte sie den Kopf seitwärts, um Nathan den Zugang zu erleichtern.

»Ich dachte, diese Stelle würde mich am wenigsten zu einem Kuss verleiten.« Seufzend fügte er hinzu: »Welch ein Irrtum …«

Verblüfft riss sie die Augen auf, und ehe sie wusste, wie ihr geschah, zog er sie quer über seinen Schoß, und sein Mund verschloss ihren. Als ihr Kopf in seiner Armbeuge ruhte, erzeugte Nathan wieder jene Magie, der sie schon zweimal erlegen war. Und er erregte erneut ihr Verlangen. So viel Zeit hatte sie mit ihm verbracht, zu oft seinen kraftvollen Körper betrachtet. An jenem Tag im Frachtraum war er halb nackt gewesen. Damals hatte er eine stärkere Begierde in ihr geweckt, als es ihr bewusst geworden war.

Und jetzt erinnerte sie sich an zu viele seiner unpassenden Bemerkungen, die sie schockiert und ihre Unschuld bedroht hatten. Sie schlang einen Arm um seinen Hals und den anderen um seinen Rücken, richtete sich auf und bewegte ihre Beine, bis sie rittlings auf seinem Schoß saß. Das alles tat sie, ohne nachzudenken, während seine Zunge ihre Lippen teilte.

Immer leidenschaftlicher küsste er sie und stöhnte. Das hörte sie kaum über ihren heftigen Herzschlägen. Er streichelte ihre Schenkel, ihr Hinterteil und provozierte eine wundervolle, drängende Hitze, die ihr viel zu intensiv vorkam. Der Stoff ihrer Breeches schien gar nicht zu existieren! Weil er so dünn war, hatte sie vorhin gefröstelt. Jetzt nicht mehr. Ganz im Gegenteil. Nathan umfasste eine ihrer Brüste, und sie seufzte vor Entzücken, von einem fast unerträglichen Feuer durchströmt. Um an ihre Haut zu gelangen, öffnete er die Knöpfe ihres Hemds. Das störte sie nicht, denn sie kannte nur einen einzigen Wunsch, von seiner starken Hand berührt zu werden, und umklammerte seine Schultern.

Hemmungslos erwiderte sie seine Küsse, ihre Zunge spielte mit seiner, während er ihr Unterhemd hochzog. Mit beiden Händen umschloss er ihre nackten Brüste.

Beinahe schrie sie auf, als seine Finger die Knospen umkreisten. Mit sanften Liebkosungen schürte er ihre Lust. Judith geriet völlig außer Kontrolle. Falls sie überhaupt noch denken konnte, wünschte sie, diese Nacht würde niemals enden.

»Du bist das süßeste Problem, das ich jemals hatte, Schätzchen«, flüsterte Nathan.

Fordernd küsste er sie, und plötzlich merkte sie, dass er ihre Hose nach unten streifte. Das Gefühl seiner rauen Finger an der weichsten Stelle ihrer Haut bewog sie, sich auf seinem Schoß umherzuwinden. Deutlich spürte sie das harte Zeichen seiner Begierde und stöhnte vor wachsender Ekstase.

Doch gewisse Dinge schockierten ihr unschuldiges Seelenleben immer noch. Dazu gehörten diese Finger zwischen ihren Beinen. Abrupt beendete sie den Kuss und schnappte nach Luft, zuckte zurück und starrte in Nathans glutvolle Smaragdaugen. Weder sie noch er konnten wegschauen, und in diesem Moment glaubte Judith zu erkennen, was es bedeutete, mit einem Mann intim zu sein.

Dann neigte er sich vor, drückte einen zarten Kuss auf ihren Mund und zog ihre Hose nach oben. »Ich entschuldige mich nicht, weil ich dich begehre. Aber dies ist der falsche Ort. Zu kalt. Nicht weich genug für dich. Lass mir ein bisschen Zeit, bevor ich dir helfe, die Strickleiter hinabzusteigen.«

Sie schwieg, doch sie gab ihm nicht recht. Unter dem Silbermond war der Ausguck ein sehr romantischer Ort für Küsse – und für alles andere, was geschehen war. Und unvernünftigerweise bereute sie, dass sie Nathan zurückgehalten hatte.

Kapitel 27

Nettie half Judith am Morgen beim Ankleiden, danach verließ sie die Kabine.

Kurz bevor die Tür ins Schloss fiel, huschte Catherine herein, Judiths gelbes Ballkleid über einem Arm und offenbar sorgfältig gesäumt. Die Zofe hatte versucht, Judys Garderobe fertigzustellen. Aber Nettie MacDonalds Augenlicht hatte sich in letzter Zeit verschlechtert. Für komplizierte Näharbeiten sah sie nicht mehr gut genug. Deshalb hatte Judith beschlossen, ihr die Schwierigkeiten zu ersparen und Catherines Angebot anzunehmen.

Catherine hatte bereits drei Kleider vollendet. Jeden Tag verbrachte sie drei Stunden in Judiths Kabine und arbeitete an der Debütgarderobe. Andrássy hatte nicht übertrieben, was das Talent seiner Halbschwester betraf. Sie konnte großartig mit Nadel und Faden umgehen, und Jacqueline überlegte sogar, ob sie die junge Frau bitten sollte, ihre eigenen Ballkleider neu zu säumen.

An den letzten drei Abenden hatte Catherine den Malorys an der Dinnertafel in James' Kabine Gesellschaft geleistet. Wahrscheinlich würde sie das auch weiterhin tun. Sie verhielt sich höflich und liebenswürdig. Nicht nur Judith fragte sich, ob Andrássy den Charakter seiner Stiefschwester zu hart beurteilt und vielleicht absichtlich einen falschen Eindruck erweckt hatte. Mochte sie in ihrer frühen Jugend auch gegen die

Familie rebelliert haben, der sie gegen ihren Willen überantwortet worden war – was verständlich erschien –, so hatte sie ihre feindseligen Gefühle inzwischen überwunden.

Nun wandte Judy sich zu ihr und schlug vor: »Gehen Sie mit uns an Deck? Jack und ich planen eine Tanzlektion.«

»Sicher können Sie beide tanzen?«

»Ja, natürlich«, bestätigte Judith und kicherte. »Wir wollen der Besatzung Unterricht geben.«

Lächelnd schüttelte Catherine den Kopf. »Danke für das Angebot, aber ich tanze nicht gern. Am glücklichsten bin ich mit einer Nähnadel in der Hand. Gehen Sie nur ohne mich nach oben.«

Judith zuckte die Achseln. »Dann machen Sie sich's hier bequem. Oder bei Georgina. Sie hat Sie doch schon mal eingeladen.«

»Ja, gestern war ich in ihrer Kabine – bis Ihr Onkel hereinkam, Judy. Irgendwie macht er mich nervös. Keine Ahnung, warum.«

»So wirkt er auf viele Leute, und Sie müssen sich einfach nur an ihn gewöhnen. Jetzt sollte ich mich beeilen und an Deck laufen, Jack wartet schon auf mich.«

Judith beeilte sich keineswegs, obwohl es sie drängte, die Treppe hinaufzulaufen. Seit sie Nathan zuletzt gesehen hatte, waren zwei Tage verstrichen.

Diesmal hatte *sie* ihn gemieden und sich stets in der Nähe eines Familienmitglieds aufgehalten, damit sie nicht mit Nathan reden musste, falls sie ihm begegnen würde. Aber mittlerweile war ihre Verlegenheit wegen der Ereignisse im Krähennest verebbt. In jener Nacht hatte er sie auf seinem Rücken die Strickleiter hinabgetragen, darauf bestanden und erklärt, er wolle nicht schuld daran sein, wenn sie sich die Hände an den rauen Seilen aufschürfen würde. Von der Klettertour nach oben waren ihre Handflächen ein bisschen wund gewesen. Doch sie hatte sich nicht darüber beklagt. Im Gegensatz zu den Matrosen war sie nicht an solche Exkursionen gewöhnt.

Auf dem Weg zum Deck hinab hatte er sich nur eine einzige unschickliche Bemerkung erlaubt. »Schon oft habe ich von deinen Beinen geträumt, die du um mich schlingen würdest. Aber während wir im Ausguck saßen, gefiel es mir besser als jetzt.«

Vielleicht hätte sie ihn geohrfeigt, wäre sie nicht gezwungen gewesen, sich an seinem Hals festzuhalten. Der Mann wusste einfach nicht, wie man sich in der Gesellschaft einer Dame benahm. Trotzdem vermisste sie ihn. Deshalb hatte sie ihm am letzten Abend eine Nachricht geschickt und ihm mitgeteilt, wann er sich an diesem Vormittag auf Deck einfinden sollte. Warum, wurde in dem kurzen Brief nicht erwähnt, weil er betont hatte, Tanzunterricht interessiere ihn nicht.

Jacqueline brachte bereits zwei Seemännern bei, wie man eine Melodie summte. Auch drei andere hatte sie zu sich beordert. Sogar Artie war erschienen, um herauszufinden, was sie im Schilde führte. Judith wollte Nathan nicht bevorzugen. Das wusste Jack, und die Matrosengruppe war groß genug, um ihn darauf hinzuweisen – falls er überhaupt auftauchen würde.

Lachend schlenderte Judy zu ihrer Cousine. »Wird dieser Singsang genügen?«

»Ja, natürlich. Da es an Bord kein einziges Musikinstrument gibt, haben wir keine Wahl. Erkennst du die Melodie?«

Statt zu antworten, summte Judith mit. Dabei schaute sie sich verstohlen auf Deck um und spähte sogar zur Takelage hinauf. Aber Nathan ließ sich nirgendwo blicken. Jack packte sie und führte mit ihr einen Walzer vor. Weil sie ihre Breeches trug, stand es einwandfrei fest, wer bei dieser Demonstration die Rolle des Mannes spielen wollte.

»Achten Sie auf die Position Ihrer Hände«, wies Jacqueline

ihr Publikum an, »und auf den Abstand, den Sie zu Ihrer Partnerin wahren müssen.«

Eine Zeit lang tanzte Judith mit ihr, dann wisperte sie: »Du solltest mich führen. Aber wir machen uns lächerlich, weil keine von uns die Kontrolle übernimmt. Versuchen wir's auf andere Art.«

Sie ließ Jack los. Die Arme immer noch in der richtigen Haltung, drehte sie sich im Kreis. Sekundenlang schloss sie die Augen und malte sich aus, sie würde mit Nathan tanzen. Bei diesem Gedanken wuchs ihre Enttäuschung über seine Abwesenheit.

»Artie!«, hörte sie Jack hinter sich rufen. »Jetzt haben Sie lange genug gesehen, wie man Walzer tanzt. Los, zeigen Sie's Ihren Männern!«

»Moment mal …«, begann der Obermaat zu protestieren.

»Zwingen Sie mich nicht, meinen Vater zu holen, damit er Ihnen allen eine Lektion erteilt«, fiel Jack ihm ins Wort.

»Das würde der Cap'n nie tun«, meine Artie grinsend.

»Für mich schon. Natürlich wäre er wütend, wenn er an unserer Tanzstunde teilnehmen müsste, und das bekäme nachher die ganze Besatzung zu spüren.«

Da umschlang er Jacks Taille und wirbelte sie herum, allerdings ziemlich tollpatschig. Aber sie lachte laut auf und amüsierte sich köstlich. Bald hatte auch Artie seinen Spaß.

Als Judith sich wieder umsah, entdeckte sie Nathan, der aus der Ferne zuschaute. Die Arme vor der Brust verschränkt, lehnte er an der Reling. Sie bedeutete ihm, näher zu kommen. Doch er rührte sich nicht. Wenn sie zu ihm ging und ihn holte, *würde* sie ihn bevorzugen. Und das wollte sie nicht. Auch Jack bemerkte ihn und lief zu ihm, zerrte ihn zu den anderen Seemännern und fing mit ihm zu tanzen an.

Weil Judy die beiden fasziniert beobachtete, entging ihr Andrássys Ankunft, bis er sie packte und über das Deck wirbelte. Mit einem gewinnenden Lächeln milderte sie ihren Ärger über seine Vermutung, sie wäre mit seinem anmaßenden Benehmen einverstanden.

»Hätten Sie mir doch mitgeteilt, Sie würden einen Partner brauchen«, sagte er und bewies ihr, dass es keinen großen Unterschied zwischen dem englischen Walzer und der Wiener Version gab.

»Hier tanzen wir nicht zum Vergnügen, sondern um die Besatzung zu unterrichten. Aber da Sie schon mal hier sind, sollten wir demonstrieren, wie anmutig und elegant der Walzer wirken kann.« Nach einer kurzen Pause wechselte sie das Thema. »Haben mein Vater und meine Tante Ihnen schon öfter Gesellschaft geleistet?«

»O ja, und ich habe es genossen, die Kartenspiele zu lernen, die man in Ihrem Land vorzieht. Aber beim Schach geht Ihr Vater ziemlich brutal vor.«

Lachend nickte sie. »Das weiß ich, er hat es mir beigebracht.«

»Ich würde einige Lektionen brauchen, damit ich ihn besiegen kann. Wären Sie dazu bereit, Judith?«

»Vielleicht noch heute, etwas später. Aber zuerst möchte ich mich nach Catherine erkundigen. Sie ist so nett und hilfreich, keineswegs so unfreundlich, wie Sie es behauptet haben.«

»Dafür entschuldige ich mich. Vielleicht bewogen geschwisterliche Streitigkeiten mich zu einem härteren Urteil, als ich es beabsichtigt hatte. Wenn sie's will, kann sie sehr charmant sein. Und es freut mich, dass sie sich auf dieser Reise von ihrer besten Seite zeigt.«

Judith schwieg und versuchte nicht zu viel in seine Kehrtwendung hineinzuinterpretieren. Von Anfang an hatte sie auf seiner Seite gestanden, im Gegensatz zu James und Jack. Deshalb wollte sie jetzt nicht an Andrássy zweifeln. Und seine Erklärung, er hätte seine Stiefschwester nur wegen eines Streits verunglimpft, klang plausibel.

Doch dann fügte er hinzu: »Wie ich gestehen muss, hatte ich befürchtet, Catherine würde sich an Bord langweilen und deshalb schlecht benehmen. Was das betrifft, haben Sie uns gerettet. Dafür sind wir beide Ihnen sehr dankbar, Judith. Sobald sie nähen kann, ist sie ruhig und zufrieden.«

Jack hatte Nathan inzwischen losgelassen und sich einen anderen Partner gesucht.

Aber Nathan blieb nicht hier, um die Tanzlektionen weiterhin zu beobachten, sondern ging davon. Weil Judith ihm folgen wollte, beendete sie den Walzer mit Andrássy und wandte sich zu ihrer Cousine. »Danke für deine Hilfe. Nun muss ich zu Ende bringen, was du angefangen hast, bevor die Männer wieder zur Arbeit gerufen werden.«

Sie eilte um den Bug des Schiffs herum und versuchte Nathan den Weg abzuschneiden. Doch er hob seine Hände, als würde er sie einfach beiseiteschieben. Wortlos. Und er wirkte verärgert. Sogar ungeduldig. War er eifersüchtig? *Eifersüchtig?* Auf Andrássy?

Blitzschnell ergriff sie seine linke Hand mit ihrer rechten und streckte sie seitwärts aus. Dann legte sie ihre linke Hand auf seinen rechten Oberarm und seinen anderen Arm um ihre Taille. »Zeig mir, was du von Jack gelernt hast.«

»Nein.«

»Das alles habe ich nur deinetwegen organisiert!«, stieß sie zwischen zusammengebissenen Zähnen hervor. »Enttäusch mich nicht!«

Eine Zeit lang schaute er sie einfach nur an. Aber sie las in seinen grünen Augen, dass sein Zorn verrauchte, bevor er murmelte: »Wenn du mit dir selber tanzt, siehst du albern aus.«

Judith verkniff sich ein Lächeln. »Damit wollte ich niemanden beeindrucken, sondern einen Walzer vorführen. Und jetzt, wo deine Hände an den richtigen Stellen bei mir liegen, werden wir …«

»Für mich sind das nicht die richtigen Stellen. Nur *meine* Meinung, Schätzchen. Was ich viel lieber berühren würde …«

»Lektion Nummer zwei.« Sie neigte sich etwas näher zu ihm und zischte: »Untersteh dich, deine dreisten Gedanken auszusprechen!«

Sie begann zu tanzen, und Nathan übernahm sofort die Führung. Erstaunt überlegte sie, ob er das schon einmal getan hatte.

»Wirst du schreien, wenn ich dir auf die Zehen steige?«, fragte er.

»So etwas würde ich nicht zum ersten Mal ertragen. Aber normalerweise trägt ein Gentleman keine so klobigen Stiefel. Also reiß dich zusammen.«

Ohne darauf einzugehen, kehrte er zu ihrer Warnung zurück. »Eigentlich dachte ich, meine Ehrlichkeit wäre dir wichtig.«

»Da hast du recht. Allerdings nicht, wenn es um Themen geht, die nur ein Ehepaar erörtern sollte.«

»Heißt das, ich muss dich heiraten, bevor ich freimütig mit dir reden darf?«

Obwohl sie die Hänselei erkannte, kam sie aus dem Takt. »Ah, du *verstehst*, was ich andeuten wollte?«

Er schüttelte den Kopf. »Zu kompliziert. Wenn du errötest, gefällt's mir besser. Das sieht so reizvoll aus, und ich will es möglichst oft genießen.«

»Also möchtest du mir immer wieder beweisen, dass du unverbesserlich bist? Schon gut, was offensichtlich ist, musst du nicht bestätigen. Bei einem Walzer sind *höfliche* Konversationen gestattet. Mal sehen, ob du deine Füße unter Kontrolle hast, während wir uns unterhalten. Einverstanden?«

Nathan grinste. »Haben wir das nicht getan?«

»Nicht auf *gepflegte* Weise.«

»Und was für ein *gepflegtes* Gesprächsthema schlägst du vor?«

»Was wirst du tun, wenn du dein Haus instand gesetzt hast?«

Er hob die Brauen. »Also kannst du meine Nerven strapazieren, und ich soll deine schonen?«

»Das ist kein heikles Thema.«

»Für mich schon.«

Judith seufzte und entschied, dies wäre ein falscher Zeitpunkt für ihre speziellen Fragen.

Dann fuhr er zu ihrer Überraschung fort: »Wenn es so weit ist, werde ich das Haus zusammen mit meinen Nichten bewohnen.«

»Wirst du wieder in Southampton als Zimmermann arbeiten?«

»Nein. Zu dem Haus gehört ein Stück Land, das ich bewirtschaften möchte.«

Die Stirn gerunzelt, dachte sie an ihren Cousin Derek. Sicher würde ihm eine Farm hinter seinem Herrschaftssitz genauso wenig gefallen wie die hässliche Ruine. Aber sie bezweifelte, dass Nathan es ernst meinte. Ein Mann in seiner Position hätte es nicht nötig, einen Acker selber zu pflügen. Ein Farmer? Das passte nicht zu ihm. Die Gentleman-Farmer überließen die Arbeit ihren Angestellten. Doch sie glaubte, er hätte angedeutet, er würde seine Felder eigenhändig bestellen.

»Ja, du hast recht«, stimmte sie zu, »es ist ein ziemlich großes Grundstück, das sich nach Osten erstreckt. Hast du schon überlegt, Cottages darauf zu bauen, die du vermieten könntest? Das würde dir ein beträchtliches Einkommen verschaffen.«

Mit diesem Vorschlag schien sie ihn zu verblüffen. »Daran habe ich nie gedacht.«

Sie lächelte. »Also erweitere ich deinen Horizont? Dann solltest du dich freuen, dass wir uns kennengelernt haben.«

»Obwohl du mir nur Schwierigkeiten machst?«, beklagte er sich. »Und du verschwendest zu viel Zeit, weil du mir etwas beibringen willst, das ich schon kann.«

Sie blinzelte. »Meinst du diesen Walzer? Aber du sagtest …«

Lachend ließ er sie los. »Ich lerne sehr schnell, Schätzchen, und ich habe nur ein paar Minuten gebraucht, um mir die nötigen Fähigkeiten anzueignen.«

»Du möchtest nur lernen, was dich interessiert«, flüsterte sie, während er davonschlenderte.

Kapitel 28

Als Nathan mit Corky besprochen hatte, die Schiffsreise würde zwei bis drei Wochen dauern, war ihm diese Zeitspanne nicht allzu lang erschienen. Das sah er jetzt ganz anders. Natürlich hatte er sich, ebenso wie Corky, noch nie so weit von einer Küste entfernt. Seine Fahrten auf dem Kanal zwischen England und Frankreich konnte er nicht mit der Überquerung des Atlantiks vergleichen. Deshalb hatte er nicht geahnt, wie eingeengt man auf einer solchen Reise war. Das wusste er nun, und er fühlte sich wie ein Gefangener in der Hölle – mit einer begehrenswerten Frau an Bord, die ihn nicht in Ruhe ließ.

In einiger Hinsicht gefährdete Judith sein Seelenleben. Sie hatte ihn veranlasst, sich zu offenbaren. Nie zuvor hatte er jemandem so viel über sich selber erzählt. Außerdem weckte sie seltsame Wünsche. Er wollte plötzlich derselben Welt angehören wie sie. Und was er am schlimmsten fand – er konnte nicht aufhören, sie leidenschaftlich zu begehren, obwohl er sie nicht für sich beanspruchen durfte.

Seit ihm das bewusst geworden war, ging er nur mehr an Deck, nachdem er sich vergewissert hatte, er würde ihr dort nicht begegnen. Einige Tage lang hatte er versucht, Boyd Andersen irgendwo allein anzutreffen, ohne den Amerikaner in dessen Kabine zu stören.

An diesem Morgen sah er ihn endlich auf Deck, allerdings

nicht allein. »Der Captain hat mir vorgeschlagen, mit Ihnen zu reden, Mr Anderson. Ich bin Nathan Tremayne. Wenn Sie mir ein paar Minuten erübrigen würden …«

»Für mich ist es heute zu windig hier oben«, erklärte die Frau an Boyds Seite. »Deshalb kehre ich lieber zur Familie zurück.«

»Ihre Gemahlin ist sehr schön, Sir«, bemerkte Nathan, während sie ihr beide nachschauten.

»Das weiß ich.« Boyd wandte sich wieder zu ihm und lächelte, dann starrte er Nathans Brust an. »Fragen Sie mich, was immer Sie wollen – solange Sie mir verraten, was sich unter Ihrem Hemd bewegt.«

Lachend zog Nathan ein winziges Kätzchen hervor. »Vor ein paar Sekunden hat es noch geschlafen.«

»Sie werden es doch nicht über die Reling befördern? An Bord sind diese Tiere sehr wertvoll.«

»In diesem Zustand jagen sie noch keine Mäuse, aber ich lasse das Kätzchen natürlich am Leben. Ich fand es, als es ganz allein durch den Korridor unter Deck kroch. Eine Zeit lang suchte ich die Mutter. Leider hat sie ihren Wurf gut versteckt.«

Boyd musterte immer noch das Tierchen, das sich jetzt in Nathans Hand zusammenkrümmte. »Soviel ich weiß, hat Artie seinen Kater aufs Schiff mitgebracht. Aber der Mann ist sicher nicht so romantisch veranlagt, dass er ihm auch weibliche Gesellschaft verschafft hat.«

»Da stimme ich Ihnen zu.« Nathan grinste. »Wahrscheinlich ist an der Südküste eine Katze an Bord gesprungen, schon lange, bevor wir losgesegelt sind. Sonst wären ihre Jungen noch nicht so groß.«

»Nun, dann wünsche ich Ihnen viel Erfolg bei der Suche nach der Mutter, Mr Tremayne. Bevor Sie die Katze finden, lassen Sie meine Frau das Findelkind bloß nicht sehen, sie würde es sofort adoptieren. Die meisten Frauen sind ziemlich albern, wenn's um süße Babys geht. Aber Sie wollten mich wohl kaum wegen des Kätzchens sprechen?«

»Nein, der Captain und einer seiner Obermaate haben mich an Sie verwiesen, Sir. Artie meinte, als Amerikaner hätten Sie gute Kontakte zu den Behörden Ihres Landes, und ich würde deren Hilfe brauchen, wenn wir in Connecticut angekommen sind.«

»Worum geht es?«

»Kennen Sie die Stadt New London?«

»Die liegt eine halbe Tagesfahrt von Bridgeport entfernt, an der Küste entlang nach Norden – eine Walfängerstadt, die zu unserer Konkurrenz zählt.«

»Mit Walfang?«

»Nein, mit Schiffsbau. Seit ich denken kann, besitzt meine Familie eine Werft. Wir bauen nicht nur Schiffe für unsere eigene Flotte, sondern auch für andere Reeder.«

»Wissen Sie, ob einer Ihrer Konkurrenten vorgibt, nur Schiffe zu bauen und nicht anderes zu machen?«

Boyd lachte. »Was für eine seltsame Frage!«

»So werden Sie nicht mehr denken, wenn Sie meine Geschichte gehört haben.« Nathan erklärte seine Situation. »Dass die Diebe von einer Walfangstadt aus operieren, wusste ich nicht. Und der Gedanke, jemand könnte meine *Pearl* in einen Walfänger verwandeln, dreht mir den Magen um. Bevor sie verkauft wird, muss ich sie finden.«

Verblüfft schüttelte Boyd den Kopf. »Ein Jahrzehnt lang entwendet diese Bande Schiffe, direkt vor der Nase der Engländer? Ich frage mich …«

»Was?«

»Vor vier Jahren verschwand ein Schiff unserer Firma Skylark aus dem Hafen von Plymouth. Wir dachten, es hätte die Rückkehr nach Connecticut verfrüht angetreten. Aber das Schiff und der Captain wurden nie mehr gesehen. Deshalb nahmen wir an, die Besatzung wäre auf dem Atlantik in Schwierigkeiten geraten.«

»Wenn die Diebe Ihr Schiff erbeuten konnten, haben sie den Captain vermutlich getötet – falls er zum Zeitpunkt des Angriffs noch an Bord war. Als sie meine *Pearl* kaperten, starb auch einer meiner Männer. Diesen Schurken bedeutet ein Menschenleben nichts. Aber nach meinen Informationen stehlen sie nur englische Schiffe.«

»Die lassen sich nicht von unseren unterscheiden. Schon seit einer ganzen Weile ändern wir unsere Flaggen, bevor wir englische Häfen ansteuern. Wenn wir dort anlegen und uns als Amerikaner zu erkennen geben, würde man uns in den Nächten verdammt viel Unrat aufs Deck werfen. Offenbar können gewisse Leute die alte Feindschaft nicht vergessen, auf beiden Seiten.«

»Immerhin wäre es möglich, dass Ihr Schiff auf hoher See verloren ging, so wie Sie es vermutet haben. Schätzungsweise gibt es keinen Anhaltspunkt, der auf etwas anderes hinweisen würde.«

»Nein, keinen einzigen. Was wirklich passiert ist, werden wir wohl nie erfahren. Trotzdem muss der Bande, die Sie beschrieben haben, das Handwerk gelegt werden. Ich kenne nicht alle Beamten in der Stadtverwaltung von New London persönlich. Aber einer meiner alten Freunde wohnt dort. Der weiß, wer für Ihren Fall zuständig wäre, Mr Tremayne. Und John Hubbard ist mir einen Gefallen schuldig.«

»Dann werde ich ihn aufsuchen«, kündigte Nathan an.

»Zusammen mit *mir*. Natürlich möchte ich Ihnen zur Seite stehen.«

Kapitel 29

Als Judith in ihre Kabine zurückkehrte, wo sie ihre Kleidung wechseln musste, war sie etwas irritiert, weil sie Catherine und Andrássy antraf. Ein Seemann war an ihr vorbeigestürmt und hatte einen Eimer Wasser fallen lassen. Von oben bis unten war sie bespritzt worden. Überschwänglich hatte er sich entschuldigt. Sie verstand seine Eile und verzieh das plötzliche Ungeschick. Vielleicht hatte er eben erst das aufziehende Gewitter bemerkt und war über einen Donnerschlag erschrocken.

Trotzdem lächelte sie ihren Cousin und seine Stiefschwester an. »Höchste Zeit, um alles an Bord festzumachen.«

»Und was heißt das?«, fragte Andrássy.

»Das weiß ich nicht so genau«, gestand sie und lachte. »Aber falls Sie es noch nicht bemerkt haben – ein gewaltiges Unwetter steht uns bevor. Deshalb sollten Sie in Ihren Kabinen alles in Sicherheit bringen, das herunterfallen würde, wenn das Schiff zu schlingern anfängt. Außerdem müssen alle Lampen gelöscht und irgendwo befestigt werden.«

»Im Dunkeln kann ich nicht arbeiten«, wandte Catherine ärgerlich ein.

Judith widerstand dem Impuls, die Augen zu verdrehen. »Während eines Gewittersturms sollten Sie besser nicht mit einer Nadel hantieren. Außerdem treffen wir uns alle in der Kapitänskabine zu einem verfrühten Lunch. Wenn es zu heftig stürmt, muss das gesamte Herdfeuer in der Kombüse gelöscht werden. Also wäre das unsere letzte warme Mahlzeit, bis das Gewitter vorbeizieht. Beeilen Sie sich, jeden Moment wird es losbrechen.«

Sobald die beiden aus der Kabine gelaufen waren, bereute Judith, dass sie Catherine nicht gebeten hatte, sie möge noch ein paar Minuten warten und ihr beim Umziehen helfen. Es fiel ihr schwerer als erwartet, aus dem nassen Kleid zu schlüpfen. Endlich riss ein Druckknopf am Rücken ab, und sie drehte das Kleid herum, öffnete die anderen Knöpfe und streifte die schmutzige Seide über den Kopf.

Dann wollte sie ein sauberes Kleid aus dem Schrank nehmen. Aber ohne die Hilfe der Zofe würde sie es nicht anziehen können. Vor dem Gewitter gewarnt, unterstützte Nettie die Dienstboten in der Kombüse bei den nötigen Vorsichtsmaßnahmen. Und Jack war bereits in die Kapitänskabine gegangen. Also blieb Judith nichts anderes übrig, sie musste sich mit Jacks Lieblingsausrüstung begnügen. Es dauerte nur eine knappe Minute, bis sie das Hemd und die Breeches trug. Für ein Kleid hätte sie mindestens doppelt so lange gebraucht.

In aller Eile sammelte sie sämtliche Gegenstände ein, die in der Kabine herumlagen, und warf sie in eine Truhe. Schließlich löschte sie die beiden Lampen, die Catherine benutzt hatte, ergriff einen Umhang, falls es bereits regnete, und kehrte nach oben zurück. Um die Kapitänskabine auf dem Achterdeck zu erreichen, musste sie das Hauptdeck überqueren.

Der Sturm begann immer stärker zu toben. Wenigstens regnete es noch nicht. So schnell wie möglich holte die Besatzung alle Segel ein und sicherte die Taue. Fröhliches Gelächter lenkte Judiths Blick himmelwärts. Erstaunt blieb sie stehen. Nathan hing am Großmast und half einem Seemann, ein Segel festzumachen. Genauso wild wie sein Haar flatterte sein Hemd umher, das der Wind aus der Hose gezerrt hatte. Offenbar amüsierte er sich, und das gefährliche Gewitter, das über die *Maiden George* hereinbrechen würde, schien ihn kein bisschen zu beunruhigen.

»Genießen Sie das Unwetter, Mr Tremayne?«, schrie sie.

Als er sie sah, schien er zu erschrecken und sprang sofort zu ihr herab. »Warum bist du nicht unten?«

»Gerade wollte ich zur Kabine meines Onkels gehen …«

Nathan ergriff ihren Ellbogen und führte sie zur Treppe. »Oh, ich liebe Gewitterstürme. Zumindest auf dem Meer. An Land bemerke ich sie gar nicht. Hier draußen bekämpft man die Elemente, Mutter Natur schwingt die Peitsche. Man weiß nie, wer gewinnen wird. Jetzt …«

Eine gewaltige Welle schnitt ihm das Wort ab. Plötzlich überspülte sie das Deck, warf beide von den Füßen, riss aber nur Judith mit sich. Schreiend schwenkte sie ihre Arme, versuchte verzweifelt, sich irgendwo festzuhalten. Sie hörte die Stimme ihres Onkels, der ihren Namen rief. Doch er war zu weit entfernt und würde sie nicht erreichen, bevor sie … O Gott, nicht ins Meer hinab! Sie war keine gute Schwimmerin, würde versinken, ehe jemand in den aufgewühlten Wogen, die das Schiff umherschleuderten, zu ihr gelangen konnte.

Das alles schwirrte durch ihr Gehirn, als sie eine Hand auf ihrem Fuß spürte. Sie spuckte Salzwasser aus und hob den Kopf. Nur mehr wenige Zentimeter trennten sie vom Rand des Schiffs, das sich bedrohlich tief in die schäumenden Fluten neigte. Über ihr Gesicht strömte Wasser, sie schloss die Augen, und die große Welle wich zurück. Schmerzhaft hämmerte Judiths Herz.

Als sie die Augen öffnete, sah sie Wasser zwischen den Querstangen der Reling davonfließen. Da die Reling ziemlich hoch war, hätte sie ihren Sturz ins Meer vielleicht verhindert. Doch sie hätte dagegenprallen können und wäre dabei gestorben – oder zumindest schwer verletzt worden.

Wer sie gerettet hatte, erkannte sie, sobald Nathan sie hochhob und auf seine Arme nahm. »Das war verdammt knapp.«

»Alles in Ordnung, Judy?«, fragte James an ihrer Seite.

Noch immer stellte Nathan sie nicht auf die Beine und presste sie so fest an seine Brust, dass sie seine Herzschläge spürte. Da ihr Onkel sie besorgt musterte, beteuerte sie hastig: »Ja, jetzt geht es mir gut.«

»Bringen Sie meine Nichte in Sicherheit, Tremayne«, befahl er, dann rief er der Besatzung neue Anweisungen zu.

Nathan trug sie auf das Achterdeck. »Bleib in der Kabine des Captains. Für heute bist du schon oft genug nass geworden.«

Oft genug? Hatte er den Zwischenfall mit dem umgekippten Eimer beobachtet? Sie hatte ihn nicht auf Deck gesehen. Und sie schaute sich immer nach ihm um. Allmählich wuchs ihr Unmut, weil er ihr innerhalb der relativ engen Schiffsgrenzen ständig so mühelos entrann.

Doch sie fand keine Gelegenheit, ihn danach zu fragen. »Danke, dass du mich an Bord festgehalten hast …«, war alles, was sie sagen konnte, bevor er die Kabinentür öffnete. Blitzschnell schloss er sie wieder, nachdem er Judith in den Raum bugsiert und auf den Boden gestellt hatte.

Als Anthony seine durchnässte Tochter erblickte, eilte er sofort zu ihr. »Was ist passiert? Es regnet noch gar nicht.«

»Nein, aber ich wurde von ein bisschen Gischt angespritzt«, erklärte sie und lächelte, um ihn zu besänftigen.

»Komm mit mir, Judy«, schlug Georgina vor und erhob sich vom Sofa, »ich gebe dir was Trockenes zum Anziehen.«

Judith nickte und folgte ihr in den abgetrennten Schlafbereich der Kabine. Was geschehen war, wollte sie nicht erwähnen. Catherine und sogar Andrássy wirkten schon verängstigt genug. Und der Höhepunkt des Gewittersturms war noch nicht erreicht. Mit der Hilfe ihrer Tante zog sie sich rasch um. Dann ließ Georgina sie allein. Judy rieb ihr Haar mit einem

Handtuch halbwegs trocken und flocht es wieder, ehe sie in den Wohnraum zurückkehrte.

Nun würden sie im Familienkreis das Ende des Unwetters abwarten. Jacqueline nickte ihrer Cousine zu, hatte aber an einem der Spieltische schon eine Partie Whist mit ihrer Mutter, Katey und Boyd begonnen.

Am zweiten kleinen Tisch wartete Anthony zusammen mit Catherine und Andrássy auf seine Tochter, die mit ihnen spielen sollte, und winkte sie zu sich. »Wo warst du denn die ganze Zeit, Püppchen?«

»Ich hatte Schwierigkeiten mit meiner Kleidung.« Dass sie sich ohne Hilfe weder an- noch ausziehen konnte, war ein stetiges Ärgernis. »Hoffentlich wird die *haute couture* eines Tages den Zofenmangel berücksichtigen.«

»Damit würde ich nicht rechnen«, wandte Catherine ein und lächelte schwach, bevor ihr Gesicht wieder ernste Züge annahm.

Auch Andrássy schien sich nicht zu entspannen. Keiner der beiden Benedeks hatte jemals einen Sturm auf hoher See miterlebt, Judith ebenso wenig. Ihre erste Schiffsreise war glatt verlaufen. Sichtlich bedrückt starrte Georgina ihre Spielkarten an, denn James war immer noch im Freien, und sie würde erst aufatmen, wenn er in die Kabine kam. Jack war frohen Mutes wie eh und je, als würde sie das Unwetter gar nicht wahrnehmen. Und Boyd sah gelassen aus. Offenbar sorgte er sich nur um Katey, deren Hand er festhielt.

Obwohl Judith wegen des Sturms fast über Bord gefallen wäre, empfand sie keine Angst mehr. Nicht einmal, während das Schiff immer heftiger schlingerte. Nachdem sie Nathans Begeisterung für die tobenden Elemente beobachtet hatte, verspürte sie jetzt – im Trockenen, im Schutz der Kabine – eine seltsame innere Ruhe.

Plötzlich neigte sich der Spieltisch so stark, dass die Karten fast über den Rand rutschten, bevor das Schiff sich wieder aufrichtete. Judiths Gedanken schweiften sofort wieder zu Nathan, und sie hoffte inständig, er würde da draußen solch bedrohliche Momente unverletzt überstehen. Doch dann erinnerte sie sich an den Spaß, den ihm das Gewitter machte. Und nach so vielen Jahren auf See würde er wissen, welche Vorsichtsmaßnahmen er ergreifen musste.

Im Großen und Ganzen erfüllten die Whistpartien ihren Zweck, die Spieler vom Wetter abzulenken. Als ein erfahrener Seefahrer versicherte Boyd ihnen, je heftiger ein Sturm toben würde, desto eher sei das Ende abzusehen. Besonders tröstlich fand Judith das nicht, aber der Amerikaner sollte recht behalten. Mit voller Wucht raste das Unwetter eine Stunde lang über das Schiff hinweg. Schließlich hinterließ es einen milden Regen, der auch nicht länger dauerte.

Das musste gefeiert werden. Kein nennenswerter Schaden war entstanden, und der starke Wind, der Vorbote des Sturms, hatte die Fahrt des Schiffs trotz der eingeholten Segel beschleunigt. Aber das Freudenfest führte zu höherem Weinkonsum beim Lunch und später beim Dinner. Und so fühlte Judy sich ziemlich müde, als sie abends in ihre Kabine ging. Da sie ein Kleid trug, wartete sie, bis Netty erscheinen würde, um ihr herauszuhelfen. Erschöpft legte sie sich aufs Bett und schlief fast ein, bevor sie ein Pochen an der Tür hörte.

»Sie müssen nicht anklopfen!«, rief sie der Zofe zu.

»Doch, ich denke schon«, antwortete ein leiser Bariton.

Atemlos sprang sie vom Bett, rannte zur Tür und riss sie auf. In sauberer, trockener Kleidung stand Nathan vor ihr, das Haar zurückgekämmt und immer noch feucht, aber offenbar von einem Bad. Er wirkte leicht verlegen. Aus welchem Grund, ahnte sie erst, als sie einen seiner Arme hinter seinem Rücken sah. Versteckte er etwas vor ihr?

»Hast du das Gewitter gut überstanden?«, wollte er wissen.

Erstaunt schaute sie in seine Augen. Kam er wirklich so viele Stunden nach dem Sturm hierher, um sie danach zu fragen?

»O ja. Dafür muss ich vor allem dir danken. Nachdem ich gesehen hatte, wie gut gelaunt du inmitten des wilden Sturms warst, fand ich ihn gar nicht mehr so schlimm.«

»Hattest du keine Angst um mich?«

Nur eine kurze Zeit lang. Aber nicht einmal das würde sie zugeben. Auch nicht, dass sie nach dem Ende des Regens zu Artie gegangen war, um sich möglichst beiläufig zu erkundigen, ob alle Mitglieder der Besatzung unverletzt seien. Sie runzelte die Stirn. »Erwartest du das Geständnis, ich hätte mich deinetwegen gesorgt?«

Nathan grinste. »War meine Frage zu direkt?«

»Ein bisschen. Und jetzt solltest du mir verraten, was du hinter deinem Rücken versteckst.«

»Komm näher, dann wirst du's sehen«, schlug er vor und hob anzüglich die Brauen.

»Genauso gut kannst du's mir zeigen.«

»Aber das würde nicht so viel Spaß machen.«

Der Mann war unverbesserlich. Und er versuchte nicht, seine Belustigung zu verhehlen. An Hänseleien war sie gewöhnt, die gab es in ihrer Familie zur Genüge. Damit ließ sich diese Art von Humor allerdings nicht vergleichen, eher mit einem Flirt von der etwas dreisteren Sorte, der ihr heißes Blut in die Wangen trieb. Manchmal, wenn Nathan sich so benahm, wurde ihr sogar schwindlig.

Aber an diesem Abend musste sie einen Lachreiz bekämpfen, und das warnte sie. Inzwischen hielt sie Nathans ungehörigen Humor für viel zu selbstverständlich.

Nun ergriff er ihre Hand, legte etwas Warmes hinein, und sie schaute hinab. Beim Anblick des kleinen Fellknäuels, den sie festhielt, blinzelte sie verwundert. Als er sich bewegte, kicherte sie und merkte, was das war. Ein winziges weißes Gesichtchen schaute zu ihr auf, mit Silberstreifen auf Stirn und Wangen, großen, grünen, schwarz umrandeten Augen und einer schwarzen Knopfnase. Auch über den buschigen Schwanz zogen sich silberne Streifen. Ansonsten war das kleine Tier schneeweiß.

Unfähig, ihren Blick von ihm loszureißen, fragte sie: »Und was soll ich mit einem neugeborenen Kätzchen machen?«

»Füttere es, verwöhne es – liebe es. Du weißt es doch. Was du normalerweise mit zauberhaften Geschöpfen machst.«

Klang das etwas zu persönlich, als würde Nathan gar nicht das Kätzchen meinen? Judith hob den Kopf und geriet in den Bann anderer grüner Augen.

Bevor sie antwortete, musste sie sich räuspern. »Natürlich werde ich es behalten, wenn du versprichst, mir jeden Tag frische Milch von der Kuh im Frachtraum zu bringen.«

Entgeistert starrte er sie an. »Was, *ich* soll eine Kuh melken?«

»Dachtest du nicht, das müsstest du manchmal tun, wenn du eine Farm gründen willst?«, konterte sie lächelnd. »Für gewöhnlich hält ein Farmer auch Vieh.«

Er seufzte tief, aber er widersprach ihr nicht. Selbst wenn er protestiert hätte, würde sie ihm das kleine lebendige Geschenk nicht zurückgeben. Dafür war es zu spät. Und sie glaubte, es würde ihm schon bald gelingen, Milch aus der Kombüse zu holen, nachdem jemand anderer die Kuh gemolken hatte.

»Was haben Sie denn da, meine Liebe?«, fragte Nettie, als sie endlich erschien.

»Einen neuen Mitbewohner.«

Während Nettie sich zu Nathan wandte und ihn von oben bis unten inspizierte, musste er ebenso lachen wie Judith.

Dann nahm die alte Zofe das Kätzchen aus der Hand ihrer Herrin. »Ach, was für ein süßes kleines Ding! Am besten hole ich gleich mal Getreide aus dem Kombüsenlager, das wird es brauchen.«

»Und Sand«, ergänzte Nathan. »Davon haben wir eine ganze Menge, für den nötigen Ballast. Morgen früh bringe ich ein paar Eimer hierher.«

»Sehr gut.« Das Kätzchen im Arm, betrat Nettie die Kabine.

Judith blieb noch eine Weile bei der Tür stehen. »Vielen Dank für das Geschenk.«

Entschieden schüttelte er den Kopf. »Das ist kein Geschenk. Ganz im Gegenteil, du tust mir einen Gefallen, wenn du mir das Tierchen abnimmst.«

»Magst du Katzen nicht?«

»Darüber habe ich nie nachgedacht. Aber in den letzten Tagen, während ich dieses kleine Wesen gepflegt habe, ist es mir etwas zu sehr ans Herz gewachsen.«

»Ah, und ich nehme an, es ist kein Kater?«

»Glaubst du wirklich, das würde für mich eine Rolle spielen? Ich werde einiges zu tun haben, wenn wir in Connecticut gelandet sind, und kann kein Kätzchen mit mir herumtragen. Deshalb will ich mich schon jetzt von ihm trennen. Und außer dir gibt es niemanden an Bord, der's gewissenhaft betreuen wird, Schätzchen.«

»Bist du dir sicher? Warum?«

»Weil du der warmherzigste Mensch bist, den ich jemals kennengelernt habe. Also pass gut auf unser Kätzchen auf.«

Nachdem ihr der Sinn dieser Worte bewusst geworden war, schnappte sie nach Luft. »*Unser* Kätzchen? Moment mal, ich bin keine Pflegekraft, die für dich arbeitet! Jetzt gehört es mir!«

Ob er ihr zugehört hatte, war zweifelhaft, denn er ging bereits davon.

Kapitel 30

Auch an diesem Morgen focht Jacqueline wieder mit Andrássy auf dem Hauptdeck. Judith stand auf dem Achterdeck und schaute ihnen zu. An diesem warmen Frühlingstag waren ihre Tante und ihre Schwester zu ihr heraufgekommen.

»Hat sich Netties Erkältung gebessert, Judy?«, fragte Georgina.

»Sie schnieft nicht mehr so stark. Aber gestern Abend hatte sie Fieber. Wenigstens konnte ich sie überreden, heute im Bett zu bleiben. Catherine hat mir angeboten, mein letztes Kleid in Netties Kabine fertig zu nähen und ihr Gesellschaft zu leisten. Am Nachmittag setzte ich mich zu ihr.«

»Hoffentlich weit genug von ihr entfernt!«, mahnte Katey. »Du darfst dich nicht anstecken, bevor du deinen ersten Ball besuchen wirst. Wahrscheinlich schon gegen Ende dieser Woche.«

Dann bemerkte Georgina in beiläufigem Ton: »Dein junger Mann lässt sich gar nicht mehr blicken, seit er dich während des Sturms in unsere Kabine bugsiert hat.«

Auch Judith hatte Nathan nicht mehr gesehen, zumindest nicht für längere Zeit, so wie sie es wünschte. Und sie war so sicher gewesen, sie hätte eine perfekte Möglichkeit gefunden, um bis zum Ende der Reise eine tägliche Begegnung zu erzielen. Die Milch für das Kätzchen, die er ihr bringen sollte. Inzwischen war sie zweimal in ihre Kabine zurückgekehrt und hatte die frische Milch schon vorgefunden.

Und Nettie hatte sie nicht geholt. Einmal öffnete sie die Tür in Judiths Gegenwart, nachdem Nathan angeklopft hatte, und nahm ihm die Schüssel ab. »Danke, mein Junge«, sagte sie und schloss die Tür sofort wieder.

Nur ein einziges Mal war Judith allein in ihrer Kabine gewesen, als Nathan die Milch abgeliefert hatte – am Vortag, dem zwölften Tag auf See. Soeben war sie in ihre Schiffskleidung geschlüpft, mit der sie sich seit einer Weile resignierend begnügte, bis Nettie genesen würde.

Nathan übergab Judy das Milchschüsselchen an der Tür. Dann schob er sich an ihr vorbei und betrat die Kabine, ohne um Erlaubnis zu bitten. Ohne vorher festzustellen, ob sie allein war!

Geradewegs ging er zu dem Kätzchen und setzte es auf seine Handfläche. Die war groß genug, sodass es bequem Platz darauf fand. »Wie hast du es genannt?«

»Ich habe ihm noch keinen Namen gegeben.«

»Warum nicht?«

»Weil ich noch nicht herausfinden konnte, was es ist – männlich oder weiblich. Weißt du es?«

»Nein, mir war's zu mühsam, nachzuschauen. Ich nannte es einfach ›Puss‹.«

»Und ich nenne es ›Kitten‹.«

Er drehte das Tierchen um und untersuchte es. Dann lachte er. »Leider kann ich's auch nicht feststellen. Entscheiden wir uns für einen neutralen Namen?«

»Zum Beispiel?«

»Fellball? So, wie's aussieht, wird es längere Haare haben als normalerweise.«

Energisch schüttelte Judith den Kopf. »Gegen diesen Namen würde ich protestieren, wenn ich ein weibliches Kätzchen wäre.«

Er schaute sie an, als wollte er etwas sagen. Doch er sprach es nicht aus. Stattdessen schienen ihn ihre Augen zu fesseln. Es dauerte sehr lange, bis er das Schweigen brach.

»Was für unglaubliche Augen du hast ...« Dann verdarb er das Kompliment, indem er hinzufügte: »Zu schade, dass dein Vater die gleichen hat.«

Judy lachte. »Heißt das, ich erinnere dich an meinen Vater?«

»Nein, er erinnert mich an dich.«

»Hast du inzwischen noch ein paar Worte mit ihm gewechselt?«

»Nur finstere Blicke. Dieses Feuer will ich nicht schüren. Deshalb darf er mich nicht mehr in deiner Nähe sehen.«

Sobald er das betont hatte, verließ er den Raum, ehe ihr ein Vorwand einfiel, um seinen Besuch zu verlängern. Sie rannte zur Tür und rief: »Soll ich das Kätzchen ›Silver‹ nennen?«

»Einverstanden«, stimmte er zu.

Aber er hatte sich nicht umgedreht.

Welch eine Enttäuschung ... Und die Reise war fast vorbei. Noch drei bis fünf Tage würde sie dauern, je nach den Windverhältnissen. Das hatte Judith am letzten Abend beim Dinner erfahren. Sie fürchtete, nach der Landung würde sie Nathan nicht wiedersehen.

Andererseits wusste sie nach wie vor nicht, ob er kriminell war. Doch sie neigte offenbar zu der Vermutung, er müsste unschuldig sein. Sonst hätte sie sich niemals mit ihm angefreundet. Sie glaubte, dass er sie in Notfällen beschützen und ihre Familie nicht mehr gefährden würde – falls er das jemals getan hatte. Ja, sie waren Freunde geworden. Gewissermaßen. Und wahrscheinlich nahm er inzwischen an, sie würde ihn nicht ans Messer liefern, wenn er seine Schmuggelei zugab. Aber wollte er seine illegitimen Aktivitäten fortsetzen, nachdem er sein Schiff zurückgewonnen hatte? Obwohl er für seine zwei kleinen Nichten sorgen musste? Wenigstens das konnte sie mit ihm besprechen – wenn sie jemals wieder allein sein würden.

Georgina wartete immer noch auf eine Antwort. Nun fügte sie hinzu: »Soll ich ihn zum Dinner einladen, Judy?«

»Großer Gott, nein – und er ist nicht *mein junger Mann*.«

»Wirklich nicht? Als wir damals beim ersten Fechtkampf über ihn sprachen, gewann ich den Eindruck, du würdest dich zu ihm hingezogen fühlen.«

»Nein, ich – nein.«

»Bist du dir nicht ganz sicher?«

»Mein Vater mag ihn nicht. Also wäre es keine gute Idee, wenn die beiden am selben Tisch sitzen würden.«

»Über wen redet ihr?«, wollte Katey wissen.

»Über Nathan Tremayne«, erklärte Georgina. »Bist du ihm schon mal begegnet?«

»Nur kurz. Boyd freut sich darauf, ihm beizustehen. Und er will mich sogar gleich nach der Landung verlassen und mit diesem Mann nach New London fahren. Was hält James davon?«

Georgina lachte. »Oh, zweifellos würde er nur zu gern mitmischen. Am liebsten wäre er in irgendwelche Kämpfe verwickelt, statt Partys zu besuchen – wenn sie nicht für Jack und Judy veranstaltet würden. Die dürfte auch Boyd nicht versäumen.«

»Allzu lange wird er nicht unterwegs sein«, meinte Katey. »Höchstens ein paar Tage.«

Judith hörte angespannt zu. Offenbar hatte Nathan ihr die Wahrheit über die Suche nach seinem Schiff erzählt. Warum sollte er sich Boyds Hilfe sichern, wenn er diese Geschichte erfunden hatte? Offenbar entsprachen die meisten seiner Berichte den Tatsachen. Aber hatte er jemals eindeutig beteuert, er sei kein Schmuggler? Nein, sie erinnerte sich nur an ausweichende Antworten.

*

Am späten Abend sah sie noch einmal nach Nettie, bevor sie sich zurückzog. Die alte Frau schlief tief und fest. Deshalb wollte Judith sie nicht stören. Wenige Minuten später betrat sie ihre eigene Kabine und löste das Band, das ihre Haare aus dem Gesicht hielt. Erst als sie die Mitte des Raums erreichte, merkte sie, dass sie nicht allein war. Abrupt blieb sie stehen.

Nathan saß im Lehnstuhl, den Kopf zur Seite geneigt, die Finger vor seinem Bauch ineinandergeschlungen, eine weißblonde Locke über einem Auge. Unglaublich – er schlief! Und das Kätzchen hatte sich auf seiner Brust zusammengerollt und die Augen geschlossen. Judith hörte es schnurren.

Verwirrt sank sie auf die Bettkante und starrte die beiden an. Intensive Gefühle trieben ihr fast Tränen in die Augen. Welch einen herzerwärmenden Anblick der große Mann und das kleine Tier boten – ein Bild geteilter Zufriedenheit, von Liebe und Vertrauen. Offenbar hatte das Kätzchen entschieden, mit welchem Menschen es zusammen sein wollte. Sie musste es Nathan zurückgeben. Vielleicht, wenn er seine Geschäfte in Amerika erledigt hatte. Wo sie ihn in England finden konnte, wusste sie. Also würde sie ihn am Ende dieser Reise nicht zum letzten Mal sehen, ein wunderbarer, tröstlicher Gedanke.

Sie wollte die beiden noch nicht stören. An Nathans Seite brannte nur eine schwache Lampe und tauchte die Kabine in sanftes Licht. Aber es genügte Judy, um ihn eingehend zu mustern. Wie atemberaubend er aussah … Schon als sie ihn für einen Geist gehalten hatte, war sie von seiner attraktiven äußeren Erscheinung bezaubert gewesen. Und jetzt, aus Fleisch und

Blut, bewegte er ihr Herz in verschiedener Hinsicht. Im Schlaf wirkte er geradezu rührend jungenhaft. Und wenn er wach war, faszinierte sie seine maskuline Anziehungskraft. Gewiss, er war dreist und unverschämt. Aber sollte er sich jemals wie ein Gentleman benehmen, würde sie ihn vermutlich bitten, damit aufzuhören. Hatte sie sich tatsächlich an ihn gewöhnt, mitsamt seinen ungehobelten Manieren?

Schließlich stand sie seufzend auf, ergriff vorsichtig das Kätzchen und setzte es neben die Milchschüssel, die er an diesem Abend mitgebracht hatte. Dann rüttelte sie behutsam an Nathans Schulter und wich zurück, falls er um sich schlug – was manche Männer taten, wenn sie plötzlich geweckt wurden.

Doch er hob langsam die Lider, blinzelte auf seine Brust hinab, wo er das Kätzchen vermisste, und riss die Augen auf, als er Judith entdeckte.

»Tut mir leid«, murmelte er etwas verlegen, richtete sich auf und streckte seine Glieder. »Ich wollte verschwinden, bevor du vom Dinner zurückkommst.«

»Wahrscheinlich hat Silvers Schnurren dich eingeschläfert, das klingt so angenehm und beruhigend. Also möchtest du mir immer noch aus dem Weg gehen?«

»Nun, ich fand es ratsam, weil ich mich selber so mühsam bekämpfen muss, um meine Finger von dir zu lassen.«

Natürlich sagte er *schon wieder* etwas, das ihr heißes Blut in die Wangen trieb. Ob es stimmte oder nicht – er grinste, sobald er sie erröten sah, und forderte eine Ermahnung heraus. »Damit verstößt du gegen unsere Abmachung.«

Er zog die Brauen hoch. »Eigentlich dachte ich, das Verhör wäre beendet.«

»Nicht ganz. Zum Beispiel hast du mir nicht verraten, ob du den Schmuggel aufgeben würdest, weil du für zwei kleine Mädchen verantwortlich bist.«

»Also beharrst du *immer noch* auf diesem Verdacht?«, stieß

er ärgerlich hervor. »Wenn ich jemals kriminell war – jetzt bin ich es nicht. Ich werde mir mein Schiff zurückholen oder sterben, während ich's versuche. Was ich danach mit der *Pearl* machen werde, habe ich noch nicht entschieden. Aber ich versichere dir, weder in England oder sonst wo wartet ein Galgenstrick auf mich.«

»Ich glaube dir.«

Plötzlich änderte sich seine Miene. Er stand auf und nahm ihr Gesicht in beide Hände. »Wirklich?«

»Ja.«

Und dann überraschte er sie und riss sie in seine Arme. Erleichtert? Möglicherweise. Aber als sie zu ihm aufsah, las sie ganz andere Gefühle in seinen Augen. Was nun geschah, glich einer Explosion aller Sinne. Er küsste sie nicht nur, er hob sie zu seinem Mund hoch, legte ihre Beine um seine Taille, presste sie so fest an sich, dass sie von seiner geballten maskulinen Kraft überwältigt wurde. Und maßlos erregt. Das hatte sie sich inständiger gewünscht, als es ihr bewusst geworden war – ihn auf diese Art zu spüren, in seiner Leidenschaft zu schwelgen.

Mit einem Arm umfing sie seinen Hals, die Finger der anderen Hand schlang sie in sein Haar und erwiderte seinen Kuss mit einer Glut, in der sie ihr eigenes Wesen kaum wiedererkannte. Dass er sie zum Bett getragen hatte, merkte sie erst, als er sie darauf legte. Sie klammerte sich an ihn, zog ihn hinab. Nicht einmal für eine Sekunde wollte sie ihn loslassen. Zwischen ihren Beinen spürte sie ihn, seine Härte. In ihrer Unschuld erschien ihr das unerwartet, und es entlockte ihr ein forderndes Stöhnen. Da rückte Nathan von ihr weg, so schnell, als hätte sie ihn verbrannt, und richtete sich vom Bett auf.

Wollte er sie verlassen? »Geh nicht fort«, flüsterte sie und wünschte, er würde sie wieder küssen.

Offenbar glaubte er, sie würde etwas anderes meinen, denn er starrte sie voller Verlangen an. In diesem Moment erkannte sie, was sie wirklich meinte, und lächelte schwach. Aus Nathans Kehle rang sich ein seltsamer Laut, der so klang, als hätte er Schmerzen.

Doch er gab Judys Drängen nach, setzte sich rittlings auf ihre Hüften, damit er ihr das Hemd und das Unterhemd ausziehen konnte. So leicht fiel ihr das alles nun doch nicht, ein unschlüssiges Zögern, wieder ein Erröten ... Er beobachtete sie, seine Augen hielten ihre fest, während er erforschte, was er entblößt hatte. Erst wurde sie von dem Feuer in seinem Blick gefesselt, schließlich von seinen Liebkosungen.

Zunächst ganz sanft, streichelte er ihren Busen, dann etwas fester und entfachte Flammen in ihrem Innern, ließ seine Finger um die Knospen kreisen und sandte heiße Ströme durch ihren Körper. Sie begehrte ihn, wollte ihn ihrerseits anfassen, erreichte aber nur seine Schenkel zu beiden Seiten ihrer Hüften und strich darüber. Hastig zerrte er sich das Hemd vom Leib. Sie hörte, wie der Stoff zerriss, und lachte beinahe, während Nathan vom Bett sprang und aus seiner Hose stieg. Sofort kehrte er zu Judith zurück, diesmal an ihre Seite.

Viel besser. Jetzt konnte sie seine Schultern berühren, seinen Hals, sein Haar. Wie Seide fühlte es sich auf ihrer Haut an, als er eine ihrer Brustwarzen in den Mund nahm. Die Hitze, die er durch ihren Bauch jagte, raubte ihr den Atem. O Himmel – seine spielende Zunge an der erhärteten Knospe, bevor er daran saugte, ließ Judy laut aufstöhnen. Diesmal wich er nicht zurück, schien zu wissen, dass der Laut keinen Protest ausdrückte, sondern reines Entzücken.

Nun nahm er sich sehr viel Zeit, streichelte ihre Brüste, den Hals, die Arme, während er sie küsste, wollte alles von ihr kennenlernen, zumindest die Stellen, an die er herankam. Allmählich befreite er sie von ihren Schuhen und den Breeches, so langsam, dass sie es kaum bemerkte, weil sie von so vielen anderen Gefühlen überrascht und erfreut wurde. Seine Hände, voller Schwielen, wirkten nicht zart, aber seine Lippen. Wie schmelzender Samt erschienen sie ihr, als sie über ihren Körper wanderten. Und gerade dieser Gegensatz – einerseits rau, andererseits verführerisch weich – erregte und besänftigte sie abwechselnd und schürte ihre Leidenschaft.

Nathan drehte sich auf den Rücken und zog Judith auf seinen Körper, eine Position, die ihr gefiel. Zwischen ihren Knien spürte sie seine Hüften, und sie genoss einen besseren Zugang zu seiner breiten Brust. Unter ihren Fingerspitzen fühlte sie sein Muskelspiel. Wie sie hingerissen feststellte, waren seine Nippel genauso empfindsam wie ihre.

Diese Wonnen gönnte er ihr nicht lange, legte sie wieder auf den Rücken und schob ihre Beine auseinander. Seine Brust auf ihrer, entrang er ihr mit einem glutvollen Kuss ein Stöhnen, das aus den Tiefen ihrer Seele zu stammen schien.

»Wie oft ich daran dachte, ahnst du nicht«, gestand er mit heiserer Stimme. »Jede Nacht, in jeder verdammten Minute. Aber nicht einmal meine wildesten Träume konnten mich auf die Gefühle vorbereiten, die du jetzt in mir weckst. Geht es dir auch so?«

Seine heißen Lippen an ihrem Hals jagten ein Zittern durch ihre Glieder, und sie konnte kaum denken, geschweige denn Worte finden. Schließlich stammelte sie: »Was ich empfinde – so etwas wie Freude …«

Lächelnd richtete er sich auf. »Wirklich?«

»Und Ungeduld – die quält mich so wahnsinnig, dass ich dich erwürgen will.«

»Weißt du, warum du diesen Drang verspürst?«

»Ja, ich glaube schon.«

»Dann tu dir keinen Zwang an, Schätzchen. Oder noch besser …«

Wie er das meinte, erkannte sie, als er seine Finger in ihre schlang und sie verzehrend küsste, bevor er in sie eindrang.

Ja, das war es, was sie ersehnt hatte. Falls sie einen Schrei ausstieß, erstickte er ihn mit seinem Mund. Aber sie bezweifelte, dass sie schrie. Zu glatt verlief die Vereinigung, zu schnell und viel zu willkommen. Und von der harten Hitze beglückt, die sie ausfüllte, bewegte sie sich nicht, wollte einfach nur dieses befriedigende Gefühl genießen. Auch Nathan rührte sich nicht, nur seine Lippen glitten über ihre, zärtlich und besänftigend. So lieb von ihm, so rücksichtsvoll ... Doch sie hatte die Verschmelzung lange genug ausgekostet. Jetzt verlangten alle Nerven in ihrem Körper etwas mehr. Ihre inneren Muskeln umschlossen ihn. Da begann er sich zu bewegen, zuerst ganz langsam, bis sie ihm zu verstehen gab, das würde ihr nicht genügen. Sie umklammerte seine Schultern, hob sich ihm entgegen, immer wieder, immer schneller, als würde sie zu einem unbekannten Ziel getrieben. Bald erreichte sie es. Eine unbeschreibliche Ekstase durchflutete sie wellenförmig, pochte in ihrem Bauch und in ihrem Herzen, und sie gab sich dem Sturm mit wild zuckenden Hüften hin, bis er auch Nathan genauso besiegte wie sie selbst.

Neben ihrem Ohr hörte sie ihn keuchend nach Atem schöpfen, sein Gesicht sank über ihrer Schulter auf die Matratze. Judith spürte noch immer sein Zittern und lächelte.

Schließlich richtete er sich auf, umfing sie und rückte mit ihr zum Kopfteil des Betts hinauf. Nach den lebhaften Aktivitäten auf der unteren Hälfte der Matratze gerieten sie erst jetzt in die Nähe der Kissen.

»Bevor der Tag anbricht, verschwinde ich«, beteuerte er, einen Arm um Judith geschlungen. Ihre Wange ruhte auf seiner Brust. »Lass dich eine Weile festhalten.«

Statt einer Antwort legte sie ein Bein über seine Schenkel. Sie wollte nicht reden. Nie zuvor hatte sie sich so zufrieden gefühlt und – glücklich. Ja, eindeutig *Glück*. Das musste der goldene Glanz sein, in dem sie zu baden schien.

Beinahe war sie eingeschlafen, als sie noch einmal Nathans Stimme hörte. »Ich werde dich niemals vergessen. Wenigstens das sollst du wissen.«

Schöne Worte … Aber sie klangen wie ein Abschied. Wahrscheinlich hatte er es auch so gemeint. Gestohlene Momente – mehr war ihnen nicht vergönnt worden. Aber er wusste nichts von Judiths Entschluss, der jetzt endgültig feststand. In England würden sie sich wiedersehen.

Kapitel 31

Seit wann schläfst *du* den halben Vormittag?«, schimpfte Jacqueline und ließ sich auf das Bett fallen.

Judith rutschte von ihr weg und zog die Decke über ihre Schulter. »Natürlich nur nach meinen seltenen schlaflosen Nächten. Und jetzt geh weg.«

»Aber …«

»Ein paar Stunden brauche ich noch. Sonst werde ich den ganzen Tag gähnen.«

»Also gut. Wenn du dich beim Lunch nicht blicken lässt, komme ich wieder.«

Sobald Jack die Tür hinter sich geschlossen hatte, sprang das Kätzchen aufs Bett und kitzelte Judiths Nase mit seinen Barthaaren. »Weg mit dir! Ich will mich nicht an dich gewöhnen, wenn ich dich ihm zurückgeben werde.«

Silver gehorchte nicht und setzte sich auf das Kissen neben ihrem. Bei Jacks Ankunft hatte Judith nicht geschlafen. Schon seit Stunden war sie wach gewesen, zufrieden mit ihren träumerischen Gedanken, und sie wollte nicht aufstehen. Den ganzen Tag hätte sie im Bett verbringen und einfach nur an die letzte Nacht denken können. Doch sie sollte sich wenigstens anziehen, falls noch jemand hereinkommen würde. Es wäre schwierig gewesen, ihrer Cousine zu erklären, warum sie nackt unter der Decke lag, obwohl es in den Kabinen eher kühl war.

Vielleicht müsste sie bereuen, was geschehen war. Doch sie

empfand weder Reue noch Scham. Sie wünschte nur, Nathan hätte sie immer noch im Arm gehalten, als sie erwacht war. Eigentlich wollte sie jeden Morgen an seiner Seite erwachen. Aber das würde eine verpflichtende Bindung erfordern, die ihn nicht interessierte … Vor dieser Erkenntnis schreckte Judith zurück. *Alles ist möglich.* Mit Nathan Tremayne war sie noch nicht fertig.

Sie stand auf und zog sich hastig an, bevor auch Catherine zu ihr kommen würde. Beim Anblick ihrer Kleidungsstücke, die am Boden verstreut lagen, musste sie lachen. Was das betraf, war Jack ziemlich schlampig. Deshalb hatte sie es vermutlich nicht bemerkt. Der alten Zofe wäre es sofort aufgefallen. Überaus ordnungsliebend, faltete Judy sogar ihre schmutzigen Sachen sorgsam zusammen, ehe sie auf dem Haufen für die Wäsche landeten. Wenn Nettie nicht bald genas, würde sie einiges selber waschen müssen.

Kurz bevor sie die Kabine verlassen wollte, erschien Catherine, ging zum Schrank und hängte das letzte Kleid hinein, das sie vollendet hatte. Judith machte gerade das Bett und lächelte sie frohen Mutes an. Hoffentlich würde das an diesem Tag kein Problem verursachen – dass sie nicht zu grinsen aufhören konnte, nicht einmal, wenn sie allein war.

Catherine drehte sich zu ihr um. »Ist das wirklich das letzte Kleid gewesen, das fertig genäht werden soll? Das hat Ihre Zofe angedeutet. Aber dann musste sie niesen, und ich dachte, eventuell hat sie nicht in allen Truhen nachgesehen.«

»Um den Inhalt der unteren Truhen zu inspizieren, brauche ich einen Seemann, der die oberen entfernt.«

Natürlich wusste Judith, wen sie darum bitten würde. Noch ein Lächeln, diesmal besonders strahlend. Aber es gab keinen Grund, wegen der Worte zu lächeln, die sie soeben gesagt hatte. Das überschwängliche Glücksgefühl, das sich nicht bezwingen ließ, würde ihr *tatsächlich* Schwierigkeiten machen.

Catherine nickte. »Welches Abendkleid möchten Sie beim letzten Dinner an Bord tragen? Dass Ihre Familie den Abend so formell gestalten will, überrascht mich ein bisschen.«

»Wahrscheinlich das gelbe mit den cremefarbenen Spitzen.« Dieses Kleid hatte Catherine am Vortag in die Kabine gebracht. Deshalb erinnerte Judith sich daran.

»Haben Sie passenden Schmuck? Wenn nicht, leihe ich Ihnen eine Kette mit einem Bernsteinanhänger.«

Judith lächelte schon wieder. »Oh, ich besitze Juwelen in allen Farben. Aber ich bin mir nicht sicher, ob ich meine Bernsteine mitgenommen habe. Da wir bisher keine Gelegenheit hatten, mit unserem Schmuck zu glänzen, entsinne ich mich nicht mehr, was ich für die Reise in meine Schatulle gelegt habe.«

»Wenn es Ihnen recht ist, schaue ich mal nach. Wo verwahren Sie Ihre Schmuckschatulle?«

Kichernd schüttelte Judy den Kopf. »Auch das weiß ich nicht mehr! Sicher in irgendeiner Truhe. Haben Sie das Kästchen nicht gesehen, als Sie die Kleider herausgenommen haben?«

»Nein, Ihre Zofe hängte die Kleider, die ich fertig machen sollte, in den Schrank. Dorthin brachte ich sie nach meiner Näharbeit zurück, damit Mrs MacDonald sie in den Truhen verstauen konnte.«

»Dann werde ich die Schatulle finden, wenn …«

»He, Sie da!«, rief Catherine durch die offene Tür einem Matrosen zu, der gerade den Korridor entlangging. »Bitte, wir würden Ihre Hilfe brauchen …« Zu Judith gewandt, fuhr sie fort: »Suchen Sie Ihre Schmuckkassette, und ich vergewissere mich inzwischen, ob alle Kleider in Ordnung sind.«

Judy seufzte, während der Seemann den Auftrag bereitwillig erfüllte. Nun war ihre Chance vertan, Nathan unter einem plausiblen Vorwand in ihre Kabine zu beordern.

In der dritten Truhe, die sie öffnete, fand sie die Schatulle. Als sie den Deckel hob, schrie sie auf. »Alles weg!«

»Was, meine Liebe?«, fragte Catherine, über eine andere Truhe gebeugt.

»Mein ganzer Schmuck …«, klagte Judith.

Nein, nicht alles. Erleichtert entdeckte sie ihr kostbarstes Eigentum in einer Ecke des Kästchens – den winzigen Grasring, den Jacqueline in der Kindheit für sie angefertigt hatte. Auch Jack besaß einen. Um diese Juwelen füreinander zu basteln, hatten sie einen ganzen Tag gebraucht und sie dann monatelang getragen, bis die Ringe fast auseinandergeborsten waren. Judith hatte ihren in der Schatulle verstaut und gerettet. Obwohl er ihr jetzt nicht mehr passte, bedeutete er ihr immer noch sehr viel. Für einen Dieb war er glücklicherweise wertlos.

Doch die anderen Schmuckstücke, die das Kästchen enthalten hatte, waren ein Vermögen wert. Judys Mutter hatte keine Kosten gescheut, um sie für das Debüt mit sündteuren Juwelen auszustatten. Zu Roslynns Leidwesen verhinderte ihr Ehemann, dass sie ihren immensen Reichtum nutzte, um einen Beitrag zum Lebensunterhalt der Familie zu leisten. Den bestritt Anthony allein, darauf bestand er nachdrücklich. Und so verwöhnte sie ihre Kinder mit Geschenken, die sie nicht brauchten, aber es machte Mama glücklich.

Catherine spähte über Judiths Schulter in die leere Kassette. »Könnte das Schmuckkästchen sich in der Truhe entleert haben? Vielleicht während des Gewittersturms?«

»An jenem Tag ist tatsächlich eine Truhe vom Stapel gerutscht, und dabei wurde sie eingedrückt. Zum Glück war sie fest verschlossen und hat sich nicht geöffnet.«

Judith wühlte im Inhalt der Truhe. Dazu brauchte sie nicht lange. Das Kästchen war bis zum Rand gefüllt gewesen. Allein die drei Tiaren und zwei dreireihige Halsketten mit Edelsteinen in großen Fassungen hatten viel Platz eingenommen. Diese Juwelen würde sie mühelos zwischen den Kleidungsstücken entdecken. Um völlig sicherzugehen, nahm sie jedes einzelne heraus und schüttelte es. Aber kein Schmuck fiel zu Boden.

Bedrückt stöhnte sie, und Catherine legte einen Arm um ihre Schultern. »Befürchten Sie noch nicht das Schlimmste«, riet sie ihr. »Befragen Sie Ihre Zofe. Vielleicht hat sie die Juwelen aus irgendwelchen Gründen woanders verstaut. Manchmal vergessen ältere Dienstboten, ihrer Herrschaft mitzuteilen, was sie unternommen haben.«

Judith schüttelte den Kopf. »Nicht Nettie. Trotz ihres Alters ist ihr Verstand so messerscharf wie eh und je. Ich wurde bestohlen. Schauen Sie auch nach Ihren Juwelen, Catherine. Ich glaube nicht, dass der Dieb es nur auf mich abgesehen hatte.«

»Um Himmels willen!«, jammerte Catherine. »Ich könnte mir's unmöglich leisten, meinen Schmuck zu ersetzen! Bitte, informieren Sie sofort Ihren Onkel! Bevor wir in Amerika landen, muss das ganze Schiff durchsucht, der Dieb entlarvt und seine Beute gefunden werden. Die hat er sicher gut versteckt. Aber sie muss immer noch an Bord sein.«

Judith nickte. Wenigstens brauchte sie sich an diesem Tag nicht mehr um ihr Lächeln zu sorgen.

Kapitel 32

Als sie in die Kapitänskabine eilte, traf sie Onkel James nicht an, aber ihren Vater, der mit Andrássy Schach spielte. Nachdem er ihren Bericht gehört hatte, beauftragte er einen Matrosen, seinen Bruder zu holen.

Das Gesicht hochrot vor Zorn, stürmte Jacqueline davon, um ihre Kabine zu durchsuchen, und Katey folgte ihr, um ihre eigenen Juwelen besorgt. Georgina vergewisserte sich nebenan im Schlafbereich, dass ihre Schmuckschatulle nicht angerührt worden war. Doch das hatte auch niemand erwartet, weil sich immer jemand in der Kapitänskabine aufhielt.

»Könnte das passiert sein, bevor wir losgesegelt sind?«, überlegte Anthony.

»Wohl kaum«, erwiderte Judith. »Mein Gepäck wurde in der Nacht vor unserer Abreise an Bord gebracht. Darum kümmerten sich die Dienstboten. Und alle meine Truhen waren immer noch verschlossen, als ich in meiner Kabine ankam. Die Schlüssel trug ich bei mir. Erst später, während wir schon auf See waren, sperrte ich die Truhen auf.«

»Hast du deine Schmuckkassette vor heute Morgen nicht geöffnet?«, fragte ihr Vater.

»Nein, dafür gab es keinen Grund.«

»Welche Juwelen hast du mitgenommen?«

»Zu viele. Alles, was Mama kurz vorher für mich anfertigen ließ. Diamanten, Saphire, Smaragde ...«

»Großer Gott, hat sie etwa …«

»Ja, natürlich. Außerdem packte ich die Perlentiara ein, die du mir geschenkt hattest, den Halsreif von Jaime …«

»Ich kaufe dir eine andere Tiara, Püppchen.«

»Aber *diese* hast du mir zu meinem sechzehnten Geburtstag geschenkt, und ich war so stolz, weil ich zum ersten Mal ein Schmuckstück für eine erwachsene Frau besitzen durfte …«

Anthony zog sie an sich. »So einen Firlefanz kann man stehlen, Liebes, Erinnerungen nicht. Was du damals empfunden hast, wirst du nie vergessen.«

Unter Tränen schaute sie zu ihm auf und versuchte zu lächeln, aber sie fühlte sich nicht besser.

Schluchzend lief Catherine in die Kabine. »Alles wurde mir gestohlen, Andrássy! Sämtliche Wertsachen! Tu etwas!«

Obwohl Andrássy den Temperamentsausbruch seiner Stiefschwester etwas peinlich zu finden schien, nahm er sie tröstend in die Arme. »Ich kaufe dir neuen Schmuck.«

»Die Brosche meiner Mutter kannst du nicht ersetzen! Du musst sie finden!«

In diesem Moment rannte Jacqueline herein und fauchte: »Wer immer das verbrochen hat – ich schneide ihm die Kehle durch!«

»Sind deine Juwelen auch verschwunden?«, fragte Georgina.

»Jeder einzelne gottverdammte Edelstein! Diese Katastrophe wird unser Debüt ruinieren! Ohne das Glitzerzeug ist jedes Ballkleid einfach nur ein Kleid. Oh, ich bin so *wütend!*«

»Natürlich bist das, mein Liebes«, stimmte ihre Mutter besänftigend zu. »Wenn es sein muss, wirst du eben meinen Schmuck tragen.«

So leicht ließ Jack sich nicht beruhigen. »Nichts für ungut, Mama, aber deine Sachen sind *altmodisch.*«

Georgina verdrehte die Augen. »Welch ein Unsinn! Schönes Geschmeide kommt nie aus der Mode.«

Jetzt kehrte Katey zurück, von Boyd begleitet, und seufzte: »Meine Juwelen sind auch weg.«

»Versperrt denn *niemand* außer mir seine verdammte Tür?«, rief Anthony.

»Heiliger Himmel, nein!«, entgegnete Katey, die einzige Bestohlene, die sich anscheinend nicht aufregte. »Wozu denn? Das ist ein Privatschiff. Außer der Besatzung sind nur Familienmitglieder am Bord.«

»Und ein Dieb.«

»Nun ja, offensichtlich.«

»Könnte es der blinde Passagier gewesen sein?«, fragte Andrássy, der immer noch seine weinende Stiefschwester zu beschwichtigen versuchte.

»Nein«, widersprach Katey. »Nach diesem Zwischenfall waren meine Juwelen noch da.«

Judith trocknete ihre Lider mit einem Taschentuch, das Georgina ihr gereicht hatte. Dann ging sie zu Catherine, weil die junge Frau ihr leidtat. Die anderen Bestohlenen konnten den Verlust problemlos ersetzen. Judy und Katey verfügten über ein eigenes Vermögen. Und Jack hatte liebevolle Eltern und acht Onkel, sie alle würden die leere Schmuckkassette bis zum Rand füllen.

Aber Catherine war von Andrássy abhängig, der ihren und seinen Lebensunterhalt mit seinem Erbe bestritt. Und nun reiste er nach Amerika, um seine Halbschwester loszuwerden. Deshalb bezweifelte Judith, dass er bereitwillig in seine Tasche greifen und ihr neuen Schmuck kaufen würde. Sie legte einen Arm um Catherines Taille und führte sie beiseite. »Noch ist nicht alles verloren. Gewiss, dieser Diebstahl ist ein gewaltiges Ärgernis. Trotzdem sollten Sie nicht verzagen. Unser Eigentum muss immer noch an Bord sein. Vorerst kann niemand das Schiff verlassen. Und dank Ihrer Umsicht konnten wir früh genug feststellen, was geschehen ist. Bis wir unser Ziel erreichen, haben wir noch genug Zeit, um unsere Juwelen aufzuspüren.«

»Ja, Sie haben recht, Judith, ich müsste mich besser beherrschen. Aber – diese Brosche ist alles, was ich von meiner Mutter habe, und ich wäre todunglücklich, wenn ich sie für immer verloren hätte.«

»Sie werden sie zurückbekommen, das verspreche ich Ihnen.«

»Was ist passiert?«, fragte James, als er die Kabine betrat. Weil zu viele Anwesende auf einmal zu reden begannen, donnerte er: »George!«

Über seinen Tonfall irritiert, runzelte Georgina die Stirn. »Wo warst du so lange?«

»Artie fand mich nicht sofort. Ich saß oben im Ausguck. Stimmt es, was er mir erzählt hat? Ein Mitglied meiner Besatzung ist ein Juwelendieb?«

»Das würde ich anders ausdrücken«, entgegnete sie, »der Dieb tarnt sich als Seemann. Für einen einfachen Matrosen hat er seine Verbrechen zu gut geplant und zu raffiniert verübt. Außer mir wurden *alle* Frauen in diesem Raum beraubt. Keine bemerkte es, bis Judith vor einer Viertelstunde ihre leere Schmuckkassette fand. Danach schauten die anderen nach ihren Juwelen, und die waren ebenfalls verschwunden. Ich glaube, das weist nicht auf die impulsive Missetat eines Matrosen hin. In *vier* verschiedene Kabinen wurde eingedrungen, James.«

Judith beobachtete, wie der Blick ihres Onkels zu den beiden Benedeks schweifte. Offenbar hatte Catherine es bemerkt, denn sie neigte sich zu ihr und wisperte: »Das habe ich nicht getan, ich schwöre es! Ich weiß, Andrássy hat Ihrer Familie erzählt, ich sei nach meiner Ankunft in seinem Zuhause furchtbar rebellisch gewesen. Vielleicht hat er sogar erwähnt, dass ich einige Sachen entwendet habe, um meiner Mutter die überstürzte zweite Heirat heimzuzahlen. Um Himmels willen –damals war ich ein Kind! Und ich nahm niemals etwas Wertvolles. Keine Ahnung, warum er davon sprach … So lange ist es her.«

Auch Judith verstand es nicht, falls Andrássy es tatsächlich einem ihrer Verwandten mitgeteilt hatte. Wenn das zutraf – hatte er absichtlich den Verdacht auf seine Stiefschwester gelenkt, schon *vor* dem Diebstahl? Großer Gott, war er überhaupt der Mann, für den er sich ausgab? Wie er den Malorys erzählt hatte, lebte er von seinem Erbe. Stimmte das? James und Jack zweifelten an ihm. Und Judy hatte ihn standhaft verteidigt …

Nicht zum ersten Mal hätte sie den Charakter eines Menschen falsch beurteilt. Nun wusste sie, wie gründlich sie sich in Nathan getäuscht hatte.

»Ein Teil der Juwelen wurde letzte Woche geraubt«, erklärte Georgina. »Das hat sich inzwischen herausgestellt.«

»Genauer gesagt, innerhalb der letzten vier Tage«, ergänzte Katey. »Ich erinnere mich sehr gut, wann ich meine Amethystohrringe aus der Schatulle nahm, um sie vor dem Dinner anzulegen. Weil sie ganz ausgezeichnet zu dem lila Kleid passen, das ich an jenem Abend trug. Die musst du mir ersetzen, Boyd.«

»Nein«, erwiderte ihr Ehemann. Dann lachte er. »Viel lieber stöbere ich die Originale für dich auf, und das wird mir gelingen.«

»In der Tat«, bekräftigte James. »Bevor wir in Bridgeport anlegen, werden wir alle vermissten Juwelen finden. Das gesamte Gepäck muss durchsucht werden, ebenso alle Ecken und Winkel eurer Kabinen. Und weil man dazu neigt, in einer vertrauten Umgebung manche Dinge zu übersehen, soll eine unvoreingenommene Person jeden Raum inspizieren. Tony, du übernimmst Boyds und Kateys Kabine, Boyd kümmert sich um Andrássys und Andrássy um Tonys Kabine. Jack schaut sich bei Judy um, Judy bei ihr. Katey durchsucht Catherines Raum. Und Sie, Catherine, helfen meiner Frau, denn das hier ist die größte Kabine. Geht so gründlich wie nur möglich vor, meine Lieben. Vermutlich hat der Dieb seine Beute an einer Stelle versteckt, wo wir es am allerwenigsten erwarten.«

»Dürfen wir vorher noch essen?«, fragte Anthony, nur halb im Scherz.

Unnachgiebig starrte James ihn an. »Keine Mahlzeit, ehe der Schurke im Gefängnis der *Maiden George* sitzt. Falls einer von euch das Frühstück versäumt hat, was meinem lieben Bruder offenkundig passiert ist, soll er sich vor seinen Nachforschungen in der Kombüse stärken. Sobald die Kabinen erfolglos durchforstet wurden, müsst ihr mir helfen, das gesamte restliche Schiff abzusuchen. Bis heute Abend will ich verdammt noch mal wissen, wer unter meiner Flagge einen so dreisten Raub gewagt hat!«

Kapitel 33

»Allmählich macht es mir Spaß.« Jacqueline nahm kichernd einen kleinen hölzernen Elefanten aus dem Spind eines Matrosen. »Wie eine Schatzsuche, nicht wahr?«

»Also, ich finde das ziemlich indiskret«, seufzte Judith, die neben ihr kauerte und einen anderen Spind durchsuchte.

»Vergiss nicht – wir fahnden nach einer Diebesbeute, die ein Riesenvermögen wert ist. Allein schon *dein* Schmuck hat Unsummen gekostet.«

Judith errötete nicht und versuchte auch nicht, die Extravaganz ihrer Mutter zu entschuldigen. Wie die ganze Familie wusste, neigte Roslynn zu maßloser Übertreibung, sobald sie eine Gelegenheit fand, ihr Geld auszugeben.

Nachdem Judy und Jack jeweils die Kabine der anderen Cousine erforscht hatten, waren sie ihrem Onkel ins Quartier der Besatzung gefolgt. Judith hatte gehofft, Nathan beim Suchtrupp des Captains anzutreffen. Aber James hatte die Männer, die gerade keinen Navigationsdienst versahen, in zwei Gruppen geteilt. Die eine durchsuchte unter Arties Kommando den Frachtraum, die andere, von Henry beaufsichtigt, das Hauptdeck. Mit der Suche im Mannschaftsquartier wollte James keine Matrosen betrauen, weil er annahm, dort wäre die Juwelen am ehesten versteckt worden.

Ohne Erfolg hatte er sich allein im Quartier der Besatzung umgesehen. Deshalb war er froh über Jacks und Judys Hilfe.

Später gesellte sich auch Anthony hinzu, lenkte ihn allerdings ab, indem er unentwegt Vermutungen äußerte, wer der Dieb sein mochte. Boyd hatte am anderen Ende dieses Decks zu arbeiten begonnen und kam ihnen langsam entgegen. Die Matratzen der Kojen mussten nicht aufgerissen werden, denn die waren dünn genug, sodass man darin verborgenen Schmuck ertastet hätte.

Nun ging Boyd zu seinem Schwager, sprach mit ihm, und James winkte die Mädchen zu sich.

»Diesen Bernsteinring hat Boyd gefunden«, berichtete er und hielt den Schmuck hoch. »Er sagt, Katey würde er nicht gehören. Kennt ihr ihn?«

Judith erkannte ihn sofort. Zu diesem Ring passten ein Medaillon und ein Armband. Also hatten sie ihren Bernsteinschmuck tatsächlich mitgenommen. Er war nicht annähernd so teuer wie die anderen Sets, aber sehr schön, besonders das ovale Medaillon, von winzigen Perlen umrandet.

Jetzt kam ihr Vater hinzu, musterte den Ring und antwortete an ihrer Stelle: »Der gehört Judy. Den Bernsteinschmuck habe ich ihr geschenkt. Sind die anderen Stücke auch aufgetaucht?«

»Nein.« James nickte Boyd zu, der sich sofort entfernte und seine Suche fortsetzte. Der Fund schien den Captain nicht zu erleichtern. Nun wandte er sich zu den beiden Cousinen und seinem Bruder. »Ich muss George Bescheid geben, sie kann aufhören, Catherine im Auge zu behalten. Hier sind wir vorerst fertig, also könnt ihr mich begleiten.«

»Hast du sie auch verdächtigt?« Jack blieb an seiner Seite. »So wie ich?«

Judith folgte ihnen mit ihrem Vater und seufzte ärgerlich, aber James nickte. »Oder ihren Bruder. Was glaubt ihr, warum ich alle in bestimmte Kabinen geschickt habe? Um die Benedeks von ihren Räumen fernzuhalten.«

»Gib Catherine bloß nicht zu verstehen, du würdest sie für die Diebin halten, Onkel James!«, mahnte Judith. »Sie war schon verzweifelt genug, weil du sie vorhin so argwöhnisch angestarrt hast. Aber wie ich gestehen muss …« Sie errötete leicht. »Für einen Moment hatte ich Andrássy im Verdacht.«

»Die Stelle, wo Boyd den Ring fand, weist auf keinen der beiden hin«, betonte James.

»Dann war's ein habgieriger Seemann?«, fragte Jack.

»Vermutlich jemand, der die Tat von langer Hand geplant hat«, erwiderte James. »Bald werden wir's wissen. Boyd lässt ihn in meine Kabine bringen.«

Judith runzelte verwundert die Stirn. Wieso wusste ihr Onkel, wen er verhören musste? War der Ring in einem bestimmten Spind versteckt gewesen?

Inzwischen hatten sie die Kapitänskabine erreicht und traten ein.

»Also wirklich, George!«, stieß James hervor, als er seine Frau dabei ertappte, wie sie die Schubfächer seines Schreibtisches durchwühlte. Auf der Mahagoniplatte lagen zahlreiche verstreute Papiere.

Sie hob den Kopf und schenkte ihm ein sanftes Lächeln. »Tut mir leid, Liebster, ich wusste nicht, wo ich sonst noch suchen sollte.«

»Jetzt kannst du zu suchen aufhören.«

Catherine stand vor der Fensterfront. Hoffnungsvoll drehte sie sich um. »Bin ich entlastet?«

Über diese direkte Frage staunte Judith ebenso wie James. Noch nie hatte sie ihren Onkel so verlegen gesehen wie in diesem Moment. »Ja, natürlich«, murmelte er.

Anthony sank auf ein Sofa und streckte seine Arme über der Rückenlehne aus. »Und wer ist der Schurke? Am liebsten würde ich ihm alle Gliedmaßen ausreißen, nachdem er sich erdreistet hat, in Judys Kabine zu schleichen. Nicht so sehr wegen des Diebstahls.«

Seufzend schüttelte James den Kopf. »Wenn wir ihn im Hafen den Behörden übergeben, muss er am Leben und in einem Stück sein.«

»Lass mich wenigstens ein paar Minuten mit ihm allein. Wirklich, James, du kannst mir nicht einreden, du wärst nicht genauso wütend, weil der Kerl es gewagt hat …«

»Selbstverständlich bin ich das.«

Diese Antwort klang etwas zu gleichmütig, und Anthony stöhnte. Doch er hätte wissen müssen, wie unmöglich es war, seinen Bruder zu einem Gefühlsausbruch zu bewegen. Oft genug hatte er es versucht, immer ohne Erfolg.

Die Stirn grimmig gefurcht, kam Boyd mit Katey herein, und beide setzten sich zu Anthony auf das Sofa.

Judy beobachtete Boyd verblüfft. Von allen Familienmitgliedern hatte er am wenigsten empört gewirkt, als er über den Diebstahl informiert worden war. Nach so vielen Jahren auf See reiste er nur mit Gepäck von geringem Wert, das leicht ersetzt werden konnte, und er hatte versucht, Katey zu überreden, sie möge diesem Beispiel folgen.

Jetzt verstand Judy nicht, warum er plötzlich so erzürnt aussah. Das bemerkte auch Georgina. Sie ging zu ihrem Bruder und setzte sich auf die Armstütze des Sofas. Leise begann sie ihn zu befragen.

Jack stand neben Judith und neigte sich zu ihr. »Was glaubst du, wer es war?«, flüsterte sie.

»Mich interessiert viel mehr, warum dein Vater uns keinen Namen verraten hat.«

»Weil wir den Schuldigen nicht kennen würden. Weißt du denn, wie alle Matrosen heißen? Ich nicht.«

»Klar, daran habe ich nicht gedacht.« Judy seufzte. »Ach, das alles ist so verwirrend …«

»Noch schlimmer«, zischte Jack leise. »Nie zuvor wurden wir bestohlen. Wie sich das anfühlt, will ich verdammt noch mal gar nicht wissen!«

»Aber der Dieb wurde überführt. Bald werden wir unseren Schmuck zurückbekommen. Also musst du dich nicht dermaßen ärgern.«

»Dagegen kann ich nichts machen«, murrte Jack.

Wenig später führte Artie vier Seemänner herein, zu denen auch Nathan gehörte. Allein schon sein Anblick beschleunigte Judiths Puls. Nach den Ereignissen der letzten Nacht wurde sie auch von einer gewissen Scheu erfasst. Trotzdem lächelte sie ihn an, dann erschrak sie über seine fest zusammengepressten Lippen. Und er bemerkte sie gar nicht! So wie die anderen Matrosen starrte er den Captain an.

James ging zu ihnen und hielt den Bernsteinring hoch. »Kennen Sie den?«

Obwohl er sich an niemanden im Besonderen zu wenden schien, antwortete Nathan: »Warum sollte ich? Natürlich bin ich nicht Ihr Dieb.«

»Aber der Ring wurde unter Ihrem Bett gefunden. Haben Sie ihn versehentlich fallen lassen, das Geräusch nicht gehört, und er ist aus Ihrem Blickfeld gerollt? Ziemlich achtlos …«

Aus Judiths Gesicht wich alle Farbe. Zu schockiert, um zu schweigen, rief sie: »Mein Gott, Nathan, ein Schmuggler *und* ein Juwelendieb? Wie *konntest* du nur?«

Wortlos schaute er sie an, und seine grünen Augen, von Zorn verengt, wirkten nicht mehr so schön und betörend. Stattdessen las sie eine beklemmende Drohung darin. Sobald sie ihre Tränen bekämpft hatte, würde sie in heiße Wut geraten.

»Ein – *was?*«, fragte nicht nur einer der Anwesenden.

Einen schlechteren Zeitpunkt hätte Catherine für ihre Äußerung nicht wählen können. »Das ist der Mann, der Ihre Kabine mit einer Milchschüssel für Ihr Kätzchen betreten hat. Und er war völlig verblüfft, weil er mich antraf, denn ich arbeitete gerade an einem Ihrer Kleider.«

Judiths Entsetzen wuchs. Hatte er sie schon *vor* der letzten Nacht bestohlen und sie dann skrupellos verführt? Das Sahnehäubchen auf seiner Torte? Oder hatte er es getan, damit sie ihn verteidigen würde, falls man ihn entlarvte? In den letzten vier Tagen hätte er viele Gelegenheiten für seine Raubzüge gefunden. Die hatte sie ihm des Kätzchens wegen geboten, das regelmäßig frische Milch brauchte. Wäre er allein in ihrer Kabine ertappt worden, hätte er Silver als Vorwand benutzt. Eine perfekte Rechtfertigung, nicht wahr?

Und zu allem Überfluss hatte sie ihm auch noch in die Hände gespielt und *verlangt*, er solle ihr die Milch bringen! In der vergangenen Nacht hatte er betont: *Wenn ich jemals kriminell war – jetzt bin ich es nicht.* Wie raffiniert er mit Worten jonglierte … Und alle seine Behauptungen hatten sie beeindruckt, weil sie leichtgläubig genug gewesen war, um ihm zu vertrauen …

»Warum hast du uns nicht erzählt, dass er ein Schmuggler ist, Judy?«, wollte James wissen.

Brennende Scham rötete ihre Wangen. »Weil es nur ein Verdacht war«, erklärte sie notgedrungen. »Ich dachte, ich könnte die Wahrheit herausfinden.«

»Hat er versucht, dein Stillschweigen zu erzwingen?«, fragte Georgina in sanftem Ton. »Indem er auf deine Gefühle einwirkte?«

»Meinst du – er hätte es darauf angelegt, mich zu verführen, damit ich den Mund halte?«

»Nun – ja.«

»Ich bringe ihn um!«, schrie Anthony und sprang vom Sofa auf.

»Moment mal!«, rief einer der anderen drei Seemänner.

Aber James rang bereits mit seinem Bruder. »Nicht *jetzt*,

Tony. Erst mal geht es um die Juwelen – danach kannst du ihn töten, falls du es immer noch willst.«

Der Seemann ergriff wieder das Wort. »Was für eine verdammt seltsame Bande ihr feinen Leute seid! Nathan ist kein Dieb! Dafür verbürge ich mich.«

»Auf welche Weise?« Bevor James sich zu ihm umdrehte, stieß er Anthony beiseite.

»Ich bin sein Obermaat«, verkündete der Matrose stolz.

»Oh, tatsachlich?« James wandte sich zu Nathan. »Und wie viele meiner Männer haben früher Ihrer Besatzung angehört, Tremayne?«

Inzwischen war Nathan außer sich vor Wut. Zum Glück packten ihn die beiden anderen Matrosen an den Armen. »Nur Corky! Halten Sie ihn da raus!«

»Zweifellos ergibt es einen gewissen Sinn, dass Sie einen Komplizen haben«, konstatierte James. »Noch dazu einen Beobachtungsposten, der ziemlich oft im Ausguck sitzt. Sperren Sie die beiden ein, Artie. Wenn sie verhört werden, müssen die Damen nicht dabei sein.«

Kapitel 34

Lass mich nur für ein paar Minuten zu ihm!«, drängte Anthony seinen Bruder. Rastlos wanderte er in der Kapitänskabine umher. »Glaub mir, ich kriege das Versteck seiner Beute aus ihm raus.«

Erstaunt hob James die Brauen. »Und ich dachte, du hättest deinen Groll überwunden.«

»Der hat sich verzehnfacht, seit Tremayne meine Tochter bestohlen hat.« Anthony spähte über seine Schulter zu Judith hinüber, die zwischen Georgina und Jack auf dem Sofa saß und von beiden getröstet wurde.

Die Arme verschränkt, lehnte James an der Tür und nahm eine entspannte Pose ein. Aber er versperrte ganz offensichtlich den Ausgang. Damit bekundete er nicht besonders subtil, er würde seinem Bruder noch nicht erlauben, irgendjemanden in der Luft zu zerreißen.

»Gerade lässt Artie das restliche Schiff durchsuchen«, erklärte er. »Das ist vermutlich sinnlos, weil unser Dieb ein Zimmermann ist und seine speziellen Verstecke herstellen kann. Trotz allem werde ich Tremayne ein paar Stunden Zeit geben. Er soll sich in aller Ruhe überlegen, dass er einem amerikanischen Gefängnis nur entrinnen wird, wenn er uns den Schmuck zurückgibt und um Gnade bittet.«

»Keine Gnade, James!«, warnte Anthony. »Juwelen hin oder her, er ist und bleibt ein Dieb und verdient es, hinter Gittern zu schmoren. Außerdem ist er ein Schmuggler, und er kann von Glück reden, wenn er je wieder aus dem Gefängnis rauskommt.«

Lachend schüttelte James den Kopf. »Die Yankees werden ihn wohl kaum einsperren, weil er englische Zöllner übers Ohr gehauen hat. Übrigens sind unsere Schmuggler keine Schurken, sondern gewissermaßen Demonstranten, die gegen zu hohe Steuern protestieren. Man könnte sie sogar Revolutionäre nennen. Um ihren Mitbürgern zu helfen, werfen sie den Behörden einen Fehdehandschuh zu. Natürlich gehören Juwelendiebe einer ganz anderen Sorte an, die stehlen, um sich selber zu helfen. Oder wenn sie keine Wahl haben.«

»Was zum Geier soll das heißen?«

»Erinnere dich bitte an Danny, meine Schwiegertochter und deine angeheiratete Nichte. Sie war eine Diebin, nicht wahr? Also müsstest du wissen, dass außergewöhnliche Umstände jemanden zu Taten zwingen können, die ihm eigentlich widerstreben.«

Anthony schnaufte verächtlich. »Auf Tremayne trifft das nicht zu, der ist kein armer Mann. Immerhin besitzt er ein Schiff, verdammt noch mal, und ein großes Anwesen in Hampshire.«

»Genau.«

»Eh? Worauf willst du hinaus?«

»Denk doch nach, Tony. Wenn er unser Dieb ist …«

»Wenn?!«

»Dann war alles, was er über sich selbst behauptet hat, erlogen«, fuhr James fort. »Stell dir das mal vor – ein Dieb, der sich mühelos Zugang zu den Häusern reicher Leute verschafft, weil er ein Zimmermann ist. Er hat von unseren Reiseplänen gehört und erfahren, vier reiche Familien würden an Bord der *Maiden George* sein. Zudem würden wir einen Zimmermann brauchen. In jeder Kabine liegt wertvolles Zeug herum. Klingt das nicht wie ein Traum aller Diebe, der Wirklichkeit geworden ist? Dazu kommt noch eine kostenlose Passage zu einem neuen Kontinent, wo Tremayne noch mehr Leute berauben kann, bevor er nach England zurückkehrt. Ziemlich plausibel. Was mir allerdings nicht plausibel erscheint – er ist ein Aristokrat *und* ein Dieb. Und ein verdammt guter Lügner. Niemals wären wir ihm auf die Schliche gekommen, hätte er den Ring nicht unbemerkt fallen lassen, bevor er seine restliche Beute verstecken konnte. Und so wurde ihm eine kleine Unachtsamkeit zum Verhängnis. So ein Pech …«

»Was mir den Magen umdreht, ist …« Boyd gesellte sich zu den Brüdern, »… dass er mir Lügengeschichten über seine *Pearl* erzählt hat. Für dieses Schiff hat er sogar einen Namen erfunden. Und – nein, mir ist *nicht* übel, ich bin *nicht* schon wieder seekrank«, fügte er ärgerlich hinzu, bevor die beiden hartnäckigen Spötter das Thema anschneiden würden. »Er behauptete, er würde das Schiff in New London zurückgewinnen. Und ich hatte mich darauf gefreut, ihm dabei zu helfen.«

»Bin ich der Einzige, der ihm nicht auf den Leim gegangen ist?«, fauchte Anthony.

»Beruhige dich, Tony«, mahnte James. »Dieser Tremayne – wenn er wirklich so heißt – ist nicht dumm. Was *du* dir zusammenreimst, hat er sicher nicht getan.«

Anthony deutete seinen schlimmsten Verdacht ohne Zögern an. »Ach, tatsächlich nicht? Er war unverschämt genug, meiner Tochter den Schmuck zu stehlen. Nun sollte ich herausfinden, ob er ihr auch etwas anderes geraubt hat.«

»Frag sie«, schlug James vor.

»Den Teufel werde ich tun.« Unbehaglich schaute Anthony zu Judith hinüber, die auf dem Sofa saß. »Das wäre Roslynns Aufgabe, und sie ist nicht hier …«

»Frag sie, George!«, rief James.

»Deine Frau weiß nicht, was wir besprechen«, zischte Anthony.

»Natürlich weiß sie es«, erwiderte James. »Glaubst du, sie kann meine Gedanken nicht genauso leicht lesen wie Ros deine?«

Judy hatte gehört, worüber die Männer redeten. Wenn ihr Vater wütend war, pflegte er seine Stimme nicht zu dämpfen. »Das Einzige, wozu Nathan Tremayne mich verführt hat, war meine Freundschaft«, erklärte sie tonlos. »Obwohl er ein Verbrecher ist, überzeugte er mich von seiner Unschuld. Hätte ich bloß auf meine Instinkte geachtet und ihm niemals vertraut …«

»Dafür kannst du nichts«, versicherte Georgina. »Er hat dir Geschichten erzählt, die auf dein gutmütiges Wesen abzielen mussten. Natürlich hast du ihm geglaubt.« Vielsagend musterte sie ihren Mann. »So wie wir alle. Und jetzt hat er lange genug geschmort. Bring die Sache zu Ende, James, wir wollen wieder zur Tagesordnung übergehen.«

*

Normalerweise wurde das Schiffsgefängnis nur benutzt, wenn sich die Matrosen nach einer Schlägerei abkühlen sollten oder einen milden Tadel brauchten. Für einen längeren Aufenthalt eignete es sich nicht. Und man nannte es nur »Gefängnis«, weil es mit einer Gittertür versehen war. Der kleine Raum lag am Korridor neben der Kombüse, und der Koch verwahrte seine Getreidesäcke darin.

Corky verwendete einen der kleineren Säcke als Kopfkissen. Nicht, dass einer der Häftlinge schlief. An allen Seiten der Zelle, die etwa zwei Meter im Quadrat maß, waren schmale Bänke in den Schotts verankert, mit Betten nicht zu vergleichen. Nur am Boden konnte man schlafen.

Falls man umherwandern wollte, war der Platzmangel noch unerträglicher. Allerdings fühlte Nathan sich viel eher genötigt, mit beiden Fäusten gegen die Wand zu hämmern. Noch nie im Leben hatte eine Frau ihn dermaßen erzürnt. Die anderen hatten sich so verhalten, wie er es von vornehmen, reichen Leuten erwartete. Aber Judith? Wie konnte sie nach dem überwältigenden Liebesakt glauben, er hätte sie bestohlen? Ausgerechnet *sie?* Die unberechtigte Anklage peinigte ihn längst nicht so schmerzlich wie dieser Verrat. Doch daran war er selbst schuld. Niemals hätte er einer Aristokratin vertrauen dürfen. Und nun musste er vermutlich den Rest seines Lebens hinter Gittern verbringen, weil er eine schöne Frau falsch eingeschätzt hatte.

»Irgendwie sollten wir herausfinden, wer uns angeschwärzt hat«, meinte Corky. »Damit wir wissen, wen wir später zusammenstauchen müssen.«

Vorerst nahm er die Haft nicht ernst, felsenfest überzeugt, man würde sie beide freilassen und sich vielmals entschuldigen, sobald der richtige Dieb gefunden war. Doch den würden die Herrschaften wegen des Beweisstücks – des verflixten Rings – gar nicht suchen, weil sie dachten, sie hätten den Missetäter bereits geschnappt.

»Das wird nicht passieren. Zumindest nicht in meinem Fall.« Nathan rüttelte an den Gitterstäben, erzeugte aber keinen befriedigenden klirrenden Lärm. »Dich müssen sie laufen lassen. Wenn jemand einfach nur seine Freundschaft bekundet, wird er nicht lange festgehalten.«

»Wenigstens hat Artie uns eine Laterne gebracht. Erstaunlich, nachdem er dich so erbost angestarrt hat. Da wir gerade davon reden, hast du dir irgendwen zum Feind gemacht und mir's verheimlicht?«

»Meinst du jemanden außer Lord Anthony? Nein, nicht, dass ich wüsste. Und so widerwärtig ich ihn auch finde – er wird wohl kaum einen Ring unter mein Bett werfen, um den Verdacht auf mich zu lenken. Sicher bevorzugt er eine direktere Rache, mit seinen Fäusten.«

»Es ist ihm lieber, wenn man von ›Sir Anthony‹ spricht. Ohne ›Lord‹.«

»Wem?«, fragte Nathan und drehte sich um.

»Sir Anthony. Er ist der Sohn eines Marquess, also eindeutig ein Lord. Aber er zieht es vor, ›Sir Anthony‹ genannt zu werden, das hat mir der zweite Obermaat erzählt. Weil das ein Titel ist, den er sich selber verdient hat.«

»Was er vorzieht, ist mir verdammt egal.« Nathan setzte sich auf die Bank gegenüber von Corky. »Wahrscheinlich wurde ich zum Schurken abgestempelt, weil ich, abgesehen von den zwei Obermaaten, als Einziger einen Schlafplatz außerhalb des Besatzungsquartiers verlangt habe. Wäre der Ring im Gemeinschaftsbereich platziert worden, könnte jeder der Dieb sein. Aber da er in meinem Zimmermannsraum aufgetaucht ist, *muss* ich offenbar der Schuldige sein.«

»Inzwischen kenne ich die Männer hier recht gut«, sagte Corky nachdenklich. »Ich wollte mal vorfühlen, wer uns eventuell auf der Rückfahrt nach England begleiten würde. Keinem Einzigen traue ich diese hinterlistige Tat zu, dich ans Messer zu liefern, und einen Juwelenraub schon gar nicht. Wenn ich raten müsste …«

»Spar dir die Mühe. Ich werde nur entlastet, wenn man die Beute bei jemand anderem findet … Sei still!«, warnte Nathan, als er Schritte hörte, stand auf und umfasste wieder die Gitterstäbe. »Da kommt jemand.«

»Oder er geht einfach nur auf dem Weg zur Kombüse vorbei«, schnaufte Corky. »Eigentlich dürfte ein Schiffsknast nicht an dieser Stelle liegen, wo wir die Mahlzeiten riechen, die gerade gekocht werden.«

Nathan antwortete nicht, denn er hatte den Captain erkannt. Offensichtlich wollte Malory seine Gefangenen besuchen. Unterwegs schien er sich nach dem Schlüssel umzuschauen. Beinahe hätte Nathan gelacht.

Wohin sollte er gehen, wenn er den Schlüssel erreichen würde? Das war unmöglich. Selbst wenn er einen Arm zwischen den Gitterstäben ausstreckte, käme er nicht an die Wand gegenüber der Tür heran, wo der Schlüssel an einem Haken hing. Da der Captain das nicht wusste, erwies sich zusätzlich, wie selten das Gefängnis benutzt wurde. Es würde Nathan nicht überraschen, wenn Malory sich nach dem Weg hierher erkundigt hätte.

Nun blieb James vor der Zelle stehen. Was er dachte, verriet seine Miene nicht, aber seine Worte beseitigten jeden Zweifel. »Ich bin sehr enttäuscht von Ihnen.«

»Was auf Gegenseitigkeit beruht. Jeder hätte den Ring unter mein Bett legen können. Das wissen Sie. Der Dieb hat es getan, der wahre Schurke. Und jetzt sitze ich hier fest, um für ein Verbrechen zu büßen, das ich nicht begangen habe. Ein Schmuggler muss kein Dieb sein – nicht, dass ich mich in einer der beiden Anklagen schuldig bekenne.«

»Eins will ich sofort klarstellen, Tremayne. Was Sie früher getan haben, interessiert mich nicht. Nur Ihr Verhalten auf meinem Schiff. Und jetzt sollten Sie mitteilen, wo Sie den Rest des Schmucks verwahren.«

»Wurden schon alle Leute an Bord überprüft?«

»Welchen Sinn hätte das? Die entwendeten Juwelen stammen aus vier verschiedenen Schatullen, und manche sind ziemlich sperrig. Einige Tiaren und Halsbänder lassen sich nicht verbiegen und wohl kaum in der Kleidung einer Person verbergen.«

»Nie in meinem Leben habe ich etwas gestohlen. Würde ich es jemals tun, wäre ich nicht so dumm, meine Beute auf einem Schiff zu verstecken, das noch weit von der angesteuerten Küste entfernt ist. Stattdessen würde ich warten, bis sich eine Gelegenheit zur Flucht bietet.«

»Aber Sie sind ein Zimmermann, mein Junge.«

»Und?«

»Wer könnte sich noch besser ein geeignetes Geheimfach verschaffen, in einem Schott oder unter Decksplanken? Für einen tüchtigen Zimmermann von Ihrer Sorte ein Kinderspiel. Ich wäre ziemlich verärgert, wenn ich die *Maiden George* auseinandernehmen müsste, um das Versteck zu finden. *Sehr* verärgert.«

»Ich auch.«

Über diese Antwort musste James lachen. »Ja, gewiss – falls Sie die Wahrheit sagen. Bedauerlicherweise wurde meine Familie beraubt. Deshalb widerstrebt es mir, dem Verdächtigen Nummer eins zu glauben. Und das Beweisstück spricht für sich. Ich gebe Ihnen noch etwas Zeit, damit Sie über Ihre jetzige Situation nachdenken können. Nicht mehr lange. Morgen erwarte ich Land im Norden unseres Ziels zu sichten. Also müssten wir Bridgeport in der nächsten Nacht erreichen. Verraten Sie mir das Versteck des Schmucks, und ich werde meine empörten Verwandten beruhigen. Dann sind sie sicher bereit, Sie laufen zu lassen.«

Seufzend schüttelte Nathan den Kopf. »Wie wir beide wissen, wird das nicht passieren, *falls* ich schuldig wäre. Da ich es nicht bin, kann ich Ihnen die Beute nicht zeigen, oder?«

James zuckte die Achseln. »Wer weiß schon, was die Mitglieder meiner Familie empfinden werden, wenn die Juwelen aufgetaucht sind? Aber im Moment bezweifle ich nicht, was sie sich wünschen – sie möchten Ihr Blut sehen.«

»Damit meinen Sie Ihren Bruder, nicht wahr?«

»Nun – ja, das muss ich bestätigen. Irgendwie ist es Ihnen gelungen, das Vertrauen seiner Tochter zu erschleichen, Tremayne. Wenn Sie noch einen Schritt weitergegangen sind und vor der Dieberei mit ihr geschlafen haben, weil Sie sich ihre Hilfe sichern wollten, bringe ich Sie selber um. Haben Sie's getan?«

»Erwarten Sie, ich würde es nach so einer Drohung gestehen?«

»Natürlich nicht.«

»Fragen Sie doch einfach Ihre Nichte.«

»Oh, das haben wir versucht. Aber das liebe Mädchen ist so redegewandt, dass einem der Kopf schwirrt. Wenn Judith uns eine definitive Antwort gegeben hat, würde ich sagen, es scheint nur so.«

Nun trat Corky neben seinen Freund vor die Gitterstäbe. »Falls Sie aufhören, den falschen Baum anzubellen, Cap'n, werden Sie vielleicht etwas mehr sehen und andere Beweggründe für den Raub erkennen. Ich konnte mal einen Mann beobachten, der vor lauter Wut ein kostbares Erbstück zertrümmert hat. Danach weinte er wie ein Baby. Und wie leicht könnte man eine verzweifelte oder zornige Person dazu treiben, einen Beutel voller Juwelen über die Reling zu werfen, nicht wahr? Blitzschnell wären sie verschwunden, und die Reue käme zu spät. Verstehen Sie, was ich meine?«

»Mann, hier geht es um ein immenses Vermögen. Welcher Mensch, der bei klarem Verstand ist …«

»Genau. Und wer ist bei klarem Verstand, wenn er in wilde Wut gerät?«

Entschieden schüttelte der Captain den Kopf. »Mit diesem Argument überzeugen Sie mich nicht.«

Corky starrte ihn verächtlich an und setzte sich wieder.

Bisher hatte Nathan keinen Gedanken an die Motive des wahren Schuldigen verschwendet. Erst jetzt begann er sich damit zu befassen.

»Vielleicht ist die Warnung meines Freundes an den Haaren herbeigezogen. Aber nun fällt mir eine Erklärung ein, die plausibel wäre. Vor einigen Tagen spürte ich einen blinden Passagier auf, der keine Zeit fand, offenkundigen Schaden anzurichten. Danach wurde er von einem Schiff an Bord geholt, das hinter unserem Heck aufgetaucht war. Das hatte die Bande geplant. Möglicherweise stand ein Mitglied unserer Besatzung mit diesen Leuten im Bunde. Oder es könnten sogar mehrere Komplizen gewesen sein. Dass wir das Schiff seither nicht gesichtet haben, bedeutet keineswegs, es würde uns nicht mehr folgen.«

»Glauben Sie, weil die Schurken mir oder meiner Familie etwas antun wollen?«, fragte James.

»Nein, wegen des immensen Vermögens, das Sie soeben erwähnt haben, Captain. Der blinde Passagier könnte die Juwelen in einer Kiste verstaut und über die Reling hinabgelassen haben, sodass sie auf den Wellen trieb. Dann signalisierte er seinen Spießgesellen auf ihrem Schiff, sie mögen danach Ausschau halten und die Beute in Sicherheit bringen. Und jetzt befindet sich der Schmuck in ihrer Hand. Nur darauf hatten sie es die ganze Zeit abgesehen.«

»Oder *Sie* könnten sich mit den Gaunern verbündet und genau das getan haben, was in Ihrer interessanten Geschichte passiert ist«, erwiderte James und schlenderte davon.

»Dieser Unsinn wird mich mein Schiff kosten, verdammt noch mal!«, schrie Nathan ihm nach. »Das wäre mir Ihr vermaledeiter kostbarer Tand niemals wert!«

Vergeblich wartete er auf eine Antwort. Außer sich vor Zorn rüttelte er wieder an den Gitterstäben, die nicht einmal ein kleines bisschen klirrten. Offensichtlich würde er der Zelle ebenso wenig wie Corky entrinnen. Und er konnte den Verkauf seiner *Pearl* nicht verhindern. Bald würde er trotz der Begnadigung die Innenwände eines amerikanischen Gefängnisses kennenlernen.

Selbst wenn die Malorys keinen Feind da draußen auf See hätten – jetzt grollte ihnen einer an Bord ihres eigenen Schiffs.

Kapitel 35

Du kannst mich nicht zum Narren halten«, verkündete Jacqueline und stellte sich neben Judith an die Reling. »Weder gestern Abend noch heute Morgen hast du deine Mahlzeit angerührt. Und du verlierst kein Wort über die Küste, die du anstarrst. Ist dein Herz gebrochen?«

Stimmt das?, fragte sich Judy. Ist es *das*, was ich empfinde? Nach wie vor stand sie unter Schock und war bitter enttäuscht. Letzte Nacht hatte sie sich in den Schlaf geweint, ihre Lider waren immer noch leicht gerötet. Kein Wunder – nicht einmal ein Tag war verstrichen, seit Boyd den Bernsteinring gefunden hatte und Nathan des Diebstahls beschuldigt worden war.

»Das sage ich nicht«, erwiderte sie. »Aber – wird es aufhören?«

»Natürlich.«

»Wieso weißt du das? Du hattest noch nie das Gefühl, dein Herz wäre gebrochen.«

»Weil es keinen Sinn hätte. Sonst wäre die halbe Welt ständig in Tränen aufgelöst.«

»Ich bezweifle, dass die halbe Welt …«

»Schon gut, dann ein Viertel. Aber wenn du ein anschauliches Beispiel brauchst – hat deine Schwester im letzten Winter nicht geglaubt, sie wäre unsterblich in den jungen Lord Gilbert verliebt? Ein paar Stunden lang hat sie geheult und ihm nachgetrauert. Und keine zwei Tage später strahlte sie vor Glück und sang endlose Lobeshymnen auf Lord Thomas.«

»Da war Jaime knapp sechzehn. In diesem Alter darf sie sich mehrmals verlieben und entlieben, bis sie herausfindet, wie die Liebe wirklich ist. Das weiß sie noch nicht, sie ist zu jung …«

»Also hast du's herausgefunden?«

»Ich fühle mich nur ganz schrecklich hintergangen. Erst gaukelte Nathan mir vor, wir wären Freunde, dann bestahl er mich. Uns alle!«

»Freunde *und* ein Liebespaar?«

»Jack!«

Judys Wangen wurden feuerrot, doch es gab kaum ein Gesprächsthema, das Jacqueline in Verlegenheit brachte, und sie ließ dieses spezielle nicht fallen. »Du würdest doch nicht mit jemandem schlafen, ohne mir davon zu erzählen? Wenn du mir *so was* verheimlichst, könnte ich dir nie verzeihen.«

»Nein, das – würde ich nicht tun«, murmelte Judith. Es war keine Lüge, keineswegs! Irgendwann würde sie ihrer Cousine alles anvertrauen. Aber jetzt ertrug sie es noch nicht, darüber zu reden. Viel zu schmerzlich war die Erinnerung, wie innig sie mit Nathan verbunden gewesen war. Dieser Gedanke benebelte ihren Verstand und verengte ihre Brust.

Und dann wurde sie von Jack gnadenlos überrumpelt. »Immerhin hast du mir verschwiegen, dass er unser Geist war.«

Judith stöhnte. *Dieses* Geheimnis würde Jack ihr ganz sicher nicht verzeihen. »Hast du es erraten?«

»Nein, ich fand es heraus«, entgegnete Jacqueline sichtlich gekränkt. »An seinem hellblonden Haar, das fast weiß aussieht, lag es nicht. Auch andere Leute haben solche Haare. Aber gestern Abend beim Dinner, nachdem du dich entschuldigt hattest, tuschelten meine Eltern, und ich hörte Mama flüstern, wenigstens könnte der Kerl nicht Dereks Nachbar werden, und dass er sich als Aristokrat ausgegeben habe, sei sein schlimmstes Verbrechen. Später fragte ich sie, was sie damit gemeint habe, und sie erklärte es mir. Plötzlich ergab deine Faszination von Nathan Tremayne einen Sinn.«

»Er bat mich, das geheim zu halten. Jetzt weiß ich, warum. Dieses alte Haus gehört ihm gar nicht. Das benutzte er nur, um Schmuggelware zu verstecken. Bei unserem letzten Besuch auf dem Wrighton-Landsitz habe ich dir doch von meinem Verdacht erzählt.«

»Also ist Nathan der Schmuggler, den du in der Nacht vor unserer Abreise aus Hampshire gesehen hast?«

»Richtig *gesehen* habe ich ihn nicht. Aber als ich ihn hier an Bord traf und unseren Exgeist wiederkannte, sagte er etwas, das mir zu denken gab. Deshalb entschied ich, er müsste der Mann sein, der sich in der Ruine so seltsam benommen hatte. Ich beschuldigte ihn der Schmuggelei, doch die gab er nicht zu. Er versprach, später würde er mir alles erklären. Und er verlangte, vorerst sollte ich den Mund halten.«

»So ein schreckliches Verbrechen ist der Schmuggel gar nicht«, betonte Jack. »Manche Leute halten die Schmuggler sogar für Volkshelden. Wie würdest du dich denn fühlen, wenn du dir keine Tasse Tee mehr leisten könntest, nachdem du ihn dein Leben lang getrunken hast?«

»Ja, ich weiß, was du meinst. Und das war der einzige Grund, warum ich Nathan nicht verraten habe.«

Jack zog die Brauen hoch. »Dann hatte sein fabelhaftes Aussehen nichts damit zu tun? Oder dass du jahrelang in seinen Geist verliebt warst?«

»Nur sein Aussehen – vielleicht.«

»Da gibt's kein *Vielleicht*. Damals hat er dich genauso fasziniert wie jetzt. Natürlich könntest du behaupten, er hätte dich kompromittiert, ganz egal, ob es stimmt oder nicht – wenn du ihn heiraten willst. Das wäre wahrscheinlich die einzige Möglichkeit, ihm eine Gefängnisstrafe zu ersparen. *Wenn* du ihn heiraten willst.«

»Du wiederholst dich.«

»Nun, gewisse Dinge erfordern Wiederholungen. Ein Gefängnis kann einen Mann ruinieren. Und jetzt hättest du noch genug Zeit, um ihn zu retten.«

Von Schuldgefühlen überwältigt, platzte Judith plötzlich heraus: »Wir *haben* miteinander geschlafen.«

»Das weiß ich.«

»Nein!«, japste Judy.

»Doch, verdammt noch mal! Glaubst du, ich hätte gestern Morgen das alberne Grinsen nicht bemerkt, das du keine Sekunde lang unterdrücken konntest? Oder meinst du, ich hätte es nicht unzählige Male bei den Frauen in unserer Familie gesehen? Um Himmels willen, sogar meine Mutter schaut so drein, wenn sie mit meinem Vater …«

»Schon gut, ich habe es begriffen.«

»Nun werde ich warten, bis du deinen Herzenskummer überwunden hast, bevor ich auf einer präzisen Schilderung sämtlicher Einzelheiten bestehe. Aber keine Minute länger! Nicht zu fassen, was du mir alles verheimlicht hast! *Mir!*«

Gequält zuckte Judith zusammen. »Ja, ich weiß … Irgendwie hat Nathan mich überlistet, damit ich den Mund halte. Ich wollte die Wahrheit über die Schmuggelei herausfinden, und ich hielt es für die einzige Möglichkeit, auf seine Bedingungen einzugehen und dir – einiges zu verschweigen. Jetzt weiß ich es besser. Dadurch habe ich ihm genug Zeit gegeben, sodass er eine detaillierte Geschichte erfinden konnte, die ich glauben würde.«

»Die du glauben *wolltest*.«

»Nun – ja. Und ich gab ihm die Zeit, die er brauchte, um mich von seiner Vertrauenswürdigkeit zu überzeugen. Das ist am allerschlimmsten! Unfassbar, ich habe ihm *wirklich* vertraut!«

»Großer Gott, fang nicht wieder zu weinen an! Vergiss, was ich vorhin gesagt habe! Diesen Schuft werden wir nicht retten. Das Gefängnis ist noch viel zu gut für ihn.«

Dann fügte Jacqueline nichts mehr hinzu, legte einen Arm um die Taille ihrer Cousine und drückte sie an sich.

Der Wind trocknete Judiths Tränen, und sie schaute wieder zur Küste hinüber, die vermutlich zu einem Staat nördlich von Connecticut gehörte. Doch das kümmerte sie nicht. Inzwischen hatte sie jedes Interesse an dieser Reise verloren, auch ihren Appetit, was Jack bereits aufgefallen war. Nichts erschien ihr wichtig – nichts außer dem abgrundtiefen Schmerz in ihrer Seele.

An diesem Morgen hatte sie überlegt, ob sie Nathan trösten sollte, und war sogar zu dem Korridor hinabgegangen, der zu dem improvisierten Gefängnis führte. Aber sie hatte wieder zu weinen begonnen und kehrtgemacht. Noch war es zu früh, mit ihm zu reden. Im Aufruhr ihrer Gefühle würde sie ihn anschreien und schluchzen. Und was vermochte er schon zu sagen, um zu erklären, warum er sie bestohlen hatte? Sie würde ihm ohnehin kein Wort glauben. Nie wieder konnte sie ihm glauben. Zu oft hatte er sie schmählich belogen.

Trotzdem musste sie ständig an ihn denken. Das Bild von Nathan und dem Kätzchen, gemeinsam schlafend in ihrer Kabine, so rührend, so wunderbar – so unschuldig –, beherrschte unauslöschlich ihre Fantasie. Natürlich konnten sogar Mörder ihre Haustiere lieben. Und seine Gefühle für eine kleine Katze entlasteten ihn keineswegs. Aber es hatte Judiths Herz erwärmt, ihn zu sehen, und sie bewogen, die falschen Schlüsse zu ziehen. die sie jetzt bereute.

Ihr Onkel James hatte erklärt, Nathan Tremayne könne unmöglich ein Aristokrat *und* ein Dieb sein. Außerdem hätte er erwähnen sollen, es sei unwahrscheinlich, dass Nathan ein Schmuggler *und* ein Dieb wäre. Warum sollte ein Dieb irgendwas schmuggeln, wenn ihm gestohlene Juwelen viel mehr Geld einbringen würden? *Beide* Verbrechen würde er sicher nicht begehen. Und er war gewiss kein geübter Dieb. Sonst hätte er den Ring, das Beweisstück, nicht so achtlos verloren. Hatte er auf der *Maiden George* zum ersten Mal etwas gestohlen? Aus eigenem Antrieb? Oder war er erpresst worden? Hatte jemand seine Nichten bedroht?

Seufzend gestand sie sich ein, warum sie nach Gründen für Nathans Unschuld suchte. Weil sie bei dem Gedanken, er würde jahrelang oder für immer hinter Gittern sitzen, in tiefe Verzweiflung geriet? Als würde ihr selber eine schreckliche Zukunft bevorstehen? Fühlte sie sich deshalb so elend? Vielleicht litt sie gar nicht an einem gebrochenen Herzen, sondern verspürte einfach nur schmerzhaftes Mitleid mit einem Freund. Mit einem vermeintlichen Freund. Nein, *verdammt*, er war kein Freund!

»Was für eine Stadt könnte das sein?«, überlegte Jack. »Das will ich rausfinden. Ich muss mal die Landkarten studieren. Hast du die Karte gesehen, die mein Onkel Thomas meinem Vater geschenkt hat? Darauf ist die ganze amerikanische Ostküste so großartig dargestellt, dass Papa sie nicht sofort weggeworfen hat, obwohl sie von einem Anderson gezeichnet wurde.« Sie lachte laut auf. »Vielleicht gehört die Kartografie nicht zu Onkel Thomas' Hobbys, aber er versteht eine ganze Menge davon.«

Nun betrachtete Judy die Stadt, die Jacquelines Neugier erregt hatte, etwas genauer und sah einstöckige Häuser, einen Kirchturm, ein paar kleine Docks mit Fischerbooten. Die *Maiden George* segelte nahe genug daran vorbei, sodass sie Leute ausmachte, die ihnen zuwinkten. Oder sie winkten den Kindern, die im Wasser schwammen.

Plötzlich stockte ihr der Atem. Wenn ein kräftiger Mann von Bord sprang, konnte er mühelos vom Schiff zur Küste schwimmen. Um Nathan vor einer Gefängnisstrafe zu retten, musste sie ihn nicht heiraten, sondern nur die Zellentür öffnen.

Judith folgte ihrer Cousine unter Deck. Auch sie wollte die Landkarte studieren. Wie Onkel James erklärt hatte, würden sie Bridgeport irgendwann zwischen Mitternacht und der Morgendämmerung erreichen. Vorher würden sie lange genug schlafen, denn er wollte erst im Tageslicht am Kai anlegen. Also konnte sie ihren Plan jederzeit durchführen, sobald die *Maiden George* im Hafen geankert hatte. Oder schon früher, wenn sie wusste, an welcher Stelle sie sich zu einem bestimmten Zeitpunkt befinden würden.

Wenigstens ließ das beklemmende Gefühl in ihrer Brust etwas nach, seit sie ihren Entschluss gefasst hatte. Trotzdem zögerte sie ein paar Sekunden lang. Bisher war der gestohlene Schmuck nicht gefunden worden. Wenn sie Nathan zur Flucht verhalf, würde ihre Familie schrecklich wütend sein. Warum sie es tun musste, würde nur Jack verstehen.

Als sie in später Nacht zu der kleinen Zelle hinabschlich, war Nathan bereits verschwunden.

Kapitel 36

In Connecticut wehte ein frischer Nachtwind – falls Nathan und Corky dort an Land gekommen waren. Völlig durchnässt und erschöpft, nachdem sie endlos lange vom Schiff zur Küste geschwommen waren, stapften sie den Strand zu den einzigen Lichtern hinauf, die in dieser Stadt brannten. Anscheinend durften sie hoffen, zu dieser Stunde wäre eine Taverne immer noch geöffnet.

Nathan konnte sein Glück kaum fassen. Die Umstände seiner Befreiung waren ja auch erstaunlich gewesen. Mitten in der Nacht hatte ihn rein zufällig ein Geräusch geweckt. Beinahe wäre er wieder eingeschlafen. Doch dann bemerkte er die angelehnte Gittertür. Er vergaß die schmale Bank, auf der er lag, und stürzte fast zu Boden, als er aufsprang und sich vergewisserte, dass er nicht träumte.

Tatsächlich, die Tür war geöffnet. Im Korridor sah er niemanden, und so wusste er nicht, wem er danken sollte. Vermutlich war sein Retter ein Matrose, der ihn bemitleidete, weil die Malorys ihm so übel mitspielten. Oder bereute der wahre Dieb, wie niederträchtig er ihm die Schuld in die Schuhe geschoben hatte?

So oder so, Nathan und Corky verabschiedeten sich sehr schnell von der *Maiden George*. Sie nahmen sich nicht einmal genug Zeit, um ihre Habseligkeiten einzusammeln. Stattdessen waren sie sofort über die Reling gesprungen und zu den Lichtern an der Küste geschwommen.

»Sag mir, in deiner Tasche hätten ein paar Münzen gesteckt, als wir in den Knast geworfen wurden«, bat Corky hoffnungsvoll, während sie die Strandböschung hinaufstiegen. »Jetzt wäre ein hochprozentiger Drink eine willkommene Stärkung.«

»Meine Taschen sind genauso leer wie deine.«

»Klatschnass, halb erfroren«, ächzte Corky, »kein Geld, nichts, was wir verkaufen können. Und die einflussreiche amerikanische Verwandtschaft der Malorys wird bald versuchen, uns wieder einzufangen. Besonders gut sieht's nicht aus, Cap'n.«

Allerdings nicht – *noch* nicht. Aber wenn Nathan möglichst schnell an die *Pearl* herankam, würde er das Problem lösen. Denn er wusste einiges über das Schiff – Geheimnisse, die kein anderer kannte, nicht einmal Corky. Zumindest hoffte Nathan, niemand hätte es herausgefunden. Aber wenn sie im falschen Staat gelandet waren …

Seinem Freund zuliebe bemühte er sich um einen aufmunternden Ton. »Sobald wir in New London sind, wird's uns besser gehen.«

»Aye, der Freund von diesem Yank wird uns helfen.«

Nathan schüttelte den Kopf. »Diese Chance haben uns die Malorys mit der Gefängnisstrafe verdorben. Wir können uns unmöglich in unseren verdreckten Kleidern an John Hubbard wenden – ohne ein Empfehlungsschreiben von Boyd Anderson. Und das hat er leider nicht geschrieben, weil er uns ja begleiten wollte. Wenn wir trotzdem zu Hubbard gehen, wird er vermutlich die Andersons benachrichtigen, um sich unsere Geschichte bestätigen zu lassen.«

»Wie gesagt, es sieht nicht gut aus«, murmelte Corky.

»Sorg dich nicht, ich habe einen anderen Plan. Zuerst müssen wir uns die nötigen Informationen beschaffen, und damit warte ich nicht bis morgen. Komm!«

Sie betraten die Taverne und musterten die Anwesenden – einen klapperdürren Barkeeper, eine Kellnerin jenseits ihrer Jugendblüte und etwa ein Dutzend Gäste, die teilweise an der Theke standen. Obwohl Nathan die Wärme im Schankraum genoss, wollte er keine Zeit verschwenden.

»Guten Abend!«, rief er laut genug, um alle Blicke auf Corky und sich selbst zu lenken.

Abrupt verstummte das Stimmengewirr, dann fragte ein muskulöser junger Bursche, der an der Bar lehnte: »Wer zum Teufel sind Sie?«

»Sind Sie beide hier, um den Boden zu waschen?«, kicherte jemand anderer, worauf höhnisches Gelächter ausbrach.

Das konnte Nathan niemandem verübeln, denn sie sahen gewiss lächerlich aus, mit feuchten Haaren, in triefnassen Kleidern, die Pfützen rings um ihre Füße bildeten, und ohne Jacken zum Schutz vor der nächtlichen Kälte.

»Wenn Sie uns den Weg nach New London zeigen, verschwinden wir sofort«, fügte er hinzu.

Nun erklang noch lauteres Gelächter, und ein Mann erklärte: »Da sind Sie mitten drin.«

Das war New London?

Nathan glaubte nicht an einen glücklichen Zufall. Zweifellos hatte irgendwer absichtlich die Zellentür geöffnet, während die *Maiden George* in die Nähe der Stadt gesegelt war, die Nathan mit Corky aufsuchen wollte.

Bevor Nathan sich nach der dubiosen Werft und deren Eigentümer erkundigen konnte, dessen Namen Commander Burdis genannt hatte, schlenderte der Muskelprotz heran und versetzte ihm einen Stoß gegen die Schulter, der einen schwächeren Mann umgeworfen hätte.

Nathan hielt seine Stellung, was die Angriffslust seines Widersachers nicht linderte. Stattdessen stieß der Bursche erneut zu. »In unserer Stadt heißen wir Fremde nicht willkommen.

Schon gar nicht verdächtige Briten, die mitten in der Nacht tropfnass auftauchen.«

Jemand, der England grollte? Oder nur ein Unruhestifter? Nathan wünschte, er hätte seinen Akzent unterdrückt, falls er dazu fähig gewesen wäre. Wie auch immer, er musste herausfinden, wo die Werft lag. Deshalb versuchte er die Aggression des Mannes im Keim zu ersticken und hoffte, die anderen Gäste würden ihrem Freund nicht beistehen. »Wir sind nicht hier, um Ärger zu machen«, versicherte er, rammte seine Faust in den Magen des Mannes und schlug ihn mit einem Kinnhaken nieder. »Wirklich nicht.«

Unglücklicherweise sprang der Bursche sofort auf. Er war groß, einige Zentimeter größer als Nathan, und er strotzte vor Selbstvertrauen. Jetzt grinste er sogar.

Aber Nathan konnte sich keine Niederlage in dieser Taverne leisten, einem idealen Ort, wo er Hilfe zu finden glaubte, vielleicht sogar einen Teil der Besatzung, die er für die Heimfahrt auf der *Pearl* brauchte. Und das würde ihm misslingen, wenn er sich jetzt bezwingen ließ oder vor einem Kampf zurückschreckte.

Er hoffte auf eine Attacke, die er leicht abwehren oder zu seinem Vorteil nutzen konnte. Doch sein Gegner war nicht unerfahren, wandte die gleiche Taktik an und probierte ein paar Fausthiebe aus, um Nathans Reflexe zu erkunden. Diesem Beispiel folgte Nathan. Nach ein paar Minuten kamen beide nicht voran.

Müde von der langen Schwimmtour, wusste Nathan, dass ihm das Durchhaltevermögen fehlte, um den Burschen zu besiegen, wenn sie diese vorsichtige Keilerei fortsetzten.

Sobald der Mann seine Deckung mit einem Fausthieb auf Nathans Brust vernachlässigte, traf ihn eine harte linke Rückhand an der Schläfe.

Mit einem rechten Kinnhaken, in den Nathan seine ganze restliche Kraft legte, warf er ihn endgültig zu Boden. »Wir wollen *wirklich* keinen Ärger machen«, wiederholte er. Versuchsweise streckte er eine Hand aus, um dem Mann, den er niedergeschlagen hatte, auf die Beine zu helfen.

Eine Zeit lang starrte der Yankee ihn verstört an, schließlich lachte er, ergriff die Hand und ließ sich hochziehen. Er stellte sich als Charlie vor und spendierte seinem ehemaligen Gegner einen Whiskey. Den gab Nathan an Corky weiter. Dann fragte er die Männer ringsum, ob sie Henry Bostwick und seine Werft kennen würden, und erhielt erstaunlich viele aufschlussreiche Antworten.

»Für den habe ich mal gearbeitet, aber nicht regelmäßig«, erklärte Charlie. »Weil er meinen Lohn auf ein Almosen kürzte, ließ ich mich nicht mehr anheuern.«

»Mir gab er auch immer weniger Geld«, erzählte ein anderer, »und das wollte er nicht begründen. Drei- oder viermal im Jahr versteigert er Schiffe. Die kauft er irgendwo, morsche alte Kähne, die er repariert und herausgeputzt hatte. Viel verdient er nicht damit.«

»Aber mit anderen Geschäften, Paulie«, warf Charlie ein. »Mein Bruder schwört, dass Bostwick ein abgefeimter Schurke ist. Manche Schiffe verscherbelt er unter der Hand. Und wer kann schon feststellen, woher sie stammen, wenn die Werft fast immer verschlossen ist?«

»Heißt das, Bostwick setzt nicht nur alte, abgewrackte Schiffe instand?«, fragte Nathan.

»Er baut auch neue«, erwiderte Paulie. »Aber seine Leute arbeiten nur an den alten, sobald die auftauchen. Deshalb kann es Jahre dauern, bis ein neues Schiff fertig wird. So macht er's schon sehr lange.«

»Immer wieder frage ich mich, wo er diese vielen Schiffe hernimmt«, sagte Charlie. »Ein paar habe ich gesehen, und die waren nicht besonders alt. Also muss er einen hohen Preis dafür gezahlt haben. Wie kann er trotzdem was dran verdienen?«

»Ganz einfach«, antwortete Nathan. »Diese Schiffe kauft er nicht, er stiehlt sie in englischen Häfen.«

Jemand lachte. »Wirklich?«

Etwas irritiert überlegte Nathan, warum er ständig Heiterkeit erregte. Sollte er hier zur Witzfigur gestempelt werden? »Wissen Sie was darüber?«, fragte er den Mann.

»Ein paar dieser Schiffe kamen tatsächlich aus England. Das weiß ich, weil ich in die Logbücher schaute, bevor sie verbrannt wurden. Aber wen interessiert das schon?«

»Mich. Vielleicht finden Sie solche Geschäftspraktiken nicht ruchlos. *Mir* missfallen sie, weil ich mit gutem Grund vermute, dass derzeit *mein* Schiff in Bostwicks Werft liegt.«

Achselzuckend griff der Mann wieder nach seinem Whiskey, und Charlie wandte sich zu Nathan. »Sind Sie deshalb in New London?«

»Ja, ich will mir mein Schiff zurückholen und die hiesigen Behörden veranlassen, Henry Bostwick mitsamt seiner Diebesbande zu verhaften.«

»Viel Glück dabei!«, spottete einer der Gäste. »Das Wort eines Briten gegen einen einheimischen Geschäftsmann?«

»Immerhin kenne ich mein Schiff sehr gut und weiß etwas darüber, das Bostwick hoffentlich noch nicht herausgefunden hat. Doch zuerst muss ich feststellen, ob es wirklich hier ist. Würde mich jemand zur Werft führen? Jetzt?«

»Warum sollten wir das tun?«, fragte Paulie. »Nachts lässt Bostwick seine Wachhunde innerhalb des Außenzauns frei herumlaufen. Und jedes Schiff hat er in dem großen Schuppen eingeschlossen, in dem seine Leute dran arbeiten. Da kommen Sie unmöglich rein.«

Ringsum erklang zustimmendes Gemurmel.

Aber da sich die *Pearl* wahrscheinlich immer noch in New

London befand, wollte Nathan nicht bis zum Morgen warten, um sich zu vergewissern.

Sie war über zwanzig Jahre alt. Also musste sie abgeschmirgelt und gründlich gereinigt werden, damit sie wie ein neues Schiff aussah und roch. Das würde ziemlich lange dauern, und darauf setzte Nathan seine einzige Hoffnung. »Wenn ich heute Nacht mein Schiff sehen kann, wär's mir eine schöne Stange Geld wert.«

»Dann zeigen Sie uns Ihre Münzen, Brite.«

Nathan ignorierte Paulies Forderung. »Außerdem brauche ich eine Besatzung für die Rückfahrt nach England. Und ich wette, mehrere Gäste, die heute Nacht nicht in ihren Betten liegen, hätten gute Arbeitsplätze nötig.«

Als einige Männer feixten, glaubte er seine Vermutung bestätigt.

Aber Paulie blieb skeptisch. »Bevor Sie eine Besatzung anheuern, zeigen Sie uns erst mal ein Schiff!«

Corky, der dicht neben Nathan stand, raunte warnend: »Was du versprichst, haben wir nicht.«

»Vertrau mir«, flüsterte Nathan zurück.

Schließlich war es Charlie, der sein Glas leerte und ihm anbot: »Also gut, ich bringe Sie hin.«

Nathan atmete erleichtert auf, packte Corkys Arm, und sie folgten dem muskulösen Mann aus der Taverne.

Kurz danach erreichten sie Bostwicks Werft an der Küste.

In dem eingezäunten Hof neben dem großen Schuppen gab es genug Platz für Schiffsbauarbeiten. Aber sie sahen nur ein paar Holzstapel und Hunde, die umherrannten.

War der Schuppen errichtet worden, damit man die Arbeit in den kalten Wintermonaten nicht unterbrechen musste? Oder sollte er unlautere Aktivitäten verbergen? Um ein Schiff mitsamt den Masten auseinanderzunehmen, war er zu niedrig. Hatte Bostwick eine Grube darunter ausheben lassen?

»Bleib an dieser Seite des Zauns, Corky«, wies Nathan seinen Freund an. »Lenk die Hunde ab, falls ich das Hoftor nicht schnell genug öffnen kann.«

»Wenn Bostwick ein paar Wächter hinter dem Zaun postiert hat, wäre es überflüssig, das Tor zu versperren«, erklärte Charlie. »Ich wohne in der Nähe. Letzte Nacht habe ich einen patrouillieren gesehen.«

Nathan nickte und wandte sich wieder zu Corky. »Komm uns nach, falls das Tor offen ist. Wenn nicht, kümmere dich um die Hunde. Charlie, Sie …«

»Machen wir's anders«, schlug der große Mann vor und schwang sich über den Zaun, ehe Nathan den Satz beenden konnte.

Grinsend folgte Nathan diesem Beispiel. Zu seinem Bedauern war die Schuppentür versperrt. Aus altem, morschem Holz, konnte sie leicht aufgebrochen werden. Doch das würde die Wachtposten und die Hunde sofort alarmieren. Wie viele bewaffnete Männer Nachtdienst hatten, ließ sich nicht feststellen.

»Treten wir die Tür ein?«, fragte Charlie leise.

»Nein, versuchen wir sie erst mal aufzustoßen«, flüsterte Nathan. »Möglich lautlos. Diese abgenutzten Angeln sind sicher kein Hindernis. Aber die Hunde werden uns bald wittern, deshalb müssen wir uns beeilen.«

Beide stemmten ihre Schultern gegen die Tür. Doch sie gab nicht schnell genug nach. Ein Hund begann zu knurren – er schien bedrohlich nah zu sein. Ohne lange zu überlegen, hob Nathan einen Fuß, um die Tür einzutreten.

Dazu kam er nicht, denn sie schwang plötzlich auf. Der Wachtposten, der auf der Schwelle stand, war so verblüfft über den Anblick der unerwarteten Besucher, dass er sein Gewehr zu langsam hob. Nathan entriss es ihm und schlug ihm den Kolben auf den Kopf.

Zum Glück musste er das nicht zweimal tun. Der Mann brach zusammen, und Charlie schob Nathan aus dem Weg, um die Tür vor der Nase des knurrenden Hundes zu schließen. Nun bellte das Tier davor. Aber nicht allzu lange. Offenbar konnte Corky es ablenken.

An den Innenwänden des Schuppens führte ein Gehsteig entlang und endete vor einem Büro mit einem breiten Fenster auf der anderen Seite, in dem eine Lampe brannte. Zwei weitere Wächter saßen an einem Tisch. Durch das Fenster konnten sie in den Arbeitsbereich hinabschauen, der sich tatsächlich in einer großen, tiefen Grube befand.

Und in der Mitte ragte ein Schiff empor. In diesem Teil des Schuppens war es dunkel, und Nathan erkannte nicht, ob es sich um die *Pearl* handelte. Falls sie es war und wenn sie in einem Graben lag, würde er sie wahrscheinlich bei Flut durch das gigantische Doppeltor an der Meeresseite hinaussteuern können.

»Erledigen wir auch die anderen Wachtposten?«, fragte Charlie.

»Vielleicht würde das zu einer Schießerei führen, was ich vermeiden möchte. Ich muss nur an Bord gelangen, um festzustellen, ob es mein Schiff ist. Und das müssten wir schaffen, ohne dass die Wächter es merken. Kommen Sie mit.«

Zwei Treppen führten in die Tiefe, eine beim Büro, eine beim vorderen Eingang. Von Charlie gefolgt, stieg Nathan hinab und lief die lange Rampe zum Schiff hinauf.

»Verstecken Sie sich hier und behalten Sie das Büro im Auge«, bat er Charlie, nachdem sie das Hauptdeck betreten hatten. »Geben Sie mir Bescheid, wenn die Männer herauskommen.«

Um zu finden, was er suchte, brauchte er nur wenige Sekunden – das Geheimfach, das er auf Deck unterhalb des Ruders eingebaut hatte. Nur mühsam unterdrückte er den Impuls, laut aufzulachen, als er sein ganzes Geld sah, das immer noch darin lag. Bostwick hatte es nicht entdeckt. Vermutlich waren ihm auch Nathans Initialen entgangen, in einen Balken des Frachtraums geritzt.

Doch das Geheimfach war ein ausreichender Beweis, dieses Schiff gehörte *ihm*.

Sobald Nathan und Charlie aus dem Schuppen geeilt und über dem Außenzaun geklettert waren, rannte Corky zu ihnen. »Nun, Cap'n?«

»Netterweise haben Bostwicks Leute alle Rankenfußkrebse vom Rumpf der *Pearl* entfernt.«

Corky brach in schallendes Gelächter aus, bevor er einen nackten Fuß hob. »Dann macht's mir nichts aus, dass ich einen Stiefel opfern musste, um diesen Hund für was anderes als euch beide zu interessieren.«

Bedeutsam tätschelte Nathan sein feuchtes Hemd, unter das er seinen Schmuggelprofit gesteckt hatte. »Morgen kaufen wir uns was Neues zum Anziehen.«

Nun mischte Charlie sich ein. »Ich würde mich sehr gern eurer Besatzung anschließen, aber ich verstehe noch immer nicht, wie ihr euer Schiff da rausholen wollt. Hier wird kein einziger Beamter einem Engländer glauben, der einem Amerikaner vorwirft, er würde Schiffe stehlen.«

»Wer ist Bostwicks wichtigster Konkurrent?«, fragte Nathan.

»Das wäre Cornelius Allan. Warum interessiert Sie das?«

»Weil er mir sicher glauben wird«, entgegnete Nathan grinsend.

Kapitel 37

Thomas, Georginas drittältester Bruder, wartete bei den Docks auf die *Maiden George.* Vor Kurzem hatte man ihm mitgeteilt, sie sei gesichtet worden.

Jack winkte ihm vom Deck aus zu und lachte beim Anblick der zahlreichen Kutschen und Gepäckwagen, die hinter ihm hielten. »Erwartet mein Onkel noch mehr Malorys, als wir an Bord haben?«

»Ist er nicht von allen Andersons am vernünftigsten?«, erwiderte Judith. »Sicher ist es einfacher, Kutschen wegzuschicken, als noch mehr aufzutreiben, falls sie gebraucht werden. Oh, ich kann es kaum erwarten, wieder festen Boden unter den Füßen zu spüren!«

»Erzähl mir bloß nicht, die Reise hätte dir keinen Spaß gemacht! Natürlich hast du dich amüsiert. Zumindest *fast* immer.«

Darauf gab Judith keine Antwort. Sie hatte Jacqueline gebeten, Nathan nicht mehr zu erwähnen. Schlimm genug, dass an diesem Morgen alle anderen über ihn redeten und verschiedene Vermutungen äußerten, auf welche Weise er geflohen sein könnte …

Sie verschwieg, dass sie letzte Nacht die leere Zelle entdeckt hatte. Aber die Familie war beim Frühstück von einem Matrosen informiert worden. Natürlich bewog die Neuigkeit alle Verwandten, Judith zu mustern. Doch sie konnte wahrheitsgemäß versichern, sie habe nichts damit zu tun. Ihren Plan, Nathan freizulassen, und dass ihr jemand zuvorgekommen war, hatte sie für sich behalten.

Silver im Arm, folgte sie Jacqueline zur Rampe. Die beiden Cousinen gingen zuerst von Bord. Bevor die restliche Familie das Schiff verließ, erschienen auch die anderen Andersons am Kai. Georgina machte sie mit Catherine und Andrássy bekannt und erläuterte in knappen Worten die Verwandtschaft des jungen Ungarn mit den Malorys.

»Selbstverständlich werden meine Schwester und ich Ihnen nicht zur Last fallen«, versicherte Andrássy den vier Brüdern hastig. »Wir werden unsere Reise unverzüglich fortsetzen.«

Dagegen protestierte nicht nur Georgina, sondern erstaunlicherweise auch Catherine. »Um ehrlich zu sein, ich würde eine Einladung dankbar akzeptieren und sehr gern an einigen Festivitäten teilnehmen. Bitte, sag ja, Andrássy! So lange war ich nicht mehr auf einem Ball.«

Zunächst starrte Andrássy seine Stiefschwester erbost an, nachdem sie ihn in die Enge getrieben hatte, dann verhielt er sich wie ein Gentleman. »Also gut«, stimmte er höflich zu. »Ein paar Tage können wir hierbleiben.«

Etwas später saßen die Malorys in einer komfortablen offenen Kutsche und fuhren zum roten Ziegelhaus der Andersons, das nicht weit von Bridgeport entfernt lag.

Neben dem Wagen ritten vier Andersons, zwei an jeder Seite, damit sie sich mit Georgina unterhalten konnten.

James spähte zwischen den Schwägern, die er am allerwenigsten mochte, hin und her. »Warum habe ich das Gefühl, ich wäre auf dem Weg zum Galgen, George?«

»Wegen der Umgebung, mein Lieber«, antwortete seine Frau lächelnd. »Wirst du ihnen jemals verzeihen, dass sie dich hier hängen wollten?«

»Natürlich nicht«, murmelte er.

»Hast du geglaubt, du würdest Verstärkung brauchen, James?«, fragte Drew an der linken Seite des Wagens und warf einen kurzen Blick auf Anthony.

»Mein Bruder wollte seine Tochter nicht allein nach Amerika reisen lassen«, erklärte James.

»Nun, wir freuen uns sehr, *Judith* wiederzusehen. Aber was dich betrifft …« Lachend ritt Drew voraus.

»Darf ich zwei oder drei deiner Brüder umbringen, während wir hier sind, George?«, bat James. »Ich werde eine sanfte Todesart wählen.«

Seufzend schüttelte Georgina den Kopf. »Ein Mord ist niemals sanft. Und du hast versprochen, du würdest dich anständig benehmen.«

»Nein, ich habe versprochen, stumm zu leiden.«

»Also, *das* erwartet niemand von dir. Und du wusstest, sie würden ein bisschen Gift verspritzen, wenn sie dich hier, an der Heimatfront, zwischen die Finger kriegen. Nimm es ihnen nicht übel. Wenn sie uns in London besuchen, werden sie von Tony und dir genauso gequält.«

Als die Kutsche vor dem stattlichen Haus der Andersons hielt, eilte Amy heraus, um die Gäste zu begrüßen. »War die Reise angenehm? Sind alle gesund und munter?«

James hob die Brauen. »Hast du was anderes erwartet, Mäuschen?«

»Nun ja, ich dachte, irgendwas könnte schiefgehen«, gestand Amy errötend. »Ihr wisst ja, was für eine Pessimistin ich bin.«

»Ja, wir hatten tatsächlich Probleme«, verkündete Anthony. »Die Juwelen der Damen wurden gestohlen. Bis zum letzten Glitzerstein.«

»Ist das alles?« Amy seufzte erleichtert. Dann verbesserte sie sich hastig: »Immerhin hätte was Schlimmeres passieren können.«

Einige Malorys verdrehten die Augen.

»Jetzt muss ich in die Stadt zurückfahren«, sagte James, »ein günstiger Zeitpunkt, während die Damen sich häuslich niederlassen. Ich möchte ein paar Zimmermänner anheuern, damit sie die *Maiden George* etwas auseinandernehmen. Vielleicht finden sie das Versteck des Schmucks, falls er noch an Bord ist. Wir haben alles vergeblich abgesucht.«

»Hast du nicht was vergessen?« Anthony warf ihm einen bedeutsamen Blick zu. »Außerdem sollten wir den Behörden erklären, dass wir die Diebe geschnappt haben und dass sie letzte Nacht vom Schiff entkommen sind. Mit ihrem britischen Akzent und wegen ihres Geldmangels müssten sie leicht zu finden sein – falls man die Suche sofort einleitet.«

Schweren Herzens senkte Judith den Kopf. War Nathan jetzt ein Flüchtling, nach dem gefahndet wurde?

*

»Diese neuen Stiefel sind verdammt bequem«, lobte Corky nicht zum ersten Mal. »An so was könnte ich mich gewöhnen.«

»Endlich siehst du präsentabler aus als normalerweise«, meinte Nathan grinsend.

Letzte Nacht hatten sie sich in einem Hotel einquartiert. Nach einem heißen Bad und einem nahrhaften Frühstück waren sie an diesem Morgen einkaufen gegangen, um sich neu einzukleiden. Nun glichen sie einheimischen Geschäftsmännern, während sie in Cornelius Allans Büro auf die Ankunft des Schiffsbauers warteten. Er war ein angesehener, erfolgreicher Bürger und Henry Bostwicks größter Konkurrent. Deshalb nahm Nathan an, Mr Allan würde ihm nur zu gern glauben, wenn er ihn über Bostwicks Machenschaften informierte.

Ein Mann in mittleren Jahren, lächelte er hoffnungsvoll, als Mr Allan schließlich eintraf.

»Soeben erfuhr ich von meinem Geschäftsführer, Sie könnten beweisen, dass Henry Bostwick Diebstähle verübt? Für Sie wäre es besser, wenn das kein Witz ist, junger Mann. Eine so erfreuliche Verleumdung habe ich seit einer Ewigkeit nicht mehr gehört.«

»Es ist keine Verleumdung, sondern die reine Wahrheit«, versicherte Nathan. »Wie ich vor wenigen Stunden feststellen konnte, wird in seiner Werft gerade ein Schiff aufpoliert, das mir gehört. Während es von seinen Leuten entwendet wurde, starb ein Mann, und einen seiner Spießgesellen konnte der britische Zoll verhaften. Einer verlässlichen Information zufolge haben Bostwick und seine Diebesbande in den vergangenen zehn Jahren mehrere Schiffe aus englischen Häfen gestohlen. Vielleicht sannen sie anfangs nur auf Rache an den Briten, wegen des Krieges. Aber jetzt verdient Bostwick ein Vermögen mit seinen Raubzügen, und das dürfte mittlerweile sein einziger Beweggrund sein. Verständlicherweise wünscht meine Regierung ein Ende seiner Missetaten – und ich will mein Schiff zurückhaben.«

»Was für eine interessante Geschichte …«, meinte Cornelius. »Trotzdem werden Sie verstehen, dass Ihr Wort mir nicht genügt. Nichts für ungut – Tremayne, nicht wahr?«

»Nathan Tremayne. Natürlich bin ich nicht beleidigt, wenn Sie eine gewisse Skepsis äußern.«

»Wie sehr ich Henry Bostwick verabscheue, ist kein Geheimnis. Seit Jahren ärgert er mich. Er unterbietet meine Preise, und diese lächerliche Heimlichtuerei! Ständig ist seine ganze Werft abgeriegelt. Aber er behauptet, er würde die Schiffe kaufen, die er instand setzt. Diese Kaufverträge würde ich gern sehen. Leider fand ich niemals einen stichhaltigen Grund, der ihn zwingen könnte, die Dokumente vorzuzeigen.«

Nathan lächelte den älteren Mann an. »Wenn er solche Papiere besitzt, sind sie wahrscheinlich gefälscht. Jedenfalls hat er seine Verbrechen schon viel zu lange ungestört begangen.

Also macht er sich wohl kaum die Mühe, seine Spuren mit irgendwelchen Dokumenten zu verschleiern.«

»Und warum sind Sie mit dieser Geschichte zu mir gekommen?« Allan lachte. »Abgesehen von Ihrer Vermutung, ein Feind Ihres Feindes müsste Ihr Freund sein?«

»Weil Sie als respektables Mitglied Ihrer Gemeinde für eine schnelle Lösung des Problems sorgen könnten, eventuell noch heute. Wie gesagt, ich habe Beweise. Auf meinem Schiff gibt es zwei Merkmale, die niemand außer mir kennt. Während meiner Kindheit ritzte ich meine Initialen in eine Wand des Frachtraums, weil mein Vater mir erklärt hatte, eines Tages würde das Schiff mir gehören. Ich wollte mein Zeichen hinterlassen. Das sollte mein Vater nicht sehen, und so schnitt ich die Buchstaben in die Rückseite eines Balkens dicht beim Rumpf. Selbst wenn Bostwick den Frachtraum neu streichen ließ, wären die Initialen dem Maler nicht aufgefallen. Sicher hat er sie nicht weggeschmirgelt. Überdies habe ich ein Geheimfach auf dem Deck der *Pearl* eingebaut, das Bostwick nicht gefunden hat.«

»Nach so etwas würde er nicht suchen, wenn er ein altes Schiff gekauft hat. Aber die Initialen – das klingt vielversprechend.«

»Ich habe noch mehr zu bieten, Mr Allan. Kurz nach meiner Ankunft in New London sprach ich mit Einheimischen, die früher für Bostwick gearbeitet hatten. Einige sahen Schiffe, die spät nachts in seine Werft gebracht wurden. Und sie wollen bestätigen, dass es britische Schiffe waren, keine amerikanischen. Zudem würden sie aussagen, er hätte beim Verkauf der Schiffe vorgegeben, sie wären neu, eben erst gebaut. Das erzählten mir nur ein paar Männer. Sicher finden sich in dieser Stadt noch mehr Leute, die über Bostwicks illegale Aktivitäten Bescheid wissen. Aber da meine Informanten erwähnt haben, hin und wieder würde er tatsächlich ein eigenes Schiff bauen –

geben Sie ihm bitte keine Gelegenheit, Ihnen zu erzählen, er habe meine *Pearl* gekauft. Fragen Sie einfach nach dem Kaufvertrag, bevor er irgendwas sagen kann. Wenn er kein gefälschtes Dokument vorlegt, verleiten Sie ihn zu der Behauptung, er hätte mein Schiff gebaut. Dann haben Sie ihn überführt. Denn *er* kann Ihnen das Geheimfach nicht zeigen – *ich* schon.«

Nun grinste Cornelius Allan voller Genugtuung. »Seit Sie die einheimischen Zeugen erwähnt haben, stehe ich auf Ihrer Seite. Verraten Sie mir nur noch eins. Offenbar haben Sie lange und gründlich überlegt, wie Bostwick dingfest zu machen wäre – nicht, dass ich mich deshalb beschwere, keineswegs. Und jetzt sieht es so aus, als könnte es Ihnen gar nicht schnell genug gehen. Grollen Sie ihm auch aus einem anderen Grund?«

Nathan lachte. »Genügt es nicht, dass er meine *Pearl* gestohlen hat? Außerdem möchte ich möglichst bald mit meinem Schiff nach Hause segeln, mit einem offiziellen Dokument, dem zu entnehmen ist, den infamen Dieben sei das Handwerk gelegt worden.« Nur in Gedanken fügte er hinzu: *Bevor die Malorys mich verhaften lassen, was noch heute passieren könnte.*

Kapitel 38

An diesem Morgen genossen Judith und Jacqueline einen wundervollen Ausritt, der auf dem Rückweg zum Haus mit einem Wettrennen endete. Judith gewann, aber weil der Reitknecht das rasante Tempo nicht einhalten konnte, lachte Jack, als sie im Stallhof abstiegen und ihm die Pferde überließen.

»Oh, ich freue mich so darauf, Quintin heute Abend wiederzusehen!«, vertraute sie ihrer Cousine an.

»Nennt ihr euch schon beim Vornamen?«, fragte Judith. Erst am Vorabend hatte Jack den jungen Mann auf Amys Soiree kennengelernt.

Triumphierend nickte Jack. »Er ist unglaublich charmant und so unterhaltsam. Hoffentlich versucht er mich heute zu küssen.«

»Beim zweiten Treffen?«

»Ich wette, er wird's tun, weil die Yankees nicht so sehr auf die Schicklichkeit achten wie die Engländer. Und er weiß, dass ich nicht lange hierbleiben werde. Deshalb ist es völlig in Ordnung, wenn er die Hofmacherei ein bisschen beschleunigt. An unseren begrenzten Aufenthalt in Bridgeport solltest *du* auch denken und endlich anfangen, dich zu amüsieren. Schon drei Tage sind wir hier, und ich habe dich noch kein einziges Mal lächeln gesehen.«

»Nun, ich war einfach nur mit meinen Gedanken woanders.«

»*So* drückst du es aus? Vergiss diesen elenden Schurken, der bald im Gefängnis landen wird, und sieh zu, dass du in heitere Stimmung kommst. Also wirklich, Judy, du solltest dich darauf freuen, Raymond Denison heute Abend auf dem Ball zu begegnen, statt einem Mann nachzutrauern, den du wahrscheinlich nie wiedersehen wirst. Amy hat mir zugeflüstert, sie sei sich ganz sicher, du würdest Mr Denison bald vergöttern.«

»Wenn sie darauf wettet, drehe ich ihr den Hals um.«

Seufzend schüttelte Jack den Kopf. »So weit wird sie nicht gehen, sie weiß doch, was ihre berühmten Wetten bewirken.«

Als sie zur Vorderfront des Hauses schlenderten, hörten sie die Stimme Catherines, die nach ihnen rief. Sie drehten sich um und sahen sie auf der Straße heranwandern, die zur Stadt führte. Da blieben sie stehen und warteten, bis sie bei ihnen ankam.

»Wenn Sie frische Luft brauchen, hätten Sie mit uns ausreiten können«, meinte Jack.

»Nein, danke, mit Pferden vertrage ich mich nicht besonders gut. Und ich musste in der Stadt Spitzenborten kaufen. Ich möchte ein Kleid verzieren, das ich heute Abend anziehen werde. Für diese Reise habe ich keine Ballrobe eingepackt. Zum Glück ist es nicht allzu mühsam, ein Kleid je nach Bedarf zu verwandeln.«

Vielleicht nicht für Catherine, eine geschickte Schneiderin, dachte Judith. Dann erinnerte sie sich an die Verstimmung zwischen den Geschwistern Benedek, die noch nicht bereinigt war. Mochte Andrássy den Wunsch seiner Schwester auch erfüllen und ein paar Tage mit ihr hierbleiben, bevor sie weiterreisen würden – er verhehlte nicht, wie sehr er sich darüber ärgerte. Schon öfter hatte Judy bemerkt, dass die beiden flüsternd stritten.

Die Cousinen folgten Catherine ins Haus. Durch die Halle eilten geschäftige Dienstboten, die Vorbereitungen für den

Ball trafen. Sichtlich nervös erteilte Amy ihnen Anweisungen. Ihr erster Ball sollte in einem perfekten Rahmen stattfinden.

Nachdem Catherine sich entschuldigt hatte, stieg sie die Treppe hinauf. Amy beobachtete sie, dann wandte sie sich zu Jacqueline und Judith. »Irgendwie traue ich dieser Frau nicht über den Weg.«

Jack lachte. »Da bist du nicht die Einzige. Nur Judy mag sie.«

»Unsinn«, protestierte Judith, »deine Mutter mag sie auch.«

»Da irrst du dich. Mama ist nur zu höflich, um zu zeigen, was sie wirklich denkt.«

»Gestern sah ich Catherine in der Stadt mit einem jungen Mann reden«, erzählte Amy. »Ein bisschen zu vertraut für eine erste Begegnung. Hat sie Freunde in Bridgeport?«

»Das bezweifle ich«, erwiderte Judith. »Seit ihrer Kindheit war sie nicht mehr in Amerika.«

»Vielleicht hat sie schon am ersten Tag einen Verehrer gefunden«, meine Jack kichernd, »während wir uns erst mal hier eingewöhnt haben. Und womöglich hat sie mehr Erfahrungen mit Männern gesammelt, als wir dachten.«

*

Lautlos huschte Andrássy in Catherines Zimmer. Dass sie ihre Habseligkeiten packte, hatte er nicht erwartet. »Möchtest du verschwinden, ohne mich zu informieren, Schwesterchen? Eigentlich nahm ich an, du würdest Bridgeport noch nicht verlassen.«

Catherine drehte sich erstaunt zu ihm um. »Morgen reisen wir beide ab, so wie wir es vereinbart haben. Warum soll ich meine Sachen erst in letzter Minute packen?«

»Lüg mich nicht an!« Erbost kniff er die Augen zusammen.

»Was du vorhast, weiß ich! Du willst ohne mich davonschleichen!«

Er packte sie und versuchte sie zu küssen, aber sie stieß ihn weg. »Hör auf! Damit ist es endgültig vorbei, das wusstest du, als ich dich für die Rolle engagiert habe, die du spielen solltest. Du warst ein ausgezeichneter Schauspieler. Aber morgen hast du deinen Auftrag erfüllt, unsere Wege werden sich trennen. An unserem ursprünglichen Plan hat sich nichts geändert, Andy.«

»Den hast du bereits mit deiner Weigerung geändert, sofort nach unserer Ankunft in Bridgeport weiterzureisen. War das ein Trick, damit du dich aus dem Staub machen und mir meinen Anteil vorenthalten kannst?«

Seufzend warf sie ihm einen kleinen Beutel zu. »Bist du jetzt zufrieden?«

Er öffnete den Beutel, sah ein Schmuckstück darin funkeln und steckte ihn in die Tasche seines Jacketts. Trotzdem war er irritiert, denn Catherines Verhalten ergab keinen Sinn. Warum gefährdete sie den Erfolg des Unternehmens, indem sie die Abreise hinauszögerte?

Und dann stockte ihm der Atem. »Ah, du wirst den Plan deines wahnsinnigen Freundes vereiteln, nicht wahr? Schon einmal ist alles schiefgegangen. So ein Fiasko willst du nicht mehr riskieren, während wir von so vielen Familienmitgliedern umringt sind. Gewiss wird dein Vater glücklich mit den kostbaren Juwelen sein, die du für ihn gestohlen hast. Wenn ich mich recht entsinne, hast du's mir versichert.«

»Ich kenne meinen Vater. Niemals wird er glücklich sein, solange er nicht *alles* bekommt.«

»Was du beabsichtigst, verbiete ich dir!«

»Wenn du irgendetwas sagst oder tust, was mich zurückhalten würde, erkläre ich den Malorys, wer du wirklich bist. Ich werde behaupten, der Diebstahl des Schmucks wäre deine Idee gewesen, und du hättest mich gezwungen, dir zu helfen.«

»Das werden sie dir nicht glauben. Sie lieben mich und betrachten mich als ihren Verwandten. Immerhin habe ich meine Rolle großartig gespielt.«

»Oh, sie werden mir ganz bestimmt glauben. Die Juwelen befinden sich nicht mehr an Bord des Schiffs, weil ich sie in die Säume meiner Kleider eingenäht habe – aber ein paar weniger kostbare Kleinigkeiten habe ich auch in deiner Kleidung versteckt. Und ich werde dir nicht verraten, in welchem Teil deiner umfangreichen Garderobe sie sich verbergen. Das werde ich nur den Malorys erzählen, falls du darauf bestehst, mir diesen Abend zu verderben.« In honigsüßem Ton fügte Catherine hinzu: »Wo ich mich doch so sehr auf meinen ersten amerikanischen Ball freue …«

Kapitel 39

Die Zofe beendete Judiths Toilette für den Ball. Dann eilte sie zu Jacqueline, um auch sie zu frisieren. Judy blieb in ihrem Zimmer vor dem Spiegel sitzen und starrte die Kette an, die Nettie ihr um den Hals gelegt hatte. Mit dem passenden Armband und den Ringen sollte sie selber zurechtkommen. Diesen Schmuck hatte sie sich von Amy ausgeliehen. Wem er gehörte, war gleichgültig. Sie hatte das beklemmende Gefühl, sie würde sich jedes Mal, wenn sie irgendwann Juwelen tragen musste, an Nathan erinnern.

Und dann schnappte sie nach Luft, weil er plötzlich im Spiegel erschien. Er stand dicht hinter ihr, als hätten ihre Gedanken sein Bild heraufbeschworen, und sie berührte das Glas.

Aber ihre Fantasie spielte ihr keinen Streich, *er war hier*. Judith sprang so schnell auf, dass der samtbezogene Hocker umkippte, fuhr herum und sah, wie Nathan wütend eine Handvoll Goldmünzen auf ihr Bett warf.

War er durch die Tür ins Zimmer gekommen oder durch das offene Fenster hereingeklettert? Wie auch immer – wenn er ertappt wurde!

»Um Himmels willen, hier darfst du nicht …«, begann sie angstvoll.

»Dieses Land kann ich nicht verlassen, ohne eine wichtige Tatsache zu klären. Ich habe deine Juwelen nicht gestohlen. Von euch Malorys brauche ich nichts.«

Um ihr das zu sagen, riskierte er seine Verhaftung? Nun könnte sie bemerken, vermutlich besitze er nur Geld, weil er einen Teil des Schmucks schon verkauft habe. Diese Münzen würden gar nichts beweisen. Und sie brauchte auch keinen Beweis. In der Tiefe ihres Herzens wusste sie es – er war unschuldig. Zumindest hatte er sie nicht bestohlen.

Dass er in ihrem Zimmer stand, konnte sie noch nimmer kaum begreifen. Und warum wirkte er so erbost?

»Warst du die ganze Zeit in Bridgeport?«, erkundigte sie sich zögernd.

»Nein, ich musste einiges erledigen, um mein Schiff zurückzubekommen.«

»Also gehört es dir wirklich?«

Danach hätte sie nicht fragen dürfen! Nun hatte sie seinen Zorn offenbar noch geschürt.

»Es existiert tatsächlich!«, stieß er hervor. »Inzwischen habe ich eine fast vollzählige Besatzung angeheuert. Meine *Pearl* ankert nur ein paar Meilen östlich von Bridgeport.«

»Und wenn du die ganze Besatzung beisammen hast …?«

»Dann segle ich heim nach Hampshire.«

»Bist du wirklich der Besitzer dieses alten Hauses?«

»Hast du nur *vorgegeben*, mir zu glauben?«, klagte er sie in scharfem Ton an, und sie zuckte zusammen.

Was immer sie sagte, schien ihn in noch größere Wut zu bringen. Und sie sorgte sich so schrecklich um ihn. Ihr Vater bewohnte ein Zimmer am selben Korridor, nur wenige Schritte entfernt. Jeden Moment konnte er an die Tür klopfen, um sie nach unten zu führen. Sie musste Nathan warnen und wegschicken. Doch sie wollte nicht, dass er sie verließ … O Gott, wie sollte sie in seiner Nähe auch nur einen einzigen klaren Gedanken fassen?

Verzweifelt suchte sie nach einem Gesprächsthema, das ihn

besänftigen würde. »Freust du dich auf das Wiedersehen mit deinen Nichten?«

Jetzt nahm sein Gesicht etwas mildere Züge an. »Ja, natürlich.«

Judith bemühte sich darum, seine Laune weiter zu bessern. »Hast du dich daran erinnert, Bänder für die beiden zu kaufen?«

Damit erzielte sie keinen Erfolg. Durchdringend starrte er sie an, bevor er aussprach, woran er sich viel öfter erinnert hatte. »Wie konntest du nur glauben, ich hätte dich bestohlen, Judith?«

»Wegen des Juwelenraubs war ich ganz durcheinander. Und du hast nie direkt bestritten, du wärst kein Schmuggler. Ich wusste nicht, was ich denken sollte. Erst nachdem ich mich beruhigt hatte, erkannte ich die Wahrheit. Etwas so Grauenvolles konntest du nicht getan haben. Trotzdem musst du zugeben, dass der Argwohn gegen dich berechtigt war. Wie mehrere Mitglieder meiner Familie vermutete ich sogar eine Zeit lang, du hättest dich nur an mich herangemacht, damit ich meinen Verdacht, du müsstest ein Schmuggler sein, für mich behalte. Und damit du dir Zugang zu meiner Kabine und meinem Schmuck verschaffen würdest.«

»Unterschätzt du deine Reize? Lass dir vor dem Beginn deines Debüts einen guten Rat geben, Schätzchen. Um unlautere Beweggründe der Männer, die sich dir nähern werden, musst du dich nicht sorgen. Magst du auch launisch und arrogant sein wie all die anderen Aristokratinnen – an deiner Schönheit brauchst du nie zu zweifeln.«

Seine Stimme klang so höhnisch und verächtlich, dass Judith völlig verblüfft war, während er sie packte und unsanft an sich riss. Mit einem harten, fordernden Kuss bekundete er seine Gefühle noch intensiver, als seine Worte es ausgedrückt hatten. Aber warum er sie so leidenschaftlich küsste, war ihr egal. Für sie zählte nur eins – dieser Kuss, denn er holte alles, was sie in der Tiefe ihres Herzens für Nathan empfand, an die Oberfläche.

Doch er gab ihr keine Gelegenheit, den Kuss zu erwidern, keine Zeit, auch nur ihre Arme um seinen Hals zu schlingen. Er ließ sie einfach los und ging davon.

»Viel Glück bei der Jagd nach einem Ehemann, der deiner würdig ist, Schätzchen!«, wünschte er ihr über seine Schulter hinweg, bevor er auf das Fensterbrett stieg und zu einem nahen Baum sprang.

Judith rannte zum Fenster, um festzustellen, ob er sich verletzt hatte. Erleichtert beobachtete sie, wie er am Baumstamm hinabrutschte und in der Dunkelheit verschwand.

Dann kehrte sie zum Toilettentisch zurück und hob den Samthocker auf, den sie umgestoßen hatte. Als sie im Spiegel ihr albernes Lächeln sah, musste sie kichern. Bevor Nathan das Land verlassen würde, war er zu ihr gekommen und sogar auf einen Baum geklettert, um sie wiederzusehen! Gewiss, er zürnte ihr und hasste ihre Familie so erbittert wie eh und je. Aber das bedrückte sie nicht allzu sehr, denn sie hatte immer noch eine Chance.

Wenn er sie in England nicht aufsuchte, würde sie zu ihm gehen. Endlich gab es wieder etwas, worauf sie sich freuen konnte.

Kapitel 40

Am Abend des Balls bildete sich eine sehr lange Empfangsreihe, weil zahlreiche Malorys und Andersons versammelt waren. Clinton Anderson stand in vorderster Front zwischen Georgina und seiner Nichte Jacqueline, die er alten Freunden der Familie vorstellen wollte. Zuerst traten die Willards vor, berühmt für ihre eigenen Bälle, die sie jeden Winter gaben.

Reverend Teal folgte ihnen und blieb bei James stehen. »Freut mich, dass Sie immer noch mit Georgina verheiratet sind.« Derangiert und zerschunden war James bei der privaten Trauungszeremonie aufgetaucht, um die man Teal vor so vielen Jahren ersucht hatte. Deshalb glaubte der Geistliche immer noch, der Engländer wäre zu der Heirat gezwungen worden, und so meinte er aufrichtig, was er jetzt sagte.

»Das wollten wir ändern und die Ehe annulieren lassen«, mischte sich Warren ein, der rechts neben James stand. »Ehrlich, Reverend. Bedauerlicherweise konnten wir James nicht zweimal zu irgendwas zwingen.«

Unter hochgezogenen goldblonden Brauen musterte James seinen Schwager. Von allen Andersons hatte Warren das schlimmste Temperament besessen und damals am eifrigsten versucht, ihn an den Galgen zu bringen. Aber seit der Heirat mit Amy war er völlig verwandelt, und James schaffte es nicht mehr, ihn zu erzürnen, obwohl er sich bei jeder Begegnung darum bemühte.

»An der Heimatfront fühlst du dich ermutigt, nicht wahr?«, bemerkte James trocken. »Wäre mir das früher bewusst geworden, hätte ich euch öfter besucht.«

Warren grinste. »Den Teufel hättest du! Welch ein Pech, dass du keine Möglichkeit gefunden hast, diese Reise zu vermeiden … Wir hatten gehofft – eh, *geglaubt*, das würde dir gelingen.«

»Der Verlockung, deinen Brüdern und dir am Schauplatz eures kurzfristigen Triumphs einiges heimzuzahlen, konnte ich nicht widerstehen, mein lieber Junge. Natürlich wird George diesmal auf anderen Regeln bestehen – Mann gegen Mann, nicht fünf gegen einen.«

»So oder so wird sie's nicht erlauben, das weißt du«, entgegnete Warren zuversichtlich.

»Warten wir, bis sie ins Bett geht?«

Aber Georgina hatte zugehört. Nun beugte sie sich vor und ermahnte ihren zweitältesten Bruder: »Fordere meinen Mann nicht heraus, Warren! Er hat mir versprochen, er würde sich hier anständig benehmen.«

»Leider«, murmelte James und schwieg, bis sie sich abwandte. Dann stieß er Warren mit seinem Ellbogen an. »Darüber reden wir morgen noch einmal, Yankee.«

Nachdem die letzten Gäste eingetroffen waren, eröffneten James und Anthony den Ball mit ihren Töchtern. Die formelle schwarze Abendkleidung der beiden Brüder bildete einen perfekten Kontrast zu den schimmernden Roben der Mädchen. Während Jack rosa Seide trug, hatte Judy sich für Hellblau entschieden. Drew und Warren leisteten Georgina am Rand der Tanzfläche Gesellschaft.

»Kann er tatsächlich tanzen?«

»Halt den Mund, Drew«, zischte Georgina und wischte sich eine Träne von der Wange, als sie ihren Mann und ihre Tochter beobachtete.

»Aber wie du zugeben musst, passt das *gar nicht* zu ihm«. betonte Warren an ihrer anderen Seite.

»Heute Abend schon. Für Jack würde er alles tun. Ihr zuliebe erduldet er sogar Traditionen, die er normalerweise verspottet. Zum Beispiel hat er uns hierhergebracht.«

»*Das* wurde vor langer Zeit vereinbart«, erinnerte Drew seine Schwester, und sie verdrehte die Augen.

»Bedenk doch, mit wem du redest! Ich *kenne* James. Als würde irgendetwas, das er nach Jacks Geburt im Überschwang seiner Gefühle sagte, heute noch eine Rolle spielen – insbesondere, wenn man berücksichtigt, zu *wem* er's gesagt hat.«

Drew lachte. »Was? *James*, von Gefühlen überwältigt?«

Empört hob sie eine Faust und wollte auf seine Schulter schlagen. Aber er hatte es geübt, ihrer Reichweite blitzschnell zu entrinnen, wann immer er eine Gefahr witterte.

»Es war Jack, die darauf bestand, nach Bridgeport zu fahren«, erklärte sie. »Weil sie euch nicht enttäuschen wollte.«

»Wie sehr er sie liebt, wissen wir, Georgie«, versicherte Warren, legte einen Arm um ihre Taille und drückte sie an sich.

Auf der Tanzfläche hing Jacqueline ähnlichen Gedanken nach wie ihre Onkel. »Das habe ich nicht erwartet, Papa.«

James lächelte. »Wirklich nicht?«

»Wie ungern du tanzt, weiß ich. Du hättest einen verstauchten Fuß vorschützen können. Dabei würde ich dir helfen und dich stützen, wenn du herumhumpelst.«

»Humpeln? Ich?« Seufzend schüttelte er den Kopf. »Ich verstauche ich mir niemals einen Fuß. Und ich bin genau da, wo ich sein will. Übrigens, diese jungen Spunde wissen nun genau, an wem sie sich vorbeidrängen müssen, um an dich heranzukommen.«

Sie lächelte ihn strahlend an, ohne zu überlegen, ob er es ernst meinte oder nicht.

Als Judith mit ihrem Vater an ihnen vorbeitanzte, schenkte sie ihm ebenfalls ein Lächeln, was ihn überraschte.

»Deine Laune hat sich anscheinend gebessert, Püppchen«, meinte Anthony. »Hoffentlich nicht, weil dich einer dieser Yanks schon jetzt interessiert.«

Über diesen wenig subtilen Versuch eines scherzhaften Kommentars musste sie lachen. »Glaubst du wirklich, ich würde es erwähnen, wenn es so wäre?«

»Ich würde ihn nicht umbringen. Das verspreche ich dir.« Bei diesen Worten grinste er, und Judith lächelte wieder.

»Natürlich würdest du so etwas nicht tun, Papa, das weiß ich. Aber hier ist niemand, der mir gefällt.«

»Nicht einmal der junge Denison? So sicher war sich Amy, du würdest ihn mögen.«

Auf diesem Ball sollte Raymond Denison erscheinen. Doch sie entsann sich nicht, ob sie ihm schon begegnet war. »Gestern konnte er nicht zur Soiree kommen. Nun, vielleicht hat er auch heute keine Zeit.«

»Judy!« Ihr Vater starrte sie ungläubig an. »Als wir in der Empfangsreihe standen, machte er dir drei Komplimente. Beim vierten hätte ich ihn gewaltsam weiterschieben müssen. Weißt du das wirklich nicht mehr?«

Sie errötete, dann lächelte sie. »Wahrscheinlich war ich mit meinen Gedanken woanders und erinnerte mich an Mamas Rat, ich sollte hier meinen Spaß haben, statt mich in einen Amerikaner zu verlieben. Aber wenn du meinst, ich müsste mich für Mr Denison interessieren, kannst du mich nach diesem Tanz sofort zu ihm führen.«

»Sei bloß still! Da er dich nicht im Geringsten beeindruckt hat, werden wir's dabei belassen.«

Trotzdem tanzte sie später mit Raymond Denison, einer offenkundig sehr guten Partie. Sogar Jacqueline schmollte, weil er viel besser aussah als ihr Quintin. Ob sie nur scherzte, wusste Judith nicht. Jedenfalls war Raymond das Äquivalent eines englischen Gentlemans, ein steinreicher Privatier. Seine Familie besaß ein profitables Unternehmen, seit Generationen nicht nur in Connecticut, sondern in ganz New England etabliert. Eines Tages würde er es erben.

Zudem war er amüsant. Viel öfter als die anderen jungen Männer, mit denen sie tanzte, brachte er sie zum Lachen. Aber an diesem Abend hätte sie auch über schlechte Witze gelacht, weil Nathans Kuss ein so überschäumendes Glücksgefühl in ihr geweckt hatte. Und ganz egal, mit wem sie tanzte – sie wünschte, *er* wäre es …

Amy strahlte über das ganze Gesicht. Im Lauf des Abends erhielt sie unzählige Komplimente. Zweifellos war ihr erstes gesellschaftliches Ereignis ein triumphaler Erfolg. Auch ihr erster Versuch als Kupplerin schien das angestrebte Resultat zu erzielen. Nach einem Tanz mit Andrássy traf sie Jacqueline am Buffet und fragte: »Ist dir aufgefallen, wie oft Judy heute Abend mit Raymond Denison gelacht hat? Ich glaube, sie hat ihm schon ihr Herz geschenkt.«

»Genau wie Jaime«, erwiderte Jack belustigt. »Sobald ein neuer Mann auftaucht, hört sie auf, dem falschen nachzutrauern.«

»Hat sie mit dir über Raymond gesprochen?«

»Dazu fand sie keine Zeit, weil sie dauernd tanzt.«

»Falls Sie beide Judith meinen, stimme ich Ihnen zu«, mischte Catherine sich ein. Lächelnd blieb sie vor dem Buffet stehen. »Ich hatte gehofft, sie würde mir sagen, was sie von dem wunderbaren Mann hält, den ich kennengelernt habe.«

»Wer ist es?«, fragte Amy. Dann lachte sie. »Das erzählen Sie mir später. Jetzt muss ich herausfinden, warum der Champagner zur Neige geht.«

»Aber der Ball ist fast vorbei!«, rief Jacqueline ihrer Cousine nach, weil sie nicht mit Catherine allein sein wollte. Unglücklicherweise eilte Amy weiter.

»Begleiten Sie mich für ein paar Minuten in den Garten, Jacqueline?«, bat Catherine. »Dort würden wir ihn treffen. Ich möchte nur wissen, wie eine andere junge Frau ihn einschätzt, bevor ich meinen Aufenthalt in Bridgeport verlängere – seinetwegen.«

»Ist es der Mann, dem Sie beim Einkaufen in der Stadt begegnet sind?«

»Nun – ja …«

»Warum holen Sie ihn nicht herein?«

»Weil er nicht eingeladen wurde. Wir haben im Garten getanzt. So romantisch … Erstaunlich, dass Sie's nicht auch mit Ihrem jungen Mann ausprobiert haben …«

Das war ein heikles Thema. Zweimal hatte Jack versucht, Quintin in den Garten zu locken, und jedes Mal war er von seinen Freunden abgelenkt worden. Wenn sie für eine Weile verschwand, würde er vielleicht merken, worauf es ankam.

Also erfüllte sie Catherines Wunsch und folgte ihr aus dem Ballsaal. Aber auf dem Weg nach draußen fing sie Quintins Blick auf und winkte ihm zu, damit er sah, wohin sie ging.

Amy hatte auch die Terrasse für das Fest geschmückt und mit hübschen Lampions beleuchtet. Doch das Licht reichte nicht weit. Neben den zahlreichen Pfaden standen alte Lampenpfosten. Teilweise waren ihre Laternen erloschen, an manchen Stellen herrschte dichtes Dunkel. Immer weiter eilte Catherine durch den Garten.

»Ihr Freund versteckt sich aber sehr gut«, meinte Jacqueline ungeduldig.

»Er *muss* noch da sein«, wisperte Catherine an ihrer Seite, »weil ich ihm *versprochen* habe, ich würde zurückkommen.«

Plötzlich trat der Mann aus den Schatten, lächelte Jack an und nahm ihr den Atem. Sehr attraktiv, schwarzhaarig und dunkeläugig, das erkannte sie im Licht einer nahen Lampe. Zu einem zweireihigen Mantel trug er einen seltsam geformten

Hut mit Federn, die seitlich hinabhingen. Vermutlich wollte Catherine gar keine Meinung über ihn hören, sondern mit ihrer Eroberung prahlen, dem hübschesten Mann von Bridgeport. Und dann flüsterte Catherine: »Beeil dich!«

Durch diese Bemerkung wurde Jacqueline schlagartig aus ihrer Verwunderung gerissen. Irritiert wandte sie sich zu ihr, doch da wurde schon ein Knebel in ihren Mund gestopft. Um ihre Schultern schlang sich ein stahlharter Arm. Im selben Moment sah sie Andrássy herbeilaufen und ein Schwert schwingen. *Gott sei Dank!* Was immer Catherine plante, ihr Bruder würde es verhindern.

»Lass Jack los, Catherine!«, befahl er wütend. »Ich habe dich gewarnt …«

Entsetzt beobachtete Jacqueline, wie sich jemand von hinten an ihn heranpirschte und einen Knüppel auf seinen Kopf schlug. Das Schwert fiel zu Boden, ebenso wie Andrássy, der sich nicht mehr rührte. Hatten sie ihn getötet?

Was danach geschah, sah sie nicht mehr, denn die beiden Angreifer wickelten sie wortlos in eine Decke und trugen sie davon.

Kapitel 41

Judith ging zu Georgina, Amy und Drews Ehefrau Gabrielle, die beim Eingang standen. Vielleicht würden noch ein paar Walzer erklingen, aber die meisten Gäste hatten sich schon verabschiedet.

Und für diesen Abend hatte Judy oft genug getanzt. Georgina legte ihr einen Arm um die Schultern. »Nun, wie war dein erster Ball?«

»Morgen werden mir sicher die Füße wehtun.« Judith lachte, dann sah sie sich um. »Wohin ist Jack verschwunden? Doch nicht ins Bett?«

»Sicher nicht, ohne mir's zu sagen.«

»So wie du hat sie fast pausenlos getanzt, Judy«, erklärte Gabrielle. »Aber jetzt, wo du nach ihr fragst – ich bin ihr schon ziemlich lange nicht mehr begegnet.«

»Als ich sie das letzte Mal sah, stand sie mit Catherine beim Buffet«, berichtete Amy. »Aber das ist schon eine ganze Weile her.«

Judy schaute sich wieder um. »Auch Catherine lässt sich nirgendwo blicken.«

»So wie Andrássy …« Nun begann Georgina die Stirn zu runzeln.

»Die beiden würden wohl kaum davonschleichen, ohne sich zu verabschieden, nicht wahr?«, fragte Amy.

»Kümmere dich nicht darum …« Mit jeder Sekunde wuchs

Georginas Sorge. »Suchen wir Jack! Ich schicke die Männer in den Garten. Dort sollen sie sich umsehen …«

Judith seufzte. Gefolgt von Gabby, rannte sie nach oben, um die Schlafzimmer zu inspizieren. Wahrscheinlich genoss Jack gerade im Garten den Kuss, den sie sich von Quintin wünschte, und wäre furchtbar verlegen, wenn ihr Vater sie erwischte.

Und daran wäre Judy schuld. Schon längst hätte sie ihre Cousine da draußen suchen sollen. Wie erwartet, hielt Jack sich nicht in ihrem Zimmer auf.

Judith eilte den Korridor entlang und traf Gabrielle, die ihr mitteilte, in Catherines Zimmer habe sie deren Gepäck gesehen. Dann kehrte Gabby ins Erdgeschoss zurück, um die anderen darüber zu informieren.

Statt sie zu begleiten, wollte Judith zuerst Andrássys Zimmer erforschen. Da er Jack mochte, wusste er vielleicht, wo sie zu finden war – oder zumindest, wo seine Stiefschwester sein könnte. Vielleicht würde Catherines Abwesenheit ihnen allen einen neuen Anlass zur Sorge geben, sobald Jacqueline aufgetaucht war.

In Andrássys Zimmer entdecke Judith nur sein Gepäck. Auf dem Schreibtisch lehnte ein Brief an einem kleinen Samtbeutel. Das erschien ihr seltsam genug, sodass sie beides ergriff. James' Name stand auf dem Umschlag. War Andrássy mit seiner Schwester tatsächlich davongeschlichen? Hatte er einen Abschiedsbrief hinterlegt? Aber sie hätten ihre Sachen sicher nicht zurückgelassen.

Verwirrt rannte sie in die Eingangshalle hinab. Ihr Vater und ihr Onkel kamen gerade aus dem Garten zurück – ohne Jack. Als sie die sorgenvollen Mienen der beiden sah, stieg kalte Angst in ihr auf.

»Ich habe die Miliz verständigt, James«, erklärte Clinton. »Am besten suchen wir die ganze Stadt und die Umgebung ab. Bald werden wir Jack finden.«

»Vielleicht willst du das zuerst lesen, Onkel.« Judith reichte James den Umschlag. »Zuerst dachte ich, es wäre ein Abschiedsbrief von Andrássy, den er in seinem Zimmer zurückgelassen hat, damit wir ihn morgen nach seiner Abreise finden. Aber es könnte mehr dahinterstecken.«

James öffnete den Brief und begann ihn zu lesen.

»Verdammt, James, spann uns nicht auf die Folter!«, schimpfte Anthony. »Lies das vor!«

Aber James ignorierte ihn, bis er seine Lektüre beendete. Sein Zorn war offenkundig, umso deutlicher zu erkennen, weil er den Brief seinem Bruder wortlos übergab. Auch Anthony wollte stumm zu lesen anfangen.

Da riss Georgina ihm das Papier energisch aus der Hand und las allen Anwesenden vor, was Andrássy geschrieben hatte.

Es gibt nur einen einzigen Grund, warum Sie das lesen, Mr Malory. Leider ist es mir misslungen, den Plan meiner ehemaligen Geliebten Catherine zu vereiteln. Sie möchte Jacqueline entführen. Das wollte ich niemals. Aber sie ist fest entschlossen, mit der Hilfe ihres Komplizen diese ruchlose Tat zu verüben und dadurch ihrem Vater einen Gefallen zu erweisen. Morgen werden Sie eine Lösegeldforderung bei der Post finden. Nein, ich bin nicht der Mann, für den ich mich ausgab, sondern ein Schauspieler, der dummerweise in Catherines Bann geriet. Sie engagierte mich, weil ich sie bei ihrer Absicht unterstützen und, da in meinen Adern tatsächlich Zigeunerblut fließt, einen Verwandten der Malorys mimen sollte.

Zu meiner Schande half ich ihr, den Schmuck zu stehlen, doch ich lasse meinen Anteil hier zurück. Vielleicht kann ich Ihnen damit beweisen, dass ich im Grunde meines Herzens ein Ehrenmann bin. Nichts wird Ihrer Tochter zustoßen. Da-

für sorge ich. Und bei meiner nächsten Begegnung mit der Familie Malory werde ich alles wiedergutmachen.

Noch bevor Georgina die letzten Worte vorlas, hatte sie zu weinen begonnen.

Der Erste, der seine Meinung äußerte, war Anthony. »Tote können nichts wiedergutmachen.«

Dieser Drohung folgte die Zustimmung mehrerer wütender Männer.

»Das muss es sein, was meine böse Vorahnung heraufbeschworen hat!«, jammerte Amy. »Oh, ich wusste es – irgendwas Schreckliches würde passieren. Aber ich dachte, es wäre der Diebstahl, nachdem ihr mir davon erzählt hattet. Ich hätte erkennen müssen, dass etwas viel Schlimmeres geschehen würde.«

Erschüttert von Andrássys Enthüllungen, hätte Judith den Samtbeutel fast vergessen. Jetzt gab sie ihn ihrem Onkel. »Das fand ich zusammen mit dem Brief.«

James öffnete den Beutel und ließ den Inhalt auf seine Hand fallen – nur ein paar billige Schmuckimitationen und Steine, die für das nötige Gewicht sorgten.

»Natürlich ist er kein Malory«, schnaubte Anthony. »Dafür ist er viel zu dumm. Statt eines echten Anteils hat er sich von dieser durchtriebenen Person wertlosen Tand andrehen lassen.«

»Und er hat einen erstaunlich schlechten Geschmack, was Frauen betrifft«, ergänzte James, um auf Catherine anzuspielen.

Judith fühlte sich elend. Warum nur hatte sie Andrássy verteidigt und sich mit seiner vermeintlichen Schwester angefreundet? »Ohne Fragen zu stellen, habe ich den beiden geglaubt, Onkel James. Und du hattest von Anfang an deine Zweifel.«

»Ja«, bestätigte James, »denn Andrássys einziger sogenannter Beweis für seine Verwandtschaft mit uns wurde praktischerweise von einer Feuersbrunst zerstört. Also mussten wir uns auf sein Wort verlassen. Und das Wort eines Fremden genügt mir nicht, wenn es um meine Familie geht. Über den Stephanoff-Zweig unserer Familie konnte er sich mühelos informieren, besonders in Haverston, wo sich die Einheimischen immer noch an Anastasia erinnern.«

»Können wir wenigstens seinen Brief für bare Münze nehmen?«, fragte Katey skeptisch. »Wenn er von Zigeunern abstammt …«

»Vielleicht stimmt nicht einmal das«, wandte Boyd sich an seine Frau.

In diesem Moment stürmte ein Dienstbote herein und verkündete atemlos, die Schiffe im Bridgeport-Hafen würden attackiert. James brach sofort auf, gefolgt von allen anderen. So schnell wie möglich wurden Pferde für die Männer gesattelt und Kutschen für die Damen abgespannt.

Die Situation im Hafen spottete jeder Beschreibung. Seitwärts geneigt, drohte die *Maiden George* auf die Trümmer der Werft zu sinken, an der sie vertäut worden war.

Auch das Schiff an der anderen Seite der Werft, in die entgegengesetzte Richtung geneigt, ging langsam unter. Anscheinend hatte kein einziges Schiff im ganzen Hafen den Angriff unbeschadet überstanden. Dieser gesamte Küstenbereich musste unter Beschuss geraten sein.

Jetzt krachten keine Schüsse mehr, und auf dem Meer zeigten sich keine Schiffe, die diese gewaltige Zerstörung verursacht haben konnten. James eilte bereits an der Reling der *Maiden George* entlang und suchte das Leck, das ihren Untergang bewirkte.

»Cap'n!«, rief ein Matrose und schwamm aus dem Frachtraum. »So wie Sie's vermutet hatten, wurde eine Planke rausgerissen und angesägt. Das muss am früheren Abend unter Wasser passiert sein. Deshalb hat die Wache erst was gemerkt, als es schon zu spät war.«

James sprang an Land und winkte Anthony zu sich. »Vorhin habe ich Artie zum Postmeister geschickt, der ihn wecken soll. Wenn wir morgen die Lösegeldforderung von Catherine und ihren Spießgesellen bekommen sollen, enthält sie vielleicht einen Hinweis auf Jacks Versteck.«

»Sicher draußen auf See«, meinte Boyd. »Sonst hätten sie die Schiffe nicht vernichtet, die ihnen folgen könnten.«

»Möglich«, sagte Warren. »Oder sie wollen uns genau das glauben machen.«

Plötzlich erklang ein Schrei. »Schaut doch!«

Hinter einer Biegung am Stadtrand segelte ein Schiff hervor, zur Mitte des Sound und weiter aufs Meer hinaus. Wütend begann James zu fluchen. Judith glaubte eine Frau auf Deck zu sehen. Wegen des nächtlichen Dunkels ließ sich die Gestalt nur undeutlich erkennen.

Henry rannte zum Captain und reichte ihm ein Fernrohr.

Als James hindurchspähte, stieß er hervor: »Das ist Catherine!«

Welch eine Qual, hilflos mit anzusehen, wie die Verbrecherin und ihre Komplizen davonsegelten … Jetzt fluchte nicht nur James.

Kurz danach kehrte Artie mit der Lösegeldforderung zurück, und diesmal las James die Nachricht laut vor.

Kommen Sie zur Insel St. Kitts, wenn Sie die Freilassung Ihrer Tochter erwirken wollen. Dort wird man Ihnen mitteilen, auf welche Weise ein schlichter Austausch stattfinden soll, Sie gegen Ihre Tochter.

»An *mir* sind sie interessiert!«, fauchte James. »Warum zum Geier haben sie mich nicht sofort geschnappt?«

»Wie ich aus Erfahrung weiß«, begann Warren vorsichtig, »ist es keineswegs einfach, dich gefangen zu nehmen. Wer immer dich in seine Gewalt bringen will, weiß das offensichtlich.«

»Aber warum muss Onkel James so weit weg fahren?«, fragte Judith. »Wieso wird er nicht hier gegen Jack eingetauscht?«

»Weil James in Bridgeport ein Heer zusammentrommeln kann«, erklärte Georgina und fing wieder zu weinen an. »Er soll isoliert werden, und das bedeutet …«

Diesen Satz konnte sie nicht beenden, und Judith ergänzte ihn in Gedanken. Als Kind war sie entführt worden. Damals hatte man kein Lösegeld verlangt und stattdessen James festzunehmen versucht. Und jetzt planten die Schurken seinen Tod …

»Aber das ergibt keinen Sinn, James«, wandte Boyd ein. »Wenn du ihnen folgen sollst – warum hindern sie dich daran, indem sie dein Schiff zerstören?«

»Wahrscheinlich wollen sie es nicht auf eine Seeschlacht ankommen lassen, weil ihnen die Mittel dafür fehlen.«

»Dir auch.«

»Was mich nicht davon abhalten wird, sie aus dem gottverdammten Wasser zu feuern!«

»Keinesfalls, solange Jack an Bord ist«, mahnte Georgina und schlang beide Arme um den Hals ihres Mannes.

In diesem Punkt gab er ihr recht und verbesserte sich: »Dann werden wir ihr Schiff entern.«

Judith ertrug es kaum, sich vorzustellen, wie verängstigt ihre Cousine sein musste. Nur zu deutlich erinnerte sie sich an das Grauen, das sie bei ihrer eigenen Entführung im Hyde Park verspürt hatte.

Nun beobachtete sie ihren Onkel und ihre Tante, sah ihnen die Furcht an, die sie ebenfalls empfanden. Aber James ging anders damit um als die meisten Betroffenen in einer solchen Situation. Himmel und Erde würde er in Bewegung setzen, um seine Tochter zu befreien, alles vernichten, was ihm im Weg stand.

Und Judy *wusste*, er würde Jack retten. Um den Preis seines eigenen Lebens? Er hatte nur eine einzige Chance – er musste an seine Tochter herankommen, bevor die Entführer ihr Ziel erreichten.

Entschlossen ging sie zu Artie und sprach kurz mit ihm.

Dann hörte sie Clintons Stimme. »Sicher können wir ein Schiff zur Verfügung stellen, bevor deines wieder seetüchtig ist, James. Noch heut Nacht werde ich einige Männer zu den anderen Häfen entlang des Sound schicken. Wahrscheinlich finden sie kein neues Schiff – aber sicher einen Captain, der bereit wäre, seines zu verkaufen. Ich fürchte nur, es würde zu lange dauern, und du könntest die Schurken nicht rechtzeitig einholen.«

»Damit rechne ich nicht«, entgegnete James. »Niemals würde ich die *Maiden George* verkaufen, sodass jemand gerettet wird, den ich gar nicht kenne. Das erwarte ich auch von keinem anderen.«

»Nein, doch du würdest jedem helfen, der in Not geraten ist«, sagte Georgina. »Oft genug hast du es getan.«

»So oder so, James, ich werde die Angestellten unserer Werft wecken und anweisen, unverzüglich mit der Reparatur deines Schiffs zu beginnen«, versprach Thomas, der von allen Anderson-Brüdern das ruhigste Gemüt besaß. Aber in dieser Nacht sah sogar er grimmig aus.

Dankbar nickte James ihm zu. Während Thomas davonging, prophezeite Warren: »Trotzdem wird es einige Tage dauern. Nicht zum ersten Mal würde ich mithelfen, ein Schiff im Trockendock instand zu setzen. In unserer Werft wäre es einfacher. Alles, was wir brauchen, muss hierhergeholt und die demolierte Werft hier unten auseinandergenommen werden, damit wir Platz haben. Sobald die Werkzeuge eintreffen, legen wir los.«

»Du statt eines Lösegelds, James?« Drew hob die Brauen. »Zweifellos weißt du, an wen mich das erinnert.«

Entschieden schüttelte James den Kopf. »Lacross sitzt lebenslang hinter Gittern. Mit dieser Untat hat er nichts zu tun.«

»Bist du sicher? Womöglich hat er die Entführung ausgeheckt. Und vergiss nicht, ein paar seiner Männer sind entkommen, als wir Gabbys Vater gerettet haben. Einer könnte versuchen, Lacross zu rächen.«

»Nein, Drew, es ist zu lange her. Außerdem – glaubst du wirklich, dieser Pirat hat treue Freunde? Gegen Ende seiner Laufbahn wurden die meisten seiner Männer gezwungen, für ihn zu arbeiten, dein Schwiegervater inklusive. Was jetzt geschieht, ist Catherines Werk, und sie tut es für *ihren* Vater, wer immer er sein mag.«

Ärgerlich zuckte Drew die Achseln. »War nur so ein Gedanke ... Dass wir die Zusammenhänge nicht kennen, ist mir verdammt zuwider.«

»Mir auch.« James drehte sich zu Drews Frau um. »Soll ich vermuten, dein Vater wollte an der Zusammenkunft unserer Familien teilnehmen und hat sich nur verspätet?«

»Tut mir leid, James«, seufzte Gabrielle. »Vor Kurzem ist ihm eine neue Landkarte für einen verborgenen Schatz in die Hände gefallen. Also werden wir ihn voraussichtlich monatelang nicht sehen.«

Noch eine bittere Enttäuschung ... James' Zorn erreichte einen explosiven Höhepunkt. Mit bloßen Händen begann er das Wrack der Werft auseinanderzuzerren, noch bevor die Arbeiter eintrafen.

Seine qualvollen Anstrengungen zu beobachten tat Judith in der Seele weh. Sicher wusste Onkel James genauso wie alle anderen, dass ihnen die Zeit davonlief. Am Morgen würde es zu spät sein. Mit jeder Stunde wuchs der Vorsprung Catherines und ihrer Kohorten. Ehe die Bande St. Kitts erreichen würde, konnten die Verfolger sie unmöglich einholen.

Und dann segelte die *Pearl* in den Hafen.

Kapitel 42

Der hat vielleicht Nerven!«, knurrte Anthony und zog Judith schützend an sich. »Seelenruhig steuert er diesen Hafen an, obwohl er weißt, dass hier eine Henkersschlinge auf ihn wartet?«

Mindestens die Hälfte der Malorys und Andersons war zu dem freien Liegeplatz geeilt, in den die *Pearl* dirigiert wurde. James hatte durch das Fernglas Nathan Tremayne an Bord gesehen. Nun wandte er sich zu seinem Bruder. »Sei bitte so nett und führ dir die Tatsachen vor Augen. Diesen jungen Mann wird niemand mit dem Galgen bedrohen, weil er kein Dieb ist. Und hör auf, an ihm herumzunörgeln, obwohl dich etwas ganz anderes erzürnen müsste. Dieses Schiff brauche ich, vorzugsweise mitsamt Tremaynes Beistand.«

Warum Nathan schon jetzt hier ankam, verstand Judith nicht. Sie hatte Artie gebeten, ihn in einem Ruderboot entlang der Küste zu suchen, und gehofft, Nathan würde ihnen bei Jacquelines Rettung helfen. Aber der Obermaat war zurückgekehrt und hatte ihr erklärt, er sei zu spät gekommen, Tremaynes Schiff habe New London bereits verlassen. Im selben Moment war die *Pearl* gesichtet worden.

Nun hielt sie nach Nathan Ausschau, erblickte aber nur Männer in ungewöhnlichen Uniformen auf Deck, die nicht wie Matrosen aussahen. »Hat er das Militär angeheuert?«

»Offenbar einen Teil unserer einheimischen Miliz«, erklärte Clinton, der einige der Männer erkannte.

»Ha!«, rief Anthony. »Also hat er die letzten Tage doch noch in Ketten verbracht!«

»Das solltest du James zuliebe nicht hoffen«, mahnte Clinton.

»Warum nicht?«

»Weil deinem Bruder jetzt ein Schiff zur Verfügung steht – *und* ein Captain, der es zu navigieren weiß. Ein Vorteil, den James vor ein paar Minuten noch nicht nutzen konnte. Falls dieser Captain unter Arrest steht, wird man sein Schiff bis nach der Gerichtsverhandlung beschlagnahmen.«

»Was meinen Bruder nicht aufhalten würde, Yankee.«

»Vielleicht solltest du dich an etwas erinnern. Das ist die Heimatstadt seiner Frau. Hier will er sicher nicht gegen das Gesetz verstoßen.«

Nach einem scharfen Blick von James schwieg Anthony vorerst. Einer der Milizsoldaten sprang auf das Dock, um die *Pearl* zu vertäuen. Da er offenbar keine Ahnung hatte, wie man das machte, halfen ihm James und Boyd. Eine breite Rampe sank herab. Bevor die Malorys oder Andersons an Bord gehen konnten, wurden gesattelte Pferde an Land geführt, gefolgt von der Miliz. Anthony hielt einen der Soldaten auf. »Wurde Nathan Tremayne verhaftet?«

Lachend schüttelte der Mann den Kopf. »Keineswegs! Mr Tremayne ist ein Held. Mit seiner Hilfe konnte die Verwaltung von New London eine Diebesbande festnehmen, die ein verdammtes Jahrzehnt lang ihr Unwesen getrieben hatte. Direkt vor den Nasen der Beamten!«

Nun, das erklärt, warum Nathan so kühn war, nach Bridgeport zu segeln, dachte Judith. Nicht nur die lokale Miliz stand auf seiner Seite, sondern auch die Familie Anderson!

»Zum *letzten* Mal, Tony …«

Mehr sagte James nicht. Aber es genügte, um Anthony zu einer weiteren Nörgelei zu veranlassen. »Schon gut, ich hab's begriffen. Also hat er die Wahrheit über sein gestohlenes Schiff erzählt. Das ändert nichts an …«

»Denk ein bisschen nach, denn es ändert sehr viel.«

»Ein Empfangskomitee? Ich bin gerührt.« Als eine frostige Stimme erklang, drehten sich alle wieder zur *Pearl* um.

Die Arme vor der Brust verschränkt, von sichtlichem Kampfgeist erfüllt, stand Nathan am oberen Ende der Rampe. Und Judith konnte ihren Blick nicht von ihm losreißen.

James betrat die Rampe. »Auf ein Wort, Tremayne.«

Reglos blieb Nathan in derselben Pose stehen, versperrte weiterhin den Weg an Bord, ließ sich nicht einmal anmerken, ob er James' Vorschlag gehört hatte. Jetzt starrte er Judith an, die ihr Vater immer noch umarmte.

James schaute zwischen seiner Nichte und Nathan hin und her. »Warum sind Sie hiergekommen, Tremayne?«

Endlich wandte Nathan sich an ihn. »In New London wimmelt es von Walfängern. Deshalb ist es dort schwierig, eine vollständige Besatzung anzuheuern – nicht genug Männer, die den Walfang aufgeben wollen. Zwei Tage lange habe ich es vergeblich versucht. Diese Milizionäre dachten, in ihrer Stadt wäre ich erfolgreicher und würde die Leute finden, die ich noch brauche. Zum Zeichen ihrer Dankbarkeit boten sie mir sogar ihre Hilfe an.«

»Also sind Sie nur hier, um Ihre Besatzung zu vervollständigen?«

»So ist es. Sind Sie enttäuscht, weil ich nicht festgenommen wurde?«

»Keineswegs. Heute Abend fanden wir heraus, wer die Juwelen wirklich gestohlen hat. Nicht nur daran ist Catherine schuld. Nun brauche ich Ihr Schiff, um in die Karibik zu segeln und …«

Nathans Hohngelächter unterbrach James. »Nach allem, was ihr verdammten Malorys mir angetan habt, werde ich euch sicher nicht helfen.«

»Wie bedauerlich«, erwiderte James, »wenn man bedenkt, dass Sie von jemandem auf meinem Schiff aus Ihrer Notlage gerettet wurden.«

Nathan musterte ihn mit schmalen Augen. Was er dieser Bemerkung entnahm, blieb unklar. Judith wusste es. Ebenso Anthony, der leise fluchte.

Da sie alle immer noch ihre Abendkleidung trugen, wirkten Nathans Fragen nicht seltsam. »Haben Sie heute Abend einen Ball am Kai gefeiert?« Sein Blick schweifte über die zerstörten Schiffe hinweg. »Oder den Ausbruch eines Krieges? Was ist hier passiert?«

»Meine Tochter wurde entführt«, sagte James. »Und die Bastarde wollten uns an der Verfolgung hindern.«

»Judys Cousine Jack?«

Wieder einmal schaute James zwischen Nathan und Judith hin und her, die einander anstarrten. Weil er dem jungen Mann die Entscheidung erleichtern wollte, versprach er: »Ich zahle Ihnen dreimal so viel, wie Ihr Schiff wert ist.«

»Manche Dinge haben keinen Preis!«, presste Nathan zwischen zusammengebissenen Zähnen hervor.

Nun machte James noch einen Schritt die Rampe hinauf. »Wie weit ich gehen würde, um meine Tochter zu retten, möchten Sie sicher gar nicht wissen. Nehmen Sie mein Angebot an, Tremayne. Es ist zweifellos anständig. Und ich würde Ihnen das Kommando auf Ihrem Schiff überlassen. Was ich nicht vorziehe. Aber in diesem Fall neige ich zur Vernunft.«

»Solange Ihre Wünsche erfüllt werden?«

»Ganz recht.«

Nathan antwortete nicht sofort, was James immerhin besser fand als eine weitere kategorische Ablehnung.

Jetzt trat Boyd vor und erhöhte das Angebot. »Wenn Sie uns später hierher zurückbringen, schenke ich Ihnen eine volle Fracht, damit Sie Gefallen am Leben eines Händlers finden – wenn Sie's noch nicht ausprobiert haben.«

»Uns?«

»Meine Brüder und mich. Jacqueline ist unsere Nichte. Und obwohl wir unseren Schwager nicht gerade innig lieben, würden wir ihn nur ungern gegen Jack austauschen lassen. Bevor das geschehen würde, müssen wir sie befreien.«

»Also geht es bei der Lösegeldforderung um *Sie*, Malory?«, fragte Nathan.

»Ja«, bestätigte James.

»Kennen Sie das Schiff, auf dem Jack entführt wurde?«

»Nein.«

Nathan betrachtete die Gesichter der Malorys und Andersons, die zu ihm heraufschauten. So viele erwartungsvolle Mienen ... Am längsten blieb sein Blick an Judith hängen. Als er Anthony anstarrte, versteifte er sich. Trotzdem forderte er James auf: »Kommen Sie an Bord. Allein, wenn Sie sich für *meine* Bedingungen interessieren.«

Erleichtert atmete Judith auf. Nathan würde ihnen helfen. Unter gewissen Voraussetzungen. Dagegen war nichts einzuwenden. Natürlich zürnte er ihnen allen, aber er *würde* sich um die Rettung ihrer Cousine bemühen, weil er ein gutes Herz besaß. Und wenn die *Pearl* bald auslief, bestand immer noch die Chance, dass sie das Schiff der Schurken einholen würden, bevor es die Karibik erreichte. Dann würden Jack und Onkel James diese grauenhafte Situation unversehrt überstehen.

James stieg die Rampe hinauf, und Nathan führte ihn über das Deck zu einer Stelle, die man vom Kai aus nicht sah.

Was er verlangen würde, hatte James bereits erraten. »Wie ich annehme, darf mein Bruder uns nicht begleiten?«

»Genau. Niemals wird er einen Fuß auf die *Pearl* setzen.«

»Wenn das alles ist …«

»Nicht ganz. Nur drei Andersons sollen an Bord kommen. Zusammen mit Ihnen wären das genug Männer, die meine Besatzung ergänzen würden. Was die einzelnen Pflichten betrifft, haben Sie die Wahl. Vielleicht möchten Sie jemanden aussuchen, der kochen kann.«

James verdrehte die Augen. »Also sind wir uns einig?«

»Nur wenn Sie mir einen neuen Kabinensteward verschaffen – Judith.«

Prompt erstarrte James. »Und ich hatte gehofft, ich müsste Sie nicht töten.«

»Dieser Punkt ist nicht verhandelbar. Und seien Sie bloß kein Heuchler. Ich habe gehört, wie Ihre Gemahlin von Artie wegen ihrer Rolle als *Ihr* Kabinensteward gehänselt wurde. Damals wussten Sie, dass sie eine Frau ist. Und sie dachte, Sie hätten keine Ahnung.«

»Ich habe sie *geheiratet!*«, schnaubte James.

»Darum geht es nicht. So lauten meine Bedingungen, Viscount Ryding.«

James schwieg ziemlich lange. »Haben Sie eine Kabine für meine Nichte?«

»Ja. Ihre Schwäger und Sie schlafen bei der Besatzung.«

»Etwas muss ich klarstellen. Falls meine Nichte diesem Unsinn zustimmt, und die Entscheidung liegt bei ihr – unterstehen Sie sich, sie anzurühren! Ich brauche Ihr Wort.«

»Einverstanden. Aber erinnern Sie Judy an das Abkommen, das sie mit mir getroffen hat. *Wie du mir, so ich dir.*«

Statt zu antworten, furchte James nur die Stirn, bevor er die *Pearl* verließ. Am Kai führte er Judith beiseite und informierte sie über Nathans Forderungen und den Hinweis auf jenes Abkommen. Ehe sie sich dazu äußern konnte, eilte ihr Vater zu ihnen. »Nun? Segeln wir los? Oder schmollt er immer noch wegen der paar Stunden in unserem Schiffsknast?«

»Er hat seine Bedingungen genannt«, erklärte James. »Du kommst nicht mit. Aber Judy …«

»Den Teufel wird sie!«, schrie Anthony. »Das ist keine Vergnügungsfahrt. Natürlich bleibt sie bei den Frauen.«

»Ich habe seine Bedingungen bereits akzeptiert.«

Beschwichtigend legte Judith eine Hand auf den Arm ihres Vaters. »Gerade wollte ich zustimmen.« Ob sie log, wusste sie nicht. »Immerhin geht es um Jack. Ich hole ein paar Sachen und komme zurück, wenn die Vorräte verladen werden.«

Während sie davonlief, hörte sie einen Fluch hinter sich. »Verdammt, James, warum hast du ihn nicht einfach ins Wasser geworfen und sein Schiff gekapert?«

»Weil seine Kumpel hier sind, ihn als Helden feiern und die Autorität besitzen, die ganze Stadt gegen uns einzunehmen. Wenn wir ihn ins Gefängnis werfen, können wir Jack nicht retten. Unter meinem Schutz ist Judy sicher.«

Wirklich? Sie hatte den Zorn in Nathans Augen gelesen. Trotz des Kusses an diesem Abend, der so wunderbare Hoffnungen geweckt hatte, grollte er ihr immer noch. Welch eine seltsame Bedingung … *Wie du mir, so ich dir?* Seine Rache an ihr und ihrer Familie, weil sie ihn eines Diebstahls bezichtigt hatten, obwohl er unschuldig war?

Kapitel 43

Leider hast du mehrere Flecke übersehen.«

»Der Boden ist blitzsauber!«

»Solange du dafür sorgst …« Nathan konnte seinen Blick unmöglich von Judith abwenden.

Erbost stand sie auf, ergriff ihren Eimer und ging zu der Stelle neben seinem Schreibtisch, auf die er zeigte. Sie sank wieder auf die Knie, nahm den Lappen aus dem Eimer und klatschte ihn so vehement auf den Boden, dass Wasser in Nathans Richtung spritzte.

»Wenn du meine Stiefel polieren willst, hättest du's sagen sollen«, betonte er und wandte sich auf seinem Schreibtischstuhl zu ihr, damit sie seine Füße erreichte.

Mit schmalen Augen starrte sie ihn an. »Amüsierst du dich nicht ein bisschen zu sehr?«

Grinsend nickte er. »Mag sein.«

Zuerst war er verlegen gewesen, als sie am Morgen nach der Abreise aus Bridgeport seine spärlich möblierte Kabine betreten hatte. Hier musste Judith natürlich auf den gewohnten Luxus verzichten. Was sie davon hielt, mochte er sich gar nicht vorstellen. Ebenso wie das Schiff ihres Onkels war die *Pearl* ein Dreimaster, aber schmaler und nicht so lang. Nathans Kabine lag auf dem Achterdeck, wie die Kapitänskajüte auf der *Maiden George*, war aber kaum halb so groß. Hier hatte sein Vater nicht geschlafen, sondern den Raum nur benutzt, um seine Seekarten zu studieren und mit Corky zu essen – oder mit seinem Sohn, wenn der an Bord gewesen war. Nathan hatte die Kabine in sein persönliches Revier verwandelt und eine Hängematte hinzugefügt, in der er schlief. In New London hatte einer von Bostwicks Männern zusätzlich ein Feldbett aufgestellt, was Nathan nicht störte.

Die drei Andersons kannte er nicht – Warren, Thomas und Drew, die James zu seinen Begleitern bestimmt hatte. Nathan hätte Boyd vorgezogen, erinnerte sich jedoch an Malorys Erklärung, der Mann würde wegen seiner Seekrankheit auf der halben Reise nutzlos sein. James und seine Schwäger arbeiteten mit vollem Einsatz. Anfangs hatten sie den anderen Besatzungsmitgliedern Befehle erteilt, bis sie von Nathan mit dem Hinweis gebremst worden waren, auf der *Pearl* sei *er* der Kommandant. Zweifellos musste den vier Männern, die stets ihre eigenen Schiffe navigiert hatten, eine solche Umstellung schwerfallen.

Am ersten Morgen auf See hatte Judith sein Bett gemacht, den Schreibtisch abgestaubt, den Boden gefegt und sein Frühstück serviert. Sie beklagte sich nicht, weil er ihr die Position eines Dienstboten zumutete, fragte nicht, was er damit bezweckte, und ließ keine Empörung erkennen. Vielmehr verhielt sie sich wie eine Märtyrerin, die alles tun würde, was zur Rettung ihrer Cousine nötig wäre. Sie wirkte sogar dankbar für Nathans Hilfe bei dieser Mission. Aber auf ihre Dankbarkeit legte er keinen Wert. Mochte er seine Wut auch zügeln – sie verebbte nicht.

Und er zürnte vor allem Judith. Denn er hatte ihr vertraut wie keinem anderen Menschen je zuvor. Obwohl alles dagegen gesprochen hatte. Er war sogar bereit gewesen, die reichen Aristokraten mit neuen Augen zu betrachten. Judy hatte ihn zu der Vermutung inspiriert, nicht alle wären so herzlose Snobs wie die Großeltern seiner Nichten. Aber letzten Endes hatte sie ihm bewiesen, dass seine ursprünglichen Ansichten richtig gewesen waren.

Ihretwegen verzichtete Corky auf seine Kabine. Die Anderson-Brüder beanspruchten die letzte der drei Kabinen an Bord. Wo James schlief, wusste Nathan nicht. Doch es würde ihn nicht überraschen, wenn Malory den Korridor vor dem Raum seiner Nichte benutzte oder sogar den Boden darin. Nathan hatte versprochen, Judith nicht anzurühren. Und er hielt sein Wort, wobei James ihm half.

Wenn der Mann die Kabine des Captains betrat, klopfte er fast nie an. Das tat er manchmal nur, wenn er wusste, er würde Judy nicht darin antreffen. Aber wann immer er festgestellt hatte, sie würde zusammen mit Nathan drinnen sein, tauchte er einfach auf, ohne an die Tür zu pochen. Unerwartet. Mit voller Absicht, was er nicht verhehlte. Dafür entschuldigte er sich nicht einmal, und das ärgerte Nathan. Trotzdem nahm er es schweigend hin, denn er wusste, dass er mit seinen Bedingungen eine Grenze überschritten hatte. Aus einem wahnwitzigen Impuls heraus. Und das würde James ihm heimzahlen, sobald Jack gerettet war.

Ironischerweise hätte Nathan gar nicht nach Bridgeport segeln müssen und in anderen Küstenstädten Matrosen anheuern können. Nicht ausgerechnet dort, wo Judith sich aufhielt. Inzwischen sollte er längst auf dem Rückweg nach England und zu seinen Nichten sein, statt sich mit den Familienproblemen der Malorys zu belasten. Hätte er Jacqueline bloß nicht kennengelernt … Temperamentvoll, tollkühn, amüsant – und Judys liebste Freundin. Wäre er Jack nie begegnet, hätte er James' Ansinnen wahrscheinlich abgelehnt. Oder wenn Judith ihm nicht vom Kai aus diesen flehenden Blick zugeworfen hätte …

Allzu lange hatte sie die Rolle der stummen Märtyrerin nicht gespielt, sondern ihre Entrüstung bei unerwarteten Befehlen schon bald gezeigt. Zum Beispiel, wenn er ihr auftrug, seine Kleidung zu waschen oder den Boden seiner Kabine zu schrubben, so wie jetzt, obwohl sie diese Arbeit erst am Vortag erledigt hatte.

»Wie du mir, so ich dir?«, zischte sie. »Davon kann keine Rede sein. Ich habe dich kaum um irgendwas gebeten.«

»Aber du hättest es tun sollen, Schätzchen. Du ahnst nicht, in wie vielen schlaflosen Nächten ich mir ausgemalt habe, auf welche Weise du mich ausnutzen könntest.«

Ihre Wangen färbten sich feuerrot. Da verschonte er sie mit neuen Hänseleien und stellte seine Füße unter den Schreibtisch zurück, bevor sie womöglich den nassen Lappen auf seine Stiefel schleudern würde. Doch er war unfähig, Judith aus den Augen zu lassen. So schön sie auch in ihren eleganten Roben aussah – in ihrer Schiffskleidung gefiel sie ihm viel besser. In diesem Moment genoss er den hinreißenden Anblick ihres Hinterteils, dessen Umrisse der dünne Hosenstoff nachzeichnete, während sie sich auf Knien vorbeugte und die Bodenplanken scheuerte. Allmählich fiel es ihm immer schwerer, sie nicht anzurühren – besonders, wenn er sie in einer so verlockenden Pose sah oder wenn sie in seine Nähe geriet und er ihren Duft roch. Er musste zur Selbstqual neigen. Sonst hätte er sich nicht in diese Situation gebracht, nur um noch ein paar weitere Tage mit der heiß begehrten Frau zu verbringen, bevor sie sich für immer trennen würden.

Plötzlich schaute sie zu ihm auf und fragte: »Wer hat dich aus der Gefängniszelle auf der *Maiden George* befreit?«

Einerseits freute er sich, weil er sie immer noch neugierig machte, andererseits ärgerte ihn das Thema, das sie anschnitt. Nicht zum ersten Mal weckte sie widersprüchliche Gefühle in ihm. Keineswegs mit Absicht. Wie sollte sie auch wissen, welch tiefe Gefühle sie in seinem Herzen entfesselt hatte? Nicht einmal in jener wunderbaren gemeinsamen Nacht hatte er das angedeutet. Denn er durfte sich nicht in sie verlieben, diese Liebe hätte keine Zukunft.

»Als die Zellentür geöffnet wurde, schlief ich. Deshalb sah ich nicht, wer es tat. *Du* warst es offenbar nicht«, fügte er bitter hinzu.

Da sie den Mund öffnete, glaubte er, sie würde etwas dazu sagen. Doch sie besann sich anders.

Die Augen zusammengekniffen, beobachtete er sie angespannt. »Nun?!«

Judith senkte den Kopf. Fast unhörbar antwortete sie: »Ich wollte es ...«

»Was?«

»Dich freilassen. Ich wartete, bis alle schliefen. Und dann kam ich zu spät, du warst schon weg.«

»Im Nachhinein kannst du das leicht behaupten«, entgegnete er verächtlich.

Erstaunt blickte sie auf, mit großen kobaltblauen Augen. »Glaubst du mir nicht?«

»Warum sollte ich?«

»Vielleicht, weil ich dich nie belogen habe. *Für* dich log ich. *Dir* sagte ich immer die Wahrheit. Zumindest habe ich nicht geschwindelt, wenn es um etwas Wichtiges gegangen ist.«

»Was heißt das?«

Sie zuckte die Achseln. »Möglicherweise habe ich gelogen, was Familiengeheimnisse betraf. Verstehst du das? Gewisse Dinge müssen Außenseitern verborgen bleiben. Aber *du* hast *mich* belogen. Willst du immer noch den Eindruck erwecken, du wärst nie ein Schmuggler gewesen?«

»Bildest du dir wirklich ein, darauf würde ich antworten? So sehr ich es bedaure, man kann dir nun mal nicht trauen, Schätzchen.«

Sichtlich empört rang sie nach Luft. Aber sekundenlang las er in ihren Augen, wie gekränkt sie sich in Wirklichkeit fühlte. Das krampfte sein Herz zusammen, und er wollte nach ihr greifen. Gerade noch rechtzeitig beherrschte er sich. Zur Hölle mit diesem Versprechen … Prompt öffnete James die Tür und blinzelte, weil er Judith nicht sofort entdeckte.

Doch sie erriet, wer erschienen war, ohne anzuklopfen. Den Eimer in der Hand, stand sie auf. »Der Boden ist sauber. Nun werde ich den Lunch servieren.«

Ohne ihren Onkel anzuschauen, eilte sie aus der Kabine. Er ging ihr nicht nach. Langsam trat er ein, und seine gestrafften Schultern deuteten an, die Vergeltung würde eher früher als später erfolgen. »Ich weiß, das ist nicht Ihr Kampf, Tremayne. Deshalb sind Ihre ungeheuerlichen Bedingungen …«

»Bitte, keine Drohung. Ich habe Ihre Nichte kein einziges Mal angefasst. Und Sie irren sich, ich fühlte mich zu dieser Reise gezwungen.«

»Oh? Habe ich so überzeugend gewirkt?«

Nathan lachte schallend. »Nein. Meine Gründe gehen Sie nichts an. Und solange das da unbeschadet bleibt …« Er nahm ein Dokument aus einer Schublade seines Schreibtisches und legte es wieder hinein. » … spielt der Zeitpunkt meiner Rückkehr nach England keine Rolle.«

»Was für ein Papier ist das?«

»Der Beweis für die Erfüllung meiner Mission.«

»Ich bin der einzige Beweis, den Sie brauchen, mein Junge. Oder falls ich den Kampf nicht überlebe, wird meine Familie für Sie bürgen.«

»Nichts für ungut, Lord Malory, aber ich bevorzuge das Dokument.«

»Allmählich verstehe ich, was Sie meinen. Der Vorbehalt für eine Begnadigung?«

Nathan lachte. »Bewundernswert, Ihr Scharfsinn …«

»Geben Sie nicht zu, warum Sie eine Begnadigung brauchen? Dazu könnten Sie sich durchringen. Ich habe ein ereignisreiches Leben geführt und mehr Dinge gesehen, als ich es wollte. Dass Sie in England einen schriftlichen Beweis für einen Erfolg abliefern müssen, spricht für sich. Also streben Sie eine Begnadigung an – oder eine Beförderung. Und da Sie nicht zum Militär gehören …« James schlenderte zur Tür, wo er sich noch einmal umdrehte. »Von Anfang an mochte ich Sie. Meinen Bruder zu einem Faustkampf herauszufordern – das verlangt sehr viel Mut. Hoffentlich muss ich Sie letzten Endes nicht töten.«

Nun beugte Nathan sich vor. »Haben *Sie* die Zellentür auf Ihrem Schiff geöffnet?«

James zuckte nicht mit der Wimper. »Was bedeuten würde, dass Sie mir einen Gefallen schulden, nicht wahr?«

»Antworten Sie nicht?«

»Ich? Ein Wohltäter?« Grinsend verließ James den Raum, und Nathan starrte erbittert die Tür an. Warum musste der Mann eine schlichte Frage mit einer Gegenfrage kontern? Natürlich war er nicht mein Befreier, entschied er. Auf der *Maiden George* hatten die Malorys noch nichts von Catherines Diebstahl gewusst. Und Nathan würde keinen Grund suchen, warum er sich James verpflichtet fühlen sollte. Denn er zog den umgekehrten Fall vor.

Kapitel 44

Nach vier Tagen auf See hatten sie das Schiff, das sie einholen wollten, noch immer nicht gesichtet. James hatte prophezeit, wahrscheinlich würden sie die Insel St. Kitts frühestens in einer Woche erreichen. Nur günstige Winde und Strömungen könnten die Fahrt beschleunigen. Sie hatten geglaubt, es gäbe nur eine einzige Möglichkeit, Jack ohne den Verlust eines Menschenlebens auf ihrer eigenen Seite zu befreien – wenn sie das Schiff der Entführer auf dem Meer einholten. Aber Catherines Vorsprung war offenbar zu groß. Nun mussten sie einen Alternativplan schmieden.

Daran dachte Judith, als sie an diesem Morgen das Frühstück für Nathan in seine Kabine trug. Er stand vor dem Schreibtisch und beobachtete sie. Dann wandte er sich erneut zu den ausgebreiteten Seekarten auf der Tischplatte. Vor der Abreise hatte Artie die tropfnassen Karibik-Karten, die James gehörten, aus der zerstörten *Maiden George* geholt. Inzwischen getrocknet, waren sie immer noch lesbar.

»Schon wieder nur ein Teller?«, tadelte Nathan, ehe sie das Thema anschneiden konnte, das ihr sehr wichtig war. »*Willst* du meine Anweisungen nicht befolgen?«

»Für deinen Dienstboten schickt es sich nicht, die Mahlzeiten mit dir einzunehmen«, erwiderte sie lächelnd.

»Natürlich werde ich dich nicht von den Pflichten eines Kabinenstewards entbinden.«

»Habe ich dich darum gebeten?«

»Nein. Warum nicht?«

Erstaunt hob sie die Brauen. Zum ersten Mal bekundete er, dass er sich über ihren Gehorsam wunderte. Doch sie würde niemals die prickelnde Erregung gestehen, die sie empfunden hatte, weil er sie in seine Bedingungen einschloss. Anfangs war sie ein bisschen nervös gewesen, aber nur für kurze Zeit. Wie sich bald herausstellte, erwartete er von ihr nur die übliche Arbeit eines Kabinenstewards. Dass sie dieser Tätigkeit das beruhigende Gefühl verdankte, an Jacks Rettung mitzuwirken, wusste er nicht.

»Damit du Nein sagen kannst?«, entgegnete sie. »Darauf verzichte ich.« Hastig fügte sie hinzu: »Während wir uns St. Kitts nähern, muss meine Familie die richtige Strategie erörtern. Ich habe für heute Abend ein Dinner in deiner Kabine vorgeschlagen, damit du an der Diskussion teilnehmen kannst.«

Die Stirn gerunzelt, schaute er sie wieder an. »Ziemlich anmaßend von dir, nicht wahr?«

»Möchtest du nicht mit meinen Verwandten reden?«, fragte sie und setzte eine unschuldige Miene auf.

»Wenn *du* das Dinner servierst? Das würde ihnen wohl kaum gefallen. Wie viele Fäuste müsste ich abwehren, bevor ein Gespräch zustande käme?«

»Selbstverständlich reibe ich ihnen deine Aggressivität nicht unter die Nase. Heute Abend werde ich am Esstisch sitzen.«

»Bin ich das?« Nathan lachte. »Aggressiv?«

»Nun, das klingt besser als ein Hinweis auf dein Bedürfnis, dich an mir zu rächen.«

»Unsinn, Schätzchen.«

»Wie würdest du es denn sonst nennen?«

»Ganz einfach – ich brauche einen Kabinensteward.«

Irritiert presste sie die Lippen zusammen. Den wahren Grund, warum er sie zu einem Dienstboten erniedrigte, wollte er ihr ebenso wenig gestehen, wie sie zugeben würde, wieso es sie nicht störte. Sie begann sein Bett zu machen. Noch immer *fühlte* sie seinen Blick. Beinahe so, als würde er sie berühren! Und warum tat er es nicht? Weil er es ihrem Onkel versprochen hatte. James hatte ihr versichert, wenn Nathan es trotzdem wagte, würde er zusammen mit seinen Schwägern meutern.

Doch sie hatte nicht erwartet, Nathan würde sein Versprechen *wörtlich* nehmen.

»Heute Morgen bin ich mit einem steifen Nacken aufgewacht«, erklärte er unvermittelt. »Das ist immer noch schmerzhaft. Komm her, versuch was dagegen zu tun und massier mich.«

Verwirrt schluckte sie. Als sie sich langsam aufrichtete und umdrehte, sah sie ihn am Schreibtisch sitzen. »Und das Versprechen, das du meinem Onkel gegeben hast?«, fragte sie vorsichtig.

»Das halte ich. Er hat gesagt, ich dürfe dich nicht berühren. Dass *du* mich nicht anfassen darfst, wurde nicht erwähnt.«

Nun wurde ihr ganz flau im Magen, und sie fürchtete sich vor seiner Nähe. Würde sie seinen Auftrag erfüllen können, ohne ihn so zu berühren, wie sie es wünschte? Ihre Atemzüge beschleunigten sich, noch bevor sie zu Nathan ging. Als sie hinter ihm stand und auf seine breiten Schultern hinabstarrte, empfand sie heiße Sehnsucht. Sie musste sich einreden, es sei nicht *er*, den sie anfasste. Darum bemühte sie sich. Die Wimpern gesenkt, begann sie seinen Nacken zu massieren. Durch sein Hemd hindurch. Sorgsam achtete sie auf ihre Finger, damit sie nicht zu seiner Haut wanderten.

»So ist es sinnlos, Judith, ich spüre dich kaum.«

Erschrocken hob sie die Lider, denn er stand auf, drehte sich zu ihr und öffnete die Hemdknöpfe. Obwohl sie krampfhaft ein Stöhnen unterdrücken musste, konnte sie ihren Blick nicht von Nathan losreißen, während er das Hemd auszog und über die Lehne des Stuhls hängte. Hingerissen bewunderte sie seine muskulöse Brust, bis hinab zur Schnalle seines Hosengürtels.

»Versuch es noch einmal«, befahl er.

Als sie aufschaute, sah sie seine Mundwinkel zucken, bevor er sich wieder setzte. Also genoss er ihre Verlegenheit!

Nach einem tiefen Atemzug beschloss sie ihm die intime Situation, die er ausgeheckt hatte, möglichst unangenehm zu machen. Zuerst legte sie ihre Finger auf die weiche Haut seines Nackens und bewegte sie rhythmisch auf und ab, dann seitwärts zu den Schultern. Dabei streifte Nathans Haar ihre Handrücken, und das wirkte so sinnlich, dass sie fast nach Luft schnappte. Sie knetete seine Schultern und massierte sie immer fester, ehe sie etwas sanftere Methoden anwandte, die Liebkosungen glichen, hörte ihn stöhnen und seufzen. Bald verlor sie sich in ihren Zärtlichkeiten, die ihm offenkundig Freude bereiteten. Wozu mochten sie führen? Von diesem Gedanken inspiriert, beugte sich vor und fragte: »Spürst du mich jetzt?«

»So war es nicht …« Plötzlich sprang Nathan auf. »Verschwinde! Sofort!«

Judith rannte aus seiner Kabine und floh in ihre eigene. Dort blieb sie, bis die Hitze in ihren Wangen nachließ und ihre Hände zu zittern aufhörten. Was für verdammt gegensätzliche Signale Nathan aussandte! Sie hoffte, seine Nackenschmerzen würden sich verstärken … Nein, das wünschte sie natürlich nicht.

Tat ihm sein Nacken überhaupt weh? Etwas zu selbstgefällig hatte er betont, *sie* dürfe *ihn* berühren. War es nur ein Trick gewesen, der den beabsichtigten Zweck nicht erfüllt und *ihm* nur geschadet hatte? Dieser Gedanke verhalf ihr zu einer gewissen Genugtuung.

*

Aber sie kehrte erst kurz vor dem Dinner in seine Kabine zurück – mit ihren Verwandten.

Die Zusammenkunft hätte schlimmer verlaufen können, wären die Andersons dem Captain gegenüber nicht neutral eingestellt gewesen. Am Anfang der Reise hatten sie zwar gegen die peinliche Rolle protestiert, die Judith – die Schwägern ihres Bruders Boyd und Georginas Nichte – an Bord der *Pearl* spielen musste. Doch sie hatte ihnen versichert, es mache ihr nichts aus und sie würde nur zu gern einen Beitrag zur Rettung ihrer Cousine leisten.

Für Dinnergäste eignete sich Nathans Kabine nicht. Der Tisch bot nur vier Personen Platz und war voll beladen, nachdem ein Matrose die Speisen serviert hatte. Deshalb versuchte niemand am Tisch zu essen, und die Diskussion hatte schon begonnen.

Gefüllte Teller in den Händen, lehnten Thomas und Drew an einer Wand und aßen. Warren, James und Judith benutzten drei der Stühle, Nathan saß hinter seinem Schreibtisch.

»Diesen Schurken darfst du dich nicht ausliefern, James«, entschied Thomas. »Wenn wir St. Kitts erreichen, müssen wir herausfinden, wo sie Jack gefangen halten – *bevor* sie unsere Ankunft bemerken.«

»Sollen wir woanders anlegen?«, schlug Drew vor.

»Das wird nicht nötig sein«, meinte Warren. »Nur Catherine würde einen von uns wiedererkennen. Aber sie hat dieses Schiff nie gesehen.«

»Also gehen wir verkleidet in die Stadt?«, fragte Thomas.

Warren nickte. »Dort bleiben wir nur so lange, bis wir einen der Kerle treffen, dem wir die nötigen Informationen entlocken können.«

»Und wenn Jack gar nicht auf der Insel ist?«, wandte James ein.

Warren zog die Brauen hoch. »Was glaubst du?«

»In der Nachricht, die ich von den Entführern erhielt. stand nur, ich würde auf St. Kitts weitere Anweisungen bekommen. Was keineswegs bedeutet, sie würden hinsegeln.«

»Und was haben sie vor?«, fragte Warren.

»Sie wollen mich an Bord eines anderen Schiffs locken – mich allein.«

»Geh nicht darauf ein, James«, warnte Thomas. »Gib ihnen nicht unser einziges Druckmittel, nämlich *dich*.«

»Wenn wir herausfinden, wer Catherines Vater ist, können wir überlegen, wie sich seine Pläne vereiteln lassen«, sagte Drew. »Denk nach, Mann! Wer will sich mit aller Macht an dir rächen? Wer scheut keine Mühe, um dieses Ziel zu erreichen?«

»Lacross haben wir schon ausrangiert«, erwiderte James, »und andere Spekulationen sind sinnlos. Zu meiner Zeit trat ich auf zu viele Zehen, deine inklusive. Ich kann meine Feinde auf dieser Seite des Atlantiks wirklich nicht zählen.«

»Aber die meisten nehmen an, Hawke wäre tot«, erinnerte Warren seinen Schwager. »Und das engt den Kreis der Verdächtigen beträchtlich ein.«

»Wer ist Hawke?«, wollte Nathan wissen.

Dieser Frage folgte ein langes Schweigen. Thomas und Drew beobachten James und warteten ab, ob er antworten oder ihren Bruder niederschlagen würde, der den Namen erwähnt hatte.

Aber James starrte Nathan einfach nur an. Schließlich erklärte er: »So habe ich mich genannt, während ich vor vielen Jahren in diesen Gewässern gesegelt bin.«

»Als Sie ein Pirat waren?«

Nun wirkte das Schweigen noch beklemmender. Judiths Herz pochte schneller, und sie war nahe daran zu behaupten, *sie* habe Nathan davon erzählt.

Und dann lachte James. »So wie Sie ein Schmuggler waren?«

Nathan seufzte. »Eins zu null für Sie, Mr Malory.«

»Jedenfalls *bin* ich das schwarze Schaf der Familie«, fuhr James fort. »Eine Zeit lang wollte ich meine Verwandten vor den Folgen meiner Eskapaden schützen. Und ich konnte ihnen nicht noch mehr Gründe bieten, mich zu enterben, Sie verstehen – wo sie doch schon so viele hatten.«

Nathan nickte ausdruckslos. »Nun darf ich Sie vielleicht auf eine naheliegende Taktik hinweisen, die Sie offenbar übersehen. Wenn Sie auf St. Kitts herumschleichen, schnappen Sie sich Catherine. Dann haben Sie ein besseres Unterpfand für den Austausch.«

Diesem Vorschlag stimmten alle sofort zu. Aber James wandte ein: »Falls Catherines Schiff dort ist. Oder sie hat nur jemanden zu der Insel gesandt, der mich woandershin beordern soll. Immerhin haben wir jetzt einige Möglichkeiten und sind auf verschiedene Situationen vorbereitet.«

Kapitel 45

Nicht zum ersten Mal geriet Catherine auf *seinem* Schiff in hellen Zorn. Sie begehrte ihn. Und ein leidenschaftliches Zwischenspiel würde den Erfolg der Aktion, zu der sie ihren Vater überredet hatte, noch versüßen.

So sicher war sie gewesen, auf der langen Reise nach England und zurück würde sie den Captain verführen können. Zu spät hatte sie herausgefunden, dass er ihren Vater verabscheute. Deshalb konnte er ihre Anwesenheit an Bord kaum ertragen. Das hätte sie *wissen* müssen. Leider hatte ihr Vater ihr nie etwas davon erzählt.

Andrew ging über das Deck zu ihr. »Eigentlich dachte ich, diese Männer stünden auf deiner Seite. Aber sie scheinen dich nicht zu mögen.«

»Halt den Mund! Du dürftest gar nicht hier sein.«

»Und warum *bin* ich hier?«

»Musst du wirklich danach fragen, nachdem du plötzlich den Moralapostel gespielt hast? Natürlich nahm ich an, du würdest den Malorys alle Geheimnisse verraten, ehe wir lossegeln konnten.«

Als er daran erinnert wurde, wechselte er rasch das Thema. »Wohin fahren wir?«

»Nachdem wir St. Kitts angesteuert haben? Zu einer anderen Insel, und die ist so klein, dass sie nicht einmal einen Namen hat. Dort wird es dir nicht gefallen.«

»Warum nicht?«

»Piraten«, erwiderte Catherine spöttisch.

»Und was sind die Männer auf *diesem* Schiff?«

Ungeduldig seufzte sie. »Sehen sie etwa wie Piraten aus?«

»Nun ja …« Vorsichtig schaute er sich auf Deck um, musterte die Kleidung der Matrosen, und Catherine lachte.

»Nur der extravagante karibische Stil. Sie gehören nicht zu meinem Vater.«

»Also hast du sie angeheuert?«

»Nein, aber der Captain befolgt die Befehle meines Vaters. Er wurde angewiesen, Jacqueline einzufangen. Nur weil ich die wertvollen Juwelen stehlen sollte, hat Daddy mir den Coup erlaubt. Er hält mich für genauso unfähig wie seine anderen Bastarde. Diesen Auftrag gab er mir, um mich zu prüfen, und er rechnete mit meinem Fehlschlag. Aber ich habe nicht versagt – und dem Captain sogar bei seiner Mission geholfen. Jetzt wird Daddy feststellen, wie tüchtig ich bin. Nie wieder wird er mich wegschicken.«

»Du kennst ihn kaum. Hast du nicht jahrelang nach ihm gesucht? Warum willst du ihn mit aller Macht beeindrucken?«

»Weil er mein Vater ist! Mein einziger Verwandter!«

»Aber da du Jacqueline nicht gefangen nehmen solltest, hättest du sie freilassen können.«

»Sei nicht absurd, sie …«

»… hat das Interesse des Captains erregt. Glaubst du, ich merke nicht, wie du ihn anschaust. So wie früher mich …«

Ihre Augen verengten sich. »Während dieser Fahrt solltest du unten in der Zelle bleiben, so wie's die Männer geplant hatten. Für dich wär's besser, ich würde *nicht* bereuen, dass ich dich herausgelassen habe.«

»Oh, ich erwähne nur, was offensichtlich ist. Du begehrst ihn, kriegst ihn aber nicht, weil eine Schönheit wie Jacqueline an Bord ist – in seiner Kabine eingesperrt. Kein einziges Mal durfte sie frische Luft schnappen. Weißt du überhaupt, ob es ihr gut geht?«

»Natürlich geht es ihr gut, sie ist seine *kostbare* Fracht«, zischte Catherine, drehte sich um und starrte die verschlossene Tür an, auf die Andrew sie hingewiesen hatte.

»Was ich noch immer nicht verstehe – warum hast du in London einen seiner Männer auf die *Maiden George* geschmuggelt, wo sie uns doch ohnehin nach Bridgeport folgen würden? Welchen Sinn hatte das?«

»Du stellst zu viele Fragen«, murmelte sie.

»Ah, du weißt es wohl selber nicht.«

»Auf die Idee mit dem blinden Passagier kam der Captain. Ich hatte schon eine Möglichkeit gefunden, auf das Schiff zu gelangen, das mit sündteuren Juwelen über den Atlantik segeln würde – nämlich die Rolle, die *du* spielen musstest. Bevor die Malorys aus England abgereist sind, versuchte die Bande des Captains vergeblich, Jacqueline zu erwischen. Er wollte sich's ersparen, den Malorys bis nach Amerika zu folgen, und seine Geisel schon in England ein paar Tage festhalten.«

»Diesem Mann hat er sogar befohlen, Jacqueline Drogen zu verabreichen, nicht wahr? In der ersten Zeit auf See klagte sie mehrmals, sie sei furchtbar müde. Das klingt nach Verzweiflung – hätte der Captain sie von der *Maiden George* holen können, wären ihm nur ein bis zwei Wochen erspart worden.«

Sie zuckte die Achseln. »Nun, er dachte eben, es müsste möglichst schnell passieren. Warum, hat er mir verschwiegen. Also frag mich nicht. Er ist so verschlossen. Nicht einmal seinen verdammten Namen kenne ich.«

Ungläubig schüttelte Andrew den Kopf. »Aber er arbeitet für deinen Vater.«

»Auch Daddy erzählt seinen Männern nur, was sie unbedingt wissen müssen.«

In diesem Moment stürmte der Captain aus seiner Kabine. Wütend schlug er die Tür hinter sich zu.

»Was stimmt denn nicht?«, fragte Catherine und eilte zu ihm.

»Sie will nichts essen. Keine einzige Mahlzeit hat sie angerührt. Und wir sind schon vier Tage auf See. Ihr Magen knurrt. Trotzdem weigert sie sich beharrlich, auch nur einen Bissen zu schlucken.«

Die Speisen an Bord waren grauenhaft, verglichen mit den delikaten Menüs, die Catherine und Andrew auf der *Maiden George* genossen hatten. Völlig geschmacklos, meistens verbrannt. Doch das konnte Jacquelines rebellisches Verhalten nicht verursachen.

Warum brachte dieser attraktive Mann das Mädchen nicht zur Vernunft? Das überraschte Catherine. Also kamen der Entführer und sein Opfer nicht allzu gut miteinander aus? Aber das linderte ihre Eifersucht nur ein kleines bisschen. »Lass mich mit ihr reden«, schlug sie vor. »Auf mich wird sie hören, wenn ich allein mit ihr bin.«

»Obwohl du sie zu mir in den Garten der Andersons gelockt hast? Sie hält dich für unsre Komplizin.«

»Hast du ihr das gesagt?«

»Gar nichts habe ich ihr erzählt.«

»Dann kann ich ihr wenigstens klarmachen, dass sie etwas essen muss.«

Erst wollte er das verbieten, dann nickte er widerstrebend und zeigte mit einer dramatischen Geste zur Tür. Sie erwartete, Jacqueline würde immer noch ihr Ballkleid tragen. Aber als sie die Kabine betrat, traf sie das Mädchen in einem *seiner* langen Hemden an. Und sonst – nichts! Sie inspizierte die Beine des Mädchens, vom Knie abwärts nackt, und Wut wallte in ihr auf. Hatten sie miteinander geschlafen?

Jack stand vor den beiden Fenstern, die nach achtern hinausgingen, und spähte durch das blank gescheuerte Glas. Zweifellos hoffte sie das Schiff ihres Vaters zu entdecken. Den Rücken kerzengerade, die Arme verschränkt, drehte sie sich um, als sie die Tür klicken hörte. Ihre Augen funkelten vor Zorn, den Catherines Ankunft nicht milderte.

»Was wollen Sie denn hier?«, fauchte sie.

»Mein Liebhaber ist unzufrieden mit Ihnen, Jacqueline.«

»Ihr – *was?*«

»Hat er unsere Beziehung nicht erwähnt?«

»Sind Sie wahnsinnig? Wie können Sie sich mit diesem Schurken einlassen? Er wird meinen Vater töten!«

»Ts, ts … Was immer geschehen mag, Sie können es nicht ändern. Und ganz sicher nicht, wenn Sie sich vor lauter Schwäche nur mühsam auf den Beinen halten. So kindisch, diese Weigerung, etwas zu essen …«

Jack ging zum Schreibtisch, wo ein Teller mit einer unberührten Mahlzeit stand. Erwartungsvoll lächelte Catherine und freute sich auf die Dankbarkeit des Captains, wenn er von ihrem Erfolg erfahren würde. Doch das Mädchen ergriff den Teller nicht, um zu essen.

Schreiend rannte Catherine aus der Kabine. Hinter ihr flog der Teller durch die offene Tür und zerschellte auf den Decksplanken inmitten eines unappetitlichen Breis.

Trotz der gefurchten Stirn des Captains lächelte sie. Der Hungerstreik des Mädchens beunruhigte sie nicht. Wenn Jack gegen ihren Vater ausgetauscht wurde, war ihr gesundheitlicher Zustand bedeutungslos.

Andrew bemerkte Catherines ironisches Lächeln, während sie davonschlenderte, und nutzte die Gelegenheit, um mit dem Captain zu sprechen. »Das war ein Fehler, denn Jacqueline hat Catherine nie gemocht und würde niemals auf sie hören. Auf mich schon. Erlauben Sie mir, mit ihr zu reden. Danach wird sie etwas essen, das garantiere ich Ihnen.«

»Bis die nächste Mahlzeit serviert wird, haben Sie Zeit. Keine Minute länger.«

Erleichtert nickte Andrew. Bevor er die Kabine betrat, spähte er am Rahmen der Tür vorbei, die Catherine offen gelassen hatte, und vergewisserte sich, dass Jack ihm nichts an den Kopf werfen würde.

Doch sie freute sich nicht über seinen Besuch. »Auch Sie, Andrássy?«

Er schenkte ihr ein schwaches Lächeln. »Eigentlich Andrew … Jetzt fehlt mir die Zeit, um Ihnen das alles zu erklären«, fügte er in eindringlichem Flüsterton hinzu. »Mit Ihrer Entführung hatte ich nichts zu tun. Aber ich kann Ihnen zur Flucht verhelfen.«

»Nur an meine Flucht denke ich – kaum an etwas anders. Oder ich überlege mir, wie ich *ihn* töten soll. Leider fällt mir nichts ein. Nachts fesselt er mich, tagsüber versperrt er die Tür, wenn er nicht in der Nähe seiner Kabine bleibt.«

Andrew wies mit dem Kinn auf die beiden Fenster. »Benutzen Sie eine Decke, um eine Glasscheibe möglichst geräuschlos zu zerbrechen. Ich werde dreimal an die Tür klopfen, wenn wir uns dem Hafen von St. Kitts nähern. Dann müssen Sie verschwinden, solange der Captain von seinem Landemanöver und vom Lärm im Hafen abgelenkt wird. Aber in der Zwischenzeit sollten Sie etwas essen, sonst sind Sie zu schwach für das Abenteuer.«

»So etwas Ähnliches hat Catherine auch gesagt, aber ohne meine Flucht zu erwähnen. Wie kann ich Ihnen trauen?«

»Weil ich Ihnen Bescheid geben werde, wenn wir den Hafen ansteuern, Jack, alles Weitere liegt bei Ihnen. Sobald Sie entkommen sind, sollten Sie sich verstecken, bis diese Leute ihren Plan aufgeben und davonsegeln.«

»Und wenn sie auf der Insel bleiben?«

»Glauben Sie wirklich, die würden auf Ihren Vater warten?

Obwohl sie ihn nicht mehr mit seiner gefangenen Tochter unter Druck setzen können?«

Zum ersten Mal lächelte sie. »Nein, so dumm sind sie sicher nicht.«

*

Zwei Tage später, am frühen Morgen, erreichten sie St. Kitts. Andrew hatte Jacqueline das vereinbarte Zeichen gegeben. Da er das Schiff nicht verlassen durfte und die Kapitänskabine versperrt war, konnte er nicht feststellen, ob ihr die Flucht geglückt war.

Der Captain eilte von Bord, um mit dem Mittelsmann zu reden. Auf dieser Insel sollte der Austausch nicht stattfinden. Die Entführer wollten weiterfahren, sobald James Malory zum nächsten und endgültigen Ziel geschickt worden war – *bevor* er mit einer Flotille eintreffen könnte.

Als der Captain zurückkehrte und die Segel setzen ließ, war Jacqueline schon seit einigen Stunden verschwunden. Vielleicht wäre das Schiff ausgelaufen und ihre Flucht unentdeckt geblieben, hätte er nicht geradewegs seine Kabine betreten und das zertrümmerte Fenster gesehen.

Einer verständlichen Panik nahe, befahl er seinen Männern, alle Docks abzusuchen.

Catherine lief zu ihm. »Ruf sie zurück!«, mahnte sie. »Nachdem deine Geisel entkommen ist, dürfen wir keine Zeit verschwenden. Wir müssen lossegeln. Jeden Moment könnte Jacquelines Vater auftauchen.«

»Unmöglich, ich habe im Hafen von Bridgeport alle Schiffe versenkt.«

»Wenn du glaubst, Malory könnte nicht in wenigen Stunden ein anderes Schiff auftreiben, unterschätzt du ihn. Wir müssen sofort meinen Vater verständigen. Da ich ihm ein Vermögen mitbringe, wird er deinen Fehlschlag leichter verwinden. Oder ich tische ihm dir zuliebe eine Lüge auf.«

»Eine Lüge?«

Kokett legte sie eine Hand auf seinen Arm. »Ich erzähle ihm, Jacqueline sei über die Reling gesprungen und ertrunken. Natürlich musst du ihm versichern, du würdest unverzüglich wieder nach Bridgeport fahren und eine andere Malory-Geisel gefangen nehmen. Vielleicht James' Frau, solange sie sich noch in Amerika aufhält. Oder du kehrst hierher zurück und schnappst ihn selber, während er seine Tochter sucht. Allerdings sollte ich dich warnen – dabei könntest du den Kürzeren ziehen … So oder so, du musst mich sofort zu meinem Vater bringen, darauf bestehe ich. Keinesfalls darfst du den Verlust der Juwelen riskieren, die ich so mühsam für ihn beschafft habe. Und diese Gefahr ist zu befürchten, wenn die Malorys mich auf St. Kitts entdecken.«

Andrew stand in der Nähe, hörte den Großteil dieses Redeschwalls und bemerkte Catherines Zorn, als der Captain sie keiner Antwort würdigte. Wie auch immer, das Schiff lief so schnell wie möglich aus.

Sehnsüchtig schaute Andrew zur Küste und überlegte, ob er es wagen sollte, über Bord zu springen. Aber dann würde Catherine das Schiff wahrscheinlich zurückschicken und ihn einfangen lassen. Mittlerweile wusste er zu viel. Also verwarf er seinen Fluchtplan und hoffte, er würde keinen größeren Fehler machen als damals, bei seinem verhängnisvollen Entschluss, an Catherines Ränkespiel teilzunehmen.

*

Schon nach wenigen Stunden erreichten sie das endgültige Ziel. Dichtes Gebüsch zwischen hohen Palmen überwucherte die kleine Insel. Obwohl sie unbewohnt wirkte, ankerten zwei

Schiffe im aquamarinblauen Wasser. Das einzige Bauwerk, das man von Bord aus sehen konnte, war der Turm einer zerbröckelnden alten Festung.

Da kein Dock existierte, warf die Besatzung den Anker. In einem Ruderboot wurden der Captain, Catherine und Andrew zur Küste gebracht, dann stiegen sie einen steilen, sandigen Hügel hinauf. Hinter dem Gipfel, auf einer Lichtung im Dschungel, lag ein kleines Dorf. Einige Hütten umgaben die Festung.

Auf dem Gelände der Ruine stand ein neues Haus, zu dem Catherine vorauseilte, sichtlich beglückt über ihre Heimkehr. Diesmal freute sie sich ganz besonders, weil sie ihren Auftrag so großartig erfüllt hatte, und sie konnte es kaum erwarten, ihrem Vater die Ereignisse zu schildern.

Umso deprimierter wirkte der Captain, der einen Fehlschlag erlitten hatte. Seine düstere Miene bewog Andrew, abrupt innezuhalten. »Falls es Ihnen nichts ausmacht, kehre ich lieber um!«, rief er ihm nach. »Ich möchte auf dem Schiff warten!«

Da wandte der Mann sich zu ihm. »Hier sind Sie Catherines Gast, nicht meiner. Wenn sie mit Ihnen fertig wäre, hätte sie Ihnen im Hafen von St. Kitts erlaubt, von Bord zu gehen. Folgen Sie mir!«

»Aber – ist ihr Vater wirklich so gefährlich?«

»Ja.« Der Captain kam zu Andrew zurück, packte ihn am Arm und zog ihn mit sich. »Wenn Sie immer noch unter Catherines Schutz stehen, haben Sie nichts zu befürchten. Bleiben Sie einfach nur im Hintergrund, versuchen Sie seine Aufmerksamkeit nicht zu erregen. Und wenn Ihnen das misslingt, reden Sie ihn respektvoll mit ›Captain Lacross‹ an.«

Sie betraten einen Saal, der mehrere große, rechteckige Tische enthielt und einer mittelalterlichen Halle glich. Von einem Podest im Hintergrund führte eine Treppe zum oberen Stockwerk, wo offenbar die Schlafzimmer lagen. Mehrere Männer hatten sich im Hauptraum versammelt.

Ungestüm umarmte Catherine einen älteren Mann, der an einem der langen Tische aufgestanden war.

Dann drehte sie sich um und zeigte mit einem anklagenden Finger auf Andrew. »Daddy, dieser Kerl hat Malorys Tochter zur Flucht verholfen. Und dein Captain …« Ihr Finger richtete sich auf den zweiten Besucher.« … hat nichts unternommen, um das zu verhindern!«

Kapitel 46

Drew kannte St. Kitts sehr gut. Dort lebte sein Schwiegervater. Auch Warren und Thomas kannten die dicht bevölkerte Insel, an der die Route der Skylark-Handelsschiffe seit Jahren vorbeiführte. Die drei Anderson-Brüder hatten geplant, von Bord zu gehen, sobald die *Pearl* an einem der Docks angelegt hatte, und sich in der Stadt nach den Entführern zu erkundigen.

Doch das war gar nicht nötig, denn Jack stand in ihrem völlig durchnässten Ballkleid, mit bloßen Füßen, auf dem Kai. James wartete nicht, bis die Rampe hinabgelassen wurde, sprang an Land und riss seine Tochter in die Arme.

Dann führte er sie hastig an Deck, nachdem die Rampe herabgesunken war. Was ihnen bevorstand, wussten sie noch nicht, und er wollte sie aus der potenziellen Gefahrenzone bringen.

Jacqueline wurde herumgereicht, jeder wollte sie umarmen. und sie machte alle mit ihrer Ballrobe nass – zuletzt Judiths Männerkleidung.

»Solche Angst hatte ich um dich, Jack!«, wisperte Judy und wollte ihre beste Freundin gar nicht mehr loslassen.

Jack lachte. »Oh, mir ging's ganz gut, ich war nur wütend.«

»Wurdest du einfach freigelassen, oder konntest du fliehen?«, wollte ihr Vater wissen.

»Ich wurde in der Kapitänskabine gefangen gehalten. Während das Schiff vertäut wurde, zerbrach ich ein Fenster und sprang ins Wasser.«

»Aber du bist immer noch triefnass. Ist das eben erst passiert? Suchen die Entführer immer noch nach dir?« In James' grünen Augen funkelte wachsende Kampflust, und er wartete nur auf die Antwort, bevor er davonstürmen und die Schurken aufspüren würde.

»Das ist schon ein paar Stunden her. Ich schwamm an den Hecks der anderen Schiffe vorbei, die hier vertäut liegen, weil ich hoffte, ich würde eins von Skylark finden. Leider ist keins hier. Und so, wie ich aussehe, wollte ich nicht auf den Kai klettern. Dort hätte ich zu viel Aufmerksamkeit erregt, und vielleicht wäre ich von irgendwem an die Schurken verraten worden. Deshalb blieb ich im Wasser und versteckte mich hinter dem letzten Schiff am Pier. Dort harrte ich aus, bis ich sie vor etwa einer Stunde davonsegeln sah.«

»Bitte, Onkel James«, mischte Judith sich ein. »Da sie jetzt weg sind – darf Jack wenigstens was Trockenes anziehen, bevor sie uns die ganze Geschichte erzählt?«

»Natürlich. Bring sie in Tremaynes Kabine, wenn ihr fertig seid.«

»Tremayne?«, fragte Jack, während Judy sie unter Deck führte.

»Das ist sein Schiff, eigentlich nicht für Passagiere gebaut. Aber er tauchte gerade zur rechten Zeit im Hafen von Bridgeport auf und erklärte sich bereit, uns bei deiner Rettung zu helfen.« Judith öffnete die Tür ihrer Kabine, und sie traten ein. »Mit der *Maiden George* konnten wir dir nicht folgen, weil die Gauner sie beschossen hatten, und da war sie nicht mehr seetüchtig.«

»Ja, das weiß ich, darüber hörte ich sie reden«, sagte Jack erbost. Dann seufzte sie erleichtert, als Judy Breeches und ein

Hemd auf das Feldbett warf. »Ich dachte schon, ich müsste eins von deinen geschniegelten Kleidern tragen.«

Lachend beobachtete Judith ihre Cousine, die aus dem nassen Ballkleid und den Unterröcken schlüpfte. Wie eine Ewigkeit kam es ihr vor, seit sie zum letzten Mal gelacht hatte. »Unglaublich, dass du in diesem ganzen Zeug schwimmen konntest! Haben sich deine Füße nicht in den Röcken verheddert?«

»Bevor ich aus dem Fenster sprang, band ich sie alle in meiner Taille zusammen. Und ich ließ sie erst runter, ehe ich auf den Kai stieg. Da war ich ziemlich müde – nun ja, meine Beine sind erschöpft. Du kannst dir nicht vorstellen, wie anstrengend es ist, eine Stunde lang an derselben Stelle Wasser zu treten.«

Welch ein banales Gesprächsthema, obwohl Judith vor Neugier fast platzte. So viele Fragen brannten ihr auf der Zunge. Doch sie schwieg, denn sie wollte Jack nicht zumuten, dieselbe Geschichte zweimal zu erzählen.

Aber Jacqueline wollte etwas Persönlicheres wissen. »Also hast du Nathan verziehen?«

»Das spielt keine Rolle, weil er *mir* nicht verziehen hat.«

Mitfühlend runzelte Jack die Stirn. »Mach dir keine Sorgen. Sicher wird er zur Vernunft kommen – wenn du es willst.«

»Oh?« Judith lächelte wehmütig. »Meinst du, mein Wunschdenken würde alles Ordnung bringen?«

»Wohl kaum. Aber ein oder zwei Rempler in die richtige Richtung müssten genügen. Wenn wir wieder daheim sind, denken wir uns was aus. Ich will nach Hause, Judy. In diesem Teil der Welt gefällt es mir nicht mehr.«

Judith nickte, bevor sie an Deck zurückkehrten und zur Kapitänskabine gingen. Eine Entführung, versenkte Schiffe – ein viel zu schmerzlicher Herzenskummer … Auch sie sehnte sich nach England und hoffte, sie würden die Rückreise bald antreten.

Erwartungsvoll standen James und die Andersons in der Kabine. Nur Nathan saß hinter seinem Schreibtisch. Als Judith eintrat, starrte er sie durchdringend an, ehe er Jacqueline mit einem höflichen Lächeln begrüßte. Dann betrachtete er nachdenklich den Federkiel zwischen seinen Fingern und drehte ihn umher. Was Jack berichten würde, schien ihn nicht zu interessieren.

Bevor das Mädchen an Bord gekommen war, hatte er Judith mitgeteilt, sie sei als sein Kabinensteward entlassen, denn sie würde ihre Zeit sicher sehr gern mit der wiedergefundenen Cousine verbringen.

Wie großzügig von ihm – aber sie wollte nicht von ihren Pflichten erlöst werden! Stattdessen hatte sie gehofft, sie würde auch weiterhin möglichst oft mit ihm zusammen sein, sodass sie seine Ablehnung schließlich überwinden könnte. Jedes Mal, wenn er lachte oder sie anlächelte, fühlte sie sich ermutigt. Doch nach solchen Momenten war seine abweisende Haltung stets zurückgekehrt, und sie spürte seinen Zorn gegen sie, der direkt unter der Oberfläche schwelte. Deshalb fürchtete sie, was sie so innig miteinander verbunden hatte, wäre für immer verschwunden. Und das verstand sie sogar, nachdem sie ihn ebenso schnell wie ihre Familie des Juwelendiebstahls beschuldigt hatte. Wie konnte er jemandem verzeihen, der ihm ein Verbrechen zugetraut hatte?

James ging zu seiner Tochter und räusperte sich. »Haben sie dich – verletzt?«, fragte er behutsam.

»Nur meinen Stolz. Ich ließ mich zu leicht gefangen nehmen.«

Erleichtert grinste er und umarmte sie wieder. »Weißt du, was dieser Mann gegen mich hat? Warum wollte er so etwas tun?«

»Meinst du den Captain, der mich entführt hat? Der kennt dich nicht einmal, er arbeitet für jemand anderen. Seinen Namen verschwieg er mir, und so gab ich ihm einen – *Bastard.* So solltest du ihn auch nennen, wenn du über ihn redest.«

Die Andersons lächelten über Jacks verächtlichen Kommentar, aber James fragte in ernstem Ton: »Warum wurdest du in der Kapitänskabine festgehalten?«

»Wieso weißt du …«, begann sie errötend.

»Weil das die einzige Kabine auf einem Schiff ist, in der es ein Fenster gibt, durch das du fliehen konntest.«

»Nun, er ließ mir die Wahl – entweder die Gefängniszelle unter Deck oder seine Kabine auf dem Achterdeck. Nachdem ich mich für die Zelle entschieden hatte, schüttelte er lachend den Kopf. Offenbar wollte er seine Beute keine Entbehrungen leiden lassen. Aber es geschah nichts Ungehöriges – außer meinen Versuchen, ihn zu töten. Und dann verhalf mir Andrássy – in Wirklichkeit heißt er Andrew – zur Flucht. Er kam auf die Idee, ich sollte eines der beiden Fenster zerbrechen und ins Wasser springen, wenn das Schiff den Hafen von St. Kitts erreichen würde. Als es an der Zeit war, klopfte er dreimal an die Tür. Dieses Zeichen hatten wir vereinbart.«

»Anscheinend hat er uns die Wahrheit verraten.«

»Worüber?«

»Als er verschwand, hinterließ er ein schriftliches Geständnis. In einem Brief an mich gab er zu, er sei nicht unser Cousin. Catherine habe ihn beauftragt, uns die Verwandtschaft vorzugaukeln, damit sie auf die *Maiden George* gelangen und die Juwelen stehlen könnten.«

»Das haben *die beiden* getan?«, fragte Jack verblüfft.

Einige verlegene Blicke trafen Nathan. Jetzt wirkte er nicht mehr nachdenklich oder desinteressiert. Er starrte Judith wieder an. Unverkennbar kehrte sein Zorn zurück.

Doch dieses Zwischenspiel sahen James und seine Tochter nicht.

»Sicher hat es dich nicht überrascht, dass die sogenannten

Benedeks Hochstapler waren, Papa«, sagte Jack. »Von Anfang an hast du ihnen misstraut.«

»Ja, das stimmt. Der Diebstahl hat Catherine bedauerlicherweise nicht genügt, sie wollte dich auch noch entführen. Über diesen Plan war Andrew informiert. Aber statt uns zu warnen, bevor das geschah, dachte er dummerweise, er könnte es verhindern.«

»Das hat er tatsächlich versucht, und dabei wurde er niedergeschlagen. Offenbar nahmen die Entführer ihn auch mit. Das merkte ich erst, als er an Bord zu mir kommen durfte und ankündigte, er würde mir zur Flucht verhelfen. Oh, ich wünschte, Catherine müsste für ihr Verbrechen büßen, aber wahrscheinlich wird es nicht dazu kommen. Übrigens ist sie mit *Bastard* befreundet – *sehr eng* befreundet, wenn du verstehst, was ich meine.«

Erstaunt über diesen ätzenden Tonfall, musterte Judith ihre Cousine mit schmalen Augen.

Aber Jack fügte nichts mehr hinzu, was dieses Thema betraf, und schlang wieder beide Arme um den Hals ihres Vaters. »Ich will einfach nur nach Hause.«

Nathan stand hinter seinem Schreibtisch auf. »Nun werde ich unsere Abreise vorbereiten.«

»Noch nicht, Captain Tremayne«, hielt James ihn zurück. »Vorher muss ich in die Stadt gehen. Allzu lange wird es nicht dauern.«

Drew folgte seinem Schwager aus der Kabine. »Glaubst du, ein Teil der Entführer ist immer noch hier?«

»Wenn es so wäre, würden wir die sprichwörtliche Nadel im Heuhaufen suchen. Und es würde uns zu viel Zeit kosten, die Schurken in einer so großen Stadt aufzuspüren. Wie auch immer – oft erweist sich ein erster Instinkt als richtig. Führ mich ins hiesige Skylark-Büro. Dort will ich einen vertrauenswürdigen Mann ersuchen, er möge feststellen, ob unser gemeinsamer

Feind nach wie vor hinter Gittern sitzt, und mich benachrichtigen. Diesen Kerl würde ich gern von der Liste streichen – oder auch nicht, bevor ich hierher zurückkehre und die Zusammenhänge kläre.«

»Hoffentlich nimmst du mich in deine Mannschaft auf, wenn es so weit ist.«

»Packt dich wieder die Kampflust, Yankee?«

»Mir gefällt es auch nicht, wie die Sache ausgegangen ist. Keinem von uns. Ganz egal, ob Lacross dahintersteckt oder nicht – mit der Entführung unserer Jack haben die Halunken eindeutig eine Grenze überschritten.«

Kapitel 47

Darauf bestehe ich, Judith Malory! Wenn du mir nicht *sofort* erzählst, was mit dir los ist …«

Soeben hatten sie das Frühstück beendet. Und wie Judy wusste, drohten ihr Schwierigkeiten, wenn Mama sie mit ihrem vollen Namen ansprach, noch dazu in diesem entschiedenen Ton. Doch sie wollte nicht über Nathan reden, und sie hatte keine Ahnung, wo er sein mochte oder ob sie sich jemals wiedersehen würden. Was sie natürlich nicht daran hinderte, überall nach ihm Ausschau zu halten – an jedem Ort, den sie aufsuchte.

Über alle Ereignisse der langen Reise informiert, wusste Roslynn, wer Nathan Tremayne war, und stimmte immer wieder ein Loblied auf ihn an. Einfach großartig von ihm, seine Pläne zu ändern und in die Karibik zu segeln, um Jack zu suchen … Sie äußerte auch ihr Bedauern, weil die Malorys ihn so schäbig behandelt hatten, insbesondere ihr Ehemann.

»Solche Fragen solltest du Jack stellen«, antwortete Judith ihrer Mutter. »Sie benimmt sich ziemlich seltsam. Dauernd ist sie wütend, aus keinem ersichtlichen Grund.«

»Nein, ich *kenne* dich. Ich sehe deine wehmütige Miene, wenn du glaubst, niemand würde dich anschauen. Sorgst du dich nur um Jack? Gefällt dir einer der Männer, die du in Bridgeport getroffen hast? Oder bist du enttäuscht, weil Lord Cullen sich schon verlobt hat, bevor die Londoner Saison richtig anfängt? Das kam so unerwartet!«, jammerte Roslynn. »Leider bescherte ihm der Gips an seinem Fuß das Mitgefühl zu vieler junger Damen und …«

»Sei versichert«, unterbrach Judith sie tonlos, »ich trauere dem Schotten nicht nach.«

Sie sorgte sich tatsächlich um Jack, aber ebenso um ihren Vater. Dass er Nathan falsch beurteilt und zu Unrecht des Juwelendiebstahls bezichtigt hatte, bedrückte Anthony Malory. Als die *Pearl* mit all ihren Passagieren nach Bridgeport zurückgekehrt war, hatte er sich bei Nathan entschuldigt. Aus einiger Entfernung hatte Judith die Szene beobachtet und gemerkt, was für ein peinlicher Moment das für ihren Papa gewesen war.

Oder vielleicht hing seine schlechte Laune auch mit dem Ehekrach zusammen, der gerade ausgefochten wurde. Worum es dabei ging, wollte Judith gar nicht wissen. Oder es lag an dem halben Dutzend junger Lords, die sie penetrant umwarben. Am letzten Abend hatten zwei ihr sogar zugeflüstert, sie würden die Erlaubnis erbitten, sie zu heiraten. Und zwar die Zustimmung ihrer Mutter …

Normalerweise hätte Judith über das Geständnis der beiden Verehrer gelacht, welchen Elternteil sie in diesem Fall bevorzugen würden. Sie hatte ihnen nicht von ihren Absichten abgeraten, jedoch nur, weil sie ihnen nicht erklären wollte, warum ihre Mühe sinnlos wäre. Stattdessen würde sie ihrer Mutter Bescheid geben. Eigentlich musste sie mit beiden Eltern in Ruhe reden.

Aber an diesem Tag würde sie nicht dazu kommen. Am Nachmittag musste sie ein Konzert besuchen, abends eine Dinnerparty, am nächsten Abend einen Ball. Während der Londoner Saison überschlugen sich die gesellschaftlichen Ereignisse.

Und so platzte sie plötzlich zu ihrem eigenen Entsetzen heraus: »O Mama, ich habe herausgefunden, wie die Liebe ist! Grauenvoll! Ich hasse sie!«

»Gewiss nur, wenn – wer wagt es, deine Gefühle nicht zu erwidern?«, rief Roslynn entrüstet. Und dann erriet sie es. »Großer Gott, hat dein Vater recht? Bist du in diesen jungen Mann verliebt, der dir auf dem Schiff begegnet ist? Nathan Tremayne? Aber Tony behauptet, es sei nichts Ernstes gewesen!«

»Weil es das nicht ist – inzwischen nicht mehr. Er verübelt mir, dass ich an ihm gezweifelt habe. Und das verstehe ich. Aber wir haben von Anfang an nicht zusammengepasst. Niemals waren wir füreinander bestimmt. Das sollte ich akzeptieren, nicht wahr?«

»Keineswegs, wenn es dir widerstrebt, mein Liebes. Muss ich dir klarmachen, dass du niemals *Nie* sagen darfst? Oder sollte ich dich an etwas erinnern? Dein Vater und ich haben nicht aus Liebe geheiratet. Nur um mich vor meinem Vetter Geordie zu schützen, opferte er sein vergnügliches Junggesellenleben. Damals war Tony der schlimmste Schürzenjäger von London, natürlich mit Ausnahme seines Bruders James. Deshalb dachte ich, unsere Ehe würde scheitern. Was für ein Irrtum das war, weißt du ja. Und jetzt erzähl mir etwas mehr über deinen Mr Tremayne …«

*

Ein paar Häuserblöcke entfernt, im West End der Stadt, versteckte Nathan sich hinter der Ecke eines Gebäudes und wartete. Er war nicht allein in der Gasse, Arnold Burdis lehnte neben ihm an der Mauer. In seiner Nähe standen sechs Zollbeamte.

Nathan glaubte, er hätte einen Wagen zum Hintereingang der Taverne rollen gehört. Aber als er hinüberspähte, sah er nichts. Offenbar war es nur der Verkehrslärm auf der Straße gewesen, die an der Gasse vorbeiführte.

In diesem vornehmen Londoner Stadtteil zählte dieses Lokal zu drei Luxustavernen. Auch bei den zwei anderen hatte Commander Burdis seine Leute postiert. Einzelne Männer beobachteten vier nicht ganz so elegante Etablissements im weiteren Umkreis. Nur normale Lieferungen fanden am Morgen statt, illegitime zumeist am späten Abend. Aber Nathan hielt Grigg für gerissen genug, seine unlauteren Machenschaften am helllichten Tag zu erledigen. Nachts, wenn reiche Aristokraten in der Taverne zechten, würde er viel eher Verdacht erregen.

Seit einer Woche hielt Nathan gemeinsam mit Burdis an dieser Stelle Wache – seit er ihn nach seiner Rückkehr aus Amerika über relevante Details informiert hatte. Dabei war es um die Erkenntnisse gegangen, die er kurz vor der Abreise während des erzwungenen Gesprächs mit einem von Griggs Matrosen gesammelt hatte.

Allmählich glaubte Nathan, der Mann hätte ihn belogen, was die Lieferungen betraf. Andererseits ergab alles, was der Matrose in jener Nacht behauptet hatte, einen Sinn. Warum sollten Schmuggler nach London kommen, wenn sie keine Geschäfte machten? Wieso würde Grigg auf diesen lukrativen Markt verzichten, wenn er ihn fast risikolos nutzen konnte? Die Fahrt über den Kanal, von Frankreich nach England, dauerte nur kurz, und er wich der Südküste aus, an der wesentlich mehr Zöllner patrouillierten. In der Hauptstadt versahen die Zollpolizisten keinen regelmäßigen Dienst. Mochten sie die Docks auch im Auge behalten – für eine flächendeckende Überwachung war London zu groß. Und sie rechneten nicht mit Schmuggelwaren, die auf dem Landweg transportiert wurden.

»Sind Sie sicher, dass dieser Plan wirklich zum Erfolg führen wird, Tremayne?«, fragte Burdis nicht zum ersten Mal.

»In dieser Taverne geht der Cognac bereits zur Neige. Für

den spärlichen Rest verlangt der Wirt exorbitante Preise. Gestern Abend ging ich hinein und bestellte ein Glas. Als ich mich über den Preis beschwerte, erwiderte der Kellner, ich solle zu jammern aufhören, demnächst würde eine neue Fracht eintreffen.«

»Ja, ja, ich weiß, es sieht verheißungsvoll aus, aber …«

»Sie hätten mich nicht begleiten müssen, Commander Burdis.«

»Vermutlich meinen Sie, das hätten Sie gehofft. Seien Sie versichert, der Mann wird hängen – öffentlich, wie es dem Gesetz entspricht. Ich kann ihn unmöglich in Ihre Hände fallen lassen.«

»Nur weil er ein Schmuggler ist, wird er hängen«, grollte Nathan. »Nicht wegen des Mordes an meinem Vater.«

»Spielt das eine Rolle, solange er überhaupt baumelt?«

Für Nathan spielte es eine sehr große Rolle, denn Grigg hatte jenen unseligen Streit mit Jory veranlasst. Damals waren Vater und Sohn voller Zorn auseinandergegangen.

Schließlich war Jory von Grigg getötet worden, ehe Nathan eine Gelegenheit zur Versöhnung gefunden hatte.

»Gehen Sie morgen Abend auf den Ball, so wie ich's für Sie arrangiert habe?«, fragte Arnold Burdis.

Seine Einstellung zu Nathan hatte sich seit dessen Rückkehr geändert. Beinahe waren sie dank der erfolgreichen »Zusammenarbeit« Freunde geworden.

Und Nathan brauchte Freunde mit wichtigen Kontakten, nachdem er sich in den Kopf gesetzt hatte, er müsste *ihrer* Welt angehören.

Natürlich eine idiotische Idee … Und da er gar nicht wusste, ob er Judith auf dem Ball treffen würde, antwortete er: »Das bezweifle ich.«

»Ist mein Schneider nicht rechtzeitig zu Ihnen durchgedrungen?«

»Doch. Ich habe nur gewisse Bedenken.«

»Um Ihnen diese Einladung zu verschaffen, musste ich gnadenlos eine Person bedrängen, die mir einen Gefallen schuldig war. Wieso zum Teufel zögern Sie?«

»Nun – ich bin mir nicht sicher, ob es vorteilhaft wäre, sie schon jetzt wiederzusehen.«

Warum Nathan einen Ball in London besuchen wollte, hatte Arnold ihn nicht gefragt. Jetzt verdrehte er die Augen. »Also geht es um eine Frau. Deshalb riskiere ich mein Leben? Das hätte ich wissen müssen.«

Grinsend hob Nathan die Brauen. »Ihr *Leben*?«

»Zu welchen Forderungen diese Gastgeberin fähig ist, ahnen Sie nicht. Wäre ich ledig, würde sie sogar einen Heiratsantrag von mir verlangen. Sie ist verwitwet.«

Mochte das auch eine gewaltige Übertreibung sein – Nathan hätte den Commander nicht mit einer so irrwitzigen Bitte behelligen dürfen. Aber es missfiel ihm, auf welche Weise seine Beziehung zu Judith beendet worden war. Wie ein widerwärtiger Trottel hatte er sich benommen. Das wusste er besser als sonst jemand. Doch er war einfach nicht an die seltsamen Gefühle gewöhnt, die sie in ihm weckte – die ihn fast zum Wahnsinn trieben.

Was sie für ihn empfand, hatte sie nicht einmal angedeutet. Der Kummer, den er in ihren Augen gelesen hatte, konnte Abneigung oder Enttäuschung gewesen sein. Während der Rückreise nach Bridgeport waren sie sich niemals allein begegnet. Ständig hatte sie die Gesellschaft ihrer Cousine oder ihres Onkels gesucht und ihre Familie wie einen Schutzschild benutzt. Diese verdammte, entnervende Familie …

Gewiss, ihr Vater hatte sich bei ihm für die falsche Anklage entschuldigt. Und wie aufrichtig konnte das gemeint sein, mit jener sofort hinzugefügten Drohung? »In einer Hinsicht muss ich Sie freisprechen, allerdings nicht in *jeder*«, hatte Anthony Malory betont. »Was Sie getan haben, weiß ich. Halten Sie sich von meiner Tochter fern. Ein zweites Mal werde ich Sie nicht warnen.«

Dafür hätte Nathan eine Erklärung verlangt, wäre er in seiner ersten Verwirrung nicht auf den Gedanken verfallen, Judiths Vater würde über jene Liebesnacht Bescheid wissen. Später hatte Nathan erkannt, dass diese Sorge unbegründet war. Weil er noch lebte.

Nicht alle Familienmitglieder behandelten ihn so feindselig. Judiths amerikanische Onkel waren überaus freundlich. Um sein Wort zu halten, schenkte Boyd ihm eine reichhaltige Fracht und empfahl ihm, sie in Ipswich oder Newport zu verkaufen, wo die besten Preise zu erzielen wären. Zudem vervollständigte Boyd die Besatzung der *Pearl*, indem er die Matrosen bezahlte, die noch gebraucht wurden.

Beinahe fühlte Nathan sich wie ein reicher Mann. Denn James Malory hatte ebenfalls sein Versprechen gehalten und ihm die Hilfe bei der Fahrt in die Karibik mit einem großzügigen Honorar gedankt.

Während Nathan mit dem Commander Wache hielt, rückte die Mittagsstunde näher. Bald würde Burdis eine Pause beginnen und erst abends zurückkehren. Von Anfang an hatte er an morgendlichen Lieferungen gezweifelt, und er nahm immer noch an, die Schmuggler würden den Schutz der Finsternis vorziehen.

Jetzt stand er wahrscheinlich nur hier, um Nathan einen Gefallen zu erweisen. »In Zukunft werde ich einen Klappstuhl für diese Missionen mitbringen«, sagte er, nur halb im Scherz.

Nathan begann zu lachen und verstummt abrupt, als er das Geräusch rollender Räder hörte. Vorsichtig spähte er wieder an der Ecke des Hauses vorbei, dann grinste er zufrieden. Ein Wagen näherte sich dem Hintereingang der Taverne. Auf dem Fahrersitz drängten sich drei Männer, drei weitere kauerten bei mehreren Kisten auf der Ladefläche. So viele Leute brauchte man nicht, um Waren abzuliefern.

»Da ist er«, murmelte Nathan. »Mit genug Personal, das notfalls Schwierigkeiten verhindern soll. Offenbar will er nichts riskieren, wenn er eine so üppige Fracht verkauft.«

»Sind Sie sicher, dass er es ist?«, fragte Arnold Burdis leise.

»Ich habe Hammett Grigg nur einmal gesehen. Aber ein solches Gesicht vergisst man nicht. Sein tüchtigster Komplize sitzt neben ihm, Mr Olivey.«

»Sein Schiff will ich auch haben.«

»Sicher können Sie nachher einen der Schurken überreden, Sie hinzuführen – wenn einer am Leben bleibt. Gehen wir so vor, wie wir es vereinbart haben?«

»Wie ich mich entsinne, haben wir vereinbart, *niemanden* zu töten«, mahnte Arnold und schickte die Hälfte seiner Leute zur Vorderseite der Taverne. Kein einziger Schmuggler durfte entkommen. »Gehen Sie voraus, Nathan, lenken Sie die Kerle ab. Wenn Sie Grigg ein Geständnis entlocken, werde ich den Punkt Mord in der langen Anklageschrift hinzufügen. Und wenn es so aussieht, als wollte er Sie lieber erschießen, weichen Sie ihm verdammt noch mal aus.«

»Ja, Papa«, flüsterte Nathan trocken und bog um die Ecke.

Gleichzeitig hielt der Wagen, alle sechs Männer blieben darauf sitzen. Nathan schlenderte zur Vorderseite des Fahrzeugs, tätschelte eines der zwei Pferde und postierte sich zwischen ihnen, damit die Zügel in seine Reichweite gerieten. Doch er musste sich vorbeugen, wenn er beide ergreifen wollte.

Nur falls Olivey, der Fahrer, die Kontrolle über den Wagen behielt, würde er mit Grigg und allen Kumpanen fliehen können, indem er das Gespann die Gasse entlangjagte. Aber Nathan wusste, dass es in diesem Moment eine zu aggressive Taktik wäre, die Zügel zu packen.

Olivey entdeckte ihn zuerst und stieß Grigg an, der sich zu

Nathan wandte und prompt seine Pistole zog. »Schon wieder Sie? Ihr Tremaynes seid wahrlich eine Pest!«

»Hier sind Waffen überflüssig«, entgegnete Nathan in ruhigem Ton. »Genügt Ihnen die Ermordung meines Vaters nicht?«

»Wer behauptet, ich hätte das getan?«

»Einer Ihrer Männer.«

»Zum Geier …«, begann Hammett Grigg, dann lachte er. »Jory mischte sich in meine Geschäfte ein und ließ mich nicht an Ihre Schwester heran, weil er diesen adeligen Krösus vorzog. Deshalb war er selber schuld. Und jetzt Sie …«

»Meine Schwester? Elender Gauner …«

Als der Schuss krachte, duckte Nathan sich blitzschnell und sprang vor, umfasste die Zügel und riss sie aus Oliveys Händen. Grigg hatte eine alte Pistole mit einer einzigen Kugel benutzt. Jetzt zerrte er eine zweite Waffe aus seinem Hosenbund.

Da erklang die Stimme des Commanders, laut und deutlich. »Ergeben Sie sich, Hammett Grigg! In König Williams Namen verhafte ich Sie wegen Schmuggels, mit dem Sie die Krone bestohlen haben, und wegen des Mordes an Jory Tremayne.«

Unterdessen waren die Zöllner, die sich von hinten an den Wagen herangepirscht hatten, nach vorn gestürmt, um ihre Gewehre auf Griggs Konsorten zu richten. Die drei Männer auf der Ladefläche griffen nicht zu ihren Waffen, der Bursche, der neben Olivey auf dem Fahrersitz saß, sprang hinab und rannte zur Hintertür der Taverne. Doch sie war versperrt, und ein Schuss in sein Bein hinderte ihn an einem weiteren Fluchtversuch.

Nathan fürchtete, die Pferde würden wegen des Tumults verängstigt durchgehen, und begann sie zu beruhigen. Aber sie hoben nur die Köpfe, offenbar gut abgerichtet oder an Lärm gewöhnt. Trotzdem benutzte er die Zügel, um einem der Tiere eine Fußfessel anzulegen. Olivey hatte sofort die Hände emporgereckt.

Nun folgte Grigg diesem Beispiel etwas langsamer. Er hätte noch zwei Pistolen aus seinem Hosenbund ziehen können. Aber er fand es wohl besser, darauf zu verzichten, weil er in so viele Gewehrmündungen schaute.

Nathan wollte zu ihm gehen. Aber der Commander hielt ihn zurück, während ein Zollpolizist den Anführer der Schmugglerbande vom Fahrersitz zerrte und ihm alle Waffen abnahm.

»Seien Sie vernünftig, Nathan«, mahnte Arnold Burdis. »Wir haben sein Geständnis gehört, der Mord an Ihrem Vater wird in die Anklageschrift aufgenommen.«

Damit gab Nathan sich nicht zufrieden. »Lassen Sie mich nur fünf Minuten mit ihm allein.«

Arnold kannte ihn inzwischen recht gut. »Ausgeschlossen. Einen Toten kann ich nicht an den Galgen bringen.«

»Eine Minute. Nur *eine*.«

Es dauerte eine ganze Weile, bis der Commander widerstrebend nickte. »Keine Sekunde länger.«

Sobald Grigg merkte, was ihm bevorstand, hob er seine Fäuste. Aber er war kein Kämpfer, der körperliche Kräfte zu nutzen pflegte. Stattdessen schoss er seinen Feinden lieber in den Rücken, ließ die Drecksarbeit von seinen Leuten erledigen, oder er wandte unlautere Methoden an. So wie jetzt. Als er sich krümmte, von Nathans erstem Fausthieb getroffen, zog er ein verborgenes Messer hervor. Doch das nützte ihm nichts, denn Nathan schlug es ihm mühelos aus der Hand.

Danach wirkte Griggs Gegenwehr geradezu armselig, und Nathan erlaubte ihm sogar ein paar Treffer, weil er das Gefühl brauchte, auf *faire* Art zu kämpfen. Dieser Wunsch blieb unerfüllt, und es befriedigte Nathan nicht, den Mann bewusstlos zu schlagen.

Schon der erste Kinnhaken warf Grigg zu Boden. Reglos blieb er liegen. Nicht einmal eine Minute hatte es gedauert.

Kapitel 48

Judith und Jacqueline fuhren allein in einer Kutsche zum Ball. In einer zweiten folgten ihnen die Eltern. Jacks bewaffnete Eskorte bewachte die Mädchen. Wenn die vier Männer auch livriert waren, wirkten sie wegen ihrer Größe und des kräftigen Körperbaus nicht wie Dienstboten.

Seit der Rückkehr nach England wichen sie nicht von Jacqulines Seite, wann immer sie das Haus verließ. Darauf bestand James. Für alle Zeiten sollten sie in der Nähe seiner Tochter bleiben. Judith nahm an, dies könnte der Grund für Jacks schlechte Laune sein. Ihr selbst wäre es ziemlich unangenehm, müsste sie sich so eingeengt fühlen.

Sie beobachtete ihre Cousine, die aus dem Wagenfenster starrte. An diesem Abend sahen sie beide besonders elegant aus. Jack trug eine dunkelrosa Seidenrobe mit einem Überrock aus weißem Chiffon – eine Pastellnuance, wie es sich für Debütantinnen geziemte. Zur Farbe des Kleids passten die Juwelen, Rosenquarz und Diamanten.

Obwohl Judith ein halbes Dutzend Abendroben besaß, die sie noch gar nicht angezogen hatte, brillierte sie in einem neuen Kleid, das am Tag nach ihrer Heimkehr bestellt worden war. Dagegen hatte sie nicht protestiert, weil solche Geldausgaben ihre Mutter stets beruhigten. Und das war nötig gewesen, als Roslynn von den Ereignissen während der Reise erfahren hatte.

Das neue Kleid schimmerte in Judiths Lieblingsfarbe Hellblau, so wie die Hälfte ihrer Garderobe. Aber diesmal hatte sie kühnerweise ein dunkleres Blau für die Borten gewählt. Darüber beschwerte Mama sich nicht, weil diese Farbe die Augen ihrer Tochter betonte. Natürlich hatte Roslynn sofort auch neuen Schmuck für Judy gekauft, und so harmonierte das blaue Kleid mit Saphiren.

»Heute Abend siehst du wundervoll aus, Jack. Ich wünschte, ich könnte so wie du Rosa tragen. Leider findet Mama, das würde mich blass … Hörst du überhaupt zu?«

»Was?«

Judith seufzte. »Sag mir doch endlich, was dich bedrückt! Entweder bist du mit deinen Gedanken ganz woanders, oder du fauchst mich wegen irgendwelcher Banalitäten an – das passiert *öfter*. Und wenn du mit rot geweinten Augen herumläufst, glaube ich, du machst genau das durch, was ich mit Nathan verkraften musste. Habe ich recht?«

Verächtlich winkte Jack ab. »Wenn ich verliebt wäre, wüsste ich's. Und *du* wüsstest es. *Alle* wüssten es. Dann ich würde den Mann sofort kreischend zum Altar schleifen – gewaltsam, wenn es nötig wäre … Nun ja, mein Vater würde mir helfen.«

Judith musste über das Fantasiebild lachen, das ihre Freundin heraufbeschwor. »Sehr gut. Ich hatte schon befürchtet, dein Herz würde Quintin gehören.«

»Dazu wär's vielleicht gekommen, hätten wir mehr Zeit füreinander gefunden. Aber nein, das hat Bastard verhindert.«

Wenn Jack von ihrem Entführer sprach, nannte sie ihn *noch immer* bei diesem Namen. Nicht nur boshaft, sondern richtig wütend. Kurz zuvor hatte ihre Stimme noch gleichmütig geklungen. Deshalb ließ Judith das Thema fallen, denn ihre Cousine sollte den Ball nicht voller Zorn besuchen. Und so fragte sie: »Was hältst du von den neuen Verehrern, die dich seit unserer Rückkehr umwerben?«

»Bisher beeindruckt mich keiner. Aber wir haben es nicht eilig, erinnerst du dich?«

Wie könnte Judith das vergessen? So schnell hätte sie sich nicht verlieben dürfen ... Aber was immer man planen mochte – manchmal beschloss das Schicksal etwas anderes.

Sie versuchte erneut zu erraten, was Jack bekümmerte, und wies in die Richtung des Wagendachs, auf dem die Eskorte saß. »Diese Vorsichtsmaßnahmen verabscheust du, nicht wahr?«

»Meine Leibwächter? O nein, die sind sehr nett.«

Jetzt fiel Judith nichts mehr ein, und so probierte sie die Strategie ihrer Mutter aus. »Jacqueline Malory, du erklärst mir sofort, was dich dermaßen stört. Darauf bestehe ich!«

Jack stöhnte. »Nun, ich fand es grauenvoll, wie hilflos ich mich fühlte, während – meiner Gefangenschaft. Und seither macht es mich verdammt wütend, dass ich eine Frau bin!«

Verwirrt starrte Judith ihre Cousine an. Also *daran* lag es? Auf dieses Problem wäre sie nie gekommen. Doch sie hätte es vermuten müssen. Jack wollte immer alles unter Kontrolle haben, voller Selbstvertrauen, felsenfest von ihren eigenen Fähigkeiten überzeugt. Da sie die Kontrolle verloren hatte, wenn auch nur kurzfristig, musste sie an sich selbst zweifeln.

Dann erwiderte Judith pragmatisch: »Unsinn! Glaubst du, ein Mann hätte sich wehren können? Den hätten die Schurken bewusstlos geschlagen und weggeschleift statt -getragen. Und bevor er aufgewacht wäre, hätten sie ihn gefesselt. Wirklich, Jack, in einer solchen Situation ist ein Mann genauso machtlos wie eine Frau. Aber – ist es nur das, was dich beunruhigt?«

Unschlüssig schlang Jack ihre Finger ineinander, ehe sie zögernd zugab: »Nein.«

»Und was ist es?«

»Meinem Vater habe ich nicht alles erzählt.« Als Judith die Augen aufriss, fuhr Jacqueline rasch fort: »Nein – nicht, was du meinst. Da gab es eine zweite Nachricht an Papa, die ursprüngliche, die Bastards Boss geschrieben hatte. Als ich sie fand, warf ich Bastard vor, mein Vater hätte gar keine Information erhalten und wüsste nicht, was mit mir geschah. Oh, ich hätte den Kerl umbringen können, und ich versuchte es sogar. Da versicherte er mir, Catherine hätte meinem Vater eine höflichere Version des Originals geschickt.«

»Ein höflicher Entführer?« Judy blinzelte verblüfft. »Im Ernst?«

Jetzt lächelte Jack. »Das hat mich auch gewundert. Und ich wagte nicht, Papa darauf hinzuweisen, weil ich fürchtete, es würde alte Erinnerungen wecken. Denn er hätte sofort gewusst, wer hinter der Entführung steckte und wo der Mann zu finden wäre. Das ging aus der ursprünglichen Nachricht hervor, die Bastards Boss geschrieben hatte. Und ich will nicht, dass Papa dorthin segelt – zumindest nicht, während die Schurken ihn erwarten. Wenn ich ihn einweihe, wenn er deshalb in eine Falle tappt – das würde ich nicht ertragen.«

»Meinst du nicht, dein Vater sollte das entscheiden?«

»Ich sag's ihm, sobald genug Zeit verstrichen und sein Zorn verraucht ist.«

»Schon seit Wochen sind wir wieder daheim!«

»Ja, ich weiß. Und vielleicht hat Bastard seinem Boss inzwischen ein anderes Versteck empfohlen, und wir können das alles vergessen.«

»Ist *er* es, den du schützen willst?«, fragte Judith vorsichtig.

»Großer Gott, nein!«, zischte Jack. »Den müsste man hängen, strecken und vierteilen!«

Judy seufzte wieder. »Natürlich musst *du* wissen, was zu tun ist. Hoffentlich wirst du dein Schweigen nie bereuen.«

»Ständig überlege ich hin und her! Wie mich das quält, ahnst du nicht. Und ich bin wütend auf mich selber, weil ich keinen Entschluss fassen kann. Nie zuvor hatte ich solche Angst um meinen Vater. Diese verdammten Schufte wollten mich benutzen, um ihn in ihre Gewalt zu bringen! *Meinetwegen* wäre er fast ermordet worden! Ja, ich werde ihm alles erzählen, aber erst, wenn die Saison vorbei ist. Wahrscheinlich wird er bis dahin andere Informationen bekommen. Onkel Clinton hat ihm versprochen, alle Skylark-Captains, die zu den Karibischen Inseln segeln, würden sich nach Catherine, Andrew und Bastard umsehen. Sicher mit Erfolg!«

Nur selten widersprach Judy ihrer Cousine. Aber jetzt schüttelte sie den Kopf. »Obwohl ich dich nicht gern darauf hinweise – du solltest deinen Vater etwas besser kennen. Solange er keine geliebten Menschen retten muss, die er gefährden würde, lässt er sich nicht zügeln. Und was normalerweise dabei rauskommt, weißt du.«

»O ja«, bestätigte Jack und lachte leise. »Ich will nur eine Zeit lang den Mund halten, bis seine Feinde ihn nicht mehr erwarten. Falls ein Kampf bevorsteht, soll er bessere Chancen haben. Übrigens habe ich auch bedacht, welch schweren inneren Konflikt er durchmachen würde, wenn er meine Saison versäumen müsste, um diese leidige Sache zu erledigen.«

Das klang vernünftig, und Judith sagte nichts mehr zu diesem Thema. Und Jack schien sich nach ihrem Geständnis besser zu fühlen. Als sie den Ballsaal betraten, lächelte sie immer noch.

Kapitel 49

Lady Spencer gab nicht den ersten Ball der Saison. Den ersten hatten sie versäumt, weil sie wegen des Umwegs über die Karibik eine Woche zu spät in London gelandet waren. Wenigstens hatten sie den zweiten besucht, nur einen Tag nach der Ankunft. Deshalb interessierten sich bereits sehr viele junge Gentlemen für Judith. Sie hoffte trotzdem, sie würde den dritten Ball genießen. Zur Hölle mit der Hoffnung, wenn es überhaupt keine Chance gab …

Sobald Jack im Ballsaal auftauchte, wurde sie von Verehrern umringt. Georgina hielt James zurück, damit die jungen Spunde vorerst nicht merkten, dass der Vater ihrer Angebeteten erschienen war. Auf dieser Sicherheitsvorkehrung bestand seine Frau. Da James sich fast nie bei gesellschaftlichen Ereignissen zeigte, waren hässliche Gerüchte aufgekommen, die immer noch kursierten. Niemals hatte er der Hautevolee eine Gelegenheit gegeben, ihn kennenzulernen, und dabei sollte es bleiben. Auch auf jenem zweiten Ball hatte Georgina ihn zurückgehalten. Und so war Jack wenigstens ein *paar* jungen Männern begegnet, bevor sie ihn entdeckt hatten. Die Tricks seiner Gemahlin belustigten ihn sogar.

Als Judith mit ihren Eltern den Saal betrat, musste sie andere Herausforderungen akzeptieren. Die einzigen Gerüchte über ihren Vater betrafen seine amouröse Vergangenheit und die Duelle, die er wegen seiner Affären ausgefochten hatte. Zum

Großteil war dies alles längst in Vergessenheit geraten. Aber ganz London wusste Bescheid über seine Fähigkeiten im Boxring, und welcher junge Lord hatte niemals Knighton's Hall besucht und wusste nicht, wie meisterhaft Anthony Malory seine Fäuste schwang?

Natürlich wusste Judith, warum die jungen Männer angesichts ihres Vaters zauderten, ehe sie sich in ihre Nähe wagten – wann immer Roslynn ihn gerade nicht drängte, freundlich zu lächeln oder wenigstens eine neutrale Miene aufzusetzen. Auf dem ersten Ball ihrer Tochter hatte sie Anthony erfolgreich daran gehindert, *alle* jungen Männer zu verscheuchen, und sie besonders liebenswürdig begrüßt. Deshalb hatte Judy schon viele Bewunderer.

Auch an diesem Abend kamen sie zu ihr, allerdings etwas zögerlicher, weil Anthony hartnäckig neben ihr stand. Diskret stieß Roslynn ihren Ellbogen in seine Rippen und zischelte: »Benimm dich. Sei nett zu ihnen. Tu so, als wärst du ihr bester Freund.«

»Also, *das* würde zu weit gehen, meine Süße«, klagte er. »Aber ich will mich bei der ersten Gelegenheit drum bemühen, wenn du aufhörst, an mir rumzunörgeln.«

Und so konnte Addison Tyler mit Judith die Tanzfläche aufsuchen. Erleichtert stöhnte er: »O Gott, ich dachte schon, Ihre Mutter würde ihn niemals ablenken, Miss Malory.«

Da sie den Saal erst vor zehn Minuten betreten hatte, war das eine ungeheure Übertreibung, offenbar beabsichtigt, denn Addison lächelte. Der Erstgeborene und Erbe eines Earl – sehr attraktiv, blond, mit grauen Augen – wusste, dass er zu den begehrenswertesten Partien dieser Saison zählte. Auch die Debütantinnen wussten es. Vor Judiths und Jacks Rückkehr nach England hatten zahlreiche Mädchen ihre Netze nach ihm ausgeworfen. Die meisten kannte Judy, da sie in London aufgewachsen und ihnen oft begegnet war. Nun wurde sie von einigen geschnitten, als hätte sie ihnen den hübschen Aristokraten vor der Nase weggeschnappt.

»Hasst Ihr Vater mich aus einem bestimmten Grund?«, fragte Lord Tyler, während er sich geschickt mit ihr dem Rhythmus des Walzers anpasste, der gerade erklang.

»Nein, er hasst alle jungen Männer gleichermaßen.«

»Dann gehört er zu *dieser* Sorte von Vätern, eh? Kann er Sie nicht gehen lassen?«

»So ähnlich.«

Addison war einer der zwei jungen Lords, die bereits beschlossen hatten, sie zu heiraten. Der andere war Hadley Dunning. Beide hatten sie in dieser Woche täglich besucht, am gesellschaftlich akzeptablen Vormittag. Und sie waren nicht die Einzigen gewesen. Tyler behandelte seine Rivalen ziemlich aggressiv, als hätte er seine Rechte bereits eingefordert, was alle merken und sich zurückziehen müssten.

Bei dem Konzert am Vortag war es zu einem scharfen Wortwechsel zwischen Addison und Lord Dunning gekommen. Die Gastgeberin hatte sogar die Befürchtung geäußert, in ihrem Musiksalon könnten Fäuste erhoben werden. Das bezweifelte Judith, denn die beiden waren befreundet. Trotzdem hatte die Gastgeberin die jungen Gentlemen gebeten, ihr Haus zu verlassen.

Für die unerfreuliche Szene hatte Tyler sich noch nicht entschuldigt. Vielleicht hielt er das für überflüssig. Roslynn fand es komisch, wie erbittert die Männer um ihre Tochter kämpften. Von diesem Zwischenfall wusste Anthony nichts, denn er hatte den vergangenen Nachmittag im Boxring verbracht, um seine eigenen Aggressionen loszuwerden.

»Wenigstens ist Ihre Mum nett genug, Miss Malory«, meinte Addison.

Nett genug? Was zum Teufel erwartete er? Dass sie sich mit ihm gegen ihren Vater verbünden würde? Dann seufzte sie.

Wahrscheinlich suchte sie nur einen Grund, um ihn nicht zu mögen. Sie hatte ihn zunächst favorisiert, einfach nur, weil er von allen ihren Bewunderern am besten aussah. Seit sie ihn etwas näher kannte, erschien er ihr immer noch akzeptabel. Unbeschwert, ein bisschen zu kühn, und er flirtete etwas zu dreist mit ihr. Aber er brachte sie immer wieder zum Lachen.

Mittlerweile zog sie allerdings Lord Dunnings Gesellschaft vor. So hübsch wie Addison war Hadley nicht, aber noch amüsanter. Derzeit brauchte sie aufmunternden Humor in ihrem Leben. Und er benahm sich viel liebenswerter. Um ihre Freundschaft bemüht, wollte er sie möglichst gut kennenlernen, während Addison ihr den Kopf zu verdrehen suchte. So oder so, sie würde sich nicht zu einer Entscheidung drängen lassen. Von beiden fühlte sich viel zu aufdringlich belagert. Das musste aufhören, die Saison hatte eben erst begonnen.

Schweigend wartete sie auf Addisons Entschuldigung, allerdings vergeblich, und zwang sich zu einem Lächeln, als er sie zu ihren Eltern zurückführte. Danach versperrte er Hadley, der Judith zum nächsten Tanz aufzufordern plante, den Weg. Nicht einmal vor einem leichten Rempler schreckte Tyler zurück. Was Anthony zu einer Warnung bewog: »Ich kann sehr gut Köpfe aufeinanderschlagen. Wenn ich mich gut benehmen muss, sollten Sie's verdammt noch mal auch hinkriegen, junger Mann.«

Weil er sich dabei ein verkniffenes Lächeln abrang, bezähmte seine Frau ihren Unmut. Sobald Hadley Dunning mit Judith zur Tanzfläche ging, wisperte Roslynn: »Lord Tylers Eifersucht mag amüsant sein, Tony, solange sie nicht außer Kontrolle gerät.«

»Sag nichts mehr, mein Liebes, ich werde …«

»Nein, du wirst *nicht!*« Was er beabsichtigte, wusste sie ganz genau. »Wenn sie sich um Judy prügeln wollen, lass sie doch. Hoffentlich passiert das nicht auf einem der größeren Feste.

Aber du könntest Lord Tyler diskret bitten, er möge sein Temperament zügeln – selbstverständlich, ohne deine Faust zu benutzen. Falls ihn das in die Flucht schlägt, soll es eben so sein. Sie bevorzugt ihn sowieso nicht.«

»Musik in meinen Ohren.« Diesmal wirkte Anthonys Lächeln echt.

Sie unterhielten sich immer noch im Flüsterton. Denn in der Nähe warteten zwei weitere Verehrer ihrer Tochter auf eine Chance, statt andere Partnerinnen für den Walzer zu suchen, der gerade begann. So lästig das auch sein mochte – die jungen Gentlemen waren fest entschlossen, Judith vor dem nächsten Tanz rechtzeitig zu erwischen.

»Vielleicht müsstest du überlegen, warum sie sich für keinen dieser Lords interessiert, Tony«, meinte Roslynn.

»Das weiß ich. Weil sie mit Jack vereinbart hat, in diesem Jahr würden sie sich noch nicht binden. Gott sei Dank.«

»Daran liegt es nicht, und ich glaube, du ahnst es. Sie liebt einen anderen. Bisher bin ich ihm nicht begegnet.«

»Unsinn, das war nur eine alberne Schwärmerei, die im Keim erstickt wurde. Sie hat's längst überwunden.«

»Da irrst du dich. Höchste Zeit, dass ich Mr Tremayne kennenlerne.«

»Der ist weit weg. Diesen Kerl sind wir losgeworden, und ich bin froh drüber.«

»Tatsächlich?«, erwiderte sie in strengem Ton. »Du freust dich, obwohl deine Tochter unglücklich ist?«

»Schau sie doch an, Ros! Sie lacht. Sieht sie so aus, als würde sie dem Rüpel nachweinen?«

»Judy kann ihre Gefühle sehr gut verbergen. Aber mir hat sie sich anvertraut. Und jetzt frage ich dich – *würdest* du ihrem Glück im Weg stehen?« Weil er nicht antwortete, fügte Roslynn hinzu: »Du solltest ihn für sie aufspüren.«

»Was?« Anthony brach in Gelächter aus. »Den Teufel werde

ich tun! Da mischen wir uns nicht ein, aus einem ganz einfachen Grund. Er will nichts von ihr wissen. Sonst hätte er mich um ihre Hand gebeten, oder?«

»Wie *konnte* er, wo er doch weiß, dass du ihn nicht magst?«

Entschieden schüttelte Anthony den Kopf. »Damit hat's nichts zu tun, Ros. Kein bisschen fürchtet er sich vor mir. Das Einzige, was mir an ihm gefällt.«

»Immerhin ein Fortschritt«, meinte sie, und er verdrehte die Augen.

»Nur *ein* nennenswerter Vorzug. Der macht ihn noch lange nicht zu einem akzeptablen Schwiegersohn.«

»Für deine Tochter ist kein Mann gut genug. Das wird sich nie ändern, und das Problem überrascht mich nicht einmal. Aber du musst an deine Tochter denken, nicht an dich selber. Irgendwann würde der gewisse Tag kommen, das wusstest du.«

»Noch ist es nicht so weit. Ich wiederhole, sie bedeutet ihm nichts. Damit sollte sie sich abfinden und ...«

»Ist er das?«, fragte Roslynn plötzlich und wies mit dem Kinn zum Eingang, wo ein attraktiver Mann mit weißblonden Haaren stand.

»So eine Frechheit!«, fauchte Anthony.

»Nun, du hast doch erwähnt, er würde dich nicht fürchten«, spottete sie.

Kapitel 50

Judith entdeckte Nathan, sobald er den Saal betrat. Nur weil sie immer wieder in diese Richtung gespäht und gehofft hatte, er würde erscheinen. Und jetzt dauerte es eine Weile, bis sie es glauben konnte.

Doch er war es wirklich. Ohne jeden Zweifel. In einem maßgeschneiderten schwarzen Abendanzug. Das blonde Haar, das inzwischen etwas länger geworden war, hatte er ordentlich im Nacken zusammengebunden. Er sah aus, als würde er hierher gehören. Und stand es ihm etwa *nicht* zu, auf diesen Ball zu gehen? Aber wie hatte er eine Einladung ergattert? Jedenfalls musste er eine besitzen, sonst hätte ihm das Personal die Tür gewiesen.

Als ob es eine Rolle spielte, auf welche Weise er sich Zugang verschafft hatte! Er war hier! Von erwartungsvoller Freude erfüllt, spürte Judith, wie ihr Herz zu rasen begann. Endlich war er zur Vernunft gekommen und wollte sie wiedersehen. Aber warum ausgerechnet in diesem Ballsaal? Weshalb dieser kühne Auftritt? Wieso hatte er sie nicht in ihrem Elternhaus besucht? Er wäre eingelassen worden. Seit ihrer Heimkehr hatte sie dem Butler jeden Tag eingeschärft, sie würde Mr Tremayne erwarten, und dann ihre Enttäuschung zu verhehlen versucht, weil er nicht erschienen war.

Nun trafen sich ihre Augen über den Saal hinweg. Doch sie konnte seinem Blick nicht standhalten, während sie mit Hadley tanzte. Als die Musik verstummte, eilte Judith sofort zu ihrer Mutter, damit sie zur Stelle war, wenn Nathan sie begrüßen würde. Ihr Vater glänzte durch verdächtige Abwesenheit. *Dem Himmel sei Dank …* Und dann sah sie ihn an einer Wand stehen, neben Onkel James, den er offenbar um Hilfe gebeten hatte. Die beiden sollten besser *nicht* versuchen, Nathan davonzujagen.

Nicht an diesem Abend, der jetzt einem magischen Traum glich, der Höhepunkt ihrer Saison, ihres ganzen Lebens. Dafür würde Nathan sorgen.

Roslynn war nicht allein. In ihrer unmittelbaren Nähe warteten immer noch die beiden Verehrer, mit denen Judith bisher nicht getanzt hatte. Zwei weitere hatten sich hinzugesellt. Einen kannte sie, den anderen nicht. Drei baten sie um den nächsten Tanz und wurden abgewiesen. Trotzdem entfernten sie sich nicht!

Verstohlen flüsterte Roslynn: »Soeben habe ich ihnen vorgeschlagen, sich woanders nach Partnerinnen umzusehen, ehe du Zeit für sie finden würdest. Aber ich glaube, ihre Füße haben hier Wurzeln geschlagen.«

Judith hätte sich normalerweise geschmeichelt gefühlt. Im Moment fand sie die Ausdauer ihrer Bewunderer eher ärgerlich. Würde Nathan jemals zu ihr kommen, wenn so viele Lords um ihre Aufmerksamkeit wetteiferten? Im Augenblick sah sie ihn nicht mehr.

»Vielleicht bist du durstig?«, fragte Roslynn noch leiser. »Lady Spencer hat eine reiche Auswahl an Getränken bereitstellen lassen. Für jeden Geschmack etwas.«

»Hast du ihn gesehen?«, erriet Judith.

»O ja, dein Vater hat mir bestätigt, dass dein Mr Tremayne eingetroffen ist.« Roslynn nickte ihr ermunternd zu. »Geh nur zum Buffet, ich bleibe hier und entschuldige dich bei den Gentlemen.«

Strahlend lächelte Judith ihre Mutter an und wollte zur anderen Seite des Raums eilen. Nach zehn Schritten sah sie Nathan mit einer jungen Dame tanzen und blieb abrupt stehen. War er gar nicht hier, um *ihr* zu begegnen? Besuchte er den Ball nur, weil er sich in der gehobenen Gesellschaft einführen und die Vormundschaft über seine Nichten in Zukunft ernster nehmen wollte? Strebte er schon jetzt Kontakte an, die ihnen nützen würden, wenn sie älter waren?

Oder hoffte er einfach nur, Anthony Malory würde ihn in Ruhe lassen, wenn er seine Aufmerksamkeit vorerst einer anderen schenkte? Oder, noch schlimmer, bedeutete er Judith, er sei mit ihr fertig? Wie auch immer, seine Strategie gefiel ihr ganz und gar nicht.

Sie kehrte zu ihren Verehrern zurück und wandte sich an den Neuankömmling. »Da wir uns noch nicht begegnet sind – sollen wir uns bei einem Tanz kennenlernen?«

Obwohl er vorhin die Gelegenheit nicht genutzt hatte, sie um einen Tanz zu bitten, nickte er. »Ich bin Robert Mactear«, erklärte er, während sie sich im Walzertakt wiegten. »Da Ihre Mutter sehr gut mit meiner befreundet ist, wollte ich ihr meine Aufwartung machen.«

Nur seinen Namen hörte sie, sonst nichts. Ihr Interesse galt jemand anderem. Nur wenige Schritte entfernt, tanzte Nathan mit seiner Partnerin. Das junge Mädchen schwatzte pausenlos. Hingerissen schien er jedem einzelnen Wort zu lauschen.

»Bevor die Saison begann, schickte Ihre Mutter mir mehrere Einladungen«, fuhr Mr Mactear fort. »Ich glaube, sie setzt große Hoffnungen in uns beide.«

Erst jetzt fiel ihr sein ausgeprägter Akzent auf. Sie blinzelte. »In Sie und mich?«

Also hatte Mama *tatsächlich* noch einen Schotten gesucht, nachdem Lord Cullen von einer anderen Debütantin eingefangen worden war? Das musste vor Judiths Rückkehr aus Amerika geschehen sein. *Bevor* ihre Mutter von Nathan erfahren hatte.

»Aye«, bestätigte Robert. »Aus geschäftlichen Gründen musste ich nach London fahren. Und da dachte ich mir, ich müsste Ihrer Mutter mitteilen, dass ich schon vergeben bin – nun, sobald mein Mädchen Ja sagt.«

Roslynn eignete sich einfach nicht zur Kupplerin. Beinahe hätte Judith gelacht. Stattdessen klagte sie: »Das bin ich auch, obwohl *mein* Junge mich heute Abend ignoriert.«

»Wenn das so ist, sollten Sie lachen und mit mir flirten«, schlug Robert vor. »Das müsste ihm gegen den Strich gehen. Wie ich aus Erfahrung weiß, ist dieser Trick fast immer erfolgreich.«

Nun begann sie zu kichern. »Was für ein wunderbarer Kamerad Sie sind, Robert!«

Etwas später eilte Jack zu ihr. »Was zum Henker treibt *er* hier?«

»Oh, er erregt nur Aufsehen«, erwiderte Judith. »Die Damen können ihn gar nicht aus den Augen lassen. Falls es dir entgangen ist.«

Ihre Cousine schaute sie prüfend an. »*Dir* offenbar nicht. Warum sagst du ihm nicht einfach, dass du ihn liebst?«

»So macht man's nicht.«

»Soll das ein Witz sein?« Jacks Brauen zogen sich zusammen. »So machen *wir's*.«

Vielleicht würde Jack auf diese Weise vorgehen, aber Judith war nicht so kühn. Dreimal schlenderte sie zum Buffet und versuchte ihren Mut mit einem Schluck Champagner zu stärken. Das gelang ihr nicht. Wenigstens half es ihr, den Rat ihres neuen Freundes Robert zu befolgen und geradezu skandalös mit ihren Verehrern zu flirten. Doch es nützte ihr nichts, weil Nathan es nicht bemerkte, zu beschäftigt mit diversen jungen Damen. Mit allen Debütantinnen tanzte er – mit allen außer *ihr*. Vermaledeiter Idiot, würde er seine Wut auf sie mit ins Grab nehmen? Als sie ihn den Ausgang ansteuern sah, rannte sie ihm zu ihrer eigenen Verblüffung nach, um ihn zurückzuhalten. »Du gehst? Wirklich? Ohne ein einziges verdammtes Wort mit mir zu reden?«

»Ja, ich gehe.« Langsam drehte er sich um. »Das ist *deine* Welt, Schätzchen, nicht meine.«

Was sie dazu sagen sollte, wusste sie nicht. Der Schmerz kehrte in ihre Brust zurück und krampfte ihr das Herz zusammen. Immerhin blieb Nathan stehen und schien auf eine Antwort zu warten. Doch sie konnte ihn nur anstarren, sein attraktives Gesicht, das sie fast einen Monat lang nicht gesehen hatte. Der Bluterguss auf seiner Wange war kaum zu sehen, aber *sie* entdeckte ihn. Und sie betrachtete seine zusammengepressten Lippen, das angespannte Kinn, las in seinen Augen, dass er von seinen Gefühlen überwältigt war. Heiß oder kalt? Das erkannte sie nicht.

Schließlich brachte sie eine Frage zustande. »Wieso hast du dich verletzt?«

»Weil neulich eine unvollendete Angelegenheit geklärt wurde.«

»War das deine einzige unvoll…«

Abrupt verstummte Judith, denn er wandte sich ab und verließ den Ballsaal. Heiliger Himmel, warum hatte sie mit so vielen anderen Männern geflirtet? Machte er deshalb Schluss mit ihr? Endgültig?

Irgendwie überstand sie den restlichen Abend. Dabei half ihr noch etwas mehr Champagner. Vielleicht zu viel Champagner … Dass sie ein bisschen beschwipst war, wurde ihr erst bewusst, als sie im Bett lag und sich nicht an die Heimfahrt erinnerte. Dann versank sie im Tiefschlaf.

*

Sie musste immer noch beschwipst sein, weil sie *seine* Stimme hörte, *seine* Hand auf ihrer Wange spürte, eine Berührung, die alle Seelenwunden heilte. Aber – sie schlief nicht mehr.

Plötzlich war Judith hellwach. »Wie bist du hereingekommen?«

»Durch dein Fenster.« Er saß am Bettrand. Noch immer streichelte er ihre Wange.

Wie das Kätzchen, das ihnen gemeinsam gehörte, folgte sie dem Impuls, ihr Gesicht in Nathans Hand zu schmiegen.

»Da unten habe ich nicht zum ersten Mal gestanden«, erklärte er.

Das überraschte sie. »Und wie wusstest du, wo mein Zimmer liegt?«

»Vor ein paar Tagen traf ich eine eurer Küchenmägde, die gerade aus der Hintertür trat, und gestand ihr, ich würde so gern Kieselsteine an dein Fenster werfen und dich wecken. Bereitwillig, sogar hellauf begeistert über ein so romantisches Ansinnen zeigte sie mir das Fenster. Sie hielt mich wahrscheinlich für einen deiner zahlreichen Galane, der dir ein Ständchen bringen möchte, um dir zu imponieren.«

Als Judith sich vorstellte, er würde eine Serenade für sie singen, kicherte sie. »So was hättest du nie getan.«

Im Mondlicht, das ins Zimmer fiel, sah sie ihn lächeln.

»Nein, das wollte ich dir nicht zumuten.«

»Du hättest durch die Vordertür hereinkommen können.«

»Da ich deinen Vater kenne, wäre das Risiko zu groß gewesen. Also warf ich Kieselsteine an dein Fenster. So viele, dass ich fürchtete, das Glas würde brechen. Aber du hast nichts gehört.«

Verflixter Champagner … Nein, *glücklicherweise* hatte sie das Geräusch nicht bemerkt, und Nathan musste die Leiter gefunden haben, die an dem Apfelbaum im Garten lehnte. Und warum war er zu ihrem Zimmer heraufgestiegen? Das viel zu kurze Gespräch im Ballsaal hatte den Eindruck hinterlassen, sie würden sich nie wiedersehen. Gewiss nicht auf *diese* Weise.

»Was willst du hier?«, fragte sie atemlos.

»Sag bloß, du hättest mich nicht erwartet.«

»Natürlich nicht.«

»Doch. Im Grunde deines Herzens …«

Ein zweites Mal widersprach sie nicht. Aber er irrte sich. Schmerzlich enttäuscht über seine scheinbare Gleichgültigkeit, hatte sie geglaubt, er würde ihr niemals verzeihen. Waren sie beide an falschen Vermutungen verzweifelt?

Nun, Taten übten eine viel eindringlichere Wirkung aus als alle Worte, so wie Nathan es in dieser Nacht beschlossen hatte.

Trotzdem erinnerte sie sich an ihren qualvollen Kummer. »Auf dem Ball hätten wir reden müssen, zumindest ein bisschen länger.«

»O ja. Ich dachte, das würde geschehen, und ich wollte mit dir tanzen. Dann betrat ich den Saal und war ganz durcheinander – weil du so wunderschön ausgesehen und perfekt in diesen vornehmen Rahmen gepasst hast. Ich fürchtete, ich würde dich einfach küssen, vor den Augen so vieler Leute und …«

Da setzte sie sich auf und brachte ihn mit einem Kuss zum Schweigen. Das wünschte sie, seit sie vorhin seine Stimme erkannt hatte. Ihretwegen war er auf den Ball gegangen – und jetzt, nach Mitternacht, durch das Fenster in ihr Zimmer geklettert. Noch mehr Worte musste sie nicht hören, aber jene Empfindungen genießen, die nur er entfachen konnte. Danach hatte sie sich so unbändig gesehnt, nach *ihm*. Und sie müsste ihn zur Rede stellen, weil er sie so lange hatte warten lassen … Nein, nicht jetzt, wo er ihr die Tiefe seiner Gefühle bewies und sie an seine Brust presste und mit einem verzehrenden Kuss überwältigte.

Als er sie in ihr Kissen zurückdrückte, hätte sie fast geweint, bis er sie ersuchte: »Gib mir ein bisschen Zeit, Schätzchen.

Bitte, ich möchte dir nicht wehtun. Wie heiß ich dich begehre, ahnst du gar nicht.«

Das verstand sie. Solche Worte hätte auch sie sagen können. Doch sie wollte sich nicht allzu lange gedulden. »Wenn es sein muss, hol ein paar Mal Luft, um dich zu beruhigen, aber beeil dich!«, riet sie ihm – *befahl* sie.

Atemlos lachte er. »Mit deinem albernen Humor hast du's geschafft. Jetzt kann ich wieder etwas klarer denken.«

Sie verzichtete auf den Einwand, das sei kein Scherz gewesen. Hastig sprang er auf und schlüpfte aus seinem Abendjackett, nahm das Halstuch ab, zog das Hemd aus. Judith schob die Decke beiseite, damit sie auf der Bettkante vor Nathan knien konnte. Ganz dicht stand er vor ihr, und sie ließ ihre Hände über seine nackte Haut wandern. Alle ihre Sinne faszinierte er. Welch einen wundervollen Körper er besaß, perfekt proportioniert, groß und schlank … Allein schon sein Anblick hatte sie stets auf eine animalische Weise erregt, die sie nur vage zu begreifen vermochte. Wie auch immer, in diesem Moment war Nathan das Licht und sie die Motte, seine Lockung unwiderstehlich, alles in ihr schien zu brennen und drängte sich ihm entgegen.

Innerhalb weniger Sekunden befreite er sich vom Rest seiner Kleidung, nicht schnell genug für Judiths Verlangen. Etwas unsanft streifte sie mit ihren Fingernägeln seine Nippel, nicht absichtlich, und hörte ihn stöhnen. Verwirrt hielt sie inne und wusste nicht, was soeben geschehen war.

Hatte sie ihm Schmerzen oder Freude bereitet? Um das herauszufinden, zerrte sie das lose geschnittene Nachthemd über ihren Kopf und kratzte an ihren eigenen Brustwarzen, wollte spüren, was Nathan gerade empfunden hatte, und … *O Gott!*

Das sprach er aus, als er sie aufs Bett warf. »O Gott!« Eng umschlungen rollten sie hin und her. Judith lachte, und als sie unter ihm liegen blieb, schenkte sie ihm ein strahlendes Lächeln, das ihn zu fesseln schien. Und sie geriet in den Bann seiner Augen, der übermächtigen Gefühle, die sie darin las.

Er liebte sie! Wenn sie auch wünschte, er würde es gestehen – es genügte ihr, ihm anzusehen, was sie ihm bedeutete. Behutsam glitten seine Lippen über ihr Gesicht, ihren Hals, ihre Schultern.

In jeder Berührung erkannte sie seine Liebe. Und während er etwas später in sie eindrang, verhielt er sich rücksichtsvoll und zärtlicher denn je. Zwei Hälften verschmolzen zu einem Ganzen, passten vollkommen zusammen, füreinander bestimmt.

Schon begann die Ekstase in Judiths Körper, viel zu früh.

Sie hoffte, so würde es nicht immer sein, denn der aufregende Weg zu diesem Gipfel war sehr erfreulich … Vielleicht sollte sie Nathan dazu überreden, sie später noch einmal zu lieben …

Aber nachdem er seinen eigenen Höhepunkt erreicht hatte, wurde Judith erneut von der Wirkung des Champagners eingeholt und schlummerte ein.

»Ich will dich heiraten – wenn ich dich ohne deine Familie bekommen kann«, erklärte er nur halb im Scherz und wartete vergeblich auf eine Antwort. »Ist das irgendwie möglich …? Judy?«

Als er merkte, dass sie schon schlief, seufzte er. Oder tat sie nur so, und das war ihre Antwort? Nein, mit solchen Fragen wollte er sich nicht mehr belasten. Viel zu oft hatte er an Judith gezweifelt.

Ganz vorsichtig, um sie nicht zu stören, stieg er aus dem Bett und zog sich an. Dann küsste er ihre Stirn und verließ das Zimmer auf dem gleichen Weg, der ihn hereingeführt hatte. Jetzt musste *sie* den nächsten Schritt tun. Wenn sie ihr Leben mit ihm teilen wollte, wusste sie, wo sie ihn finden würde.

Kapitel 51

Judith erwachte mit einem Lächeln und heftigem Kopfweh. Im Lauf des Morgens verschwanden die Schmerzen, das Lächeln blieb. Was für eine magische Nacht war es gewesen ... Nicht nur auf dem Ball. So wunderbar wäre es, wenn sie sich an alle Einzelheiten erinnern könnte. Jedenfalls wurde sie immer noch von heißer Freude erfüllt.

Vielleicht sollte sie aufpassen, das verräterische Lächeln bezähmen, denn so hatte sie sich auch nach der ersten berauschenden Nacht mit Nathan gefühlt. Aber diesmal war es anders, weil sie endlich wusste, dass er sie liebte.

Am Vormittag kam Jacqueline zu ihr, statt daheimzubleiben und ihre Besucher zu empfangen. Das war nicht ungewöhnlich, denn ihr fehlte die Geduld für die diversen Formalitäten einer Saison. Doch sie vermochte nicht allen ihren Verehrern zu entrinnen. Nachdem man einigen mitgeteilt hatte, wo sie sich aufhielt, folgten sie ihr bis in Judiths Elternhaus, und so herrschte ein dichtes Gedränge im Wohnzimmer an der Park Lane. Deshalb dauerte es ziemlich lange, bis Jack ihre Cousine in eine Ecke des Raums ziehen und ungestört mit ihr reden konnte.

»Heute Morgen bist du offensichtlich in bester Laune, Judy«, begann sie. »Nun, ich muss zugeben – das *war* ja auch ein großartiger Ball, nicht wahr?«

»Nein, eher eine großartige Nacht.«

»Ich dachte, du wärst wütend nach Hause gefahren.«

Darauf antwortete Judith nicht. Sie strahlte über das ganze Gesicht und verkündete: »Inzwischen habe ich einen Entschluss gefasst. Du hattest recht, ich hätte Nathan längst gestehen müssen, was ich für ihn empfinde. Das werde ich nachholen, sobald ich ihn wiedersehe.«

»Gestern Abend habt ihr nur ein paar Worte gewechselt. Meinst du wirklich, es wird was Ernstes?«

»O ja, aus einem ganz einfachen Grund. Auf dem Ball hat er die Hautevolee tief beeindruckt. Zweifellos ist er heute Morgen der wichtigste Gesprächsstoff.«

Jack spähte über ihre Schulter und nickte. »Jedenfalls schwatzen *hier* alle über ihn.«

»Also werden ihn sämtliche Gastgeberinnen einladen, die was auf sich halten.«

»Das wollen sie vielleicht. Leider wissen sie nicht, wohin sie die Einladungen schicken sollen.«

»Aber *ich* weiß es«, erwiderte Judith triumphierend. »Und ich werde dafür sorgen, dass sie es erfahren.«

»Willst du tatsächlich gegen unseren Pakt verstoßen, dieses Jahr noch nicht an eine Heirat zu denken?«, jammerte Jack empört, und Judy umarmte sie.

»Was anderes bleibt mir gar nicht übrig. Und dir wird es genauso gehen, wenn du so etwas fühlst. Glaub mir, Jack, es ist *himmlisch.*«

»Nur damit du's weißt – wenn er dich wieder kränkt, werde ich ihm verdammt wehtun.«

Judith lachte. »Bemüh dich nicht, das werde ich selber erledigen.«

*

An diesem Nachmittag sagte sie ihre gesellschaftliche Verpflichtung ab, um Einladungen zu beantworten. Für jede Gastgeberin legte sie eine kurze Notiz bei und gab Nathans Adresse zu Händen von Derek an. Auch ihrem Cousin schickte sie einen Brief mit der Bitte, die an Mr Tremayne adressierten Einladungen in die Ruine bringen zu lassen, und fügte ein Postskriptum hinzu: *Bald wird sie renoviert!*

Natürlich musste sie damit rechnen, dass Nathan nicht sofort nach Hampshire zurückkehren würde. Stattdessen blieb er vielleicht in London, bis er seine Absichten, die sie betrafen, kundtun konnte. In diesem Fall würde er sich eine besondere Einladung verschaffen, so wie letzte Nacht. So oder so, Judith erwartete ihn bald wiederzusehen. Nicht bei einem offiziellen Besuch in der Park Lane, denn er hatte ihr klargemacht, dass er ihrem Vater nicht begegnen wollte. Aber er konnte durch ihr Fenster klettern.

Am Wochenende ließ ihre Zuversicht nach. Doch deshalb verlor sie nicht den Mut. Ganz im Gegenteil, ihre Entschlusskraft wuchs. Als sie ihrer Cousine anvertraute, was sie plante, meinte Jack, das dürfe Judy nicht allein auf sich nehmen und sie würde ihr beistehen.

Und so betraten sie am nächsten Morgen den Frühstücksraum, wo sie Judiths Eltern antrafen. Gerade noch rechtzeitig, denn Anthony stand bereits auf, um wie üblich aus dem Haus zu flüchten, bevor die Besucher ankamen.

»Bitte, setz dich, Papa«, sagte Judith. »Keine Bange, hier herrschen wieder normale Zustände, ganz offiziell.«

Zögernd nahm er Platz. »Sind ein paar Monate verstrichen, ohne dass ich es bemerkt hätte?«, fragte er trocken.

Über diesen Scherz hätte sie gelacht, wäre die Situation nicht so ernst gewesen. »Nein, aber von jetzt an werde ich alle Besucher abweisen außer … Nun, er wird nicht erscheinen, und wir wissen, *warum* er …« Bevor ihre Stimme zu versagen drohte, fuhr sie entschieden fort: »Ich habe auch alle Einladungen abgelehnt. Für mich ist die Saison vorbei.«

Obwohl eine gewisse Ahnung in Roslynn aufstieg, rief sie: »Die hat doch eben erst begonnen, Judy!«

»Das spielt keine Rolle, Mama, weil ich schon weiß, wen ich heiraten werde.«

Wen Judith meinte, fragte ihr Vater nicht und bemerkte: »Ich nehme nicht an, er wird mich um Erlaubnis bitten.«

»Um ein kategorisches Nein zu riskieren?«

»Hat er dir schon einen Antrag gemacht?«

»Das nicht, aber er wird es tun, sobald ich in Hampshire bin. Bringst du mich hin?«

Seufzend schaute er Jack an. »Bist *du* an dieser dreisten Forderung schuld?«

»Nein, ausnahmsweise nicht«, erwiderte sie grinsend, »ich wollte nur dabei sein.«

»Kleines Biest«, murmelte Anthony. Aber er wirkte nicht erzürnt. Und er pflegte seine Wut immer zu zeigen.

Trotzdem hielt Judith den Atem an, während er aufstand, zu ihr ging und ihre Schultern umfasste.

»Willst du es wirklich, Püppchen?«

»Mehr als alles auf der Welt, Papa.«

»Also ohne Zaudern. Und nachdem ich in letzter Zeit oft genug unter Druck gesetzt wurde, sollte ich vielleicht die Reisekutsche anspannen lassen.«

Mit einem Freudenschrei warf sie sich in seine Arme.

Doch er war noch nicht fertig. »Wenn er dich enttäuscht, will ich's natürlich sofort wissen.«

Wenigstens kündigte ihr Vater nicht an, dann würde er Nathan umbringen. Judith hatte die erste Hürde überwunden, die zweite – viel höhere – musste noch bezwungen werden …

Kapitel 52

Aus der Ferne betrachtet, sah die Ruine aus wie eh und je – nur das Dach war anscheinend vollendet worden, mit Backsteinen gedeckt. Während Judith näher kam, fielen ihr die Fenster an der Vorderfront auf, die Nathan erneuert hatte. Auch an der Rückseite? Offenbar war er in dieser letzten Woche sehr beschäftigt gewesen. Zu beschäftigt, um Briefe zu öffnen? Oder ignorierte er die Einladungen absichtlich, die Londoner Gastgeberinnen ihm auf Judiths Bitte hin geschickt hatten?

Die Vordertür stand, ebenso wie die funkelnagelneuen Fenster, weit offen. Als Judy eintrat, bemerkte sie eine angenehme frische Brise. In der Eingangshalle und im Wohnzimmer hatte sich nicht viel geändert.

Immerhin waren die Spinnweben entfernt und die morschen Bretter der Treppe ersetzt worden. Auf das letzte, das noch festgenagelt werden musste, hämmerte Nathan gerade ein – die Hemdsärmel hochgekrempelt, den Gurt der Werkzeugtasche um die Hüften. Und er trug blitzblanke, kniehohe Stiefel. Beinahe hätte Judith gelacht. Warum arbeitete er in einem so eleganten Schuhwerk? Aber vielleicht fand er das anschmiegsame Leder zu bequem, um darauf zu verzichten. Anscheinend hatte er in der Stadt ausgiebig eingekauft. Oder die Garderobe hierhergeholt, die er vor der Reise nach Amerika in London zurückgelassen hatte.

So entschlossen und zuversichtlich war sie nach Hampshire gefahren. Warum fühlte sie sich plötzlich so verdammt nervös? Allzu viel Zeit konnte sie sich nicht nehmen. Papa hatte ihr nur einen kurzen Besuch in diesem Haus erlaubt. Höchstens ein paar Minuten durfte eine junge Dame mit einem Mann allein sein. Anthony hatte gedroht, falls sie zu lange für das Gespräch mit Nathan brauchte, würde er herkommen und nachsehen, warum. Glaubte er wirklich, sie würden in diesem zerbröckelnden alten Gemäuer miteinander schlafen? Nun, wahrscheinlich fürchtete er genau das, weil er früher ein berüchtigter Frauenheld gewesen war.

Vorsichtig durchquerte sie die Halle, in der Nathan noch nicht alle altersschwachen Bodenbretter ersetzt hatte.

»Sind deine Nichten hier? Ich habe mich darauf gefreut, die beiden kennenzulernen.«

Er schaute über seine Schulter und erhob sich. Ohne Judith aus den Augen zu lassen, stieg er die Stufen herab. »Sie bleiben bei Peggy und Alf, dem Hausmeisterehepaar deines Onkels James, bis die Räume hier hergerichtet sind.«

»Meinst du, bis alles fertig ist?«

»Nein, nur solange neugierige Kinder nicht mehr gefährdet werden. Bald ist es so weit. Am schlimmsten waren die Witterungsschäden auf dem Dachboden und im Erdgeschoss. Im ersten Stock gab es nicht einmal halb so viel zu tun. Die Zimmer für die Mädchen sind schon bewohnbar.«

»Auch möbliert?«, fragte Judith verwundert.

»Das nicht. Ich muss die Wände noch streichen oder tapezieren – und überlegen, welche Teppiche ich auf den neuen Bretterboden legen soll.«

»Glaubst du nicht, da würden sie gern ein Wörtchen mitreden? Die Fortschritte beobachten? Und selber entscheiden, wie ihr neues Zuhause aussehen wird? In der Zwischenzeit könnten sie nebenan bei meinen Verwandten wohnen. Dort würde ein ganzes Dienstbotenheer auf sie aufpassen, auch die alte Kinderfrau meiner Cousine Cheryl. Und Dereks Köchin macht wundervolle Desserts. Da würde es deinen Nichten sicher gefallen.«

»Viel zu gut«, entgegnete Nathan, die Stirn gerunzelt. »Ich will nicht, dass sie sich an ein grandioses Herrschaftshaus gewöhnen. Danach sind sie womöglich enttäuscht über das Heim, das ich ihnen biete.«

Judith wusste, wie wohl sich die Mädchen in seinem Haus fühlen würden, wenn sie es nach ihren eigenen Wünschen eingerichtet hatte. Aber das erwähnte sie noch nicht. Ihr Vorschlag ärgerte ihn schon zur Genüge. Deshalb wandte er seinen Blick von ihrem Gesicht ab – und entdeckte das Kätzchen in ihrem Arm. Das hatte sie zum Vorwand für ihren Besuch mitgenommen, falls sie einen brauchen würde.

»Niemals hätte ich erwartet, das kleine Ding wiederzusehen«, sagte er und konnte nicht anders, als das Tierchen anzulächeln. »Ich dachte, du hättest es weggegeben.«

»Sei bloß still! Silver gehört zur Familie. Übrigens ist er ein Kater. Das hat meine Mutter inzwischen festgestellt.«

Nathan schaute wieder in Judiths Augen. »Warum bringst du ihn zu mir?«

»Nun, du hast ihn mir nur anvertraut, weil du ihn wegen deiner Geschäfte in Amerika nicht behalten konntest. Ich glaube, wir sollten uns Silver teilen, denn du wirst ja wohl in England bleiben.«

»Teilen?«

»Sicher finden wir – irgendeine Möglichkeit.« Judith wich Nathans Blick aus, und ihre Nervosität wuchs. Dieses Wiedersehen hatte sie sich ganz anders vorgestellt. Warum lag sie nicht längst in seinen Armen? Weil er genauso verwirrt wie sie war?

Sie stellte den Kater auf den Boden. Statt davonzulaufen,

leckte er sich die Pfoten. Nathan hob ihn nicht hoch und folgte ihr, als sie das Zimmer betrat, in dem sie ihm zum ersten Mal begegnet war – und ihn für einen Geist gehalten hatte. Und Jahre später hatte er sie hier geküsst.

Dass er ein Schmuggler gewesen war, hatte er nie zugegeben. Trotzdem nahm sie es an. Doch sie hoffte, dieser Teil seines Lebens wäre für immer vorbei.

Der Raum sah so aus wie damals. Vor den Fenstern hingen Decken, in einer Ecke stand ein Feldbett mit zerknüllten Laken. Aber die Decken wirkten sauber. Judith nahm an, vorerst würde Nathan sein altes Quartier einem verlotterten Herrschaftsschlafgemach im oberen Stockwerk vorziehen.

»Zeig mir die Geheimkammer«, bat sie.

Obwohl sie bezweifelte, dass er ihren Wunsch erfüllen würde, ging er zu einer der dekorativen Holzleisten, die an allen Wänden in regelmäßigen Abständen die Nahtstellen der alten Tapeten verdeckten.

Nathan drückte neben der Leiste auf einen Hebel, und ein Teil der Wand öffnete sich. »Hier stand früher ein leeres Bücherregal. Wahrscheinlich hatte jemand seinen Inhalt gestohlen. Weil es wertlos war, benutzte ich es vor langer Zeit als Brennholz. Diesen Hebel entdeckte ich eines Tages, während ich feststellen wollte, wie leicht ich meine Faust durch die Mauern schlagen konnte.«

Belustigt lächelte Judith. Das musste an einem jener Tage geschehen sein, die seinen Zorn auf die alte Ruine entfesselt hatten. Sie ging zu der Öffnung und schaute hindurch. An den Wänden des erstaunlich großen Raums stapelten sich Bretter und anderes Baumaterial. Und am Boden stand eine geöffnete Cognac-Kiste, in der einige Flaschen fehlten.

»Aha!«, rief Judy unwillkürlich.

Hinter ihr begann Nathan zu lachen. »Als ich die *Pearl* erbte, erwartete die Besatzung, ich würde in die Fußstapfen meines

Vaters treten. Und mit Schmuggelgeschäften kannte ich mich aus. Vom legalen Handel hatte ich keine Ahnung. Da muss man so viel berücksichtigen. Ich wusste nicht, wie man lukrative Märkte oder Käufer für bestimmte Frachten findet. Jetzt bin ich über das alles informiert, was ich den Andersons verdanke.«

Sie drehte sich zu ihm um. »Wirst du in Zukunft ehrbaren Handel treiben, wenn du übers Meer segelst?«

»Nein, ich möchte einen Captain anheuern und die *Pearl* zur Skylark-Flotte schicken. Das hat Boyd mir vorgeschlagen. Seine Brüder kennen die Märkte und haben die nötigen Geschäftskontakte.«

»Und das wird dir einen anständigen Profit einbringen, während du hier einen – Farmer spielst?«

Grinsend schüttelte er den Kopf. »Ich bin eher geneigt, deinen Vorschlag zu befolgen und Cottages zu errichten, die ich vermieten werde. Natürlich erst, wenn dieses Haus fertig instand gesetzt ist.«

Warum unterhielten sie sich über Dinge, die vorerst nichts bedeuteten? Wo es doch wichtigere Dinge zu besprechen gab … »Viel Zeit habe ich nicht.« Judith eilte in die Eingangshalle, um sich zu vergewissern, dass ihr Vater noch nicht eingetroffen war.

Nathan folgte ihr, blieb hinter ihr stehen und hielt sie an den Schultern fest. »Zwei Wochen habe ich dir zugestanden.«

»Zwei Wochen? Wofür?«

»Danach wollte ich in die Stadt zurückkehren und deine Antwort verlangen. Aber es missfällt mir, durch Fenster zu klettern. Deshalb bin ich froh, weil du nur eine Woche gebraucht hast, um mir deine Antwort hier zu geben. Falls du die Frage gehört hast, möchte ich sie anders formulieren.«

»Wäre sie mir bewusst geworden, hätte ich sicher geantwortet«, beteuerte sie atemlos, und ihr Herz begann zu jubeln. »Wann – ist sie mir entgangen?«

»Letzte Woche. Gott sei Dank – du weißt nicht, was ich gefaselt habe.«

Verstört fuhr sie zu ihm herum. »*Wie*, bitte?«

»Ich hab's verbockt, Schätzchen. Und du wärst zu wütend gewesen, um Ja zu sagen.«

Offenbar sprach er nicht über das Thema, das sie erhoffte, wenn sie sich damals über seine Ausdrucksweise geärgert hätte. Und da sie ihn nie wieder zürnen wollte, würde sie ihn nicht bitten, ihr zu erklären, was immer er verbockt hatte.

Stattdessen fragte sie: »Diese andere Formulierung?«

Lächelnd nahm er sie in die Arme: »Vorher würde ich auf die Knie fallen. Aber da ich diesen Bodenbrettern misstraue, riskiere ich besser nicht …«

»Ja!«, kreischte sie und umschlang seinen Hals.

Nathan lachte und rückte ein wenig von ihr ab. »Eigentlich solltest du meine Frage abwarten.«

»Nur zu! Ich werde immer noch Ja sagen.«

»Also hast du erraten, dass ich dich liebe?«

Lächelnd hob sie die Brauen. »Das zu hören ist wundervoll. Aber ich hatte schon vorher einen gewissen Verdacht.«

»Tatsächlich? Und dass ich dich heiraten möchte?«

»Da war ich mir nicht ganz sicher – bis jetzt.«

»Das wünsche ich mir so sehr, Schätzchen«, gestand er in sanftem Ton. »Es war die reine Hölle, mit dir zu streiten. Wie leid mir das tut, ahnst du gar nicht. Aber von dir getrennt zu sein – das war noch viel schmerzlicher, und ich habe nicht lange gebraucht, um das zu merken.«

»Auch ich fühle mich ohne dich – unvollständig. Schon so lange liebe ich dich.« Judith kicherte. »Seit ich dich für einen Geist hielt.«

»Niemals war ich … Nicht so wichtig. Sag mir einfach nur, wann wir heiraten können. Heute? Für mich wäre das nicht zu früh.«

»Meine Mutter wird alles arrangieren wollen. Das dürfen wir ihr nicht verweigern.«

»Wenn du darauf bestehst …«

»Und vielleicht solltest du dich zu einem formellen Antrag durchringen …«

Mit beiden Händen umfasste er ihr Gesicht, seine Worte streiften ihre Lippen. »Willst du mich heiraten, Judith Malory?«

»Ich habe eigentlich gemeint, du müsstest dich an meinen Vater wenden.«

Stöhnend legte er seine Stirn an ihre. »Für dich würde ich alles tun. Wie ich allerdings zugebe – lieber lasse ich mich erschießen, als deinen Vater um die Erlaubnis zu bitten …«

»Dann ist es ja gut, dass ich euch meine Erlaubnis schon gegeben habe«, mischte Anthony sich von der offenen Haustür her ein.

Sofort trat Nathan von Judith zurück. »Wie lange stehen Sie da schon, Sir Anthony?«

Entspannt lehnte Anthony am Türrahmen. »Lange genug«, erwiderte er amüsiert und richtete sich auf. »Nur damit Sie's wissen, Tremayne – dass Sie das Herz meiner Kleinen gewinnen konnten, war das Einzige, was ich gegen Sie einzuwenden hatte. Ich war noch nicht bereit, das zu akzeptieren, es ist verdammt noch mal viel zu früh geschehen. Aber mir wurde ziemlich energisch klargemacht, für die Liebe würde es keinen richtigen oder falschen Zeitpunkt geben. Sie passiert einfach. Deshalb haben Sie meinen Segen, wozu immer der auch gut sein mag. Eins muss ich allerdings noch betonen – sollten Sie meine Tochter jemals wieder zu tränenreicher Verzweiflung treiben, werde ich Sie umbringen. Nur damit wir uns verstehen.«

Judith lachte. »Geh weg, Papa. Gerade wollten wir uns küssen.«

»Nein, Sir Anthony, das hatten wir nicht vor«, versicherte Nathan hastig.

»Doch«, widersprach Judith und packte ihn am Hemdkragen.

Als sie ihren Willen durchzusetzen begann, vergaß er das Publikum schon nach wenigen Sekunden und presste sie an seine Brust. Mit aller Leidenschaft, die in ihm brannte, erwiderte er ihren Kuss. Trotzdem konnte Judy sich nicht vollends in ihren Gefühlen verlieren, solange ihr Vater in der Nähe war. Sie ließ Nathan nicht los, aber sie beendete den Kuss, lehnte ihren Kopf an seine Brust und lächelte beglückt.

»Ist er weg?«, flüsterte Nathan.

Sie bezwang ein Kichern und spähte über seine Schulter.

»Ja. Glaub mir, du *wirst* dich an ihn gewöhnen. Wahrscheinlich werdet ihr sogar die besten Freunde.«

»Das kann ich mir kaum vorstellen. Aber solange er uns nicht zu oft besucht …«

»Vielleicht wird er in den ersten Wochen mehrmals bei uns auftauchen, weil er mit eigenen Augen sehen möchte, wie grenzenlos glücklich ich mit dir bin. Wenn ich das einfach nur behaupte, genügt es ihm nicht. Aber es wird nicht ewig lange dauern, bis er's merkt.«

»Will er bei seinen Besuchen hier wohnen?«

»Vermutlich.«

»Dann werde ich die Gästezimmer nicht herrichten.«

»Warte doch …«

»Nein.«

»Da gibt es etwas, das du nicht über mich weißt. Ich bin reich. Damit meine ich nicht meine Familie, ich besitze mein eigenes Vermögen – sogar ein riesiges.«

»Und warum soll ich deshalb warten?«

»Weil du mir versprechen musst, dass du nicht so sein wirst wie mein Vater. Er verbietet meiner Mutter, ihr Geld für notwendige Dinge auszugeben, und das ärgert sie gewaltig.«

»Natürlich will ich nicht so sein wie dein Vater!«

»Also darf ich unser Haus dekorieren?«

»*Unser* Haus, das klingt großartig. Ja, Schätzchen, du kannst alles nach Herzenslust dekorieren. Davon verstehe ich ohnehin nichts.«

»Und möblieren? *Alle* Zimmer?«

»Treib's nicht auf die Spitze!«

Judith lachte. So viel Spaß würde es machen, mit Nathan Kompromisse zu schließen. Das bewies sie ihm mit einem zärtlichen Kuss.